危険な友情

1924年、ニューヨーク。警察署で供述書を作成するタイピストとして働くローズの前に、新人タイピストのオダリーが現われる。彼女は美しい黒髪を断髪《ボブ》にし、最新流行の高級な服に身を包んだ自由奔放な雰囲気の女性で、酔っ払いを上手にあしらって警官たちを感心させた。オダリーと親しくなったことでローズの人生は一変し、豪奢《ごうしゃ》なホテルの一室で同居をはじめる。だがオダリーには秘密があった。贅沢な生活の資金はどこから？　なぜ警察署に勤めているのか？　そして彼女がローズに仕掛けた罠とは。2人のタイピストが織りなす優美なサスペンス！

登場人物

ローズ・ベイカー……警察署のタイピスト。孤児院出身
オダリー・ラザール……警察署の新人タイピスト
アーヴィング・ボッグス……巡査部長
フランシス（フランク）・ジェラルド……警部補
アイリス……
マリー……
｝警察署のタイピスト
ドロシー（ドティ）……ローズの下宿屋の主《あるじ》
ヘレン・バートルソン……ローズのルームメイト
バーナード（ベニー）・クレンショー……ヘレンの恋人。事務員
レナード（レニー）・クレンショー……ベニーの双子の兄弟。事務員
シスター・ミルドレッド……ローズのいた孤児院の修道女
アデル……見習いシスター
ハリー・ギブソン（ギブ）……もぐり酒場の経営者。
オダリーの婚約者
レドモンド……ギブの部下

チャーリー・ホワイティング……浮浪児。もぐり酒場の雑用係
エドガー・ヴィタッリ……連続殺人の被疑者
イシュトヴァン・チャッコ……ハンガリー人の貴族
マクシミリアン（マックス）・ブリンクリー……ニューヨークの名士
ヴェラ・ブリンクリー……マックスの妻
セオドア（テディ）・トリコット……大学生
ワレン・トリコット・ジュニア……テディの従兄
ジェネブラ・モーリス……ワレンの婚約者
ルイーズ……ブリンクリー夫妻の客
マイルズ・H・ベンソン……医師
スピッツァー……密造酒製造者
ファーガソン……刑事

危険な友情

スーザン・リンデル
吉澤康子訳

創元推理文庫

THE OTHER TYPIST

by

Suzanne Rindell

This edition is published by TOKYO SOGENSHA Co., Ltd.
This edition published by arrangement with Amy Einhorn Books,
published by G.P.Putnam's Sons, a member of Penguin Group (USA) LLC,
A Penguin Random House Company through Tuttle-Mori Agency, Inc., Tokyo

危険な友情

両親のアーサー・リンデルとシャロン・リンデルへ
すべてにありがとう

1

タイプライターなんか使っていると女らしさがなくなると思うわ、と言う人たちがいた。機器そのものをひと目見れば、そういう人――つまり、自分こそは女性としての美点や道徳を守り通していると自認している人――がそんなふうに決めつけてしまったとしても、うなずけるかもしれない。おしなべてタイプライターというものは、アンダーウッドであれ、ロイヤルであれ、レミントンであれ、コロナであれ、かっちりとしていて、なんともいかめしく、角張った姿はいかにも機能一点張りで、美しい曲線による装飾や女らしい遊び心などはみじんもない。おまけに、鉄製のアームが手加減いっさいなしの激しさで紙をぴしゃりと打つ際の、情け容赦ない力ときたら。〝情け容赦ない〟。そう、情けをかけるのは、タイプライターの本分ではない。

情けをかけることについては、あたしもあまり知らないと思う。あたしの仕事は、まさにその対極にあるから。供述書の作成というのが、それ。あたしが供述させるのではない――そっちは巡査部長が担当する。あるいは、警部補が。あたしのすることは、そっちじゃなくて、静かな仕事だ。まあ、目の前に鎮座しているタイプライターで速記タイプ用ロール紙に打ちだすときの、射撃なみの鋭い音を考えに入れなければだけど。ただ、そんなときでも、騒々しい音の元となっているのはあたしじゃない。だって、しょせんあたしは女にすぎないのだから。巡査部長にとって、あたしたちタイピストというのは取調室から出るときだけその存在に気づくものらしく、そういうとき、巡査部長はあたしの肩にそっと触れて、真面目くさった厳《おごそ》かな声で言う。『すまないね、ローズ、お嬢さんにこんな話を聞かせて』こんな話とは、強姦や強盗やその他もろもろ、ちょうどあたしたちが聞いたばかりの犯人の自白のことだ。マンハッタン区のロワー・イーストサイドという名称で知られる地域にあるこの警察署では、さまざまな犯罪を耳にしないですむ日はめったにない。

〝お嬢さん〟という言葉を口にするとき、巡査部長は気をつかってくれている。一九二四年の――もうすぐ一九二五年になる――この時代、あたしは〝お嬢さん〟と〝娘さん〟の中間ぐらいの位置にいる。その違いのひとつは言うまでもなく、教育のあるなしだ。その点について、あたしはアストリア女性速記者専門学校に入学を許可されたのだから、ほんのささやかではあるにせよ、胸を張ってもいい。ただし、育ちと富も大切なのであって、孤児であるうえに週給十五ドルの身であるあたしは、この条件にあてはまらない。さらには、当然のことながら、雇われ人であること自体の問題もある。伝統からして、お嬢さんには〝取り巻きたち〟がいるかもしれないけど〝仕事〟はなく、あたしは頭の上に屋根があって三度三度の食事ができる生活がしたいので、仕事を続けざるをえない。

それこそが、タイプライターなんか使っていると女らしさがなくなると思うわ、と言った人たちがおよそ意味していたことだろう。仕事でタイプライターを使うには、家を出たあと、縫製工場や蒸気クリーニング屋へではなく、法律事務所や会計事務所へ出かけるわけで、以前そこへ足を踏み入れるのは男性だけだったのだから。あたしたちがエプロンの紐をほどき、その代わりに糊《のり》のきいたシャツや、さえない濃紺のスカートのボタンをとめることで、中性化してしまうのは免《まぬが》れないというのだ。そういう人たちは、同様のあらゆる技術的な装置――速記用タイプライター、謄写版《とうしゃばん》印刷機、加算器、郵便気送管――に絶えず囲まれていると、あたしたちがどうしたものか、かたくなになり、装置の鉄だの真鍮《しんちゅう》だの鋼鉄だのと張りあって、女らしい柔らかな心が四角四面になってしまうことを不安がっていた。

タイプの仕方を知っている女性が、どちらかといえば男性的な職場に身を置くことになるのは、真実だと思う。たとえば、うちの警察署では、あたしたちタイピストは数少ない女性だ。いや確かに、マンハッタンではときたま、婦人警官がいることを小耳にはさんだり、実際に見かけたりするだろう。それはがっしりした高齢のおばあちゃん警官で、ぞろぞろと群れをなす羊みたいに日々たむろする娼婦の見張りをしなければならない男性警官にしょっちゅうついてまわる、不適切な扱いを受けたとのいわれのない非難を避けるために雇われている。ただ、うちの巡査部長は婦人警官などあてにできないと信じているので、雇おうとしない。タイプの仕事が山とありすぎて自分たちでは処理できないという事実がなかったら、うちの署では女性がひとりも雇われていないだろう。タイプライターはまさに、あたしや似たような人間が締めだされてしまいかねない世界へ入る許可証なのだ。

タイプすることは、男っぽくなる乱暴なたぐいの仕事ではないので、念のため。実際、タイピストの仕事——口述されたものを記録するという単純な行為、速記用キーの上で弾むようにきびきびと躍る優美な指——は、この近代社会が提供してくれる職業のなかで、おそらくもっとも品があるとまで主張する人がいるかもしれない。しかも、雇用主はタイプ業務以外の点で悩まされることがない。優秀なタイピストは身のほどをわきまえている。女性ながらも相応な収入を得られることに、ひたすら満足しているからだ。

万にひとつも、タイプすることが本当に男っぽいものなら、タイプしている多くの男性を目にするはずだけど、そんな光景はまず見られない。タイプしているのはいつだって女性で、だからこそ女性のほうが向いているという結論になる。これまであたしが会った男性のタイピストは、ひとりだけだ。その繊細な気質の紳士は、警察署で働くにはあたしよりも頼りないくらいだった。長続きはしないだろうと最初から予想がつくほどで、小鳥顔負けに神経質そうなうえ、口ひげは床屋で毎日あたってもらっているように見えた。靴の上には、隅々まで手入れの行き届いた白いゲートルをつけていた。働きはじめて二日めに、犯罪者が煙草のせいで茶色くなった唾を、その上にだらだらと垂れ流した。こんなことを明かすなんて申しわけないのだけど、男性タイピストは真っ青になって中座し、洗面所へ向かった。その後、彼はもう一週間しかいなかった。『白いゲートルとはね』と巡査部長は首を振り振り言ったものだ。あたしにこっそり話をするとき、巡査部長はよく舌打ちをする。『白いゲートルはこんな場所につけてくるもんじゃないよな』と彼が言ったので、そんなめかし屋がやめてくれてきっとうれしかったのだと、あたしにはわかった。

もちろん、警部補も白いゲートルをつけているとは、巡査部長に言わなかった。警部補と巡査部長はまったく異なるタイプの男性だけど、ずいぶん前に不安定ながらも同盟を結んだらしい。あたしは表面上どちらの男性にも好意を示さないという印象を、つねにはっきりと与えてきている。でないと、ふたりの協調を保っている微妙なつりあいが壊れてしまうから。でも、正直に言ってしまうと、あたしは巡査部長の近くにいるほうがほっとする。巡査部長はあたしよりも年上で、結婚しているほかの男性よりもたぶんもう少しあたしのことを好意的に見てくれていると思うけど、それは父親のような気持ちからだろう。それに、彼がそもそも警官になったのは、正義感にあふれ、自分の使命はこの大都会の秩序をしっかり保つことだと心から信じているからなのだとわかる。

実際、巡査部長はあらゆるものの秩序をきっちり保つことが好きで、どんな規則にもちゃんと従うことに大きな誇りをもっている。つい先月のこと、彼は巡査のひとりに一週間分の給与支払いを停止する処分を下した。その巡査が、留置場にとめ置かれている宿なしにハム・サンドウィッチをひと切れやったからだ。巡査がなぜそんなことをしたのか、あたしには察しがついた。その浮浪者は見るも哀れなほどみすぼらしく、シャツの薄っぺらな布地にあばら骨がくっきりと浮きでており、目はふたつの深く暗い穴に囚《とら》われの身となったビー玉のようにぎょろりとしていた。キリスト教精神に反する巡査部長をだれも責めはしなかったけど、ほかの何人かの警官がそうしたいと感じていることは彼にもわかったはずだ。『ああいうやつに食べ物をくれてやるのは、汗水垂らして働いたり規則に従ったりしてもなんら得することはないと教えるようなものなんだぞ──我々はそういう了見《りょうけん》をはびこらせておくわけにはいかないんだ』と巡査部長はあたしたちに念を押した。

警部補のほうが巡査部長より地位は上だけど、すべてにおいて上かどうかはわからない。巡査部長はほかの署員を間違いなく意のままに威圧できる。背は高くないけど、それを別にすれば大きい人だ。体重のかなりの部分は腰まわりに、ちょうど制服のズボンの上端に突きでていて、まるで親爺の太鼓腹のような安心感を与えている。両端がくるりとはねあがったカイゼルひげには、ここ何年も塩やコショウがぱらついている。もみあげも長く伸ばしていて、もう流行遅れなのに、そのこだわりを捨てる気は毛頭ないらしく、最新のぞっとするような流行《はや》りには賛意を示さない。あるとき、あたしは巡査部長が新聞を読みながら、最近のいまふうな流行は我が国の衰退の証《あかし》だと、ぼんやり口にするのを耳にした。

それに比べ、警部補は口ひげがなく、いつも顔をきれいに剃《そ》っていて、どちらかというと、このごろではたまたまそういうのが流行っている。警部補はヘアクリームをつけた髪を櫛《くし》で後ろへ無造作にとかしつけていて、それも現代ふうだった。しょっちゅう髪がほつれ落ち、片目の上で揺れるので、片手で髪をかきあげ、後ろへ押しやる。ひたいには、真ん中から片目にかけてだいぶ大きな傷あとが走っていて、警部補の顔立ちの魅力を増す不思議な効果を上げていた。年は若くて、たぶんあたしよりも一、二歳上なだけだろう。刑事であって、パトロール警官ではないので、制服を着る義務はない。私服はずいぶん垢抜《あかぬ》けているのだけど、着方がいっぷう変わっていた。いつも、ベッドから滑り降りたら、首尾よく服のなかに落ちてしまったという感じなのだ。警部補はすべてにおいて粋《いき》なゆるさをまとっていて、それはゲートルについても例外ではなく、白さや清潔さでは一度としてあの男性タイピストのものにおよばなかった。これは何も警部補が不潔だというのではなく、それほどきちっとはしていないぐらいの意味だ。

実際、警部補は年がら年中あちこち乱れているように見えはしても、衛生習慣がまともであることにあたしは絶対の確信を持っている。警部補はよくあたしの机に寄りかかって話しかけてきたけど、そんなときは必ずペアーズ石鹸《せっけん》の香りがしたから。一度、その石鹸が好きなのは女性に多くて男性では珍しくないですか、と聞いてみたら、警部補は顔を赤らめ、無作法な言葉だと受け取ったらしい。あたしはそんなつもりなどちっともなかったのに。警部補は質問に答えないまま、そのあと二週間近くもあたしを避けていた。それ以来、警部補がペアーズ石鹸の香りを漂わせることはもはやない。先日、警部補があたしの机に寄りかかってきたとき――話しかけるためというより、あたしがタイプしたものを黙って持っていくためだ――いまは違う石鹸の香りを漂わせていることに気づいた。高価な葉巻と古革のにおいを模したとされる芳香だった。

あたしが警部補といっしょの仕事を嫌い、巡査部長との仕事のほうが好きな理由のひとつは、警部補が主として捜査する案件は殺人だからだ。ということは、あたしが警部補と取調室に入るよう頼まれたら、殺人容疑者の自白を速記用タイプライターで記録することになる見込みが高い。いっしょに来てくれと要求するときの警部補の声には、巡査部長の声には感じられる申しわけなさがみじんもない。それどころか、挑むような響きすら聞き取れる場合がある。外面は、もちろん、非常にてきぱきとして真面目そのものなのだけど。

　あたしたちは弱いほうの性だとされているのに、どの自白にも二度接しなければならないという事実を、男性陣が考慮しているかどうかは疑わしい。つまり、一回は速記用タイプライターで口述書き取りをし、男性陣は速記が読めないため、今度はそれをまるまる普通の言葉にタイプし直さなければならないのだ。男性陣にとって、速記用タイプのロール紙に印字された記号は、象形文字も同然だろう。そうした自白をまずは速記タイプし、ついで通常にタイプし直すのは、気分が悪くなると覚悟しているかぎりはかまわないものの、たとえば昼食や夕食の直前に、刺したりこん棒で殴ったりの詳細を繰り返すのは、やはりちょっと不快だ。罪を犯したことを否認しようとの考えをいったん捨て、潔く泥を吐こうと決心した犯人は、そうした行為が引き起こしためちゃくちゃな場面について、たいてい詳しすぎるほど話すから困ってしまう。品行方正な人間として、あたしはそんな身の毛もよだつような詳細を聞きたいとは思わない。ただ、自分が不愉快なことを警部補に悟られるなんて、絶対にごめんだ。きっと警部補はあたしが弱い女ならではの胃をしている証拠だと受け取るだろうから。断っておくけど、その件に関して、あたしの胃は弱くなんかない。

　わかってもらえると思うけど、そういった自白をほかの人といっしょに聞くと、秘密を共有するような感覚がなんとなくあって、あたしはそんな時間を警部補とすごすのが楽しいとは言えなかった。警部補に尋問される容疑者は十中八九、女性を殺していて、そのような事件では容疑者がのっけから被害者に途方もなくひどいことをしている場合が少なくない。若い女性を救いようのないむごたらしい方法で痛めつけた容疑者の自白を聞くときなんて、取調室の空気がすっかりなくなってしまったかに感じる。自白が最悪の暴力的な場面におよぶと、ちらりと視線を向けて平然とあたしの顔を眺める警部補に、たまに気づく。そういうとき、自分は科学の実験対象ででもあるかのような思いにとらわれる。あるいは、このごろ大流行している心理学の研究対象ででもあるかのような。あたしは座ったままタイプを続け、なるべく警部補を無視するように努めるのだけど。

警部補は、あたしのことを気にしてくれる巡査部長とは違う。あたしにだってあるかもしれない、純粋な女らしい心が傷つきそうな話を聞かせることなんて、とりたてて心配してはいならしい。正直なところ、警部補があたしの顔に何を探しているのか、さっぱり見当がつかない。おおかた、あたしが気を失って、速記用タイプライターに突っ伏してしまうとでも思っているのだろう。ひょっとすると——ほかの警察官たちと賭けすらしているかもしれない。でも、いまあたしたちは近代社会に生きていて、女はことあるごとに気を失う義務に悩まされないまでも、あれこれ苦労がある。警部補はほかの近代的な様式は取り入れているのだから、好奇心いっぱいの子犬のようにあたしの顔をちらちら見るのをやめて、とにかく仕事に専念させてほしい。そうすれば、あたしはものすごく有能なのだから。普通のタイプライターで一分間に百六十語も打てるし、速記用タイプライターでなら三百語近くまで増やせる。おまけに、聞きながらタイプする自白の内容には、たいがい関心がない。タイプライターそのもののように、ただそこにいて正確に記録するだけ。そこにいるのは、いずれ裁判所で使われる偏見のない公式記録を作るため。いずれ真実として知られるようになることをタイプするためなのだ。

もっとも、こうした事実への自尊心におぼれないよう、気をつけなくてはならない。あるとき取調室を出たところで、あたしは思ったよりもたぶん少し大きくなってしまった声で警部補を呼び止め、こう言った。「あたしは女々《めめ》しくなんかありません」

「なんだって?」警部補は足を止めて振り返り、科学者が実験対象を観察するような表情をまた浮かべて、あたしの頭のてっぺんから足の先まで視線をはわせた。そして内緒話でもするかのように一、二歩近づいてきたので、葉巻と革を思わせる例の石鹼の香りが漂った。あたしは背筋を伸ばして、小さく咳をし、自分の意見をふたたび主張しようとした。今度はもっと落ち着いて。

「あたしは女々しくなんかないと言ったんです。自白になどおびえません。どんな自白でも。理性を失ったりはしません。気つけ薬を持ってくる心配はしなくて大丈夫です」最後のひと言は、効果を上げるために付け加えた。実際には署に気つけ薬など置いてないし、近ごろはもうだれもポケットにそんなものを入れて出かけないと思う。でも、すぐさまあたしは誇張したことを後悔した。あきれるほど大げさに聞こえたから。たったいま否定したことに反して、理性を失ったみたいに。

「ミス・ベイカー……」警部補はあたしに話しかけようとしたけど、その声は尻すぼみになった。しばしあたしの顔を見つめ、やがていきなりだれかにつねられたかのように、しゃべりだした。「それはもう、きみは切り裂きジャック当人の自白だって口述タイプできるし、しかも眉ひとつ動かさないでいられると信じているよ」そのあと、あたしがすぐさま答えられないでいるうちに、きびすを返して大股でその場を去った。

それが褒《ほ》め言葉なのかどうか、あたしは自信がなかった。警官だらけの警察署で働いているから、皮肉に無縁ではない。ただ思うに、警部補はあたしをからかって笑うことだってできたはずだ。切り裂きジャックについてはあまりよく知らない。ナイフの使い方が異常なほどうまいと噂されていたことだけしか。

あたしはその話題について考えるのをやめ、警部補に二度と持ちださなかった。署での日常は、おおむねさしたる意外なこともなく順調に続いた――巡査部長はぎこちないながらも警部補に協力する姿勢を保ち、逆に警部補はあたしに礼儀正しくもつねにそっけない対応を崩さずに。

何もかもすべらかに動いていたのだ。そう、もうひとりのタイピストが雇われるまでは。

彼女が面接を受けるために署の入口から入ってきた瞬間、あたしは何かが起こりつつあることに気づいた。ほかならぬその日、彼女はいとも穏やかにそっと入ってきたのだけど、あたしにはわかった。それはハリケーンの目のようなものだと。彼女は、そのときあたしたちがまだはっきりと認識していなかった何かのよからぬ震源だった。そこでは熱いものと冷たいものが混じりあって危険を生み、その周囲ではすべてが変化を免れない。

彼女のことを〝もうひとりのタイピスト〟と呼ぶのは、おそらく正しくない。最初からほかにもタイピストがいたから。あたしは三人のうちのひとり。まずは四十歳のアイリスだ。細面《ほそおもて》で顎がとがり、鳥みたいな灰色の目をしていて、毎日違う色の女性用ネクタイをしている。必要なときには予定外のタイプ仕事をいつだって快く引き受けてくれるので、とても助かる(『犯罪ってのは、週末の休みをとったり銀行休業日を守ったりしないからな』というのが、巡査部長お気に入りの台詞《せりふ》だ)。社会生活的には、アイリスは結婚したことがなく、結婚が彼女のあこがれのひとつだったと想像するのは難しい。

　ふたりめはマリーといって、あらゆる面でアイリスとは正反対だった。丸ぽちゃで、いつも明るく、ほんの子どものころ乗りあい自動車に左足をひかれたときから、やや足を引きずって歩いた。三十歳そこそこだけど、すでに二回も結婚していて、最初の夫はコーラスガールと駆け落ちした。その居場所がつかめず、ちゃんと離婚できなくても、マリーはそんな法律上の契約など眼中に置かず、二番めの夫と結婚した。相手はホラスといい、彼女にはやさしいものの痛風でしょっちゅう調子が悪い。マリーが署で働いているのは、ホラスに養ってもらえるとの幻想を抱いていないからだ。痛風というものは悪化の一途をたどり、どんどん足が立たなくなっていくにもかかわらず、マリーは愛ゆえに結婚した情のある女性だった。陰では、左足が踏みつぶされたマリーと両足が痛風でふくれたホラスが踊ったら、〝さぞかし目もあてられない〟ワルツになるだろうなどと、心ない言葉がよく発せられた。マリーが事務室内にいるときにはだれも言わないけど、マリーは馬鹿ではないので、そんな冗談が飛びかっていることは百も承知だし、気づかないふりをしようととっくの昔に決めていた。それに仲間同士の絆《きずな》をより深めることなら、たいていなんでもいやがらないので、結局はだれもが彼女と気持ちよく働いているようだった。

そして三人めが、そう、あたし。この警察署に勤務して二年ちょっとで、いちばん速くて正確なタイピストだという評価をすでにもらっている。あたしたち三人で、容疑者逮捕の手続き書や供述書や通信文書などさまざまな書類をタイプし、この署の需要はすべて満たしていた。満たしていたというのは、つまり、禁酒法のせいであたしたちの仕事が爆発的に増えるまで、ということだけど。

初めのころ、この警察署の警官たちは禁酒法をあまりよく思っていなかったので、しばらくのあいだそれを執行することにまったく本腰を入れていなかった。反酒場連盟がアルコールを出す店を次々と廃業させていくにあたって、パトロール警官たちはぶつぶつこぼしながら、最小限の手伝いしかしなかった。携帯用酒瓶《フラスク》や密造ジンをたまたま見つけた警官は、警告を与え、とりあえず証拠品を没収するくらいで、持ち主を見のがすことがしばしばだった。キリスト教婦人禁酒同盟が国中に広めようと最善をつくしたにもかかわらず、酒には悪魔が宿っているとだれもが信じたわけではなかったのだ。その法律をはなから馬鹿にして守らない酒の密造者に対して、本気で罰するほどの憤《いきどお》りをふるい起こせないと思われる裁判官すらいた。『骨の折れる一日の仕事が終わったら、なんらかの酒の一杯ぐらい飲みたくなって当然だろうに』と警部補はかつてみんなに聞こえるようにかなり大声で言いながら、肩をすくめた。

しばらくは、こんな調子ですぎていった。ときたま近隣からやってくるさまざまな男たち

――多くは夫や父親――が密造酒を売っていたかどでしょっぴかれ、軽いお叱りを受けただけで放免された。それ以上のことをしようとする者など、だれもいなかった。

けれど、うるさい車輪には油が与えられると俗に言うとおりで、この場合、うるさい車輪はメイベル・ヴィレブラント司法副長官であり、油はあたしたちだった。あたしは彼女の司法界における功績について詳しいわけではないけど、ありとあらゆる新聞を読んだところからすると、ミセス・ヴィレブラントは不精で腰の重い男性の相棒たちが触れようとしない、形ばかりのお粗末な法律の問題点を洗いだすという厄介な栄誉を手にし、驚くほど嬉々としてそうした問題点への取り組みに乗りだしており、その過程でしばしば重大ニュースになっていた。ミセス・ヴィレブラントが困りものの法律問題の責任者になったのは、ごく自然なことだと思う。なんといっても、彼女は女性だし、評判の悪い問題を女性に担当させることに大した危険はない。女性がその職業で失敗しても、男性が同じ失敗をしたのとは異なると見なされるからだ。

とはいえ、ミセス・ヴィレブラントに失敗するつもりなどないのは明らかで、彼女は不撓《ふとう》不屈《くつ》にして臨機応変であることをみずから示した。ハイラン市長の協力はさほど得られない状況だったものの、市長の妻ミリアムと話をした結果〝良識〟を理解してもらうことに成功したのだ。このふたりが手を携えて報道陣を大いに駆り立て、ニューヨーク市は国中のよい手本となり、模範的な〝禁酒〟州に変わるため断固とした行動を起こすべきだという気運を盛りあげた。

こんな話をこと細かにするのは、こうした政治情勢のせいで、うちの警察署が〝高貴な試み〟の特別組織として選ばれたからだ。あたしたちがミセス・ヴィレブラントのうるさい車輪を静かにさせるための油だったというのも、これで納得してもらえるだろう。

正式な条例により、あたしたちの署はニューヨーク市初の〝厳重取締班〟として稼動することになった。あとに続くほかの警察署の前例となるのだ。何人かの新たな警察官が給与者名簿に加えられたうちの署には、地元の大きなもぐり酒場を探しだしたり一斉検挙を行なったりする仕事が与えられた。言うまでもなく、警察署というのは奇妙な存在で、その動き方には料理のような要素がある。構成人員が変われば、ふたたび人間関係が調和するまでしばらく時間がかかるのだ。うちの署の警官たちは新入り警官の導入に乗り気ではなかったし、大混乱を巻き起こす一斉検挙に加わることなど、なおさら好まなかった。いまですら地域の人々からうとんじられているというのに、一斉検挙などしたら輪をかけて嫌われることは間違いない。けれど、命令に従うしか選択の余地はなかった。

警官たちがこうした変化を不満に思うなか、巡査部長はみずからの新たな責任を重大に受け取ったかに見えた。巡査部長はそれを道徳的な栄誉であるばかりか職業上の好機ととらえたらしいと、あたしにははっきりわかった。かくして、ニューヨークとニュージャージーの州境を越えてウィスキーを一本でも持ってきた者にはだれであれ、法のおよぶかぎりの罪を求刑したいと彼が告げる、来《きた》るべき日がやってきた。我が署の警官はもちろん、タイピストまでもが目のまわるほど忙しくなる命令だった。ほどなく、作成しきれない文書が署の犯罪処理の流れをちょっとばかり滞《とどこお》らせる原因となりはじめ、留置場は密売者らが競争相手に出会い、次からは警察にばれないよう知恵を出しあってうまい手を考える場所でしかなくなった。

そのときになって、巡査部長は職業紹介所に電話をかけ、タイピストをもうひとり寄こしてほしいと頼んだのだった。

オダリーの髪は、面接に来たときはまだ断髪《ボブ》ではなかった。もしそうだったら、巡査部長が彼女を雇ったかどうか疑わしい。警部補が気にしなかったにちがいないことは、確かだけど。オダリーが断髪にする前でさえ、あたしは警部補がそのおぞましい髪型や、思いきってそんな髪にする女性を好むのではないかと怪しんでいた。

オダリーが署に入ってきて、釣鐘型の帽子《クローシュ》を脱ぎ、まさに次のような形の揺れる真っ黒な髪を見せた日のことを、あたしはありありと思いだせる。それは顎のあたりできちっと一直線に切りそろえてあった。その髪の切り方はオダリーの顔立ちに、とりわけ目元に、なんとなくハイカラで東洋ふうな雰囲気をかもしだしている気がしたし、つやつやした髪の光沢ときたら、まるで磨きこまれたエナメルでできたヘルメットをかぶっているようだった。あと、警部補が署のずっと奥から彼女をひたと見つめていたことも記憶にある。その日、警部補はオダリーの勇気と趣味を何度か褒めた。巡査部長はといえば、おおっぴらには何も言わなかったけど、昼食をとりながらだれにともなくつぶやいた。男ってのは、髪の短い女性に悪い印象を持ってしまいがちなんだなと。

とはいえ、それはみんなのちのち起こったことだ。先に話したとおり、面接の日にオダリーはまだ断髪ではなかった。その朝、署にやってきたオダリーは顔にほんのりと白粉《おしろい》をつけ、髪をきちんと束ねてシニヨンに結っていた。確か白い手袋をはめ、目の色と同じ緑がかった青の高価そうなスーツを着ていたけど、本当のところ、いちばん印象に残っているのは声だった。ゆくゆく彼女の本性だと納得できるものがたっぷり表われていたからだ。それは喉を鳴らすような音色のかすれた低い声で、彼女の口から発せられる言葉をしっかり正しくとらえようと、その唇の子どもじみた動きを見つめさせる力を備えていた。そして彼女が何かに喜んだり笑ったりすると、打って変わって音楽のように高さが上下し、だれかがピアノで音階練習をしているかに聞こえた。そこには驚くほどの天真爛漫《らんまん》さと、共謀をほのめかす邪悪さという矛盾がひそんでいて、聞く者はだれもが魅了されてしまう。あたしはときどき——いまになってさえも——その声は彼女が何年もかけて念入りに作りあげたものなのか、あるいは単に持って生まれたものなのか、首をかしげてしまう。

その面接は短かった。思うに巡査部長にせよ警部補にせよ、新しいタイピストとして雇う女性について知る必要があるのはせいぜい、どれほど速くタイプできるか（ふたりはストップウォッチで彼女をテストし、彼女はふたりがとびきり知的で楽しいゲームを考えだしたかのように、声をあげて笑った）、服装が見苦しくないか、礼儀正しいかぐらいだ。

そもそも、新しいタイピストについて吟味《ぎんみ》する点はさして多くない。しかもオダリーはその声で、ふたりを両方ともまたたく間に魅了してしまっていた。署に連行された犯罪者の往々にしてひどく不快な行ないについて、話を聞かなければならなくても平気かと問われたとき、彼女は響きのよい声でころころと笑ってから、例のかすれた低い声になり、自分はあなたたちが

〝扱いにくい〟と呼ぶような女性ではなく、何がなんでも特別おいしくなくてはいやと要求するのは〈ムークィン〉で食事をするときだけだと冗談を言った。別にそれほど気のきいた言葉ではないとあたしは思ったけど、巡査部長と警部補はそろってくすくす笑った。すでに——まだ面接という早い段階なのに——彼女に好かれたくてたまらなかったにちがいない。

あたしが署の離れた場所から聞き耳を立てていると、ふたりは彼女にきみを雇うと言い、来週の月曜日から来るようにと伝えた。そのとたん、誓ってもいい、オダリーの目がぱっとこちらを向いて、ほんの一瞬だけあたしの顔にとまり、彼女の口の両端に小さな笑みが浮かんだ。でも、そんな印象はいつしか消え去り、あとになってみると、彼女が仮にもあたしのほうを見たのかどうか、確信は持てなくなった。

『とびきりすてきなお嬢さんだな』と警部補はオダリーが帰ったあとで言った。簡素な感想だったけど、そのときあたしがちゃんとつかめなかった何かを明白に表現していた。実際、あたしはたぶん年下——オダリーよりもおそらく五歳ぐらい——だったのに、あたしよりも彼女に対して発せられた〝お嬢さん〟という言葉のほうが、はるかに強烈な意味あいを含んでいたのだ。オダリーの魅力の一部は、その身に漂う成熟したお嬢さんらしさだった。彼女がまとっている雰囲気には人をわくわくさせる魅力が感じられ、その魅力は相手をなんらかの形で取りこみ、秘密の協力者になったような気にさせてしまう。声はおてんば娘を思わせる活気に揺れ、本人は上品な落ち着きと洗練さに満ちているものの、たくましい人間であることを示していた——木登りをするとか、テニスの試合で相手を打ち負かすとか。

そんなふうに観察するなかで、あたしは別のことに気づくようになった。オダリーのふるまいに見られる享楽的な喜び方からは、特権階級のにおいがしたのだ。自動車やテニスコートなど、子どものころのあたしにはなかったものに囲まれていた子ども時代のにおい——恐れながら、あえて推測すると——巡査部長や警部補の子どものころにもなかったにおいが。そう、彼女のたたずまいは富を感じさせた。けれど、たぶん賢くも具体的な形にはしなかった。この点で、あたしたちはオダリーに少なからず興味を惹かれたけど、もしかすると無意識にそう感じていただけかもしれない。ちょうど見慣れない動物を相手にするときのように、あたしたちは近づいてくる彼女を怖がらせて追い払ってしまわないよう、息を殺しているしかなかった。この裕福そうな若い女性がなぜ自分たちの前に現われ、卑《いや》しいタイピストの仕事に向いているかどうか品定めされるのを喜んでいるかのように笑っているのか、署のだれひとりとして思いきって尋ねなかった。あたしはつねに自分の鋭い直感と批判的な目を誇っていたのに、彼女を受け入れていなかった初期のこの段階においてさえしなかったことがひとつある。オダリーがいったいどうして働き口を探していたのかという質問だ。あまりにもまばゆい閃光《せんこう》を浴びると、あたしたちはみんな盲点を突かれて、ものが見えなくなってしまうのだとしか言いようがない。

その日、オダリーは月曜日から来るようにと言われたあと暇《いとま》を告げ、子どもっぽくやや弾むようなかわいらしい足取りでさっそうと署内を歩き、正面玄関から出ていった。ただ、出ていくとき、彼女の青いジャケットの襟《えり》から何かが落ち、音を立てて床を転がった。あたしはすぐさまタイルに目をやり、裸電球の光を受けて輝いている落し物をとらえた。声をかけて知らせるべきだとわかってはいたものの、黙ったままでいた。オダリーは気づかない様子で歩き続け、ドアの外へ姿を消した。あたしは凍りついたようにじっと座っていたけど、数分ほどして好奇心に駆られ、ようやく体を動かした。自分の席からそっと立ちあがり、それが床に放っておかれたままになっている場所まで歩いていった。

それはブローチだった。かなり高価そうで、オパールとダイヤモンドとブラックオニキスがとてもモダンな星形の模様をなしていた。オダリー自身の偽りない本質が反映されているような品で、ある意味、彼女の人物像の縮小版ででもあるかに思えた。あたしはついと身をかがめ、手のひらにブローチをしっかり隠してそそくさと自分の机に戻った。ブローチの台座のとがった角が手のひらに食いこんでいた。椅子に座ると、その美しいものを机の下へ持っていき、膝の近くで――ほかのだれの目にも触れないように――手を開いてじっと見つめ、魅入られた。それは暗がりでも柔らかな光を放っていた。やがてあたしはタイプをするよう呼ばれ、ブローチの魔法からようやく力をふるって抜けだした。机の引きだしをあけてブローチを書類の下の奥のほうへしまいこみながら、オダリーが新しい仕事を始めるため月曜日に来たらすぐ返そうと自分に言い聞かせたけど、それは嘘だと腹の内ではわかっていた。

その日はそれからずっと、変な感覚がまとわりついて離れなかった。絶えず何かに気を取られているような感じにつきまとわれた。視界のなかに何かあるのはわかるものの、その姿をはっきりとはとらえられないような。そのときでさえ、あたしはオダリーがあのブローチを落としたのはわざとであって、あたしを試すためだったのではないかという疑いを抱いた。いま振り返ってみると、その手のたくらみはいかにも彼女らしいと納得できる。たったひとつの行為で、オダリーはあたしを罠にかけてしまった。誘惑と恥という、いずれ劣らぬふたつの部分からなる罠に。そのときからあたしは彼女に縛りつけられた。あたしの欲に駆られた盗みは彼女がしくんだものなのか、絶えず気になりつつ、いつまでたっても尋ねられずに。これはすべて、あたしたちが握手すらせず、紹介もしてもらわないうちのできごとだった。

2

オダリーがあたしの人生に、あるいはうちの警察署全般に与えるかもしれない甚大《じんだい》な影響について、あたしがこんなに早くから感じていたとほのめかすのは誤解を招きそうだ。彼女が署の玄関から入ってきた瞬間、あたしは何かが起こりつつあることに気づいた、と前に述べたとおり、それだけはまさに真実だけど、その何かの正体とか、とりわけあたしがどの程度の影響を受けそうだったとかについて正確に話せと言われたら、困ってしまっただろう。初めて出会ったあとはオダリーのことを考えると胸の奥がなんとなく騒いだものだけど、それ以上複雑な感情も具体的な思いもおよそ湧いてこなかった。

その週の残りのあいだに何回か机の引きだしをあけてこっそりとブローチをのぞき、オダリーのことを考えた——けど、仕事があったので、あたしの物思いはたいていすぐにさえぎられた。彼女はきっとブローチをたくさん持っているだろうと、あたしは一、二度自分に言い聞かせた。これが手元からなくなっていることなど、気がついてもいないかもしれない。どうでもいいと思っているかもしれない。あたしはそんな理由づけをした。それを彼女になにげなく返す自分を心に描いたし、同じようになにげなく返すのを忘れた自分も想像した。どちらの筋書きでも、あたしは心惹かれたことを認めなかった。そんなブローチなど洟《はな》も引っかけていない、あたしにとってはどうでもいいものだ、という見せかけだ。自分はそんな世慣れた考え方ができ、この初めて見る魅惑的な人間にも、彼女の珍しい貴重品にも、無関心でしかないのだと思うと、なんとも自由な気分になった。やがて週末がやってきて、あたしはブローチのこともオダリーのこともすっかり念頭になくなった。

そのころ、あたしは下宿屋に住んでいた。あたしぐらいの年齢と収入の未婚女性の大半にとっては、ありふれた慣習だ。その下宿を営んでいた女性は、ドロシーという――ただし、彼女はドティと呼ばれるのを好んだ――若い未亡人で、食器を洗ったあとの汚れ水そっくりな色の細い髪をしていて、幼い子どもが四人いた。出産という重労働と絶え間ない家事のせいでめっきり老けこんでしまい、風にさらされっ放しの顔は赤くしみだらけで、目の下はたるみ、二重顎になっている。とはいえ、三十の坂を越えているとは思えない。じつのところ、二十八か二十九ぐらいだろう。というのも、近ごろではかなり若い未亡人もそう珍しくないからだ。ドティの場合、いかにもよくある話だった。あたしたちの世代の青年を大量に呑みこんだ、いままでは不評な戦争に夫が行ったきり、骨ひとつ戻してもらえずに消えてしまったのだ。家で世話しなくてはならない子どもたちがいなかったら、フランスとドイツの国境にある穴ぼこだらけの戦場へ旅をして、夫が永遠に眠っている土地を見てみたいと、彼女はよく言っている。そこでダニーは間違いなくマスタードガスにやられたんだわよと。

ダニーとドティ。彼らの名前はふたつそろうと心地のいい頭韻《とういん》を踏んでいて、だからこそいっそうドティの喪失感と悲嘆を深めた。キッチンの食料置き場に貯蔵して料理用シェリー酒と呼んでいるものを多めに飲んだあとなど（禁酒法のせいで問題がいろいろあるだろうに、不思議とそのシェリー酒は必ず補充されていた）、ドティはまるでじかに見たかのようにダニーの死の話をすることがあった。彼女が心から確信していることによると、ダニーの体は塹壕《ざんごう》に落ちて倒れ、いまはそこにそのまま埋められているのだけど、そういう長い急ごしらえの土塁《どるい》は何百もあるから、そのどれのなかにいるのかはわからない。フランスの農地に行けば、それがいまだに虫に食われた痕みたいにたくさん広がっているのが見られるらしい。ドティの末っ子は三歳半だ。彼女の夫のことを考えると、どうも計算が合わないような気がするけど、ドティには絶対にそう言わなかった。彼女が決めた手ごろな下宿代をありがたく思っていたし、よけいな厄介ごとを引き起こしたくなかったから。それに戦争中の孤独感は特別なもので、この世のどんな場合の孤独感よりも強いと以前から聞いていた。

あたしはというと、孤独感については少しばかり知っているけど、ひとりぼっちでいることについてはあまり知らない。下宿屋では、まったくのひとりぼっちではなかった。その家はブルックリンにあって、褐色砂岩《ブラウンストーン》がぼろぼろになりかけている。そんな状態なのは、欠かせない日常的な手入れをしてくれる夫が未亡人のドティにはいないうえ、もっとも必要な修理のためですら、だれかを雇うのに使える収入がかぎられているせいだと思う。建物はひと家族で住むならかなり大きいものの、大人八人に子ども四人で住んでみると、さほどではなかった。言うまでもなく、騒音や騒動はひっきりなしで、かなりひどい。

下宿屋の自分の部屋にいてさえ、期待できそうな通常のプライバシーはなかった。部屋はけっこう広いけど、灰色になりつつあるひどいしみだらけのシーツ数枚を、部屋の真ん中の上部に張りわたした洗濯ロープにとめて、ふたつに分けてあった。〝半個室〟と、ドティが新聞にのせた広告には出ていたと思う。ドティがそんな説明でだまそうとしたわけではないだろう。とにもかくにも、まあそのとおりなのだし、彼女が提示した下宿代はほかの下宿屋よりも安かった。ただ、ドティは下宿代をふたりからもらえるのだから、その部屋をひとりに貸すのに比べて収入を増やすことができたかもしれない。取引の相対的な質というものは、いつだってつりあいの問題なのだとしみじみ思う。

その部屋のもうひとりの住人は赤褐色の髪をした女性で、頬がぷっくりしていて、膝にえくぼができている。年齢はあたしと同じくらいだ。ヘレンというのだけど、その名前のせいで頭がおかしくなったのかもしれない。自分を絶世の美女であるトロイのヘレンだと思っているかのようなふるまいをすることが、しょっちゅうあるのだ。そこまで言うのは口が悪いだろうか。ただ、あたしはこれまで羽づくろいをするオウムはたくさん見てきたけど、ヘレンほど念入りに身づくろいをする人間にはほとんどお目にかかったことがない。ヘレンは暇さえあれば鏡の前にいて、顔をこっちへ向けあっちへ向けしては、驚いたふりや大喜びしたふりをする。肉づきのいい顔とあって、それは柔らかなパン生地の塊《かたまり》がさまざまなパンの形に作られていくのを見ているのに似ていなくもなく、その表情にはほどほどの説得力しかなかった。ヘレンは頑として認めなかったけど、あたしは彼女がいつか女優になりたいという夢をひそかに抱いているのではないかと怪しんでいた。ひとつの部屋を共有していたころ、彼女は店員で、あたしの仕事より格段にすぐれていると感じていた。警察署のタイピストというあたしの仕事をどう考えているのか、少しも隠さなかったのだ。『心配しないで、ローズ』と彼女はよくあたしに言った。よけいなおせっかいなのに。『あのぞっとする場所でいつまでも働く必要なんてないのよ。きっと何かいいことがあるわ。そのときには、あんたの男みたいな服を取りかえる手伝いをしてあげる。きれいで趣味のいい服を探してあげるわ』と。ヘレンは〝趣味のいい〟という言葉を使うのが好きだったけど、いっしょに住むあいだに、それはあたしが思う趣味のよさとぴったり一致するものではないということがわかるようになった。

その下宿屋に住むようになったとき、ヘレンはすでにしばらく前からその部屋にいたので、有利なほうの半分を選んでいた——つまり、廊下側のドアから遠いほうの半分だ。あたしはヘレンのほうを通る理由がないので、たいがい彼女の生活を侵害することはなかった。でも、ヘレンは部屋へ出入りするときにどうしたってあたしが住んでいる部分を通らざるをえないばかりか、遠慮会釈《えしやく》もなく騒いだり、靴やらストッキングやらをあたしの領域に置きっ放しにした。しかも、あたしは疑っているのだけど、彼女はあたしが引っ越してくる前に、生活に必要なめぼしい家具がみんな自分の住むほうにだけあるように移したのではないだろうか。まあ、人間の本性って、そんなものかもしれない。最初に引っ越してきたのがあたしだったら、同じことをしないとはかぎらないし。

ともあれ、ほかならぬその週、ヘレンは金曜日の夕方に訪ねてくる紳士のことであれこれ騒ぎたてていた。そしてその日あたしは下宿屋に帰るなり、ヘレンの大げさなふるまいに、仕事やオダリーについての不安がたちまち吹き飛んでしまった。そもそも、ヘレンの客がやってくると言われても、こんなふうに一時的に住む家でどのようにきちんと役割を果たせばいいのか、皆目わからなかった。職場からもうすぐ下宿屋に着くころに、そうと気づき、自分を待ちかまえるネズミ捕りが目前に横たわっているように感じた。

署から家へ帰るとき、あたしは路面電車に乗ってブルックリン橋を越えたあと、下宿屋まで歩く。通りすぎる自動車や、ときおり聞こえるむせび泣くような低いクラクションや、がたがたいうエンジンの音はあるものの、あたしはその過程を心安らぐ儀式だと思うようになっていた。その日のできごとを反芻《はんすう》するひとときだ。まさにその金曜日、署で変わったことがいくつか起こって、あたしはいつになくてんてこまいだった。午前中、ある男の供述をとったのだけど、最初は間違いなく素面《しらふ》に見えた男が、結局はへべれけに酔っているうえ、どうやら正気ではないかもしれないとわかったのだ。

あたしは警部補といっしょに取調室へ入り、いつものように容疑者の供述を聞き取ってタイプしはじめた。初め、何もかもいつもどおりのように思えた――ありふれた夫婦間の包丁による殺傷事件だ。そのようなできごとは〝激情に駆られた過失による犯罪〟だと、のちに弁護士は法廷でたいていそう述べる。あたしは欠かさず裁判を傍聴するというわけではないけど、たまにそうするのは大好きで、〝過失による〟と〝激情〟という対《つい》の言葉はおかしな表現だとつねづね感じている——過失というのはだれかを愛することであって、殺すことではないかのような。ともかく、その男の話はいかにもありふれたもので、あたしは男が言うことをそのまま淡々とタイプしていった。

ところが、なんとも驚いたことに、供述を始めて十分ほどしたころ、容疑者はやぶからぼうにまったく別の犯罪を語りだした——イースト・リバーで男を溺れさせたとかなんとか。戸惑ったあたしは警部補に目をやり、ためらいがちに視線を交わした。肩をすくめた警部補の目は、こう言っているようだった。『まあ、こいつがひとつならずも、ふたつの殺人について自白したいんなら、勝手に首をつらせておくか』と。警部補ははやる気持ちが声にみじんも出ないようにしつつ、男の女房に関する尋問からそれて、新たな謎の溺死《できし》について尋ねはじめた。警部補がこっそり方針を変えてざっくばらんな態度になったことに、あたしは気づいた。取調室の雰囲気ががらりと変化し、警部補は友だちと天気などの気軽な話題について話をしているような感じになった。なんとなく速記用タイプライターにあたる指の感触が軽くなり、あたしは自分が壁のなかへ引っこんで、その部屋にいるのは警部補と男だけになったような気がした。やがて男は身をかがめて声をひそめた。市長にそうしろと指示されたんだと男は言った。自分は命令に従っただけだと。あたしはまた警部補に目をやった。見たところ、警部補はなんとか動じずに取り調べの態度を保とうとしていたけど、ハイラン市長の名前を聞いてたじろぎ、口の両端が心ならずも緊張でこわばった。

「で、なんだね」警部補は明らかに容疑者の機嫌を取っているとわかる声で下手に出た。「どうして市長はその男をあんたに襲わせたんだね？」

「そりゃあ」と容疑者が答えた。「そいつが見えざる政府の一味だったからさ！　腐敗したやつらの一味だったんだ！」男が叫んだとき、あたしはその息に初めて密造ジンのにおいを嗅ぎ取った。男は盛大にしゃっくりを始めた。男が〝見えざる政府〟と言ったのは、確かハイラン市長が行なった物議をかもす演説を受けてのことであり、市長はそのなかで、政治をあまりに支配しすぎるロックフェラーのような男を非難したのだ。酒飲みで頭がおかしいかもしれない男の口を通じて、いつしかあたしたちは市長の演説が繰り返されるのを聞いていた。警部補は必死に新たな命令をし、そんな状況を抑えて次なる尋問の方向づけをしようとしたけど、その目的を首尾よく達成できないうちに、容疑者はいっそう大きなしゃっくりをするようになり、どんどん激しく興奮していって、また叫びだした。「市長に言われてやったんだ！　おれは正義の戦士なのさ。いいか、戦士なんだぞ！」

ちょうどそのとき、巡査部長が大騒ぎを不審に思ってドアから頭を突きだした。その容疑者は巡査部長の顔をひと目見るや、椅子から飛びだし、片手をひたいにぴたりとあてて敬礼した。

「任務の報告にまいりました、市長殿！」

巡査部長は自分に敬礼する男にびっくり仰天して、目を見開いた。警部補のひたいにある傷痕が、気づかわしげな深い溝に巻きこまれてSの字が連なったような形になった。あたしたち三人の目の前にいるのが、馬鹿らしいことに容疑者でもなんでもないとわかったのは、数分たってからだ。男は急にふらつきながらものすごい勢いで吐き、ついには酔いつぶれて床に倒れた。頬をタイルにつけ、舌をだらりと口から出して。取調室には消化しきれていないアルコールの鼻をつくような悪臭が広がった。巡査部長はしらけたようにあたしたちを見た。

「こいつは釈放でしょう」巡査部長はそれだけ言って、その場を去った。あたしたちはしばし呆然《ぼうぜん》として座ったままでいたけど、やがて警部補がはっと我に返ってため息をつき、自分の席から立ちあがった。そして、取調室のドアから上体を乗りだして署員を数人呼び、いまは床で騒々しくいびきをかいている酔っ払いを外へ放りだすのに手を貸してくれと言った。あたしは速記者用の机を片づけにかかり、速記用タイプライターから使用済みの紙を取りのぞいた。そのタイプしたものは、ほぼ使いものにならないだろう。酔っ払いの言葉は証言にならないのだ——少なくとも、前後不覚に陥《おちい》った酔っ払いの言葉は。その男はかつぎあげられて外へ出されるとき、ジャガイモ袋みたいにだらりと伸びたまま、目もろくにあけなかった。

「あの男は間違いなく素面だと思ったんだがな」警部補がつぶやいた。あたしにというよりも、ひとり言のように。

「そうですよね」あたしは言った。「お酒のにおいなんて、これっぽっちもしなかったし、最初はすごくまともでしたし。あたしたちふたりともだまされちゃったんですね」意外だったのか、警部補が顔を上げた。こんなに長くあたしたちが目と目を合わせたのは、数か月ぶりだったかもしれない。警部補はしばらくあたしを見つめた。その顔になぜかうれしそうな笑みが広がったけど、あたしは落ち着かなくなったので、つと目をそらしてしまった。あたしたちは取調室の片づけに戻った。ふたりとも、部屋の真ん中に広がっている反吐《へど》の周囲は注意深く爪先立って歩きながら。

「あいつはそうだな、やっぱり」警部補が言った。

「あいつ？　そうって、なんのことですか？」

「巡査部長だよ。ハイラン市長にそっくりだ」

あたしはむかっときた。「なんて失礼な！　あなたの敬意のなさには驚きませんけど、いまさら」声は甲走《かんばし》り、感情がむきだしになっていた。あたしはふと恐ろしくなって、きびきびとファイルの山を積み重ねて持ち、ドアのほうへ向かった。

「侮辱したわけじゃないよ」警部補は驚いて目を丸くしていた。その言葉にあたしは我慢できなくなった。ドアのすぐ前で、振り向きざま彼に面と向かった。

「ハイラン市長は共産主義者だと言われてます。よくご存じのように、巡査部長は決してそんな汚《けが》らわしいボルシェビキなんかじゃありません。立派な方です」あたしはそこでためらったものの、こう付け加えた。「あなたは間違いなくもっと上等な人になるでしょうに、もしあの方の半分でも……」

あたしはその説教くさい小言を途中でやめた。自分の身のほどと、もっと大事なことには、雇われていたいという気持ちを思いだして。警部補は若くてぶしつけではあるけど、あたしや巡査部長より階級が高い。きつすぎる言葉で警部補を叱りつけるのはよくないだろう。あたしはその場に立ったまま、逆にお目玉を食らうのを待った。でも、警部補はしばしあたしを見つめただけだった。その目には、しかつめらしい哀れむような色がうっすらと浮かんでいた。

「わたしが間違っていたよ」と警部補は言った。思いもよらないことだったので、あたしはまるまる一分ほどものも言えず、目をぱちくりしたまま立っていた。そのあと、そこにいて相手の言葉に裏の意味がないかを確かめるつもりなどなかったので、ただきびすを返して取調室を出た。

そんなふうに対処するだけで精いっぱいだった。あたしの仕事はたいてい、始末に負えない男たちがやらかす始末に負えないことばかりだけど、その金曜日のできごとときたら、なんとも馬鹿ばかしく、それも気がめいるような馬鹿ばかしさだった。おまけに、警部補とのやりとり！ あたしはそんなくだらなさに振りまわされたことに、やり場のない屈辱を感じた。

橋のブルックリン側で路面電車を降りたあたしは、下宿屋へ歩きはじめた。頭のなかはまだ、ある男をイースト・リバーで溺れさせたかもしれないし、そうでないかもしれないイカれた酔っ払いや、警部補とそのこわばった表情や、面接に来ていた新しいタイピストのことでいっぱいだった（新しいタイピストの名前は、あたしの頭のなかで音楽を奏でていた。子どもが歌うように、歩く速度に合わせて軽やかに――オ・ダ・リー、オ・ダ・リー、オ・ダ・リー……）。あのブローチや、それを机の引きだしの奥にしまいこんだことを巡査部長が知ったらなんと言うかについて、思いをめぐらせた。実際は警部補の言ったとおり、巡査部長はハイラン市長にそっくりだと、内心つくづく考えた。そうしたとりとめのないあれこれが頭の片隅をかすめるなか、何を見るともなくぼんやりと帰宅した。

そんなふうにうわの空だったため、下宿屋に戻った自分を待っていた伏兵への心の準備がまったくできていなかった。なかへ入ったとき、まず出くわしたのは濃密なシチューのにおいだ。この第一撃は、まあ、よくあることだった。この家はたいていコンロの上でゆだっている骨のにおいがしていた――ほとんどはいつもチキンだけど、たまにはビーフのこともある。それは下宿中に充満するので、ビーフやチキンの煮出し汁のにおいが服や髪にしみついてあたしのまわりに漂い、知らず知らず署のなかで放たれ、同僚たちは遠慮するあまりそれを指摘しないのではないかと思うことがよくあった。ただ、今日はあたしが下宿に入ったとき、そこの空気に含まれる別のかすかな香りもした。コーヒーと香水。そして煙草だ――このにおいがかなり強かった。

応接間をのぞくと、煙草の煙が濃く立ちのぼっていた。灰白色《かいはくしょく》の煙は頭上で弱い光を放っている電球の下へ流れて、いっそうぼやけていく。これもまれなことだとあたしは気づいた。ドティは夜になるまで電気をつけることをあまり許さなかったからだ。あたしは目をしばたたいた。ぼんやりした明かりと刺激のある煙に目が慣れてくると、ソファーに男がふたり並んで座っているのがわかった。どちらもくつろいだふうに、片方の足首をもう一方の膝にのせている。最初、あたしは煙のせいで見え方がおかしいのだろうと思ったのだけど、やがて、そういうわけではないと気づいた。人が二重に見えているのではなく、じつはそっくりな人間がふたりいて、服装や髪型まで瓜《うり》ふたつなのだと。

「きみがローズだね」右側の男が言った。ふたりともソファーから腰を上げなかった——礼儀正しい態度だとはとても言えない——ので、あたしは黙って立ったままばたきをしただけだった。ふたりは色だけ違う同じような格子柄のジャケットを着て、同じようなデッキシューズをはき、麦わらのかんかん帽をかぶっていた。けれど、なぜか実際に船の存在はわずかほども感じられなかった。ふたりの服装が意図しているものとは裏腹に。どちらの男の右手にも、親指と人さし指にインクのしみがついている。事務員か、会計士だろう。

沈黙が破られたのは、ドティとヘレンが部屋に勢いよく入ってきたからだった。ふたりともコーヒーの仕度をした盆を持っており、カップが受け皿にあたって、寒さのあまり鳴る歯のようにカチカチ音を立てていた。

「待ってたのよ」ヘレンが興奮ぎみに言った。あたしがその部屋へ戻ることをだいぶ前から期待していたようないい方だった。ヘレンはドティが置いた盆の隣に自分が持っていた盆を下ろし、ドティはかなり変色した銀の容器《カラフェ》からわずかに焦げたにおいのするコーヒーを注ぎはじめた。「ちょうどいいところへ帰ってきたわね、バーナード・クレンショーさんよ。あたしの彼氏《ボーイ》なの」ヘレンは彼の名前をバー・ナードと発音した。「こちらはレナード・クレンショーさん。彼の兄弟よ」ヘレンは片手を少し振って紹介を終えた。バーナードとレナード。ふたりは双子に少し共通な響きの名前をつけるという、なんとも愚かしい伝統の明らかな犠牲になっていた。それぞれが別の人間ではなく、同じ主題におけるふたつの変奏曲でもあるかのように。

そうした心地よい習慣に抗《あらが》えない母親が大勢いることを、あたしは知っていた。「まあ、ふだんはベニーとレニーで通ってるんだけどね」右側のひとりが言った。あたしは愛想よくしようと軽く鼻を鳴らしたつもりなのに、つい喉の奥が鳴ってしまった。もらった名前がほとんど同じ響きだということだけでも間が抜けてるのに、選べる呼び名までそっくりだとは笑ってしまうけど、声に出して笑うのは失礼だろう。あたしは他人の礼を失した態度には我慢ならなかったし、自分に別の基準をもうけるのを許すことは潔しとしなかった。ふたたび双子に目をやり、どちらがヘレンの〝彼氏〟であるベニーなのかを見定めようとした。〝彼氏〟なんて言葉をつかうとは、ヘレンって人は。彼女は鏡の前でさまざまな顔をしてみるだけでなく、なぜか気取った話し方をすることがあった。いぶかしんだ見知らぬ人に、「わたしの家族は南部出身なんですの」と南部ふうの発音で言っているのを一度聞いたことがある。それが正しいなら、ブルックリンのシープスヘッド・ベイは南部だということになる。ヘレンの〝家族〟は何世代も前からみんなそこに住んでいるのだから。

そのあいだ、ドティは不意の客——しかもこの場合は世話の焼けることに、そっくり同じ双子がもうひとり——にすっかり面食らい、てんてこまいしているといった体《てい》で、飛びまわっていた。けれど、あたしはドティのことをよく知っている。彼女はひそかに、苦労を堪《た》え忍んでいる女主人という役柄を楽しんでいるばかりか、若い男性ふたりをもてなす機会ができたことを喜んでいた。「こんな古いコーヒーポットでごめんなさいね」ドティは銀のカラフェを話題にした。「あなたたちおふたりがコーヒーを飲みに上がってくださるとは思わなかったものですから。そうでなかったら、この古い代物《しろもの》を磨きあげておいたんですのに」ドティはお世辞を期待していたにちがいないが、その意図は報われなかった。彼女が主として話しかけているのは右側の男で、その格子柄のジャケットは目立つ赤だった。

あたしは右側の男がベニーにちがいないとあたりをつけた。自分たちの呼び名を教えたほうの双子だ。

「あたしたち、ちょうど話してたところなのよ、ベニーがレニーを連れてきたから、どうやって相手の女性をもうひとり見つけようかって」とヘレンが言った。その朗《ほが》らかな声には張りつめた不安が漂っていて、彼女の落胆がふとあらわになった。それはベニーについてまわる条件なのだ。彼がどこへ行くにせよ、兄弟も招かなければならないという。そんなこと、ヘレンは思ってもみなかったのだろう。急にヘレンがあたしのほうをくるりと向いて言った。「あら、今日はおしゃれしていないのね」それは言葉のあやで、むなしく聞こえた。ヘレンはもっと具体的に褒《ほ》めようとあたしを眺めて、頭のてっぺんから爪先まで目を下ろした。目はそこで見つけたものを心から支持できないようだった。「あなた……」ヘレンはあたしの外見ですてきだと思える何かをなおも必死で探しながら、また口を開いた。「あなたとても……健康そうだわ！」

「ヘレンったら！」ドティがとがめた。

「えっ？　あたし、褒めてるのよ。ふだんローズはもっとやつれて青白い顔をしてるじゃない。でも、ほら——」ヘレンはそこであたしのほうを振り向いた。「——見て、どんなにきれいなバラ色か！　あたしたちといっしょに出かけない手はないわよ。もちろん、あたしの服とかを貸してあげるし」ヘレンは急いでつけ足し、あたしがいくら〝健康そう〟であろうと、仕事に着ていき、いまもまだ着ている服のまま自分と公衆の面前へ足を踏み入れてほしくないことを明らかにした。

「できれば、あたしが行くんだけどねえ」ドティが不意に言葉をはさんだ。「でも、ほら、だれが子どもたちの面倒を見てくれるの？」

これはひと役買ってほしいというあたしへの合図なのだろう。どちらにもあまりそそられなかった。少なくともヘレンや双子と外出すれば、おいしい食事ができるかもしれない。ドティは返事を待っており、一秒また一秒とすぎるうちに、あたしに向けられた彼女の目つきは、まるでヒ素でも盛られたようにどんどん険しくなっていった。ヘレンとあたしのほかに、下宿人はあと五人いるけど、みんなかなり年上なので、四人の幼い子どもたちのお守《も》りをするのはさすがに無理だと思われた。下宿人のなかでも高齢の男性のひとりはウィロビーという年金生活者で、青い目は白濁し、胸が悪くなるほど甘ったるい風変わりなコロンをたっぷりと身に振りかけており、子どもたちと自分だけになるのを忌み嫌いそうだから、そんな事態にならないようドティが子どもたちに気をつけていることを、あたしは知っていた。

あたしはドティのひどくがっかりした顔から、ヘレンの心配交じりの高揚した表情へと目を移し、いっしょに出かけてほしいという強力な誘いを受ける羽目になったことを悟った。コーヒーを一杯飲んだあと、あたしはおとなしく従うものとして、さっさと二階へ連れていかれ、やたらフリルだらけでぶかぶかのドレスをいくつか試着させられたあげく、やっとヘレンのお眼鏡にかなった服に落ち着いた。やがて、あたしたちは下に戻った。ヘレンのドレスがあたしの見るからに骨ばった体に黒いサテンのリボン数本で要所要所を結ばれ、危なっかしげにまとわりついていた。双子のおとなしいほう、青い格子のジャケットを着ているほう——レニーだと、あたしはそのころまでに見当をつけていた——が、そのドレスを着たあたしを褒めようと気のない試みをした。それにはちょっとむかっときた。ほんの十五分前には、あたしがそのようなドレスを好まないことは明らかになっていたのだから。ただ、あたしは礼儀にうるさい人間なので、もごもごと礼を述べた。そのあと、あたしたち四人はドティに行ってきますと言った。ドティはコーヒーの受け皿を片づけながら、落胆させられた不愉快さをみじんも隠そうとしていなかった。こうしてあれよあれよという間に、あたしたちは家の外に出ていた。

その夜の予定は、夕食とダンスだった。最初、あたしは内心、夕食のほうに興味があった。入ったことのないレストランを思い描いていたのだ。なめらかな白いテーブルクロスがかかり、ナプキンが置いてあって、オイスターロックフェラー（カキにホウレンソウやタマネギやパン粉をのせて焼いた料理）といった、まだ食べたことのないわくわくする料理がメニューにのっているような。なのに、食事場所は友人のまたいとこが経営しているという不潔な安食堂だとわかった。そこで食事をするたびに全額の二十パーセント引きになるんだと、双子は得意げにあたしたちに告げた。

会話は、こう言うのもなんだけど、その夜ほぼずっとなんだか変だった。双子は両方ともおとなしく——あまりにもおとなしすぎて、本当のところ、その静かさにはいささか怖いような不自然なところがあった。つねに自分が舞台の真ん中にいると思うのが好きなヘレンは、続く沈黙のほとんどをおしゃべりで埋めようと努めたものの、使いこなせる飾り立てた発音と覚えた台詞《せりふ》はどっさりあったにもかかわらず、双子がほんの三十分ほど黙っていただけで、その蓄えがなくなりつつあるのがわかった。ヘレンは流行遅れでやや毛羽立ったドレスを着ていたのだけど、テーブルの向こうへ手を伸ばしたとき、自分の皿にたまっているどんよりした肉汁《グレービー》にうっかり袖がつかってしまった。その結果、なんとも見苦しい茶色のしみが、ゆったりした袖の前腕をおおう部分に筋となって広がった。ヘレンはこの災難を嘆いて大げさなほど騒ぎ、買いかえるドレス代を紳士としてベニーが少し負担してくれてもよさそうだとほのめかした――あまりやんわりとではなかったと、付け加えておこう。ベニーはヘレンの遠まわしな言い方に気づかなかったか、あるいはものの見事に気づかないふりをしていた。食事のあと、あたしたちはタクシーにぎゅうづめになり、双子が特別に招待されているというダンスホールらしきものの住所が運転手に伝えられた。

食堂の場合と同じく、そのダンスホールはあたしが思い描いた（なんとも能天気だったと、いまではわかる）ものとは違っていた。タクシーに乗っているあいだに双子が説明したところによると、これから行くナイトクラブでは生演奏に合わせてダンスができるとのことだった。この話を聞いたとたん、ヘレンは嬉々として目を自慢げにきらめかせ、あたしのほうを向くと、声をひそめて言った。「そうなのよ、ローズ。この人たち、社交クラブに入ってるの！」〝社交クラブ〟という言葉が宙に大きく浮かびあがった。思わずあたしはグランド・セントラル駅界《かい》隈のあちこちで見かける開いた高い窓からことあるごとにのぞいた、オークの羽目板張りの部屋を想像した。そして、そのオークの羽目板張りの部屋の向こうには、大理石の廊下や分厚いカーペットを敷いた居間や——運がよければ——粋《いき》な舞踏室があって、そこでは退廃的な飲み物が出され、若いカップルが踊っているのだろうと思いをめぐらせた。

オークの羽目板張りの部屋の向こうにあるものは、すべてそんな想像どおりかもしれないけど、あたしはそれを証明できないことがわかった。タクシーが六番街を横切ってウエストサイドへ突入したからには、あたしたちが向かっている場所はブロードウェイ近くの安っぽい小さなバーに違いないからだ。ヘレンの言う〝社交クラブ〟というのはボランティアのスポーツ協会で、その本部は貧民街のヘルズキッチンにあると判明した。

バーのなかにはオーケストラ席となる一段高いこぢんまりした壇があった。〝オーケストラ〟を構成する音楽家は全部で四人しかいなかったものの、みな熱狂的に演奏していた。おそらく、人数の少なさを補う意味もあるのだろう。あたしたちは隅のテーブルを見つけ、腰を下ろして店の客となった。店内にさっと目を走らせると、ダンスをする人のためにお粗末ながらも心のこもった努力がしてあることが察せられた。だれかがバーのテーブルに黒いオイルクロスをかけ、まずは磨いてきれいにしたあとで小ぶりの白い蠟燭《ろうそく》を入れた広口ガラス瓶《メーソンジャー》を置いていた。いま、蠟燭は火がともされ、赤々と燃えている。色のついた細長いちりめん紙を垂らしたのも、たぶん同じだれかだろうけど、それはむなしく失敗して壁の上方からぶざまにだらりと下がっていた。

店の中央で音楽に合わせて踊っているのはふた組のカップルだけで、その踊りは新味のない流行遅れのフォックストロット（一九一〇年代初めにアメリカで始まった比較的テンポの速い社交ダンス）だった。あたしは独身でまだだれかとつきあっているわけではないけど、その踊りが最新ではなくなりつつあることぐらい知っていた。どれほどしょげているかと思ってヘレンにちらりと目をやってみると、その顔にはやけに高ぶったあふれるほどの喜びが浮かんでいた。妙なことにあたしは彼女をなんとなくかわいそうだと感じた。でも、夕方のうすら寒さのように、そんな同情はすぐに消え去り、ぞくっと震えただけで終わった。テーブルについてほんの一、二分後には、ヘレンがさっそくダンスフロアへ行きたいと言いだしたので、あたしたちはそうした。

驚くにはあたらないだろうけど、レナードとあたしはダンスフロアでちょっとばかりみっともない醜態をさらした。緊張しながら足を引きずり、互いの爪先につまずきながら三曲踊ったら、あたしは汗びっしょりで、ヘレンとバーナードがダンスフロアであたしたちとすれ違うたび、彼女が面白がって金切り声でからかうことにもう耐えられなくなった。そこで、ちょっと腰を下ろそうとレナードに提案した。レナードは相変わらず黙ったまま硬い顔でうなずき、残念で仕方ないというふりはしなかった。あたしたちは隅の同じテーブルに戻って座った。それまでは気づかなかったけど、彼の格子のジャケットの襟にしおれたカーネーションがさしてあった。その〝かわいい〟（そうではなかった――ただ会話をしようとしただけ）花を話題にすると、彼はなんの気なしにそれを抜いてあたしにくれた。

「あら――違うのよ」あたしは言った。「そんなつもりじゃなかったの」

「あげるよ。どうせ朝までにはくたっとなっちゃうんだから」

「それじゃ」

その花をもらっても、あたしはどうしたらいいのかわからなかった。髪にさすのはふさわしくなかった（カーネーションって、本当はそういうための花じゃないわよね？）。何分後かに、あたしはウエストに巻いてある黒いサテンのリボンになんとかそれをはさんだ。

「ありがとう」

「いいんだよ」

四人による〝オーケストラ〟はワルツになり、それに応じてヘレンとバーナードは動きを変えた。ヘレンの肉づきのいいひたいが汗で光ってきており、頰紅《ほおべに》は赤い小川となってすでに頰を流れはじめていたけど、その顔には、彼女の疲れに気づいてもそれを口にしないほうが身のためよとでもいう固い決意が表われていた。ふたりの踊りへの熱中ぶりがやや病的なまでになったり、また元へ戻ったりするのを眺めているあいだ、レナードはテーブルに指を打ちつけていた。その夜、レナードとあたしに何かしら共通するものがあったとしたら、自分たちはもっぱらヘレンとバーナードの付き添いとしてここにいるのだという明確な意識だったと思う。

「なんの仕事をしてるの、レナード？」

「ベニーもぼくも〈マクナブ商会〉の事務員なんだ」

「仕事は好き？」

「まあまあかな」

「長くそこにいるの？」

「そろそろ四年」

「へえ」

などなど。その夜にレナードとあたしが交わしたとりとめもないおしゃべりを、こと細かに繰り返すつもりはない。ほとんどがだらだらと続く、なんともつまらないものだったから。これ、つまり〝デート〟は、男女が薄暗い部屋で他愛のない話をするぎこちない手順のことであり、近代というものがあたしたちの世代に与えた贈り物のように思える。あたしが決めてもいいのなら、それはしまっておいてと近代に言うだろう。あたしはそれに関わりたくない。

その夜遅く、ヘレンとあたしがはうようにしてベッドに入ったときは、ふたりともくたくただった。彼女はダンスで奮闘し、あたしはあれ以上退屈だったら医者から緊張型分裂病だと診断されかねない男と会話するのに奮闘したせいで。あたしたちの部屋を仕切ったシーツの向こうから、彼女が幸せそうにため息をつくのが聞こえた。そのため息はある種の暗号だと、あたしはわかっていた――ヘレンが男性から頻繁に誘いを受けていないことを示している。彼女は、夢中になって読んでいる〈サタデー・イブニング・ポスト〉の小説で女主人公がいつも受けているような誘いを経験したくてたまらないのだ。

「ありがと、ローズ」いまにも寝入りそうなヘレンが愛想のいい声でつぶやいた。日ごろから、彼女が感情を大げさに表わすことはわかっていたけど、感謝の気持ちを伝えるのはこれがまったく初めてだとあたしは気づいた。彼女に思いやりめいたものを感じたのは、その夜二度めだった。結局、ヘレンは好かれたいだけなのだ。たとえ彼女のたっての望みがバーナード・クレンショーみたいに地位が低くて退屈な男に好かれることだとしても、あたしは寛容でいられた。

「そうそう、聞こうと思ったんだった……まさか自分の仕事をレニーにうっかり教えちゃったんじゃないでしょうね、ローズ？」

「別に」あたしは用心しながら答えた。この話がどこへ向かっていくのか、わかっていたから。ついさっき感じた思いやりめいた情が、早くも消え去りつつあった。小さな太陽が顔をのぞかせてあたしの肌を温めたのもつかのま、いまは雲の向こうに隠れてしまい、あたしを前よりも寒くさせたように。

「よかった。警察署でタイプをしてる話なんかしたって、男性をうっとりさせたりできないからね！　あんたは彼が少しうんざりするほどぞっとすることを話せるかもしれないけど、それはちっとも女らしいことじゃないんだから、ああいう仕事は」ヘレンはそこで口をつぐむことにしたかのように言葉を切ったけど、自制したいとの一念はすみやかに崩れ去り（ヘレンの場合、往々にしてそうなる）、みずからよく好んで〝善意からの忠告〟と呼ぶ手厳しい非難へと突き進んだ。

「あとね、もしレニーがあんたを気に入らなくても、あんたのせいじゃないと思う。ベニーによると、ものすごく好みのうるさい人らしいから。恋人は女優のメイ・マレーに似た人がいいとかなんとか」ヘレンがまたため息をついて寝返りを打つのが聞こえた。「心配しないで、ローズ。あんたにはいいとこがあるしさ、そんな子が好きな男の人だってわんさかいるに決まってるもん」彼女が眠りに引きこまれていきそうなことは、もともとのブルックリンなまり――あたしがたまにしか耳にしなかったなまり――がつい出てきていることから、わかった。顔が枕に沈み、続く言葉はややくぐもっていたけど、たぶんこうだったと思う。「次はあんたをばっちりめかしこませなきゃ」

あたしは憤慨するあまり沈黙で応じただけにしたけど、それはまったく通じずに終わった。ヘレンはまたたく間に深い眠りに落ち、驚くほど大きく喉を鳴らしていびきをかきはじめたから。ヘレンを思いやるあたしの気持ちは、あとかたもなく消えた。愚かにもあたしの心のなかにまだ残っていた、女同士としてのかすかな親しみとともに。そう、そのときは、そんなふうに心の整理をするのは簡単だった。まさに次の月曜日、エレガントな服と謎めいた雰囲気を身にまとって、オダリーがあたしの人生に入りこんでくるまでは。しかも、ヘレンの場合と違って、オダリーの影響力はそこから抜けだすのがとんでもなく難しいものだった。

3

あたしたちの署は、ものすごくじめじめしている古びた煉瓦《れんが》の建物のなかにある。聞くところによると、オランダの植民地だった時代からマンハッタンに残っているほんのわずかな建築物のひとつで、もともとは穀物や家畜などを入れておく場所として使われる予定だったらしい。

建築にまつわるそんな由来が真実かどうかは定かではないけど、ここは大気中の水蒸気が凝結《ぎょうけつ》して煉瓦の壁がしっとり濡れることが多く、体を温かく保つのにほとんど役立たない湿気のようなものがたっぷりあることをあたしはよく知っている。太陽の光がじかに届く窓は、ひとつもない。その代わり、ごみごみした都会の空間に特有の、つねにともっている間接照明のたぐいが、あちこちにあった。その結果、署全体は一日中なんだか気味の悪い緑がかった色に染まり、巨大なガラス張りの水槽のなかに沈んでいるか、その水槽と水槽のあいだに入りこんでいるかのようだという第一印象がいっそう深まるのだった。

まぎれもなく頭の痛くなる、空気が濃縮されたようなにおいも充満している。署で働いているあいだずっとこの特徴について考えていたあたしは、そうしたにおいは人間の無数の毛穴からにじみでてくるアルコールだという結論に達した。ウィスキーにせよジンにせよ何にせよ、人間の息や髪や肌に含まれる酒のにおいには、きわめて独特なものがある。それはおそらく酒を飲む大勢の人間とともに、寄せては返す波のように去来すると考えていい。そして、においの影響はある程度強まったり弱まったりするものの、どれほどかすかであろうとつねにいくらかは残り、あたしたちの署にいつまでもとどまるのだ。

誤解しないで。あたしは心の底から自分の仕事が好きだし、署の環境に親しみや忠誠のようなものを感じるようになっているのだから。ただ、外部の人間が来たときには、たいていあたしたちはみんな——巡査部長も、警部補も、巡査たちも、パトロール警官らも、アイリスも、マリーも、あたしも——元からいる人間としての本能が刺激され、欠点だとわかっていることをつい謝ってしまう。オダリーが仕事始めに来た日は、そのいい例だった。

ほかならぬその朝、オダリーが玄関から入ってきたのは、あたしたち一同がマリーの机のまわりにごちゃごちゃと集まって急ぎの話しあいをしているときだった。そのテーマは、特別家宅捜索班としてのあたしたちの新しい立場についてであり、近隣のもぐり酒場の営業を首尾よくやめさせるには、個々の手入れを組織するにあたり、みんながいかに重要な役割をになうべきかということだった。巡査部長はこの問題にかなり熱を入れているらしく、意識的に強い口調で多大な指導権を発揮し、あたしの見るところ、それに触発されて巡査たちは大いにやる気になったようだった。その月のもっと早いころ、これからの数週間で手入れを五件かそれ以上成功させたら、新聞にあたしたちの写真が掲載され、警察本部長がじきじきにうちの署を訪れてみんなと握手をしてくれるという噂が口から口へと広まっていた。いきおい、あたしたちはだれもがすっかり興奮し、その期待に胸を高鳴らせた。熱心な面々に視線をめぐらせていたあたしは、うちの小さな署が新聞の見出しになるかもしれないという期待に誘われて署長まで自分のオフィスから出てきたことに気づいた。

ふだんの仕事まわりでは、警部補がうちの署でもっとも地位の高い警官だ――ただ、正直なところ、あたしたちはみんな巡査部長を署の実際の監督として尊敬していた。警部補の若さと未熟な態度に比べて、巡査部長の経験年数がものを言っていたのだ。でも、その朝は警部補の上司――うちの署長――が顔を出して、あたしたちといっしょにマリーの机のまわりにいた。署長は年配で手足が長く、いつもは自分専用のオフィスに閉じこもって、警部補や巡査部長から提出される書類を処理するのが好きだ。飛び抜けて顕著な特徴は柔和な視線と白い顎ひげで、あたしに言わせると、彼は実体のない影のような感じだった。そんな印象を受けるのも、大半の日々、署長がいるという証拠は、彼のオフィスのドア下の隙間から細く漏れてくるパイプ煙草のほんのり甘い香りだけだということのせいにちがいない。

その話しあいは正式のものではなく、オダリーが署に入ってきたとき、唐突にぎこちなく中断した。ドアがばたんとしまったので、あたしたち全員が振り向くと、オダリーがドアのこちら側に立って、唇にうっすらと笑みを浮かべ、大きな青い目であたしたちを見つめていた。急に現われた彼女の上品なたたずまいは、周囲にあるものとひどく不釣合いだった。あたしたちは唖然《あぜん》とした。電球が出す小さな雑音のなか、話しあいのあいだ中ずっと低く響いていた断続的な咳払いや書類のすれる音ですら、そよ風にいきなり見捨てられた吹き流しみたいに、突然しぼんでぴたりと止まった。オダリーはすばらしいことに、みじんも動じていないように見えた。平然と帽子のピンを抜き（きれいなビロードの小さなつばなし帽で、まだ断髪《ボブ》にしていないシニヨンの上にピンでとめてあった）、手袋をはずした。警部補が急いで出迎え、彼女が冬のコートを脱ぐのを手伝った。もう言ったかもしれないけど、彼女はたとえようもなくすてきなものを数えきれないほど持っているようだった。

「ようこそ、ようこそ。迷わずに来られてよかった」警部補が彼女のコートを持ったまま、なんとも間の抜けたことを言うのが聞こえた。オダリーがタイピストという職につくためではなく、ディナー・パーティーに呼ばれて来たかのようだった。オダリーは気楽なのんびりした響きのいい声で笑った。

「よし、みんな、これでおしまいだ」ようやく巡査部長がそう言って、目下の案件に一同の注意をぐいと引き戻した。「さあ、仕事に戻ろう」彼はあたしたちが手のひらから払い落とすべき汚いものでもあるかのように、手を二回叩いた。話しあいは終わった。巡査部長は聞き手の気がそれたとき、すぐにそうとわかる。あたしたちはばらばらにその場を離れた。それぞれ、てんてこまいのふりをすれば実際にも忙しくなってくれるかもしれないと期待して、急いで片づけなければならないことを身振りで示しながら。署長はまたも自分のオフィスへ引っこんで、パイプ煙草の煙のなかへと姿を消し、あたしたちばかりか自分の気も休めようとした。ゆっくりだけど確実に、仕事のペースはいつもどおりに落ち着きはじめた——ひとつの例外をのぞいて。

あたしはオダリーが初日に署でどのようにふるまうかを、気後れせずに観察した。警部補は彼女をコート掛けへ案内し、みずから彼女のコート（体に巻きつけるふわっとしたもので、ライラック色だった。カシミアだったと思うけど、あまり近くなかったので自信はない）を掛けてやったあとで、彼女を連れて散歩さながら署の主な部分をひとめぐりしながら、途中でふたりが会う警官や職員に次々と彼女を紹介した。あたしが気づいたところによれば、オダリーはみんなに礼儀正しかったものの、各自に合わせてほんの少しだけ態度を変えた。巡査部長にはしとやかで折り目正しく。マリーには親しげに接し、ふたりは打ち解けた調子で少し言葉を交わして、声を立てて笑った。アイリスにはそのよそよそしさを——つまり、職業にふさわしい隔《へだ》たりをそっくり真似し、たぶんアイリスに認められたことがあたしにはわかった。

　警部補は何人かのパトロール警官にも、彼女を紹介した。彼らが担当区域を歩きに出かける、あるいは〝踏みならされた道に出かける〟を短くして呼ぶ言葉を使うと、〝踏みに出かける〟前に。見ていると、彼女はいちゃつくようにオニールに手を伸ばし、彼は頬をうっすらと赤らめ、黒いまつげを眠そうな青い目に恥ずかしげに伏せた。ハーレーに対しては、警部補をいっしょにからかってやろうと提案されて、鷹揚《おうよう》にくすくすと笑ってみせた（警部補はこのもくろみをあまり面白がっていない様子だった）。アープには、小ぶりの手を神経質そうに動かしながら容疑者逮捕の手続き書を間違いひとつなくタイプする重要性を命令口調で伝える彼に、しきりとうなずいた。グレイベンにはしっかりと握手をし、目を見つめ、その下品な冗談ににこりともしなかった――そういうことは受け入れないと彼にはっきり示すには、それが最善だとなぜか本能的にわかったのだ。

　その後ふと気づくと、警部補とオダリーがあたしの机の前に立っていた。あたしは校正していた書類からちらっと目を上げ、礼儀正しいけど関心がない表情を装った。

「最後になったけど、決して軽《かろ》んじちゃならないのが、この愛らしいミス・ベイカーなんだ」

警部補が言った。あたしは顔をしかめた。あたしは、ほら、すぐその気になるような馬鹿じゃないし、たいていの人が自分に〝愛らしい〟なんて言葉を使ったりしないことぐらい、ずっと前からわかってるんだから。はっきり言って、あたしは平凡だ。髪は野ネズミのような、ありふれたくすんでいる茶色。目も同じ。顔立ちに特徴はなく、背は中ぐらい。服からは社会的な地位と職業がほぼはっきりとわかる。あたしはあまりにも平凡で、そのことについては確実に保証できる。いまでは数年ほど警察署にいて、目撃者の証言がどんなものかを知っているので、あたしだったらどんな犯罪を行なっても罪を免《まぬが》れることができるとかなりの自信があるけど、それは単に目撃者の記憶にまったく残らないという理由からだ。あたしが平凡なのは事実であり、警部補だってよくわかっている事実であることは間違いない。だから、警部補が単に積もる恨みを晴らそうとして、うちの署に加わったばかりの新しい職員の目の前であたしをからかっていることに傷つき、あたしは険しい視線を彼に投げた。でも、オダリーはあたしの一方の手を両手で取り、不穏な空気をたちまちやわらげた。

「そのとおりね、ミス・ベイカー」彼女は喉を鳴らすようないっぷう変わった声で言った。「先週はまだ紹介されていなかったけれど、あなたのことは記憶に残っているわ。あなたが着ていらしたブラウス、すてきだったんですもの。きっと趣味がいいにちがいないと思ったのを覚えているのよ」

あたしはオダリーを見た。彼女には人を誘いこむような雰囲気があった。あたしが持っているブラウスはどれを取っても別にすてきではないと明らかにわかっていたものの、妙なことにそのお世辞を信じずにはいられなくなった。ただ、そのときブローチのことが頭に浮かび、これはブローチがなくなったことをそれとなく伝えているのかもしれないと疑問に思った。冷たい不安が血管のなかにじわじわと広がっていくのを感じ、あたしはためらった。

「ほかのタイピストからはローズって呼ばれてるの」あたしは結局そう言った。

「ローズ」オダリーは繰り返した。どういうわけか、ほんのわずか抑揚《よくよう》を変えただけで、それが目の前に座っている平凡な娘というよりも、本物の薔薇《ローズ》を思わせるように発音してのけた。「ねえ、ローズ、あなたに会えてとてもうれ――」

彼女が最後まで言い終わらないうちに、署の小さな留置場へ続くドアがばたんと開き、年をとった飲んだくれが体臭をぷんぷんさせて、ひどくふらつきながら事務室に入ってきた。警部補がオダリーを守ろうとするかのように、それとわからないくらいほんの少し彼女に寄り添ったことに、あたしは気づいた。でも、一同の予想に反して、オダリーは守ってもらう必要などなかった。オダリーがしゃんとして、逃げだしてきた男のほうへ冷静そのものでつかつかと向かったとき、署内の仕事に伴うざわめきがぴたりと止まって、全員の目が彼女に集まった。

「おじさま」オダリーは臆せずに穏やかな柔らかい声で話しかけながら、その飲んだくれと親しげに腕を組んだ。「お泊まりになったところから、抜けだしてしまったようですわね。せっかくですけれど、こちらの方々はまだあなたとお別れする用意がまったくできていませんの」

おそらく六十代で、恐ろしくぼろぼろの茶色いスーツを着ているその飲んだくれは、へべれけの酔っ払いならではのかぎりない困惑と異常な集中力が混ざった目つきで、自分の腕にすべらかにまわされた腕を見てから、腕をずいっと上へたどってその持ち主の顔で視線を止めた。そこに認めたものに男は虚を突かれ、威圧されたようにかしこまっておとなしい態度になった。オダリーが男を人間としてとても大事に扱うように歩くと、そのような待遇に慣れていない男は気を許し、まるでダンスフロアかゴルフの次のホールまで連れていかれるかのように、導かれるまま自然と心やすらかに留置場へ戻っていった。そこに着いたオダリーは彼から腕を解き、その肩をぽんと叩いてウィンクをした。そのあいまにふたりの警官がすみやかに進みでて、男を格子の向こうへ首尾よく閉じこめた。ふたたび監禁されたにもかかわらず、その老人は歩き去るオダリーに上機嫌でにんまりと笑いかけた。まんまとだまされてしまったことを悔やんでいる様子などなく。

留置場へ続く廊下からオダリーがまた姿を見せて事務室へ戻ってきたとき、警官やほかのタイピストたちが一瞬いっせいに息を呑み、そのあとで事務室に割れんばかりの拍手喝采《かっさい》がどっと湧き起こった。オダリーはうれしそうに微笑んで慎ましく頭を下げたが——あたしは気づいたのだけど——頬を赤らめはしなかった。

「お手柄だよ、ミス・ラザール」巡査部長が満足げに部屋の向こうから低い声でねぎらった。

警部補はジャケットの内ポケットからハンカチを引きだしながら歩いてくると、さっと宙でひと振りしてからオダリーの手を取り、留置場へ連れていくあいだにあの飲んだくれから彼女についてしまったすすの黒っぽい汚れをそっと拭いてやった。

「おやおや、どうもきみは少しばかり手を汚すことをいとわないようだね」警部補はそう言ってウィンクをしながら、いたずらっぽく口元をほころばせた。あたしは男の人からよく二重の意味のあることを言われるような女ではないけど、聞けばそうとわかる。あっぱれなことに、オダリーは興味を示さなかった。両手からすすを拭き取ってもらっているあいだは、ハンサムな警部補に愛想よく微笑みかけていたけど、そのあとは彼の肩越しにもっと魅力的なものを見つけたかのように、ぼんやりと視線をはずした。
中断されたままになっていたあたしたちの紹介はといえば、とっくの昔に忘れ去られていた。オダリーが厄介者の飲んだくれにうまく対処した騒ぎが一段落したあと、警部補はオダリーをマリーに委《ゆだ》ねたので、マリーは彼女を机に案内し、初めてタイプする書類を渡した。その日あたしはそれからずっと署内の自分の席からオダリーを注意深く観察していたのだけど、彼女はあたしの存在などまったく気にかけていないらしく、一度としてこちらに顔を向けたり視線を寄こしたりしなかった。それならけっこう、とあたしは決めた。女性だという単純な事実を別とすれば、あたしたちには共通なものなどあまりなさそうだし、とそのとき思ったことが記憶にある。

4

言うまでもなく、その間違いの数々は仕方のないことで、故意ではないように思えたし、取り返しのつかない影響はほとんどなかった。あちこちに現われはじめたちょっとしたタイプミスに大騒ぎする人は、だれもいなかったと思う——そもそも、タイプミスを目にとめた人がいたらの話だけど。あたしは気づいたものの、オダリーの戦略の真相がまだすっかりつかめていなかったので、何も言わなかった。たいがいの人たちと同じく、オダリーがただ仕事にそそっかしいだけなのだろうと、とりあえず仮定し、ゆくゆく正確さに欠けたままなら巡査部長の耳に入れればいいと心のなかで考えた。だれに言われたわけでもないけど、良心がうずいて仕方ないので、それからは彼女を注意深く観察することにした。

十中八九、あたしたちタイピストは間違いをしないものと思われている。何かがタイプされれば、よかれあしかれ、それが真実となるのは奇妙なことだ。あたしはいくつかの裁判を傍聴し、自分の両手でタイプした言葉が検察官によって読みあげられるのを聞いたことがある。読みあげられるその記録が、そこに書いてある情報は正確でおかすべからざるものとしてつねに扱われるさまは、まるでモーセがシナイ山から持ち帰った二枚の石の銘板《めいばん》そのものであるかのようだ――いや、それ以上かもしれない。というのも、なにしろモーセは下山してすぐに怒り狂ったあげく、その石板を砕いてしまい、代わりをもらいにふたたび山へ行かねばならなかったからだ。なので、破ってはならないと思われている度合いは、裁判用の記録のほうが高い。

あたしにとってもっと興味深いとさえ言えるのは、検察官によって供述書が読みあげられるとき、今度は法廷速記者がそっくり同じ言葉を同時にタイプして、事実の記録の写しを、複製を作ることだ。職業上の礼儀として、あたしは法廷速記者の正確さを疑いはしないけど(あたしだって自分の正確さをだれかに疑われたらいやだから)、自白書の内容から陪審員の評決が引きだされ、最後には判決へと達するまでに関わっているいくつかの手――それもまさに女性の手――やタイプライターについて考えるのは、面白い。

これは言うまでもなく、わが近代の機能だ。あたしたちが誠心誠意仕事に当たったかどうかは目に見える形で残るものの、どちらにせよ、機械の正確さに信が置かれる。その機械が複製したものは原文に忠実であると、だれもが躊躇《ちゅうちょ》なく信じてしまうのだ。しかもタイピストは、タイプライターやそこから派生する機械ならではの中立性の延長だと考えられている。いったん機械そのものの前に腰を下ろし、脚をくるぶしのところで交差させて椅子の下にきちんとしまい、指をキーの上で構えたら、あたしたちは人間ではないとされるのだ。聞いたものをすべてそっくりそのまま書き取ったりタイプで打ちだしたりするのが、任務。刺激を受けて伝達する単なる器官として受身であり、そこからはずれることは万が一にも皆無だと考えられている。

これは正義にもあてはまる逆説だと思う。実体からの分離という意味で。正義というものは、すべてをよく見ることだと思われている反面、目をつぶるところも同時にあるのだから。あたしたちタイピストは自分の意見を表明しないことを求められているけど、正義の女神はさらに能力を奪われており、第一印象という偏見を考慮に入れることを許されない。正義の女神は自分の仕事をしかるべく行なうために、目をつぶることをよぎなくされているところがあるのだ。でも、あたしはそれだけは絶対にごめんこうむる。はっきり認めると、あたしはいつだってたとえば見物用《ヴォアユーズ》の椅子であって、そのことを別に恥ずかしいとは感じていない。あたしは人間を観察するのがすごく得意で、その習性のおかげでこの世における真の教育のようなものを授かったと信じている――いろいろな意味で。

ごく幼いころから、あたしが黙ったまま人に知られないようこっそりとのぞき見して知識をうまく集める能力について、孤児院の修道女たちはよくあれこれ言った。もちろん、そんな言葉は使わなかったけれども。修道女たちが〝のぞき見〟と呼ぶのは、それがいけないことだったとき以外、めったになかった。たいていは、あたしにこんなふうに言った。『まあ、なんて観察力のある子なのかしら、ローズは！　いつもまわりのものごとをみんな知識として吸収しているのだから！　そんなふうに観察ばかりしていて厄介なことに巻きこまれないようにすれば、この世を生きていく助けになるわ』あたしは修道女たちの助言を心に刻んだ。つねに上手にやってきた。礼儀に気をつけ、手や爪を清潔に保ち、自分に割りあてられた仕事について修道女に叱られるとか、ごわごわの濡れたタオルで顔を拭かれるとかいったことはいっさいなかった。

平凡さがすぐれた美徳のしるしだと学んだのは、その孤児院においてだ。幸運なことに、あたしは平凡さにかけて特別な才能があるとわかった。生まれつきのめざましい才能や美貌が備わっていなかったため、それが欠けたままでいるのは、そうした分野を磨かなければいいだけだった。あたしは平凡さについてしっかり学び、たくさんの修道女を味方につけた。何年もたつあいだに、彼女たちの判断を決める基準を身につけようと努めたおかげだ。彼女たちによれば、平凡な娘というものは見栄っ張りにはならないので、七つの大罪のうち少なくともひとつからは永遠に安全でいられるという。平凡な娘は自分をめぐって引き起こされる大騒ぎにほとんど無縁で、丁寧な会話をしたり、スカートのポケットから出した本をひとり静かに読んだりすることだけで幸せだ。平凡な娘は自分の頭のなかで恋心をふくらませる――あるいは、いっそうひどいことには、同じような男性の頭のなかにうっかり恋心を生まれさせる――危険がほとんどなく、よって破廉恥《はれんち》な行動を起こさない。『あなたについて確かなことがひとつあるとすればね、ローズ、それはあなたが牛乳配達人の前で軽々しくめかしこんで、わたくしたちに恥をかかせたりは決してしないということよ』と修道女たちはよく満足げに言ったものだ。

毎日あたしたちに牛乳を持ってくるのは、陽気でがさつな男で、孤児院で行きあう女の子が何歳であれ、どんな容姿であれ、だれにでも目をいたずらっぽく輝かせてお世辞をたっぷり浴びせかける。そう、女の子みんなにお世辞をたっぷり浴びせかけるのだけど、あたしにだけは例外だった。あたしが牛乳を受け取る当番のときはいつでも、あたしがドアをぱっとあけるなり、満面の笑みが凍りつき、口がこわばってほぼまっすぐの一直線に変わる。やりとりは礼儀正しいけど、そっけなくて事務的そのものだった。どうしてあたしには絶対に何度もウィンクしたりたくさん褒《ほ》めたりしないのかと、ほかの女の子のひとりが彼に尋ねたのをふと耳にしたことがある。『あの子には、なんかいけねえとこがあるんだ』と彼はかぶりを振りながらきっぱり言った。『はっきりこうだって言えねえけど、牛乳みてえに、まだ腐ってもいねえうちから悪くなりかけてるのがわかるって感じでさ』と。

もっと繊細な気性の人だったら、その言葉に深く傷ついただろう。でも当然のことながら、あたしはその話を聞いてもまったく腹が立たなかった。牛乳配達人なんかの考えに合わせたふるまいをするなんて、救いようのない馬鹿だけだからだ。十歳くらいの年端のいかない子どもにして、すでにあたしは自分が精神的にも道徳的にもすぐれていることを感じ取る力があった。修道女たちも同じように感じ取ったらしい。思慮深いことに、非常に裕福なカトリックの商人の年老いた奥さんのために、二年ほどあたしを午後のあいだメイドとして働かせたのだ。本当の淑女《レディ》がどんなふうに暮らしているのかを学びながら、礼儀作法や勤勉さを身につけられるとの思いからだった。あたしの雇い主（この言葉はかなり大ざっぱな意味で使っている。実際にはお給料をもらっていなかったから——ただ、そのあいだ孤児院は寄付金をやや多くもらって利益を得たと言わせてもらう）は、唇の薄い銀髪の女性で、山深い田舎に住んでいた祖先がかなり昔にセント・ローレンス川をたどってフランス植民地を出てイギリス植民地に入ったところ、ある日、目が覚めてみると、まわりの世界がアメリカと呼ばれる真新しいものにすっかり変わっていたそうだ。すべての道はローマへ通ずというか、まあ、そんな感じで、あたしが話せるかぎりでは、ミセス・アビゲイル・ルブランの先祖が東へとまた道をたどることにした結果、やがてルブラン家はニューヨーク市に居を構えることになった。

だんだんわかってきたのだけど、ミセス・ルブランはニューヨークの行政区にあるとても大きな四階建てタウンハウスの管理をして日中をすごし、ミスター・ルブランはニューヨーク市でもっとも大規模な毛皮加工場のひとつを経営していた。ミセス・ルブランはかなり大勢のメイドを抱えていたのに、あたしのためになんとか仕事を見つけてくれた。女教師もかくやと思われる彼女の鋭い監視のもと、あたしは銀器の磨き方や、毛皮の手入れの仕方や、台座の爪からダイヤモンドをはずさないように磨く方法や、このうえなく繊細なレースの繕《つくろ》い方などを学んだ。さらには、節約というすばらしい美徳も教わった。ミセス・ルブランは節約の名人とも言える人だったのだ。彼女はあたしに役立つことを教えていると思っていただろうし、たぶんそのとおりだった。彼女に言わせると、あたしたちの世代は世の中のすべてを使い捨てにしてしまったらしい――安っぽくてすぐ壊れるものばかりを世界にあふれさせ、長持ちするものをいかに作るかという技を学ぶことをおろそかにして。羽飾りのついた帽子や絹の夜会服といったものの寿命を延ばすコツをあたしに教えるなかで、ミセス・ルブランはあたしたちの世代の欠点を正す任務を自分に課したのだ。

シスターたちはメイドとしての仕事であたしが受けた好ましい評価に大いに気をよくして、おそらくあたしに役立つことがもっとできそうだと考えた。あたしが十二歳の誕生日を迎えた夏、彼女たちは寄付金をつのり、新学期が始まったらあたしを少し歩いたところにあるベッドフォード女子学園に入れようと決めた。これは、孤児院内にあるたったひとつの教室でシスター・ミルドレッドが行なっていた笑ってしまうような教育よりもましなものを、あたしが受けられるようにとの配慮だった。あいにくシスター・ミルドレッドは八十九歳で、両方の耳がほとんど聞こえない。そのころ、あたしがベッドフォード女子学園で受けていた教育にシスターたちがどれほど感心し、それをよく口にしていたか、いまも覚えている。『まあ、ローズ、なんてお行儀がいいんでしょう。完璧な小さいレディになっていくわね！』

あたしが完璧な小さいレディになったかどうかはともかく、ベッドフォード女子学園のおかげでアストリア女性速記者専門学校に入れたのだから、その意味では、ベッドフォード女子学園はあたしが完璧なタイピストになる手伝いをしてくれたと思う（あたしのちょっとしたタイプ技術に〝完璧〟という言葉を使うのは、あまりにあつかましいとしても）。ただ、すでに言ったかもしれないけど、あたしはものすごく速く、ものすごく正確にタイプできる。この几帳《きちょう》面《めん》さは、ひとえに生まれつきの好奇心と鋭い目の賜物《たまもの》にちがいないと信じている。

だから、あたしが持ち前の鋭い目を新入りのタイピストに向けたのも、ごく自然の成りゆきだった。あたしはオダリーがこの署で働きだした当初から彼女を仔細《しさい》に観察していたのだけど、二週間とたたないうちに彼女の行動の記録をつけるようになった。なんの気なしに始めたことだ。小さなメモ帳に職場での彼女の行動を手短に書きとめたり、たまに交わした会話を詳しく記録したりして、自分の机の引きだしの奥にしまいこんだ——例のブローチのすぐ隣に。まだ引きだしにあって、そこからあたしに輝きを送ってくるそのブローチをちらりと見るたびに、背筋が少しぞくっとした（と同時に胸が高鳴った）。オダリーのふるまいに関するあたしのメモは、ありのままだ。ひどく熱がこもっているわけではない、単なる事実の列挙だと思う。オダリーがどんな人間なのかを理解するために役立ちそうな、ちょっとした手がかりの寄せ集め。そこから少しばかり抜きだしてみると、こんな感じ。

今日、O《オー》が来て、かけていた小さなケープを手品師みたいにさっと払ったら、内側のサテンが銀色の雷みたいに光った。上品さには欠けるけど、とってもきれい。入ってくるときは、いつも劇的だ。朝、彼女がやってくるのが楽しみ。どんなふうに登場するか見たくて。

Oがランチのお薦めの店をあたしに聞いた。おいしい店を見つけるための定番に従っただけかもしれないけど、どうかな。いつかいっしょにランチに行かないかとあたしを誘おうとしてるんだと思う。あたしには、アイリスやマリーやパトロール警官に対するのとは違う反応をする。彼女は確かに知的で、たぶんあたしたちふたりは署の大部分の人たちとは違うと考えてる。あたしは寂しいわけじゃないけど、気のきいた会話でもしたほうがいいかも。ともあれ、ランチに誘われたらうれしい。

Oのタイプ技術にちょっとがっかり——今日、Oの報告書二通にへまあり。六か所で〝a〟とするべきところを〝s〟とタイプした。あたしが間違いを指摘したら、彼女はタイプライターのせいにして、そのふたつのキーがくっつきやすいんだと言い張った。あたしたちのタイプライターを交換してみた。くっつきやすくはないと思う。

今日、警部補がランチから戻ってきて、豆入り砂糖菓子《ピーナッツ・ブリトル》の小さな包みをOの机に置いた。Oはうれしそうなふりをしたけど、Oのことだから本心かどうか判断するのはとても難しい。警部補は、今日の午後たまたま菓子屋に行ったと言っていた。怪しい。だって、警部補はコーヒーをブラックで飲むし、甘いものを食べてるところなんか一度も見せたことないんだから。

〇はコーヒーよりも紅茶が好き。ミルクを少し入れて。小指を曲げて飲む。彼女のこのちょっとした癖が、とても気に入ってしまった。だって、なんとなくレディらしいから。

〇が報告書を戻しに事務室を横切り、あたしの机のところで足を止めた。どんな音楽が好きかと聞いてくる。あたしはちょっと相手を喜ばせようとしすぎたかもしれない。なんでも好きだと答えた。本当は、このごろダンスホールから流れてくる楽団の騒がしい流行歌のほとんどには我慢できない。心から好きなのはバッハとモーツァルトだけだ。でも、彼女は片手をあたしの肩に置いて、いつかぜひ音楽を聴きにいきましょうと言った。実際、いっしょにコンサートに行くなんてことがあるのかな。〇のお供をすると思えば、あの変てこなストラヴィンスキーの曲にだって耐えられるかも。それほど彼女には興味がある。ものすごく垢抜《あかぬ》けた人だって気がするから。

今日、街角の屋台にランチを食べにいこうと思っているんだけど、よかったらいっしょに行かないかというようなことを、〇にそれとなく言った。彼女はあたしの誘いに乗り気じゃなかったみたい。でも、もっとすてきな店にいっしょに行けるまで、彼女はただ待っているだけだと思う。それはもう趣味のいい人だから、あたしたちがいっしょに出かけるランチは特別なものにしたがってるんだわ、絶対に。屋台でランチだなんて、安っぽくてありふれたところに行こうと誘うなんて、あたしったら馬鹿。

Ｏは今日、警部補と話している最中にストッキングをまっすぐに直した。しかも、自分の脚を彼が見つめていることなんか、おかまいなしって感じ！　もうもう、びっくり。彼女は椅子に座ったまま左脚の下まで手を持っていって、人絹《レーヨン》の縫い目をまっすぐに直しはじめた。手をスカートのなかに入れてすぐのあたりで止めたあと、とめ具を調節したのは確か。なんて淫《みだ》らな、場にそぐわないふるまい。警部補は興味をそそられたみたいだけど、巡査部長だったらとんでもないと思ったはず。それでこそ、巡査部長。道徳をわきまえた高潔な男性というものは、ちゃんといる。

今日、Ｏは友だちに電話して、夕方からどうすごすかを数分ほど相談した。受話器を置きながら、あたしに見られていることに気づくと、あたしに何かを尋ねようとしたけど、そこで警部補があたしに声をかけ、取調室で容疑者の供述を口述タイプしてほしいと言った。きっと彼女は自分や友だちといっしょにその夕方から出かけないかと聞くつもりだったんだと思う。ほぼ確かだわ。

彼女は今日、ランチに行くときハンドバッグを忘れた。なかから煙草がひと箱のぞいていた。箱にはゴロワーズという文字。そんな銘柄は聞いたことない。外国のみたいだ。まあ、あたしはいままで煙草を吸ったことなんかないけど。だれも見てない隙に、そこからそっと一本抜き取った。署の外の小路に出て吸おうとしたら、火をつけるマッチもワンダーライト（ライターの銘柄）も持ってないことに遅まきながら気づいた。その煙草は引きだしのオダリーのブローチの隣にしまった。煙草が一本ないことに気づかれないといいんだけど。それにしても、彼女は煙草なんか吸うべきじゃない。煙草が一本ないのは、喫煙はいけないってことを伝えてるってわけ。彼女のためになることをしてるにすぎない。あたしがどれほどいい友だちになれるか、わかってもらえたらいいのに。彼女は本物のレディになる素質をすべて備えてる。愚かすぎることをしないよう鋭い目を光らせるだれかが必要なだけ。

今日、Oがアイリスをランチに連れていった！　あたしをさしおいて。年増の、無表情な、小ぶりのネクタイをしてる男っぽいアイリス。ふたりが帰ってきたとき、あたしがランチはどうだったかとものすごく愛想よく礼儀正しい質問をあれこれしたら、オダリーはそんなことあなたには関係ないでしょみたいに答えた。気を悪くしたらしい。いちいち答えるのが面倒くさかったのね、きっと。どうもOを買いかぶってたみたい。せいぜいアイリスと仲よくしてればいいんだわ。

Oは今日たっぷり十二分も遅刻した。謝らなかった。巡査部長は時間のことで何か言った。彼女はそれに冗談を返したけど、声が低すぎたので部屋のこちらまでは聞こえなかった。彼女は声をあげて笑い、びっくりしたことに、巡査部長も軽くくすりと笑った。朝、

○が出勤してくるのが怖くなってきている。いっしょにドアから入ってくる馬鹿げた一連の騒ぎが。

自分のメモはとりとめがなくて、せいぜいその場かぎりだといつもあたしは思ってたけど、いま読み返してみると、けっこうまとまっているのがわかる。メモ帳にはもっとたくさんのことが書いてある——先に言ったように、ここにあげたものは単なる数例だ。ただ、あたしの興味にさほど大きな変化はない。書き方が異なるだけで。そもそもの最初から、オダリーは魅力にあふれ、そうしたいと思ったときにはこよなく親しみやすいし口がうまい。だから人付きあいが上手なんだとつい思いがちだけど、それは間違っている。初めのころの数週間で、あたしは小さな真実を発見した。もしもっと仔細に、もっと注意深い目でオダリーを観察したら(あたしがつねにしているように)、オダリーが——あんなに魅力的なのに——他人にほぼ関心がないとわかるだろう。だれかが机に近づいてくると、まず彼女の口の端にごくかすかな、それでもわかる程度の緊張が走り、続いていつもたっぷりの笑みが徐々に顔の表面に広がっていくのだけど、それはトーストにバターでも塗るようにやすやすと浮かんでくる、とりたてて期待があるわけでも注意を払っているわけでもない笑みなのだ。

言うまでもなく、みんないつも彼女と話をしたがる。彼女と話ができない場合は、彼女の話をする。あるお昼どき、あたしたちの何人かが署の外の通りにいて、新聞紙に包んだピロシキや、小さい三角の紙コップに入れた水増しコーヒーを売っている手押し車のまわりに立っていたとき、噂話が始まった。それはたちまち活発なやりとりとなって、たいていこんな感じで続いていく。

「彼女、ある男性とカリフォルニアに行ったんだけど、結局そいつがジャック・デラニー（一九二〇年代に人気だった世界ライトヘビー級ボクシングチャンピオン）みたいに右フックしか取り得《え》がなかったんで、やつの金を盗んで逃げたらしいよ」

「一度、映画に出たんだってよ。クララ・ボウとテーブルの上で踊ったって」

「へえ、そう？　だったら、どうしてその映画は上映されないんだ？」

「ウィル・H・ヘイズ（当時の映画製作配給業者協会の会長）が待ったをかけて上映禁止にしたからよ。公開するにはきわどすぎたんだって。たしなみがないってことよ、わかりやすく言えば」

「ふーん、それは便利だな」

「何が言いたいの？」

「その映画を観《み》たら、信じるって意味さ」

「聞いたことを聞いたって言ってるだけよ」

「聞いたことをみんな信じられはしないだろ。彼女はいかす女だけど」

「そうだな。品があるし！」

「うーん、それはどうかな。彼女はギャングの女だって噂よ。そう、だから、ほら、高価そうなものを持ってるじゃない――そいつからもらって。密造酒関係の内部情報を手に入れようとして、ギャングは彼女をここへ送ったのよ。ああいう手合いのやり口でしょ――いつだって内部にだれかを送りこもうとするんだから」

「おい、気をつけろよ」だれにせよ良心的な人間が理性の声の代表をつとめようと、適度なところでよく口をはさむ。「笑いごとじゃないぞ。もしかすると人の評判を傷つけてるかもしれないんだ」

「事実だなんて言ってないわよ。ただ、噂話だって言ってるだけで……」

おおよそ、そんなふうにつらつらと続いていく。いったん始まると、背景に途切れなく低く流れる合唱のようで、止まら——止まれ——ない。だれも自分がそうした噂を始めたことを認めないし、それを広めていくことに大いなる後ろめたさを感じる者はほとんどいなかった。署員のおおかたは飲んだくれの浮浪者や婦女暴行犯や密造酒販売者に少しうんざりしていたんだと思う。オダリーはあたしたちの気晴らしのたったひとつの源《みなもと》になっていて、こうした噂をでっちあげる者たち（おもにグレイベン、マリー、ハーレー）は好き勝手に想像をふくらませていった。新聞の最新の見出しにオダリーを合わせようとしていたのだ。クララ・ボウ、ウィリアム・H・ヘイズ——どれもつい先ごろ話題になった人だ。あたしの下宿の女主人が産んだ末っ子の父親がだれかという問題と同じで、そうした主張に関する時間的な点を考慮すると、その正当性はどうにも怪しくなる。

自分をめぐって渦巻く噂に気づいたとしても、オダリーはそんなそぶりを見せなかった。彼女の魅力は電気のスイッチみたいに自分で自由につけたり消したりできたし、噂などはその流れになんら影響がないように思えた。ただ、人を惹きつけるあふれるほどの強い魅力を絶えずたたえながらも、彼女は容易に理解できる人間ではなく、人と親しくなるのを故意に避けているらしいというのが、驚くべき真相だった。というか、あたしは彼女の行動を観察するなかで、そんなふうに直感したのだ。

マリーはタイプする予定のその週の報告書をオダリーの机に置くとき、必ずオダリーと話をしようとする。オダリーは礼儀正しく応じるものの、乗り気で返事することはめったになく、自分からは決してマリーに質問をしない――そのことにマリーは苛立《いらだ》っているのではないかと思う。あたし自身どちらかというと仲間に対して口数が少なめだし、好みがうるさいほうなので、その点をひそかによしとしていた。それはまあ、彼女が分別や慎重さのかけらもなく、いちばん最初のランチにアイリスを誘うまでだったけど。たぶん、その相手がマリーだったら、もっと失望していたかもしれない。でも、なんと――アイリスだとは！　口唇裂で、地味で、なんの趣《おもむき》もないアイリス。あたしだって外見はひどく地味だけど、アイリスは中身までひどく地味そうな人間なのだ。

以前、あたしにこう言ったことがある。『趣味があるなんて、子どもだけよ』と。彼女にはなんの趣味もない。夢中になるものも。あたしが知るかぎり、読書の習慣すら。彼女は新聞しか読まないし、その読み方ときたらうんざりするほどで、一面から最後の紙面まできっちり読んでいき、何ひとつ飛ばさないのだ――広告や死亡記事といったものまで。しかも読み終わったあとでアイリスが意見を言うのは、たったひとつの記事についてだ。天気予報。こんなことを言う権利はあたしなんかにないかもしれないけど、でも、あたしだってアイリスがちょっと退屈な人であることぐらいはわかる。

あたし自身はあまり噂話に加わらないし、マリーの穿鑿《せんさく》好きなふるまいやよけいなおしゃべりを認めているわけではないけど、人として許せないのは、他人のあれこれに興味を持つのは卑《いや》しいことだと感じさせる人間だ。しょせん、他人に興味を持つのは人間だから仕方のないことで、それを否定するのは上品ぶった連中にすぎない。アイリスはそんな上品ぶった人たちのひとりだ。前に、巡査部長が一週間以上もお弁当箱を持ってこなかったことに気づいたあたしが、奥さんと喧嘩でもしたのかしらと声に出していぶかったところ、アイリスがさっそく皮肉を言ったのだ。『あら、ローズ、それはよけいな心配だわ。自分のことだけ気にしてればいいのよ。でないと、あなたと巡査部長とのことを誤解する人がいるかもしれないでしょ。タイプ学校で正しいプロ意識というものを教わらなかったとでも言うんじゃないでしょうね……』あたしは噂話が嫌いだけど、それよりも大嫌いなのは、自分は噂話をするような人間じゃないというふりをして、だからこそほかの人たちを見下した態度を取る権利があると勘違いしている人間だ。

オダリーとアイリスがランチから戻ったあと、あたしは礼儀正しい通りいっぺんの会話をしてから、タイプしていた報告書に注意を戻した。もちろん、彼女たちのランチに加われなくてもかまわないと自分に言い聞かせてたけど、なんとなく気になった。動揺し、いらいらした。たぶん、その日あたしはコーヒーを飲みすぎていた。指がタイプライターの上で細かく震えて、困ってしまうくらいに。誤って違うキーを何度か打ち、報告書用紙をローラーから引き抜いて捨て、新しい紙を入れたのだけど、あせるあまりすぐさま同じ間違いをまた繰り返した。怒りがふつふつと湧いてきて、タイプをあきらめた。手袋をはめ、机の引きだしから例の煙草を出すと、そのくすねた品を左の手袋の手首からそっと忍ばせた。手袋のおかげで、盗んだ煙草はうまく隠れるとわかっていた。あたしがちょっと外へ行くと言って出ても、だれも顔を上げなかった。

数ブロックほどぶらぶら歩き、そのしなびた煙草を最初に吸おうとした小路へ入った。今回は、火をつける道具を忘れずに持ってきていた。警部補が午前中ずっと木製のマッチ棒の先を嚙んでいたのだけど(爪楊枝《つまようじ》が見つからないときに彼がよくする習慣だ)、それが机の上に置きっ放しになっていたので、あたしは勝手にそれを自分の机の引きだしにあるがらくたのちょっとした集まりに加えたのだ(ここでひとつ断っておこう。このくだりを読むと、まるであたしには盗み癖があるみたいだけど、それは絶対に違う。マッチ棒に持ち主などいるわけがない——それは必要としている人ならだれにでも使ってもらえるように作られてるんだから。あと、あのブローチについては、落ちた床から拾っただけの見つけものだと、すでに自分の意見を述べてある)。

小路に入ったあたしは、こっそりとあたりを見やった。自分がどんなふうに見えるか、痛いほどわかっていた。震える手で、マッチの頭の硫黄《いおう》を煉瓦《れんが》の壁にこすった。しゅっと音がして炎が上がった。あたしは煙草を吸ったことなどなかったけど、カフェで男性が吸う姿を数えきれないほど見てきた。炎を煙草の片端に寄せ、少し頰をへこませて息を吸った。いきなり肺が熱くて乾いたひりひりする感覚に襲われた。あたしはなんとも品のない咳をしながら、それでもまだだれにも見られていないことを確かめようと、必死の形相で小路に目を走らせた。

煙草は効果を発揮しつつあるようだった。頭がぐるぐるまわりはじめ、風船に変わってしまったような感じがかすかにして、自分の体から持ちあがってどこかへ行ってしまいそうだった。オダリーが煙草を吸ったときは、こんなふうに感じているのかと思った。彼女はカフェで吸うのだろうか？　パーティーで？　そんなに大胆なの？　あたしは彼女のことを考え、彼女がやりそうな格好で煙草を持とうとした。頭がいっそう軽くなった。吸いこんでは、真っ赤に焼けた炭みたいにくすぶる吸いさしを見つめながら、長くゆったりと紫煙を吐くことを何度か繰り返した。だいぶ気が落ち着いたと感じたころ、出し抜けに、頭上にそびえるアパートメントの窓をだれかが勢いよくあけた。あたしはびっくりして煙草をどんよりした水たまりに投げ捨て、できるだけ急いで小路から飛びだした。舗道に当たる自分のヒールの音に急《せ》き立てられ、騒々しくぴしゃりと窓が閉まる音にいっそうびくついた。足をゆるめず、署へ向かった。玄関から入って事務室を横切りながら自分を落ち着かせ、ふだんどおりになろうとした。

ありがたいことに、あたしが入っていっても、そもそも出ていったときと同じようにだれの関心も引かなかった――つまり、ひとりとして顔を上げてこちらを見もしなかった。あたしは息を整え、背筋をぴんと伸ばすようにしながら、なにげなく部屋を横切って自分の机へ戻りかけた。頭のなかには、新たな秘密が渦巻いていた。あたし、煙草を吸ってたの！　あたしって、自由奔放な喫煙する女よ――ちょっとすごいでしょ！　警部補が知ったらびっくり仰天しそうと思って、うっすら満足感を覚えた。巡査部長は……うーん……あまり考えたくない。それは脇へ押しやった。

「ローズ」だれかがあたしの名前をそっと呼んだ。びくっとして振り返ると、オダリーがあたしを見ていた。興味ありげな笑みをうっすらと唇に浮かべて。「どうかして？」

「えっ！　ううん」あたしは答えた。「大丈夫――どうもしないわ……ご心配なく」

オダリーはあたしのほうへ首をかしげて言った。「いましがた、驚いたように見えたけれども」彼女は鼻をひくつかせると、わけがわかったとでもいうように、興味が失せた唇にもう少し笑みを広げた。そして、あたしのことはもういいとばかりに肩をすくめ、その件にけりをつけた。「確かめただけよ」オダリーはそう言って、一瞬だけあたしの目に視線を据えてから、ようやくきびすを返して自分の机へ戻った。そのとき頭の向きを変えたあたしは、いま髪についている煙草のにおいに気づいた。そのにおいはロングドレスの裳裾《もすそ》みたいに、その日ずっとあとを追ってきて、どこまでついてくるのかと思うほどだった。

その午後、あたしの疑問に答えが出た。書類棚から戻ってくると、机上に煙草の箱がのっていたのだ。その箱は新品でまだ開封されておらず、あたしはたちまちだれがそこに置いたのかわかった。事務室を横切り、オダリーにそれを突きだすと、何かをタイプしている最中だったオダリーが混惑した表情で見あげた。

「いらないわ」あたしは彼女の顔の前で箱を振った。「煙草は吸わないの」

「まあ、本当に？」

「ええ」あたしは箱をさしだしたまま言った。
「いいわ、それなら。わたしの勘違いのようね」オダリーは断じてそうとは認めていない声音《こわね》で言い、いやに気取ったけだるそうな手で受け取った。

5

オダリーとはじかにほとんど関係がないある時期に、ある事件が起こった。ただ、彼女が署に来た最初の週を思いだすとき、それはちょっとした理由から、あたしの記憶のなかでつねに大きな場所を占めている。じつのところ、そのできごとは〝じかにほとんど関係がない〟というよりも、まったく関係がないと言ったほうが正しい。その問題は、署で起こったことですらなかった――仕事を終えてすでに帰宅したあと、下宿屋で起こったほんの些細《ささい》なことにすぎない。

その午後、あたしはいつもより早めに職場から帰っていいと言われた。昼休みのあと暇な時間が続き、署にだらだらした雰囲気が漂った。三時半をすぎたころ、警部補がひょろりと長い脚をゆったりと動かしてぶらぶらとやってきたかと思うと、馬に片鞍乗りをするかのようにあたしの机になかば腰かけるような、なかば寄りかかるような格好で座った。そして机にのっている報告書をさも大事そうに押しやった。そこに焦点が定まっていなかったことからすると、タイプされている言葉など本当はひとつも理解できていないようだったけど。警部補は何回か咳払いをしてから、ようやく口を開いた。

「今日、きみはもうタイピストふたり分の仕事をしたと思うよ、ミス・ベイカー。倍の給料を要求しようと決心されないうちに、帰ってもらったほうがよさそうだ」彼はあたしの机上の報告書から目をぱっと上げてあたしの目に合わせたけど、そこに見つけた何かにやけどでもしたかのように即座にそらした。

「今日あたしが早く帰っていいなんて、巡査部長は何も言ってませんでしたけど」とあたしは応じた。

「いやいや、知ってのとおり、わたしには自分の意向できみを早く帰す立派な権限があるんだよ。どのみち、巡査部長は認めてくれるはずだ」そう続ける警部補の声は、無理をして愛想よくしているかのようだった。彼はクリップを一本の指にのせてバランスをとり、それをじっと見るふりをした。「このことで組合はわたしたちに何の文句も言わないだろうしね」

この最後の台詞《せりふ》は冗談だ。タイピストに組合はない。タイピストにかぎらず、女性が被雇用者の大部分を占めている職業においては。

「わかりました」あたしは彼の冗談に笑おうともせず、ぶっきらぼうに言った。「巡査部長が反対しないなら、午後は休みをとります」あたしはさっそくその日の仕事の片づけにかかった。警部補の尻に敷かれたタイプ用紙に手を伸ばし、断りもせずにぐいと引っ張った。彼は両眉を上げ、片鞍乗りに腰を落ち着けていた格好からよろけると、目をしばたたきながら立った。まるでうちの署に勾留《こうりゅう》されていたアル中の浮浪者が釈放されたときみたいだった。署の暗がりからたいていよろよろと出てくる浮浪者は舗道に突っ立ち、あまりにまぶしい太陽にすっかりうろたえ、ものも言えずに目をぱちくりするのだ。

あたしが手袋をはめ、曲げた肘にハンドバッグをかけたとき、警部補はまだそこに立ってしきりにまばたきをしていた。

「しかし、どこへ行くんだね？」このやりとりが彼の思惑どおりに進んでいないことは、疑いようがなかった。

あたしは穿鑿《せんさく》するようにちらりと彼を見やった。「どこって、家です、もちろん。帰宅しろと言ったのは警部補じゃないですか」彼はすぐに反応しなかった。あたしは待った。そしてため息をつくと、腕からハンドバッグをはずして机の真ん中にどすんと置いて言った。「それはもちろん、警部補があたしをからかおうとしてるんじゃなければですけど」あたしはいらいらして手袋の指先を引っ張りはじめた。

「いやいや」警部補があわてて言った。「きみをからかってるなんて、とんでもない」彼は困ったような変な顔をして、あたしが机上からハンドバッグをもう一度手にしたあと正面玄関まで歩いていくのを見つめていた。まるで形になりかけている言葉が喉元まで来ていて、出たいともがいているのに無駄に終わったかのような、面食らった表情だった。おそらく、もっと大げさな感謝の言葉を期待していたにちがいない。でも、警部補の謎めいた行動の裏に隠された動機を読み取るのはあたしの仕事ではないし、家まで帰る道すがら、この件についてもっと考えたり心を悩ませたりするのはやめようと誓った。

ほどなく、下宿屋のそばまで来た。そこへ続く道路はカエデやニレの並木道になっていて、角をまわって帰宅するまでの最後の歩道だ。あたしは晩秋の葉っぱに足首まで埋もれながら歩いていた。葉はすでに鮮やかな色を失い、愛《め》でられた燃えるような赤や琥珀《こはく》色から、くすんだ茶色の薄くてもろい枯葉の山に変わっていて、ほんのかすかな風にもかさこそと音を立てた。空気にはぴりぴりした冷気が感じられ、雪のにおいもそう遠いものではない。冬はすぐそこまで来ていた。下宿屋の前にようやく着いたとき、両隣の正面との境がないかのようにうずくまっているブラウンストーンの建物を見あげ、道路から玄関までの急な階段や、渦巻き模様の鉄製の手すりをしみじみと眺めて、満ち足りた気分になったことを覚えている。あたしの家！　まだたそがれ時になってもいなかった。警部補の動機が何かなど、もう気にならなかった。昼下がりに帰宅するのは、なかなかいいものだった。なまけてぶらぶらしていることに、わずかな心の痛みを感じた。

玄関のドアを押しあけると、いつものように温かなシチューのにおいがする空気に迎えられた。ただ、その午後はむっとするような重苦しさには襲われず、嘘偽りなく好ましいにおいに感じられて、空腹の最初のうずきがかき立てられた。あたしはコートをドア脇の掛け釘に掛け、冷えた指を温めようと手に息を吹きかけた。キッチンから声がしたのでそちらへ向かうと、ドティとヘレンがさかんに元気よくおしゃべりをしていることがわかった。その会話は声が上がっては下がり、二匹の虫が互いににぎやかに鳴きあっているかのようだった。今日ぐらい、ふたりの和気あいあいとした噂話に加わってもいいかもしれないと思ったので、キッチンに入ろうとしたところ、それが聞こえてきたため、ふたつのちょうつがいでとまっている自在ドアのすぐ外ではたと足を止めた。あたしの名前だ。心臓がどきどきしてその場に凍りつき、ドアの隙間から漏れる細長い明かりのほうへ思わず耳を傾けた。

「でも、あたしがどうするべきだったたってわけ。あの子ったら、どうしようもないんだから。救いようもないのよ！」

「お手本になってあげたらいいじゃない」ドティの答える声が聞こえた。「あなたの真似ができるように」あたしはわずかに右へ寄り、ドアの隙間から部屋のなかがちらりとのぞけるようにした。ヘレンが紅茶のマグカップを手にして、椅子に座っていた。赤毛から帽子のとめピンが粋《いき》な角度で突きでていたけど、帽子——やや大きめで、流行遅れで、派手派手しい——そのものは、肘に近い食卓にのっていた。片やドティはこちらに背を向け、オーブンから何かを持ちあげながら、肩越しにヘレンに返事をしていた。家事に気を取られているようだった。

「そりゃあ、わかってる——あの子は孤児だし、悪気はないし、かわいそうな身の上だったりなんだり……。でも、なんたって痛ましいくらい退屈なの。あの子とおしゃべりするのは、ペンキが乾くのを眺めるようなもんよ！　陰でレニーがあの子を馬鹿にするのも無理ないわ」ドティがオーブンから振り向くと、ヘレンは無邪気なあどけない表情でその顔を見あげた。ヘレンが鏡に向かってよく作っているさまざまな表情のひとつだと、すぐにわかった。また口を開いたとき、ヘレンの声はやさしく殊勝げだった。「こんなことを言うなんて、血も涙もないと思ってるんでしょ」

「ほら、よく言うじゃないの、だれかの靴をはいて一キロ歩いてみるまでは、その人のことを判断しちゃならないって」

「あらやだ！　あんな辛気《しんき》臭《くさ》い靴なんか」

「思いやりの心を持つ女性はみんな賢く見えるとも言うのよ」ドティはふだん子どもたちに話すときによく使う説教じみた声で言った。そしてオーブンから出したばかりの鉄製キャセロールの下に、しみだらけのふきんをさっと敷き、ひたいを拭《ぬぐ》った。「ここ何年も、あたしにたっぷり思いやりを見せてくれた人が大勢いるわけじゃないし、これからだって同じだろうけど。ダニーが亡くなって子どもたちと遺《のこ》されたっていうのに……。考えてもごらんなさいよ、あのミリセント・ジャスパーなんか、ダニーが亡くなる前はあんなに親しかったのに、たまに料理を一、二品持ってくることもなけりゃ、子どもたちの世話に手を貸してくれすらもしない。それに、そうそう、ヘレナ・クラムなんてろくに……」

ドティは未亡人となり、女手ひとつで子どもたちを育てなければならない苦境のなかで、思いやりの心をたっぷり示してくれなかった人たちの名をあげはじめた。それはあたしがすでに聞いたことのある人たちであり、彼女が心のなかで毎日のように思いだしている人たちだと、あたしは知っていた。ヘレンはといえば、ドティ本人ほどにはその果敢な奮闘に興味がないのは明らかだった。塩入れを逆さまにして、光る粒が細い流れとなって落ちるに任せ、それを指で寄せて、雪のように白い小さな山を食卓に作った。そして、深く考えこむように顔をしかめた。

「左肩から塩を投げてちょうだい（塩をこぼすのは不運を意味し、それを回避するためにする行為）」ドティがヘレンのしていることに気づいて言った。うわの空で応じたヘレンの口から、それまで頭のなかでめぐらせていた考えが出た。

「ローズみたいな子のお手本になるなんて、絶対に無理」とヘレンは言った。「服も態度も古めかしくて……女らしいことに興味があるふりさえしないんだから」

「何を期待してるの、ヘレン？ レディ・ダイアナ・マナーズ（ヨーロッパ社交界の花形でイギリス一の美女とうたわれた女優）みたいな女性？ あの子はシスターに育てられたのよ。シスターは気取ることをいましめるものだわ」

「わかってる……ただ……ほら、あの子は見かけに恵まれてないでしょ。だから、持ってるものにもう少し手を入れるとかなんとかしなきゃ、恥ずかしいじゃない。賢い子なら、あのサラ・ベルナール（一世を風靡した悲劇女優）みたいな気の滅入る目をとっくになんとかしてると思うんだけど」

「女の子がみんなあなたみたいに賢いわけじゃないのよ。しかも、賢いうえに魅力がある子はもっと少ないわ」ドティが諭《さと》した。「あなたは自分に恵まれたものをありがたく思って、男性からあまりもてない女の子に親切にするべきよ。まあ、そもそもわからないけどね、女の子の全部が全部、同じ……」彼女はふきんをつかんでいる手を止め、ぴったりの言葉を探して天井を見あげた。「同じ……ええと——種類の——恋の相手を求めるかどうか……。どんな意味かわかればだけど」

「どんな意味？」ヘレンが好奇心も新たにドティを見あげた。ドティはためらい、だれにも見られていないことを確認するかのように（実際は見られているとも知らず）、さっとキッチンを見渡してから、ヘレンが座っている食卓に少し近寄った。そしてヘレンの真向かいの椅子にすっと腰を下ろし、声を落とした。

「あのね、聞いたところじゃ、ローズは特定のあるシスターとかなり親しかったのよ。なんて言うか、おかしくなくらい。アデルっていう名前の若い見習いシスターなんだけど、ふたりの関係がずいぶん……もつれてたみたいでね」

ヘレンは小さなあえぎ声を漏らした「へえっ！」

ドティはこの〝遺憾な情報〟を知らせるとき、ともすると表情に出そうになる意地の悪い喜びを抑えようとしつつ、もったいぶった顔でうなずいた。そしてさらにヘレンのほうへわずかに身を乗りだし、声をいっそう落とした。「彼女がここへ送ってきた手紙を一度読んだことがあるのよ」

「彼女？　見習いシスターのこと？」

「そう。自分にはもうかまわないで放っておいてほしいっていう手紙を、ローズに送ってきてね。あたし、コンロの上の蒸気にあてて封をあけたあと、手紙をまたなかに入れて、小麦粉と水をちょびっとつけてまた封をしたのよ」

あたしにとって、それは初耳だった。体温が突飛《とっぴ》なほど上がるにつれて、玉の汗がひたい一面に噴きでた。頬は燃えるように熱かったのに、逆に体中の血管を流れる血はさっと凍りついた。ドティが話題にした手紙にはまさに心当たりがあったけど、自分以外のだれかが読んでいたとは思ってもみなかった。

「ローズがしたこととか、するかもしれなかったことについて、その人は何か書いてた?」

「ううん、ただね――」

キッチンのドアのすぐ外で大きな音がしたので、ふたりは話をやめた。あたしは倒れそうになったほうきの柄《え》をつかもうとしたのだけど、時すでに遅く、すんでのところでつかみそこない、それが木製の床にあたって騒々しい音を立てたので、たじろいだ。

「いったい何?」ドティがそう言うのを聞きながら、あたしはすばやく階段を上がった。ほうきが倒れたとたん、間髪をいれずに靴を脱ぎ、早くも手に持っていた。爪先で階段を駆けあがるとき、ストッキングをはいた足はごく柔らかな音しか立てなかった。ドティとヘレンがキッチンのドアから顔を出したころには、思いがけない風のせいで倒れたほうきが床に転がっているところしか目に入らなかったにちがいない。その場にいなくても、想像するのは難しくなかった――ふたりは肩をすくめ、苛立《いらだ》ってぶつぶつ言いながらほうきを元の位置に戻してから、またおしゃべりを始めただろう。

二階の自分の部屋で小説を手にしたものの、決まりの悪い思いで下から退散してきたあととあって動揺していたせいで、エリザベス・ベネットにミスター・ダーシー（『高慢と偏見』の登場人物）が何を言っているのか――あるいはオースティンの本によくあると思うのだけど、何を言っていないのか——からきし集中できなかった。あたしは面食らい、がっかりした。降って湧いた自由時間というありがたいものがかもしだしていた贅沢な感覚が、友人だとすら見なしていないひとりの女の卑《いや》しいあざけりによって、一挙に奪われてしまったのだ。ヘレンにはあたしの噂をするよりもましなことなど何もないんだから、気にすることなんてないじゃない？　とはいえ、それでも、気に病んだ。さらにあたしをさいなんだのは、ドティがアデルの手紙を読んだという事実だった。その手紙に書いてあった言葉や詳細を思いだすと、思わず吐き気を催した。頭のなかで内容を思い返し、それが事情を何も知らないドティの目にどう映ったかを考えた。アデルについての説明は必要だろう。正直なところ、アデルのことがどれほど誤解されやすいかは理解できる。でも、いかがわしいとか不道徳なことは何もないと断言する。自分の手紙がドティ特有の間違った解釈をされてしまったことを知ったら、アデルがどれほどぞっとすることか！　第三者がそんなふうに受け取ると知っていたら、アデルはそもそもあんな手紙を送ってこなかっただろう。じつのところ、あの手紙は不要でしかなかったのだから。そこにあたしがまだ知らなかったことは書いてなかった。

ドティが正しかった点はほんの少しあって、それはアデルとあたしが何年かのあいだにかなり親しくなったことだった（ひと言付け加えておくと、それはちっとも不自然なことではない……あたしたちはとてもうまが合っていて、お互いを気に入っていたし、姉妹みたい——あるいは少なくとも腹心の友みたいだったのだ）。アデルがあたしに手紙を書いて、あんなことを伝えてきたのは、罪の意識からだと思う。神に仕えよとのお召しと……そう、俗世間での生活とのあいだで揺れたときに感じる、罪の意識。俗世間での生活というのは、アデルがあたしと送りたかった生活のことだ。だって心の奥底では、アデルは過去の習慣をかなぐり捨て、修道院からさっさと逃げだして、第二の人生を始めたくて仕方なかったはずなんだから。

　あたしたちは貯金して、遠くの場所へ旅することを話しあっていた。フィレンツェに行って、そこの美術館にあるすてきな絵を全部見ようとか、異国情緒あふれるコンスタンティノープル（現在のイスタンブール）へ行って、一日中蒸し風呂ですごしたりバザールでほんの数ペニーの買い物をしたりしようとか。あたしは孤児院を出ると、アデルにそういった計画について定期的に書き送った――あきらめたと思われたくなかったし、いっしょに計画を実行しようと真剣だったから。たぶんあたしはひどく熱をこめて語りすぎたし、自分たちの将来の夢に対する激しさがアデルを少し怖がらせてしまったのだろう。でも、それこそあたしたちがかつていっしょに夢見たことなのだ。あたしがそれをどこからともなく持ちだした、頭のおかしい女だというわけではなく。

　ともあれ、あえて推測すると、いまの生活から逃げだしてその習慣を捨てようという提案に、アデルはとてつもない罪の意識を感じたのだろう。すぐそばにあたしがいて、自分たちの目の前に広がっている、ちょっと手を伸ばせば届く世界について熱く語り、彼女を誘っていることに。

　だからといって、あたしが青春時代になんらかの退廃的な影響力を持っていたというわけではない――あたしは決して人を誘惑するようなたちではない――ここで断っておいたほうがよさそうだけど、アデルと会ったとき、あたしのほうが年下で十四歳、アデルは十六歳だった。あたしと違って孤児ではないものの、ある朝起きて、自分の人生を神に捧げよとのお召しがあったと母親に告げたあと、修道院に来た娘だった。母親はその言葉を聞いてすみやかに行動し、さっそくシスターのところへ連れていった。シスターたちは、アデルが何年か修行して成年に達し、心身ともに大人になって、心から希望して修道誓願を立てるまでという条件で、引き受けたのだった。

ある日、あたしはシスターの何人かがアデルの母親について不平を言い（信じないかもしれないけど、シスターだって不平を言う——その後すぐに義務として悔い改めるとはいえ）、母親がさっさと娘の部屋をつぶして下宿人に貸したことを非難したのを聞いたことがある。『家計の足しにするには都合のいい方法だこと』とシスターが言うのを聞いた覚えがあった。でも、それが母親の動機に対する正しい認識かどうかは、わからない。アデルの母親が起こした行動のすばやさは、経済的な利益からというよりも、アデルが入浴しようと服を脱ぐたびに義父が〝うっかり〟洗面所に入るようになったことと関係があると思う。

ある晩とても遅く、あたしたちふたりきりになったとき、アデルがそうした不運なできごとの話をしてくれたのだ。あたしは怒りに駆られるあまり、会ったこともない男性を痛めつけてやりたくなった自分にものすごく驚いたことを覚えている。アデルはあたしに黙ってたけど、義父の不埒《ふらち》な行ないを老シスター・ミルドレッドに告白するという間違いを犯したのだと思う。

ある午後、ふたりは教室に隣接するシスター・ミルドレッドのほぼいつもかびくさい小さなオフィスに何時間もいて、そのあとアデルは〝不浄な考えを心から取りのぞくために〟、祈ったり水浴をしたり断食をしたり、つらい贖罪《しょくざい》を長々とさせられたのだ。それはいかにもシスター・ミルドレッドらしかった――気の毒な女の子にされた無作法について、アデル本人を責めるなんて。

シスター・ミルドレッドはほのめかしの技術に長《た》けた女性ばかりの世界に長く身を置いているため、女がみずから招かなければ言い寄られることはないという考えにすっかり凝り固まっていた。彼女の世界観は古風で、かたくなで、すでに口にされつくしてぼろぼろの考えでいっぱいだ。本当のところ、かびくさいのはあの小さなオフィスではなく、シスター・ミルドレッド本人なのではないかと思う。もうひとりの孤児がつけたあだ名、白かびの守護聖人《ミルデュー》ミルドレッドは言い得て妙だ。

たとえシスター・ミルドレッドの解釈が世界についてのいかにも古めかしい仮定以外のものに基づいていたとしても、アデルが義父である鼻持ちならない男への欲望をほのめかしたとは考えられない。アデルから義父の容貌を詳しく聞いているけど、そばに寄ってきてほしいと若い女の子が思うような点など何ひとつないと請けあえる。

アデルの母親は待ってましたとばかりに娘を家から出した。それが女の嫉妬なのか母親としての庇護なのか、母親に会ったことがないので、はっきりとはわからない。ただ、いったん娘を神の包容力あふれる手に委《ゆだ》ねたあと、母親は二度と修道院を訪れていないという、ひとつの事実はある。そのせいで、アデルはとても寂しいのだと思う。あたしは自分の両親の記憶が何もないので、アデルの気持ちを正しく理解しているとは言えないけど、持ち前の豊かな想像力を発揮して、励ましの言葉や押し花でいっぱいのちょっとしたメモを置くことで、思いやりを示そうとした。そして、まさにほどなく、あたしたちはとても親密になった。

そういえば、あたしがどれほどアデルを愛しているかに気づくきっかけとなった、特別なできごとがあった。あたしたちがシスター・ホーテンスといっしょにキッチンにいて、あとで焼きあげて聖餐《せいさん》で使うための生地をこねていたとき、アデルが不意にあたしのほうを向いて言ったのだ。『ローズ、こねるのがものすごく上手ね！　あなたがこねれば、パンはぺちゃんこにも粉っぽくもならないわ。すばらしくふくらむもの。みごとなほどに！』と。あたしは思わず、小麦粉がうっすらとついた頬をぽっと染めた。それでもアデルはにこりとして、褒《ほ》め言葉を続けた。流れるように口から出るその考えをパンに注ぎこみ、友情の香りをつけるかのように。『その素質はお母さんから受け継いだのかもしれないわね』と彼女は思いをめぐらせた。『それとも、お父さんかしら――そうよ、考えてもみて。あなたのお父さんは腕のいいパン屋さんだったにちがいないわ。ほら、そうだとすればちゃんと説明がつくもの！』

この言葉を聞いて、シスター・ホーテンスが大きく鼻を鳴らした。びっくりしたアデルは振り向いてシスターを驚きの目で見たけど、あたしは知っていた。ずっと前に、シスターたちがあたしの生まれについてあれこれ話しているのを耳にしたことがあるから。あたしが孤児院に入ることになった境遇をめぐる証拠についてシスターたちが思いだすのを、あたしは折りに触れて聞いてもいた。シスターの話が信じられるとすれば、あたしの両親はチャールズ・ディケンズのあまりにも有名な小説に出てくるような、虐《しいた》げられた不運な人たちでは決してなかった——つまり、あたしはスラム街で出会って恋人に捨てられた女が困った結果になって産んだ子ではないし、あたしが孤児院に預けられたのは後見人が大きな屋敷の火事で非業《ひごう》の死を遂げた結果でもないということだ。

事実は小説よりも奇なりと言うけど、とんでもない。この場合、事実はなんともがっかりするものだ。聞かされた事実によると、あたしの父と母はかなり物質的に恵まれた中産階級だった。両親があたしを手元に置き、普通に育てられたかもしれない可能性は、たっぷりあったと思う。もし父親が性感染症にかかっていなければ。その病気にかかるのは、たくさんの……そう、ざっくばらんにわかりやすく言うと、〝夜の女〟と関係を持ったからにすぎない。シスターたちの話では、あたしの母親は夫に仕返しをするためにあたしを孤児院に〝寄贈した〟うえ、その意志を無視してあたしを取り戻そうとした夫に反抗したという。あたしが知るかぎり、父親が取り戻しにきたことはないから、母親の激怒は夫を恐れさせる効果が大いにあったということになる。母親の正義感は残酷ながらも、見事なほど簡潔だった。夫が自分に忠実でなければ、その子どもを手元に置いて育てるのはまっぴらだと。

そりゃあ、こんなつまらない嫉妬や恨みよりも、家の火事という悲劇のほうがあたしはずっと気に入っただろう。だって孤児として、あたしにまつわる話はぱっとしないから。それだけに、シスターたちの作り話ではないと信じられるのだけど。あたしが見つかったときに入っていた赤ちゃん用のかごは、両親が中産階級であったことの証明だ。母親がかごのなかに残した手紙には、父親の背信がかなり詳しく明かされていたものの、彼女のサインや、どんな人間かの説明は、何も残されていなかった。

アデルがあたしの両親について推測を始めたとき、シスター・ホーテンスはためらいもせずにその情報を伝え、あたしの父親のよからぬ行ないと、それに対する仕返しとしての母親の行動を手短に話した。シスター・ホーテンスは女の子を甘やかす人ではないし、シスターたちがあたしを子ども扱いして生まれについて嘘をつかなかったことに、あたしは感謝するべきだと思う。それでも、アデルが声を大にしてこう抗議したとき、あたしはうれしくて、ついかすかな笑みを唇に浮かべた。『シスター・ホーテンス、ひどすぎます！　ローズみたいな楽しくて賢い女の子をさっさと捨てる人がいるなんて、よく言えますね？』そこでアデルはあたしのほうを向き、あたしの手を両手で包んで言った。『気にしないで、ローズ――こんなひどい話、本当じゃないに決まってるわよ。あなたにはもっとすばらしい話が似合うわ』シスター・ホーテンスはあきれたように目をぐるりとまわしただけで、こねていた生地を湿った薄手の綿布で包むと、その塊《かたまり》を冷蔵庫《アイスボックス》に入れた。でも、まだアデルの手を握っていたあたしは、建物解体用の鉄球が横ざまにぶつかってきたとしても、これほどではないくらいに頭がくらくら、胸がどきどきしていた。何か特別なことが起こっていた。あたしの胸に小さな扉が開いたのだ。いつもひとりではない未来がちらりと見えた。アデルも同じものを見たと思う。

階下のキッチンでささやかれたドティの誤ったいかがわしい想像を耳にして、胸がむかむかしたあと、あたしは過去を回想し、まだアデルに会いたくてたまらないことに気づいた。座って、彼女のことを考えた。濃い茶色の目、いつもひたいにある小さなしわ、キッチンでシスターに仕事を言いつけられたときに必ず歌う姿、掃除や洗濯などでいつまでたっても治らないひびだらけの手、うっかりスカーフを忘れること、髪が濡れないようにするのは虚栄の行為にあたると心配して、傘を持っていくのをときどき断ったアデル。覚えていることは、あまりにたくさんあった。そうした細かいことを思いだしながら、あたしはぼうっと物思いにふけっていた。

ドアがあいてヘレンが部屋に入ってきたとき、あたしははっと我に返った。不安を抱えつつも腰を下ろし、書いてある文字を実際に読んでもいないのに本のページをめくりながら、来《きた》るべきこの時にずっと備えていたのだ。ヘレンは入りしなに、ベッドに腰かけて本を読んでいるあたしを見てびっくり仰天し、あたしはかすかなひとりよがりの満足感を覚えた。

「あら！　帰ってたの！」

「そうよ」

「あたし——あたしたち……あなたが入ってくる音が聞こえなかったけど」

「へえ」

「ずいぶん前から？」

「午後は仕事を休んでいいって言われたの。一生懸命に仕事をしたから」これは質問の答えになっていないとわかっていた。結論を急がないことによって、ヘレンをいじめるつもりだったのだ。あたしが聞いたかもしれないし聞いていないかもしれない話がどれほど悪意に満ちていたか、心配させてやる！　ヘレンは部屋を横切って、静かな闘争が繰り広げられているふたつの領地を仕切るカーテンを越えて置かれた化粧台のところへ行った。あたしが見つめるなか、ヘレンは身をかがめて化粧台の鏡に自分を映し、帽子をかぶっていない髪にまだ挿《さ》さっている帽子どめピンをぎこちなく抜いた。

「早帰りできるなんて――有能だからじゃない？」ヘレンはわずかな作り笑いをして、鏡に映ったあたしの姿を警戒するようにちらりと見た。「あら、なんてこと！　見て！　一日中、岩塩掘りでもさせられてたみたいだわ」そして鏡を見ながら、化粧台の前に置いてあるスツールにさっと腰かけ、せかせかと髪をいじり、顔をつまんで血色をよくしようとしはじめた。あたしを無視しようとしているのはわかってたけど、あたしは容赦なく彼女に視線を据えていた。

「あなたとドティの話を聞いたわ」あたしは低い静かな声で言った。ほんのつかのま、ヘレンのまぶたがぴくぴくし、口が驚いたように小さなＯ《オー》の形になった。勝った、とあたしは思った。さあ、ひれ伏させてやろうじゃないの。なのに、そのとたん、目に見えないバネがぴたりとあるべき場所にはまり、彼女は落ち着きを取り戻した。

「えっ？　なんのこと？」陽気な甘ったるい声だった。たぶん面と向かって衝突する不快さを避ける道をあたしに与えようと、策をめぐらせていたのだろう。でも、あたしは臆せずに迫った。

「帰ってきたとき、あなたとドティが話してるのを聞いたと言ったのよ」

ヘレンははっと息を呑み、何かが喉につかえたらしく、むせるような咳を少ししたけど、なんとか抑えた。「そうなの？」なんとか咳払いをしたあと、妙な無邪気さを装って言った。「だったら、あたしが店のグレースっていうひどい女の子の話をしてたところを聞いたにちがいないわね」彼女は神経質そうにくすくす笑った。「あたしったら、いけないことをしちゃったわ。あたしが噂話なんか好きじゃないって、わかってるでしょ……でも、ほら、だれだって、ときたましちゃうものよね」

「グレースの話なんか聞こえなかったけど。あたしが聞いたのは、だれかほかの人のことよ」

「あら、そう、ごめんなさい。でも、なんのことだかさっぱりわからないわ」ヘレンは笑みを浮かべた――口を広げすぎるくらいに広げて。気の立ったダルメシアンがびくびくしながら笑ったみたいだった。そのあと、彼女はまた鏡の前でいそいそと身繕《みづくろ》いを続けた。信じられなかった。素知らぬふりをするつもりだなんて！　でも、彼女はすでにあたしに関する本音を打ち明けてしまっていたし、その手が震えているのがわかった。

「謝らなきゃいけないことは何もないのね」そんな言葉が口から飛びだし、あたしは身がすくんだ。昔のこうるさい女教師みたいに、語尾にいくに従って自分の声があからさまに数オクターブ上がった。子どものころ、間違った引きだしに銀器をしまったとき、ミセス・ルブランに叱られたことを思いだした。でも、あたしはかまわなかった。いまやヘレンと大っぴらに相対《あいたい》しているのであって、徹底的な口喧嘩への急展開に対する準備ができていた。あたしは待った。

　ヘレンはくるりと振り返ってあたしに面と向かい、戸惑ったふりをした。彼女が鏡でよく練習していた表情だと、今度もわかった。「ああ！」ヘレンは急に何かを思いだしたように言った。「ええ、そうよ、そのとおりだわ。すっかり忘れてた」そして化粧台の前から立ちあがり、部屋を横切って自分の衣装だんすのほうへ行くと、何かを取りだした。「はい、手袋を返すわ――ずいぶん長いあいだ借りてて、ごめんなさい」彼女は気前のいいところを見せるかのように、去年から見当たらなくなっていた赤茶色の革手袋をあたしに手渡そうとした。それを彼女に貸した覚えはない。なくしたのだと思って、冬がめぐってくる前にお金を節約し、代わりにさほどすてきではない灰色の手袋を買っていた。

いま、ヘレンはあたしの顔の前に、長らく行方不明だった手袋をぶらさげた。激しい憤《いきどお》りをまだ身の内にくすぶらせながら、あたしは手袋を受け取った。その重さやてかりは、痩《や》せこけてだらりとした二匹の小さなマスのようだった。なるほど、これがヘレンのやり方なわけね。自分が悪いのを認めない、あまりにもずる賢い相手から謝罪の言葉を引きだす気には、もうなれなかった。向きを変えたあたしは、その場から去りかけた。ただそのとき、気が変わった。こんなの、おかしいじゃない。不当に扱われたままだなんて。あたしは怒りに震えていた。実際、体中がぶるぶると。あたしはぜんまい仕掛けの人形みたいに機械的でしゃちほこばった足取りで、ヘレンのところまで戻った。

ヘレンに近づき、真正面に立った。互いの鼻がつきそうなくらいに。ヘレンは当たりさわりのない笑みを浮かべてあたしの顔をのぞきこんだ。そのとたん、見えない排液管の栓が抜かれたかのように、彼女の顔から色が失せた。あたしがしようとしていること、あたしがもっと怒ったらできることを悟ったのだと思う。あたしはまだ機械的でしゃちほこばった動きで、手袋をつかんだ手を振りあげ、さっと宙を切って下ろすと、ヘレンの頬に小気味いいバシッ！　という音を立てて打ちつけた。ヘレンはすぐに泣いたりわめいたりして騒ぎはじめた。

「なによ、この恥知らず！」ヘレンは大声で毒づいた。あたしはもう何も耳に入らなかった。落ち着いてわざとその手袋をはめ、それぞれの指にぴたりと添わせてから、夕方の散歩をしようと部屋を出た。

あちらこちらをうろうろしながら外で数時間すごし、夕食の時間が来てすぎたあと、だいぶたってから戻った。二階に上がると、どうやらヘレンは自分の部屋にいるらしかった。部屋を区切っているシーツがめいっぱい引かれているため、その姿はまったく見えなかったけど、そこにいるのはわかった。少し洟《はな》をすする音が聞こえたからだ――あたしが散歩に出ているあいだにドラマばりに〝大泣き〟した名残《なごり》だろう。あたしは化粧台の引きだしに手袋をしまい（近近また消えてしまいそうなことは予想できた。ヘレンは救いようのない泥棒だから）、ベッドの上掛けの下にもぐりこんで、先ほど読もうとしていた本をまた読みはじめた。

いまはヘレンに立ち向かい、わずかな正義がなされたとあって、もっと気楽に読めると踏んだのに、依然として集中するのが難しかった。またもや実際には見もしないままページを繰《く》る始末だった。シーツの向こう側にはヘレンの気配が感じられた。おそらく重大な間違いをしてしまったと思っているにちがいない。朝になったらいの一番に、ドティに話すだろう――もちろん、まだ話していなければだけど。話のあちこちを勝手に変えさえするかもしれない。あのふたりなら、そんなふうにしそうだ。あたしはベッドから起きあがり、何かを無理強《じ》いしたい衝動に駆られて、部屋のたったひとつの電灯を消した。ヘレンは抗議しなかった。あたしは上掛けの下に戻り、目を閉じた。その夜はあまり眠れそうもなかったけど、ひとつだけ確かなことがあった。ここはもうあたしのいる場所じゃない。なんとかしなければ。

オダリーと親しくなり、ヘレンへの不満を洗いざらい打ち明けられるほどになったのは、その数週間後だ。でも、いったんそうしたら、すべてが一変した。

6

「そのヘレンっていうのは、どうしようもないお馬鹿さんみたいね。あなたがなぜ我慢しているのか、わからないわ。わたしのホテルへ引っ越していらっしゃいな」数週間後にあたしがヘレンの話を詳しく語ったとき、オダリーは朗《ほが》らかな明るい声できっぱりと言った。そして少女のような笑みを浮かべた。すぐあとに唇から吐きだした煙草の細い煙とのあいだに、激しい落差があった。紫煙はしばしその場にとどまってから、原罪のきっかけとなったかの忌まわしい蛇のように、魅惑的にとぐろを巻いたり解いたりしながら、最後はレストランの高い丸天井へと立ちのぼっていった。

オダリーは品のある象牙のホルダーから煙草をはずすと、煙の出ている吸いさしをクリスタルカットの灰皿のなかで押しつぶした。そのあいだ中ずっと、店の向こう端から彼女をにらみつけている白髪の老女ふたりが発する舌打ちを、歯牙《しが》にもかけずに。じつのところ、シガレットホルダーはオダリーがその手の婦人たちに対して行なう譲歩という意味あいが強いと、あたしは知っていた。彼女はホルダーなしで吸うほうが断然好きだったのだから。煙草を消したいま、生き生きとした顔で目をきらきらと輝かせて、オダリーはあたしを見た。あたしたちがいっしょに住むという考えに、きっとわくわくしているんだと思った。あたしの胸は躍った。

いけない！　順序が狂ってしまった。そもそもオダリーとあたしがどんなふうに友だちになったかを説明しなくては。どんなふうにオダリーがついにあたしの好意を手に入れたかを。あたしがいま診《み》てもらってる医者は、正しい順序でものごとを話すことに集中しなさいと言っている――時間の古い順にという意味だ、説明するまでもなく。正確に起こった順に話すのは、心の病を治すのに役立つんだと。

いまこうしたことを話すのは、簡単なはずだ。過去に起こったできごとだから、はっきりとわかる。あたしたちの友情への扉は、最初なんとも単純な方法で開いた。彼女はあたしのお気に入りの話題について思うさま長々と語らせてくれたのだ。巡査部長の話を。オダリーの性格がもっとよくわかるようになったいま、彼女はあたしが巡査部長にあこがれていることに気づいて、それを利用しようとたくらんだのかもしれないと思う。あるいは、ふとその話題を口にしただけであって、それにあたしが食いついたのを見て、ぴんときたのかもしれない。

巡査部長についての詳細は、これまでに少し話してきたと思う――カイゼルひげ、がっしりした体格、馬鹿げたことは許さないという態度、紳士らしさ一般への心からの敬意。でも、それだけ説明しても、巡査部長が本当はどんな人なのかの本質は伝えられていない。

そう、巡査部長とあたしとのあいだには、初めから特別な理解があった。タイプの学校から署に推薦されたあたしを面接したのが、巡査部長だったのだ。『この書類は読ませてもらったよ』と巡査部長は言って、その日早くタイプ学校が使い走りの少年を介して署に配達していた厚紙のフォルダーをぱっと開いた。『これを読めば、きみのことがすべてわかる。修道院で育ったこと、学校での成績が優秀だったこと、孤児でありながら盗みや詐欺《さぎ》といったよくある前科がないことが……。というより――』巡査部長はそこでフォルダーをぱたんと閉じて机に放り投げ、椅子にもたれると、口ひげの片端を左の親指と人さし指でねじった。『――いま向かいに座っているだけで、きみが良心にあふれた正直な女性であることが、手に取るようにわかるよ』つまり、そういうこと。あたしたちのあいだには特別な理解が確立され、あたしは雇われた。巡査部長は警部補や署長に承認を得もせずに、あたしの手を強く振って握手をし、署に迎え入れたのだから、どれほどあたしの職業的な能力について確信を抱いたかがわかるというものだ。

数分後、あたしを出口まで送りながら、巡査部長は片手をあたしの肩に置いてわずかにぎゅっと握った。『きみにとって楽なことじゃないとは思う』と巡査部長は言った。あたしはどう返事したらいいのかわからなかったので、かすかにうなずくだけにした。巡査部長は笑みを浮かべた。肩の丸みに置かれた父親のような手が、いちばん上等の人絹《じんけん》のブラウスを通して温かかった。『でも、これだけは請けあうよ、ローズ、きみの育ちについてここではだれにも文句を言わせない。きみは一介の女ではあるが、自分を役立たせる方法を知っている。きみの勤勉ぶりがこの署で認められないことはないよ』あたしは肩に置かれた巡査部長の肉厚のごつい手の重みが、どれほど心地いいかに驚いた。大きな安心感に包まれたことも覚えている。仕事を手に入れることに成功した安心感だけではなく、善良で公平な心の人——根拠のある公明正大な正義を行なうことを信条としている人——がこの世にまだいて力をふるっているという安心感だ。

これは、巡査部長が内気で、なよなよしているという意味ではない。正反対だ。彼は両極端な男性だった。見た目ですら、いつも血色のいい顔の燃えるような赤みが、瞳の氷のような青とくっきりした対比を成していた。とはいえ、巡査部長にはつねに圧倒的な落ち着きがあった——ある、と言うべきか——彼のなかの対照を成すものすべてが、同じ強さで引きあっているという印象が。

そのころ、署でのオダリーの机はあたしの机の真向かいにあった。そのせいで、あたしたちの仲に親近感が自然と生まれたのだろうと思われるかもしれない。でも、初めは沈黙しかなかった。先に述べたとおり、あたしは彼女に出会った瞬間から、妙な得体の知れない感情を抱いていて、それはたちまち芽生えた友情とは異なっていた。しかも、オダリーがアイリスを選んだ（その後さらなる侮辱を重ねて、マリーと友だちになったりした）とき、あたしは彼女を馬鹿だと思い、あからさまに冷たくあしらっていたので、それは間違いなく感づかれていただろう。

だから、ある日オダリーが取調室から出てきて、感に堪《た》えないようにこう言ったときは、驚いた。「彼ってまさに法律そのものじゃなくて？」日ごろから会話をしていなかったため、あたしは彼女がいったいだれに話しかけているのかと、あたりを見まわした。そのころには、日がいちじるしく短くなってきていた。冬の暗く長い夜に向かっているころで、まだ四時とはいえ、外の曇りがちの空はすでに灰色からすすけた色へと変わってきていた。それでも、署内にはまだ生き生きしたものが感じられた。迫りくるたそがれのなかで活動する人間のざわめきがかもしだす、独特の興奮のようなものが。電灯は相変わらず明るい光を放ち、署内には電話の音、声、書類の音、足音、そしてタイプライターすべてがいっせいに立てているカタカタいう音が満ちていた。外が昼だろうが夜だろうが、だれも気にしていなかった。ちょうどそのとき、だれもが大忙しで、自分のしていることに没頭していたのだ。

そこへ、オダリーがやってきて——あたしの机の前にまだ立ったまま、あたしに面と向かい、まだ返事が得られず宙にとどまっている問いかけ（形ばかりの質問）をしたのだった。顔を上げて彼女を見たあたしは、覚えている——その光景をじつにはっきりと覚えている——のだけど、彼女の頭上に下がっている裸電球が、頭の周囲にちらちらと揺れる見事な光の輪を投げかけていた。それは彼女のつやつやした黒い断髪《ボブ》の輝きを受けた、光の冠《かんむり》そのものだった。

「え、ええ」あたしはしばらくして、口ごもりながら応じた。「巡査部長はすばらしい方よ」

オダリーはあたしに首をかしげてみせた。目は猫のように鋭くあたしを見つめていた。「知りたいわ。巡査部長のこと、教えてくださる？」

「ええっと、そうね……彼はいつも犯人を捕まえるのよ、みんなが言うように」あたしは顎を片手にのせ、長い返事を考えた。そして、ようやく嬉々として続けた。「清廉潔白な人で、結局は彼の第六感に間違いはないの。明らかに有罪なのになかなか口を割らない容疑者がいるときは、決まって巡査部長に任されるわ。失敗したことがないから」

「そうじゃなくてね、巡査部長の私生活はどうなのかしら？」あたしが体をこわばらせると、そういうことに目ざといオダリーが気づいた。「無作法だなんて思わないでちょうだいな」彼女は急いで付け加えた。「ただ……あなたはとても……この署でのできごとに気づいていそうなんですもの」

「巡査部長の私生活なんて知ってるはずないでしょ」あたしはぶっきらぼうに言って、文章にしてもらうのを机の上で待っている速記原稿に注意を戻した。

「ええ、そのとおりですとも。わたしが知りたいのは、だれもが心に描くようなことだけなのよ。きれいな奥さんがいてとか、かわいい子どもたちがいてとか」

「それなら……」少しほっとしたせいか、あたしは話す気になった。「じつは、そういう感じじゃなくて……。巡査部長はとても立派で礼儀正しいんだけど、言わせてもらえば、奥さんはそういうところに感謝してるわけじゃない気がするのよ。だって、巡査部長は先週お弁当を二度も持ってこなかったから。信じられる？　夫婦喧嘩でもしてて、わざと作ってもらえなかったのかも。まったく、巡査部長みたいな高潔な人をそんなふうになおざりにするなんて、信じられない！　あたしだったら絶対に――」そこで、はたと口を閉じた。オダリーの感じのいいさわやかな笑みが、面白がるような皮肉なものに変わっていて、そのせいで自分が何を言っているのか気づいたのだ。「いえ、あたしは……。ただ、その……。まあ、そんなふうに人を過小評価してしまうことはよくあるものよね……残念だけど」

ありがたいことに、そのときちょうど警部補が声をかけてきて、その月に署へ配達してもらう必要があるさまざまな用紙や速記用ロール紙、タイプライターのリボン、その他もろもろを注文しに、文房具屋へ行ってほしいと言った。

「注文がすんだら、今日はそれで仕事を終わりにして帰ってもいいよ、ミス・ベイカー」彼は腕時計に目をやり、時間を確かめながら続けた。そして自分の机へ戻りかけ、ふと考え直して振り向いた。「ああ、ミス・ラザールを連れていって、どんなふうに注文するかを教えてやってくれ」オダリーはあたしににっこりすると、自分の机を片づけてからコート掛けのほうへ行き、コートや帽子や手袋を身につけた。

あたしたちはいっしょに地下鉄に乗って、タイムズ・スクエアへ行った。そこでは建物がにょっきりと天を突くほどに伸びていて、街の鼓動が速いテンポで刻まれ、新聞記者たちが夕方の新聞社に急いで帰ろうと歩道をせかせか歩いていた。社に戻った記者たちが真夜中の原稿締切前までに記事をせっせと書くと、その直後からいっせいに新聞が印刷されるのだ。まだ道路は乾いていたけど、暗い空には雨雲が深く垂れこめ、あたしたちが地下鉄から出ると、頭上で雷の音がこだました。

文房具屋でその月の注文をするとき、あたしは必要な品をオダリーのためにいちいち声に出してあげていった。驚いたことに、彼女はバッグに入れているはずの小さなメモ帳と金の鉛筆を取りださず――彼女はメモを取らずに何かを覚えるような人ではないのに――、ぼんやりしたうつろな目でずっとあたしを見つめていた。何分かしてから、あたしはオダリーに教えようとするのをあきらめ、黙って文房具屋の注文用紙に書きこむだけにして、それを店員に渡した。店員はうなずいて用紙を受け取ると、気のない声で礼を述べた。

道路に戻ったとき、思いがけず土砂降りとなった。ふたりとも傘を持っていなかったので、近くの建物のひさしや日よけの下に避難しようと逃げまどった。でも、摩天楼《まてんろう》というもの――すっきりとした直線を描いて高々と空にそびえる、進歩の象徴――は知ってのとおり、道路脇に身を寄せるところなどほとんどありはしない。ほどなくあたしたちはどちらも濡れネズミになってしまった。そして街角で信号が変わって立ち止まる羽目になったのだけど、そこへ食料品店のトラックが走ってきて、縁石に立っていたあたしに排水溝の汚い水しぶきを容赦なく浴びせた。オダリーはけたたましく笑いはじめた。あたしは不愉快もいいところで、彼女と別れようと背を向けた。「じゃ、さよなら、ミス・オダリー。明日また署で」

「待ってちょうだい」オダリーがあたしの手首をつかみ、頭から足の先までさっと目を走らせた。「わたしたちのひどい格好ったら！」彼女は高ぶった声をあげた。そしてまだ笑いながら、あたしの手首をつかんだまま縁石から出てもう一方の腕を上げ、タクシーに合図した。「なんとかしてあげられると思うわ」タクシー代がとんでもなく高いことと、めったにタクシーに乗らないことから、あたしはわずかながら抵抗しようとした。でも、節約しようという本能は、生存や快適さを求める本能にあえなく負け、タクシーが速度を落としてきて前に停まると、冷たく濡れたくたくたの体に途方もない感謝の念が押し寄せるのを感じた。気がつくと、あたしはみずから進んでタクシーに乗りこみ、オダリーがほんの少しだけ遠いアップタウンにあるホテルの住所を運転手に告げる声を聞いていた。

ホテルに住んでいる女性の話を聞いたことはあったものの、そういう場合、その女性は大金持ちかお妾《めかけ》さんに決まっていた。オダリーはそのどちらか——あるいは、両方——なのかもしれなかった。なんの隠しだてもしないとすれば、あたしはそのことに多少わくわくしたことを認めなければならない。道路脇にタクシーが停まると、オダリーは運転手に料金を払い、チップをたっぷりはずんだ。あたしは当惑しながら、彼女のあとについてタクシーのドアの外に出た。

「もう濡れなさんなよ、お嬢さん方」運転手がおじいさんのような親切な口調で、タクシーを出るあたしたちに言った。でも、その心配はいらなかった——あたしたちは電気のともった雨おおいの下で降ろされ、そこから長く敷かれた赤いふかふかの絨毯《じゅうたん》を歩いて階段を上り、ホテルの金メッキされた回転扉へと入ったのだから。ロビーでは、オダリーは自信たっぷりにさっさとエレベーターのほうへ向かった。エレベーターは二機あって、精巧に作られた鳥かごのようだった。周囲の予期せぬ豪華さに驚いたあたしは、生まれて初めてよろよろと立つ子鹿みたいに彼女のあとについていった。エレベーターが降りてきて、あたしたちが乗ると、オダリーが親しげな声で甘えるように告げた。「いつもの階よ、デニス」やがて、〝いつもの階〟とは七階だとわかった。その階でデニスがエレベーターを止め、金メッキの鳥かごの扉を横にあけたからだ。

「ご婦人方、どうぞ」彼は朗らかに言い、振り返ってオダリーに微笑んだが、オダリーはしかめっ面《つら》しか返さなかった。

「いやだわ」オダリーは彼がもう声の聞こえないところにいるかのように言った。「〝ご婦人〟って呼ばれるのは大嫌いなの」彼女は自分の髪に手を触れた。髪は雨を含んでだらりと垂れていた。「ありがとう、デニス」いまはがっくりと肩を落としているデニスに、オダリーは言った。

「ご婦人じゃなくて――お嬢さまなら?」デニスは礼を言われても沈んだ顔をしていた。でも、その失意も長くは続かなかった。ホテルからの仕事の呼びだしに邪魔されたのだ。いきなりスズの鐘が響き、彼は金メッキされたかごのなかに戻ってレバーを動かした。オダリーはあたしに向き直ると、なんとも珍しいことに、唇が薄くなるほど大きな腹蔵《ふくぞう》のない笑みを見せた。

「〝ニキビ面の若いヤツ〟だわね」と何かを説明しているかのように目をくるりとまわして言った。あたしはとっさに何かからの引用なのだろうと察したけど、何なのかはさっぱり見当もつかなかった（T・S・エリオットの詩「荒地」からの引用）。

オダリーはあたしの前をきびきびと歩き、長い廊下を進んでいった。足元の絨毯は赤くて分厚いビロードだった。歩いていると、すでに脚が頼りない状態だったうえに、足首がほんのわずかにぐらぐらした。いまにも倒れそうだった。何もかもあまりにも贅沢すぎる。おまけに、ホテルのスチーム暖房がひどく熱くなっていた。それでも魅入られたような衝動に駆られて、オダリーについていった。彼女はあるドアに近づくと、鍵をあけてドアをぱっと開いた。なかは広い居間で、いま流行の緑と白のストライプ柄ソファーセットがあった。絨毯まで濃い鮮やかな緑で、壁から壁まで敷きつめてある。その独特な緑の色あいに、とても清潔ですがすがしい印象を受けたことを覚えている。それは刈りたての芝生の色だった——ただの芝生ではない。ゴルフ場の芝生や、あたしが本でしか読んだことのない裕福な屋敷にあるような芝生だ。それはお金の色でもあった。さまざまな意味で。

あたしは部屋の真ん中にぎこちなく立ち、土砂降りのせいでまだ水滴をしたたらせ、ソファーセットにさわれもせずに、広々とどこまでも伸びる深緑の草の上に忘れられたクロッケーのボールみたいに動かなかった。すると背後でオダリーがドアの掛け金を掛ける音がし、背中に彼女の両手がしっかりとあてられるのを感じた。

「さあ、こっちよ」彼女は耳に快い声で笑いながら言った。「この濡れて冷たいものから抜けださなくてはね」あたしは浴室のほうへ押されていくのがわかった。そこに着くと、オダリーはにわかにあわただしく動きだした。風呂の蛇口《じゃぐち》を開き、湯気の立つ湯を勢いよくほとばしらせ、種々の香りを放つオイルだのペーストだので満たされた小さなガラス瓶や金色の広口瓶をいくつか取りだすと、正確な決まった分量に従っているかのように、それぞれを異なった量ずつ風呂の湯に加えた。やがて魔女顔負けの調合によってしっかりした泡が三十センチほど立つと、オダリーは湯を止め、あたしの髪をピンでとめて（あたしは鏡をじっと見つめたまま、ものも言えずにその場に凍りついていた)、クリーム色の絹のバスローブを手渡してくれた。小一時間ほど前、この女性は単なる職場の同僚のひとりであり、タイピストのひとりだったのに、いまあたしはここにいて、想像もつかなかった生活を垣間見て、彼女の浴室に入り、雨に濡れた服を脱ぐよう勧められていた。あたしのひたいに刻まれた狼狽《ろうばい》に気づき、オダリーは肩をすくめてくすくす笑った。

「さあ――お入りなさいよ。出るまでには、乾いた服を見つけておくわね」彼女はそう言うと、廊下へ姿を消した。

あたしは黒と白のタイル張りの床や、大理石の流しや、ぴかぴかの真鍮《しんちゅう》の配管へ目をやった。そのあとで、かぎ爪状の脚のついた大きなほうろうのバスタブへ視線を移した。いまでは入浴用の泡が山のように盛りあがってあふれんばかりだ。しばしためらったけど、そのあとブラウスとスカートのボタンをはずして床に脱ぎ捨て、ストッキングを丸めながら下ろしてから、ついに上下続きの肌着を脱いだ。とりわけ絹のバスローブはあたしがこれまで知らなかった私的な贅沢の象徴であり、それを眺めていると、まずはロビーで、次にオダリーの玄関広間《ホワイエ》で抱いた畏敬の念が、あたしのなかでむくむくと膨らんで最高潮に達した。いつもの入浴では体をしっかりとこすってきれいにすることを楽しんでるけど、ずいぶんそそくさとして、洗うだけのものだと認めざるをえない。自分がこれまで知っていた世界からなぜかうんと遠くへ迷いこみ、不思議な国のようなところへ入ってしまったことを、おぼろげながらに感じた。とはいえ、体の震えがまたぶり返してきたし、寒かったので、まずバスローブに手を通すのはあきらめるしかなかった。いまや熱い湯がしきりとあたしを呼んでおり、石鹼《せっけん》の泡がプチプチと割れる柔らかな音はセイレン（美声によって船人を誘い寄せて難破させる海の精）の歌のようだった。おずおずと片足をバスタブに入れ、ついでもう片方を入れると、冷えきった肌に熱い湯がぴりぴりした。

オダリーはかなり長いあいだ、あたしの自由にさせてくれた。彼女が戻ってきたのは四十五分近くあとで、そのころには泡はほとんど消え、バスタブ内の湯はごく薄い青緑色になっていた。オダリーが廊下を歩きながら歌う鼻歌が聞こえたとき、あたしは痩《や》せっぽちの裸を隠してくれるだけの泡がもう残っていないことにはっと気づき、思わずいきなりバスタブのなかで立ちあがった。湯がごぼごぼと音を立てて、背後にできた隙間に勢いよく流れこんだ。あたしはタオルを取って体を隠そうと、急いで真鍮のラックに手を伸ばした。

「これ、いかがかしら?」彼女はあたしのあわてた態度など気にもとめずにハンガーを掲げ、孔雀《くじゃく》の羽を思わせる光沢のあるブルーのとてもかわいらしいローウエストのドレスを見せた。

「あら」あたしは目をぱちくりさせてドレスを見ながら、もごもごとつぶやいた。「それを着ては家に帰れないわ。でも、考えてみると……ああ……ヘレンが真っ青になって死ぬほどねたみそう」

「ヘレンって、どなた?」オダリーがあっけらかんと尋ねた。

というわけで、あたしは彼女に話をすることになった。出会ってこのかた、初めてだった。

その夜は、互いの秘密を打ち明けあった初めての夜となった。泡風呂のおかげでまだ温かくてゆったりした気分だったあたしは、いつになく饒舌《じょうぜつ》になった。あたしはオダリーにヘレンのことを話した。ヘレンのルームメイトという不幸な立場のせいで日ごろ耐えなければならない、さもしい盗みや悪意に満ちた侮辱のすべてを。オダリーは何度もあたしの腕をぽんと叩き、声を荒らげた。「なんて鼻持ちならない恥知らずなのかしら！　よくそんなことに耐えていられるわね」確かに、振り返ってみれば、こちらの言い分を認め、味方になってあたしを支持し、ヘレンに対するあたしの怒りの炎をあおったほうが、オダリーにとっては得だったとわかる。でも、たとえそうだろうと、オダリーはヘレンを何がなんでも心から非難していただろうと信じたい。他人を操るにあたって、ヘレンにはオダリーが細心の注意を払って身につけてきた深遠な品格のかけらもなかった。いや、オダリーのカリスマ性は別の問題だ。あたしはまたもや話を急ぎすぎてしまった。

オダリーもあたしに秘密を打ち明けてくれた。そう……そう思った。そのときは。あたしが体を拭いて服を着ると、あたしたちは居間の暖炉のそばにある大きなビロードのクッションに座り、熱い紅茶をマグカップで飲んだ。そうしながら、あたしはヘレンのつね日ごろの不埒《ふらち》な行ないをいくつも列挙していった。正直なところ、ぼうっとしていて自分がどこにいるかもよくわかっていないほどだった。オダリーの飛び抜けて豪華な部屋でくつろぐには少しばかり時間がかかったけど、その夜に知った豪華さには妙な面があった。いったん慣れると、もう気づまりには感じられないのだ。あたしは急いでブルックリンの下宿屋へ帰って、いやなヘレンの元へ戻る必要はなかったけど、分別と当たり前の作法から、辞去する時間が近づいていることはわかった。礼儀に反することをしないたちなので、立ちあがって帰り仕度をしようとしたとき、急にオダリーがひんやりした手をあたしの腕にのせ、きらきら輝く目であたしの顔をひたとのぞきこんだ。

「お帰りの前に説明したほうがいいわよね？　このお部屋のこと」

もちろん、あたしはそのことに好奇心を抱いたけど、礼儀正しさという制約があるため、自分からは絶対に聞かなかっただろう。もしなんらかの返事をしたら、彼女がこの魔法の種明かしを思いとどまってしまうかもしれないと心配だったので、あたしは息を殺してまばたきをしながら彼女を見た。

「父が賃貸料を払ってくれているのよ」

あたしはうなずいた。

「わたしの家族は——少しだけお金持ちなんだと思うわ。けたはずれに裕福でもないし、品も悪くないということ。父はわたしに不自由のない生活をさせたいだけなの。だから、わたしはここにいるのよ」

あたしはもっと話を聞きたくて、黙ったまま、またうなずいた。

「問題はね」オダリーは媚《こ》びるような声で言ったあと、ためらった。あたしは何かを頼まれそうな予感がした。「問題は、署のほかの人たちには理解してもらえるかどうか自信がないことなの。でも、あなたなら、あなたはとっても頭がいいし、進んだ考えの女性だから、ローズ——そのこと、わかってくれるでしょう？　ええ、そうよ、わかってくれるに決まっているわ。

絶対に間違いないことよ！　あなたってそれほど賢いんだもの、わたしの知りあいにボヘミアンの芸術家たちがいるから、その小さなグループとコーヒーを飲む集まりにご招待するわ。みなさん、すばらしく知的な方たちなのよ。絵や詩などについて、いつも教えてくれるの。あなたも気に入ること疑いなしね！」オダリーはそう言いながら、親しげにあたしのもう片方の腕を取り、あたしの肩をそっと揺すった。

あたしは頰に赤みがさすときの、覚えのある火照《ほて》りを感じた。知識人を装う見捨てられた人たちの集まりだと目されるものにあたしが夢中になるという予測は正しいのかどうか、オダリーは半信半疑のようだったけど、あたしだってそうだった。ただ、あたしはオダリーに魅了されてしまいつつあることに、ますます確信を抱いてきていた。彼女は短く笑って咳払いをしてから、真剣なまなざしであたしをふたたび見つめた。「それはそれとして、さし迫った問題に戻るとね、ローズ、わたしがどこに住んでいるかはだれにも話さないでいてくれると、とてもうれしいの。どんなふうに暮らしているかも。でないと、変なふうに思われてしまうかもしれないもの」

そのとき頭のなかで鳴った警告の鐘は、もっと盛大に鳴り響くべきだったと思う。大勢《たいせい》としては、あたしはそれまでの成りゆきに、知りたくてたまらない本能のようなものをすっかり刺激されてしまっていた。確か、そのときはこんなふうに考えたことを覚えている。オダリーは果物皿に執拗《しつよう》に群がる羽虫のように自分につきまとう噂に、気づいているのだと。『自分にまつわる言いたい放題の馬鹿げた話をあおりたくないだけなのよね』とあたしは自分に言い聞かせた。ともかく、あたしはこの共謀をうなずいて受け入れ、オダリーの部屋である贅沢な安らぎの場所からしぶしぶ出て、冷たい灰色の世界に戻っていった。

とまあ、こんなふうに、あたしはオダリーの友情という宝くじに当たったのだった。運命を決するその大雨の夜以来、オダリーは毎日あたしをランチに誘ってくれるようになった。昼になって、あたしたちがコートを着て笑いさざめきながら玄関を出て署の階段を軽やかに下りていくたび、アイリスとマリーはすねたような顔を向けてきた。少なくとも、そんな気がした。というのも、オダリーが燦然《さんぜん》と放つ好意に浴さなかった者はだれであれ、太陽の前を暗い雲が通りすぎていくかのような寒々とした感覚にさいなまれることに、目ざとく気づきつつあったからだ。オダリーはようやくアイリスがどれほど堅苦しくて退屈かを悟り、秘密を守れないからには心の友にはとうてい値《あたい》しないとしてマリーを相手にしないことにしたのだろう。あたしはこう思った。いまや彼女はあたしのものだと。

オダリーはちゃんと約束を守って、あたしを〝ボヘミアンの芸術家たち〟に紹介してもくれた。ある夕方、仕事が退《ひ》けたあと、ワシントン・スクエアから遠くない紫煙の充満するカフェへ連れていってくれたのだ。この紹介でオダリーが何をしようとしていたのかは、定かではない。あたしの知識の深さに探りを入れるためだったとしたら——それがひどく浅いことがわかって、彼女は驚いたはずだ。あたしはそのころ芸術と見なされている新奇なくだらないものには我慢がならなかったし、〝広い心を持って〟とあたしを非難する人たちこそ、その助言に従うべきだと決めつける腹立たしいほど狭い了見《りょうけん》の持ち主であることが多いと感じる。あたしが信じているところによれば、芸術の古くから続く偉大な伝統の範囲内で仕事ができない人間は、単に才能がないか、そのための修行をしていないかだ。

オダリーがあたしを連れていった夜、彼女の仲間の〝ポエームたち〟は、〈ザ・ダイアル〉というややみすぼらしい見かけの雑誌に一、二年前に掲載され、その後どうやらかなりの物議をかもした長い詩を熱狂的に読み、それについて論じていた。あたしの記憶が正しければ、その詩人はエリオットだかなんだかという名前で、詩そのものはわけのわからないことがくだくだと書かれているばかりの、まったく常軌を逸したたわ言だった。でも、彼らは驚くほどそれに興奮し、夢中になった。一度など、あたしの左隣にいる女性がこちらを向いて声高に話しかけてきた。「このあと詩は永久に変化すると思わない？」

わずかでも皮肉のかけらはないかと、彼女の顔を探るようにじっと見たけど、そこには真剣さしかなかった。その澄んだ茶色の目と色白の頬は、タイムズ・スクエアの広告掲示板よりも明るく輝いていた。「ええ」とあたしは答えた。「この紳士がひどく乱暴に揺らした建物解体用の巨大な鉄球のような詩を乗り越えて、その打撃を受けたこれまでの偉大な詩が勢いを盛り返すには、かなりの時間がかかってしまうかも」あたしは褒《ほ》め言葉を口にしたつもりではなかったのに、彼女はうれしそうにくすくす笑い、手放しで賞賛されたかのような晴れやかな笑顔になった。あたしは戸惑って彼女を見つめた。彼女はウィンクすると、あたしの視線を受けたままテーブルに身を乗りだし、向かいに座っている男性がマッチを取りあげて彼女の煙草に火をつけるに任せた。

オダリーが〝ボヘミアンの芸術家たちの小さな集まり〟にあたしを招待したのは、それが最初で最後だった。あたしはその外出にとりたてて感激したわけではなかったけど、それでもあたしを連れていったオダリーはなんて賢かったのだろうと、いまならわかる。その経験は、あたしの頭のなかで急速に形になりつつあったオダリーの印象に、さらなる深みを添えたのだから。あたしが紫煙けむるカフェに座って、故国を離れた詩人やスペインの画家について彼女が熱く議論する姿を見たそのちょっとした一夜で、オダリーは自分の行動を輝かせる光の様相を、そうと気づかれずに変えた。それは、その後に起こることに対するあたしのものの見方を変化させたのだ。そうでなければ非常識だと感じたかもしれないものは、風変わりだの前衛的だのとして価値が見出されることになった。スペインの画家たちの常軌を逸した試みにオダリーが本気で関心を持っていたかといえば、怪しいものだと思う。いまにしてみれば、そのように見せたかっただけなのだとわかる。

どのみち、いったんあたしが〝ボヘミアンの生き方《ラ・ヴィ・ドゥ・ボエーム》〟を垣間見たあと、オダリーはもう二度とあたしをそこへ連れていかなかった。彼女は人間の行動を見る目が鋭かった。あたしが彼女とつきあっているのは芸術的な刺激を欲しているからではなく、どちらかというと彼女といっしょにいることで得られる特権に浴したいからだと、すでに気づいていたことは絶対に間違いない。そのときまでに、早くもその判断はかなり正確なものになっていた。

あたしたちの友情が始まって二週間が飛ぶようにすぎたころ、あたしはオダリーが輝くばかりのにこやかな笑みを初めて向けてくる前の生活がどんなだったか、もう思いだせないような状態になっていた。ふと気づくと、彼女とレストランに座って、ランチの皿が片づけられても互いを見つめており、『あたしのホテルに引っ越していらっしゃいな』という言葉が持ちだされていた。

「ずっと前から、賃貸料を少しでも負担してくれる女友だちを見つけるつもりだったの」とオダリーはさっぱりしたなにげない口調で言った。

「部屋代はお父さんが払ってくれてるんでしょ？　たぶん、ひとりで住んでほしいと思ってるわ」

「あら、もちろんよ。でも、ルームメイトのことは知らせなければいいんだもの。わかるでしょう」彼女はいたずらっぽい笑みを浮かべ、ぱちっとウィンクをしながら身を寄せた。あたしはわかった。うれし涙は出てこなかった。これは姉妹のように親しくしようという誘いではなく、金銭上の割りきった提案だった。あたしの心はかすかに沈んだけど、まだすっかり沈んだわけではなかった。

そのころにはあたしたちはしっかりした友情で結ばれて数週間たち、午後はいつもいっしょにすごしていた。彼女に目をやると、キューピッドの弓のような非の打ちどころのない弧を描いた唇に、いけないことを共謀するような表情がわずかに浮かんだ。「余分の収入があれば、かなり助かるわ」オダリーはそう言ってあたしを横目でちらりと見た。「わたしたちふたりとも」

おそらく、そのとおりだった。オダリーが救いようのない浪費家であることは、疑いの余地がなかった。もしやあたしが力になって、節約する方法を教えてあげられるかもしれないと思った。ミセス・ルブランから伝授されたコツを。友だちになってから——その時点では、まだほんの何週間かだけど——、オダリーとあたしは全部で十九のちょっと威圧されるような高価なレストランで食事をしていた（しかも、夕食だけでなく、ランチまで！　仕事のあいまにとるだけの昼食にそんな贅沢をする人たちが存在することに、あたしは心からうっとりした）。あたしたちは雪のように白いテーブルクロスがかかっているテーブルにつき、燕尾服《えんびふく》を着て手袋をはめているさっそうとしたボーイに給仕された。どんな仕事にも、人ひとりがついているようだった。たとえ、銀の肉汁《グレイビー》入れを手にして気をつけの姿勢で立ち、永遠にお玉をさしだすことだけが唯一の仕事だとしても。そうしたレストランはまさしく、以前あたしが行きたいと夢見ていたのに、そのような機会（あるいは、連れ）に恵まれなかったところだった。また、これまで、そこで勘定書きは一度も出されなかった。どうしてそんなことができるのかとオダリーに尋ねると、彼女はいつも有無を言わさずはねつけるように手を振り、同じことを言った——『心配しないで』と。そういえば、オダリーについて確かなことがひとつあるとすれば、それは彼女が何かを深刻に心配しているように見えたことなど一度としてない点だった。

その日、あたしたちの食事は終わりに近づいていた。片手に銀の盆を持ち、もう一方の腕にきちんとたたんだ小さな白いタオルをかけたボーイ長が、テーブルにコーヒーのセット一式を持ってきたとき、オダリーのサインを求める紙片をそっとさしだした。

「ありがとう、ジーン」オダリーはそう言って、いつもの天真爛漫《らんまん》な晴れ晴れとした明るい笑みを浮かべた。あたしはすでにオダリーには少なくとも百種類の笑みが備わっていることに気づいていたけど、これは――いま見せているたぐいの笑みは――もっとも頻繁に振りまくものだった。ジーンはうなずいて、立ち去った。オダリーは声を落として言った。「小さな秘密を教えてあげるわ。あのボーイ長の名前が本当にジーンかどうか、思いだせないのよ。でも、いままで何も言われたことがないから、もうずっと長いことそう呼んでいるの。きっと正しいのね！」彼女は楽しそうにくすくす笑い、同じ思いを味わってほしがったので、あたしはついつられて声に出して笑った。

その紙片をちらりと見やったけど、数字は何も書いてなかった。あるのは、名前をサインする場所だけだった。オダリーは品のいい手つきでその横に置かれた万年筆を取り、何やらまったく読めない字を走り書きして、あたしを見た。まだ微笑んでいたし、それは相変わらずとても明るい笑みだったけど、いまはうつろなものも含まれていて、彼女はもうこれからのことに目を向け、一計を案じていることが察せられた。頭のなかで計算をしていたのではないだろうか。その唇は感じのいい形を保っていたものの、目の奥では何かが揺らめいていた。

「いま、おいくら払っていて？」

「なんのこと？」

「お部屋代よ。下宿屋さんの。おいくら払っているの？　そうね、週に九ドルか十ドル？」

「あら。そのくらいよ、だいたい」あたしは慎重な口ぶりになった。シスターたちからつねに教えられていたのだ。金銭の話をするのは無作法で、あけすけな金額を口にするのは下品そのものだと。

「いいわ、いくらだとしても、わたしのところに引っ越してきて、同じだけ払ってもらえれば」

「本気？」

「もちろんよ」オダリーは少年のようなこぢんまりとした小さな肩をすくめて言った。「わたしは少しゆとりができて助かるし、あなたはずっといい条件のお部屋に住めるようになるわ」

あたしはたじろいだ。富の格差をあからさまに指摘されたら、どんなに気のいいアメリカ人でもそうなるように。オダリーはすまなさのかけらもない無遠慮な視線をあたしにちらりと向けた。「だってほら、見たことがあるでしょう」それは事実だった。あたしは泡風呂に入った夜のことを思いだした。その華やかな記憶は、あたしに深い印象を残していた。「もっと広い場所があなたのものになるのよ。それに、いまは個室ではないみたいじゃないの」と彼女は続けた。「おまけに、約束するわ、わたしといるほうがずっと楽しいわよ。あの純情ぶっているのが見え見えの憎たらしいヘレンなんかといっしょにいて、芝居がかった馬鹿らしいヒステリーにつきあうよりも」

あたしはためらったすぐあとで、オダリーにそれをおぼろげながら感じ取られたことが心配になった。正直なところ、すぐにでもその提案に飛びつきたくて仕方なかったのだ。もはや好奇心からではなかった。いまやオダリーはあたしにとって何か新しいものを象徴していた。彼女のそばにいると、すっかり……そう、まったく自分ではないような気になるのだ。その感覚は新鮮で、未踏の可能性が目の前に開けているみたいだった。あたしはただのローズではなく

——オダリーの友だちであって、心のなかでそう思うたびに自尊心がくすぐられた。さらには、オダリーはあたしにとって親友にもなっていた。あたしは自分の子どものころのことや、ドティとヘレンの噂話の餌食《えじき》になって受けたひどい扱いについて、あれこれ彼女に話していたのだ（平手打ちしたこととアデルに関する話は、機転をきかせて黙っていたけど）。

ホテルの部屋にいっしょに住もうと彼女が言ったとき、あたしの想像力はたちまち翼を得た。上掛けにくるまってすごす遅い夜に互いの秘密をささやくうち、やがて窓ガラス越しにバラ色の夜明けがゆっくりと忍びこんでくるところまで、延々と続いていった。そんな図が頭に広がっていくにつれて、あたしは理性で抑えられないほどのわくわくする喜びに満たされるのを感じた。そんな空想は興奮を呼び起こすと同時に不安も招いた。あたしは孤児院や下宿屋以外に住んだことがなかったし、どちらの場合も暮らしていくためのお膳立ては整い、確保されていた。あたしはオダリーをちらりと見た。あたしのつかのまの躊躇《ちゅうちょ》を見て取ったとしても、彼女はそれを無視するほうを選んだ。

「ドティにはなんて話せばいい？」あたしは無意識に爪を噛みながら尋ねた。

「なんでも好きなことをお話しなさいよ」オダリーはそう言って、新しい煙草に火をつけた。となると、署に戻るのが遅くなることがわかったので、あたしは顔をしかめた。その週、あたしたちはすでに二回もランチから戻るのが遅くなっていたのだ。

「あたしに腹を立てたら、どうしよう？」ドティがあたしを追って、ひもじそうな顔をした細い首の弁護士を連れて署に飛びこんでくる姿を思い描いた。「彼女にはそうする権利があるかもしれない」あたしはつぶやいた。

「そんなことは絶対にないわよ」オダリーが答えた。そのとき、ある真実がおのずと明らかになった――オダリーはあたしがホテルの部屋へ引っ越すことを、すでに確信していたのだ。ふたたび彼女にちらりと目をやったあたしは、自分もすでにそうすることを確信していると気づいた。

7

オダリーの提案のあと、あたしはさっそく次の週に引っ越した。予想どおり、下宿屋からの引っ越しはとんでもなく厄介な展開になった。ドティは三歳のフラニーを腰で支えて抱きながら部屋の戸口に立ち、あたしのスーツケースに入る品物が彼女のものではないかどうか、いちいち目を凝らして見つめた。まるで彼女が後ろを向いたほんのわずかな隙に、あたしが大きさをものともせず、ランプシェードやナイトテーブルをまるまる自分の小さなスーツケースにつめるのを見張ろうとするかのように。フラニーはといえば、そのあいだずっと泣き叫んでいた。その原因はあたしがいなくなることではなく、ヘレンが階下の居間で食べていて分けようとしない量り売りのキャンディーだった。ドティはそのことをよくわかっていて、食料戸棚にあるラズベリージャムをほんのスプーンひとさじ与えるだけで大泣きはおさまったはずなのに、わめき続ける子どもを抱いていることによって、怒りの正当性がいっそう高まることが気に入ったのだと思う。以前にもそういうことがあったのだ――たとえば、家に集金人が来たり、裏庭で吠《ほ》えている犬のことで文句を言おうと近所の人がドアをノックしたりしたとき――ドティはだれでもいいからいちばん機嫌の悪い子どもを腰に抱えあげる傾向があった。

フラニーは三歳だというのに、いまだにもっと幼い子どものように手放しで思いきり泣き、その叫び声は往々にして人間のものとは思えない、しわがれた、動物が出すような低音から、耳をつんざく高い金切り声まで、ひと息のうちに変化するのだった。その場は控えめに言っても、楽しい別れとはほど遠かった。とはいえ、そもそもあたしは持ち物がさほど多くなかったので、すべてをスーツケースにつめるのにさしたる時間はかからず、ぼろぼろになった革のストラップをしっかり締めて階段を下りるまで、あっという間だった。

「あんたはこんな真似をするかもしれないって、ドティはいつも疑ってたわ」あたしが居間を通り抜けたとき、そこに座って雑誌を読んでいたヘレンがそれだけ言った。あたしは最後に彼女のむくんだ顔をひと目見た。彼女はほんの一分前にフラニーに癇癪《かんしゃく》を起こさせたのと同じ量り売りのキャンディーをぽんと口に入れると、音を立てて噛みながら、あたしを斜《はす》に見た。そのしぐさから、彼女が本当に言おうとしていることがわかった。『あらあら、戦争未亡人を見捨てていくってわけね……』

なんてこと。でも、あたしはさほど動じなかった。とにかく何がなんでも、もうそこにはいられないのだ。ドティとも、ヘレンとも。ふたりがキッチンであたしとアデルについてひそひそ話をしているところには。アデルには会ったこともないのに、偉そうに批判して喜んでる人たちとは。そのころには、ドティはあたしを追って階段を下りて居間へ来ており、ヘレンがキャンディーを食べているところを目にしたフラニーは、また思いだして泣き叫びはじめた。人間の耳の奥深くにあるもろい膜をいまにも破りそうな、全音階をすばやく行きつ戻りつする新たな声を出しながら。それに押されて、あたしはドアまでの最後の数歩を歩き、玄関前の階段を下りた。道路を足早に歩きながら、この数年間あたしの家だった崩れかけているブラウンストーンの建物を一度も振り向いて見なかった。

そのあと地下鉄をふたつ乗り継いで、オダリーのホテルに着いた。歩道に出た日よけの下からあたしの新しい家を見あげると、金色のドアが明るい投光照明に輝いていた。あたしは怖気《おじけ》づいてしまった。いざ実行してみると、引っ越しに関するすべてがさらに恐ろしいものに思えてきた。絨毯《じゅうたん》の敷かれた石段を上がり、ごくわずかな不安をうっすらと感じながら、ためらいつつ体重を回転扉にかけた。

たいていの居住用ホテルは非常に……機能的だ。じつのところ、下宿屋と大きく異なる点は何もない。とりわけ、女性向けの居住用ホテルは。でも、オダリーのホテルは本物の、正真正銘の、観光客が利用する施設だった。最初に訪れたあの運命の雨の日には、感動に震えたものだったけど、その正式な引っ越しの日は、豪華さにびくびくと臆するばかりだった。重いコートを着て、かさばるスーツケースを片手に下げた格好で、やっとのことで回転扉を抜けた。回転扉は何か苦いものでも食べてしまったかのようにあたしを吐きだし、あたしはぶざまな格好でよろよろとロビーへ足を踏み入れた。

勤務中の職員はあたしを見てもだれだかわからなかった。仕方のないことにちがいない。それまでここへ来たのは一度きりだし、前に述べたとおり、あたしはずいぶん前から平凡さに磨きをかけてきたのだから。エレベーターで上階へ行こうとしたところ、ホテルの職員はそうさせてくれず、結局はオダリーの部屋に電話をして、ロビーへ迎えにくるよう手配された。だれもがオダリーを知っている——少なくとも、彼女のことを聞いたことがある——ようで、階下へ来るまでにしばらく時間がかかると思われているらしかった。接客係はあたしをソファーへ案内し、客用の電話が置かれた小室を指さして、こう言った。「お電話をおかけになりたい方がいらしたら……」でも、そんな心配は無用だった。あたしには個人の電話を持っている知りあいなどだれもいなかったのだから——おあいにくさま!

刻々と二十五分がすぎたころ、ようやくすてきな金色の鳥かごを思わせるエレベーターが降りてきて、オダリーがロビーに姿を現わした。彼女がロビーにいる人々におよぼした影響には、気づかざるをえなかった。エレベーターの陽気なチーン! という音が響いたとたん、頭という頭がエレベーターのほうをぱっと向き、そのままオダリーの姿からそれなかった。彼女はごくわずかにためらってから——肉眼ではとらえられないほど一瞬のためらいだった——、作り笑いをしながらきびきびと前へ進みでると、いかにも乙女らしく滑るようにロビーを横切った。魅入られた一同の頭が、テニスの試合を見るときのようにいっせいに動いた。あたしが立ちあがってオダリーを迎えると、彼女はあたしと腕を組んだ。あたしは顔をぽっと赤らめたけど、誇らしい笑みが唇に浮かぶのを抑えられなかった。

「このかわいらしい顔を覚えてね、みなさん」オダリーはあたしのことをさして言った。「こちらのローズはここに住むようになったのよ」彼女はホテルの従業員すべてのところへあたしを連れていき、次から次へとそれぞれにあたしを紹介した。オダリーが署に来た初日に、警部補が彼女を連れて歩いたのとそっくりに。彼女は全員の名前を知っているようだった——もしくは、あのレストランの気の毒な〝ジーン〟と同じで、少なくとも彼らは違う名で呼ばれたことに抗議しなかった——し、あたしはひとりひとりと握手を交わし、立て続けにさしだされる白い手袋をはめた手に素手を握られるままになった。人目を気にしないわけにはいかなかった。そのホテルの豪華なしつらえのなかでは、あたしは服や全体的な見かけからすると、ここに住むために来たのではなく、床掃除にでも来たというほうがよほど似あっていることに気づいた。ようやくオダリーは、ボビーという名前か、彼女が勝手にボビーと呼んでいるかの童顔のベルボーイに、あたしのスーツケースを階上へ運んでほしいと頼んだ。あたしは断ろうと思ったのだけど、それを持って地下鉄の階段を上り下りしたせいで腕が痛かったので、ほかのだれかに運んでもらえるとわかってほっとした。部屋に着いて、ボビーがスーツケースをなかに入れると、オダリーはその骨折りに対して十セントを渡した。微笑む彼女の唇を見つめるボビーの様子からすると、公平な目で見て、ボビーはキスしてもらったほうが断然うれしかったにちがいない。彼はほんの少しだけその場を立ち去りかねていたのだけど、自分の熱望がどれほど実現不可能であり、それはなぜかを納得したかのように、やがて穏やかに戻っていった。

あたしの新しい寝室になるところでふたりきりになると、すぐにオダリーはスーツケースをベッドにぽんと置いた。ベッドはきちんと整えられていて、シェニール織のベッドカバーがかかり、孔雀《くじゃく》の羽のような青みがかった緑色のサテンの枕が置かれていた。

「ここがあなたのお部屋よ」とオダリーは言った。「まあまあだといいのだけれど」

まあまあどころではなかった。あたしは部屋を眺めた。以前来たとき、戸口からのぞきこんでちらりと見たら、ここは書斎で、バンカーズランプ（真鍮のスタンドや緑色のガラスのランプシェードを特徴とするランプ）と、かなり重そうなマホガニーのデスクがあった。でも、いまその部屋はすっかり変わって、居心地のよさそうな寝室になっていた。長い首をした鶴《つる》の黒いシルエットとともに金色の葉が描かれた東洋調の屏風《びょうぶ》が、ベッド脇の壁際に置かれている。ナイトテーブルには大きなクリスタルカットの花瓶があって、真っ白なユリがあふれんばかりに飾られていた。その花びらの先はくるりと丸まり、官能的なまでの盛りの美しさをたたえている。反対側のナイトテーブルには、旧式のシリンダー式蓄音機がのっており、音を増幅させるラッパ型のホーンは大きなアサガオそっくりで、同じ形のユリと競いあおうとしているかのようだった。オダリーはあたしがそれを見ていることに気づいた。

「まあ！　そんな古いものを置きっ放しにしてごめんなさい。あちこちに移しているのだけれど、どこに置いたらいいのか途方にくれているところなの。すっかり時代遅れですものね、もういまでは！　わたしは最新式のビクトローラ（木製キャビネットのなかにターンテーブルとホーンをおさめた蓄音機）を持っていて、自分の寝室に置いてあるのよ。もちろん、いつでも気軽に来て使ってちょうだいね」

なんと応じたらいいのか困ってしまった。古いものを置いて失礼だったというオダリーの思いこみは、およそ的はずれだったから。あたしは蓄音機を——新しいものどころか、古いものも——持っていたことがなくて、いつもほしいと思っていたのだ。「あ……あの、レコードを持ってなくて」あたしはまるきり間が抜けたことを口ごもりながら言った。

オダリーは声を立てて笑った。その声自体に音楽のような響きがあって、蓄音機もレコードもいらないほどだった。

「レコードなら山ほど持っているわ。耳からレコードが出てきそうなくらいよ」彼女はそばにある本棚にうずたかく積んである紙製のレコードジャケットのほうへ手を振った。「なんでもお好きなものをかけてちょうだいな。この古くさいものに我慢できるなら!」

そこで急に気分が変わったのか、口をつぐんであたしのほうへ首をかしげたまま、何かに深く心をとらわれていた。そのあと……暗い雲間から日の光が射すように、いつものオダリーの笑みが顔に広がった。内緒にされていた誕生日のプレゼントをもらったばかりの子どものように、彼女はいきなり両手を叩いた。「まあ、そうだわ、どう思う? 今日は特別な日じゃないの! ちゃんと盛大なお祝いをしなくては!」オダリーはあたしの手をつかんで、彼女の寝室へ引っ張っていった。あたしはオダリーのボヘミアン仲間や、彼らが信奉していると思われる生活様式が頭にぱっと浮かび、どんな展開になるかを予想して全身が急にこわばるのを感じた。

「出かけるのよ! あなたが着るものを見つけましょう」彼女は声高に言いながら、大型衣装ダンスをぱっと開いた。あたしの鼓動はいつもの速さにまで静まった。とても外出する気分ではなかったけど、そうは言わなかった。彼女が選んだのはきわめてモダンなライラック色のシフトドレス（ウエストを絞らずに肩から裾までまっすぐに裁ったドレス）で、低い腰まわりに黒いリボンがめぐらされ、ゆるやかな蝶結びにしてあった。オダリーはハンガーをあたしの首元にあてがい、服を合わせた。あたしはあら探しをしないようにした。それまでに着たことのあるどれよりも、スカート丈が短かった。「うーん。いいわ、いいわ。これなら似あうんじゃないかしら」彼女は顔をしかめつつ、あたしにというよりも自分に言った。

「それは着られないわ」あたしは言った。なぜと聞かれたけど、本心は口にできなかった。〝淫《みだ》らだから〟だ。でも、あたしはだれの負担にもなりたくなかったし、自分の新しい家である豪華な部屋を見まわしたら、オダリーに対するわずかな遠慮や畏怖《いふ》の念がふと湧きあがってきた。ほどなくあたしは自分の考えを変え、そのドレスを身につけた。

　オダリーがあたしをどこへ連れていくつもりなのかは、見当もつかなかった。ホテルのロビーに降りると、彼女は横柄《おうへい》ながらも魅力たっぷりに、あたしたちふたりにタクシーを呼ぶようベルボーイに命じた。あたしたちがタクシーに乗りこみ、白粉《おしろい》の豊かな香りを腕から放ちながら、吸いつくような革シートの感触を避けようと、恥ずかしくも膝すれすれのスカートを騒がしく尻の下にたくしこんで腰を落ち着けたとき、彼女は警察署から遠からぬ住所を告げた。これには、なんだか妙な感じを覚えた。ロワー・イーストサイドにある娯楽の場をあまり知らなかったからだ。とはいえ、ここで包み隠さず話すと、あたしはそもそも娯楽の場などさして知らなかったので、黙っているしかなかったけど。

タクシー料金が払われ、縁石に降りたあとであたりを見まわしたけど、何もなかった。というか、少なくとも、あたしが期待していたなんらかの楽しみや歓《よろこ》びを与えてくれそうな店は。開いた扉から流れてくる音楽や笑い声混じりのさざめきも、上の窓から投げかけられる電灯の明かりも、ない。あたしたちが降りたったあたりは、その日はもうとっくに店じまいした商店ばかりのようだった。人の通らない店先はどこも暗く、妙な重苦しさと淀《よど》んだ重力のようなものが充満し、あたしたちはまるで列を成して眠っている巨人たちの真ん中に立っているかに思えた。最後の目的地はどこなのか、いっそう好奇心がそそられ、謎に包まれたようだった。

「いったいどこ――」

「しーっ‼」

オダリーはだれもいない道路に身を乗りだし、左右にこっそりと視線を走らせた。不意にあたしはだれかに見られているかもしれないという奇妙な感覚に襲われた。「いいわ。大丈夫」彼女は魅力たっぷりのかすれた声でささやいた。「でも、声を落としたほうがよさそう」彼女はあたしの片手をつかみ、袋小路であることが確実な裏通りへ入っていった。半サイズも大きいのにオダリーがどうしてもはくようにと言ったTストラップのパンプスのせいで、あたしは足元が少しふらついていた。素肌にまとわりつくひんやりした夜気を感じた。気まぐれなそよ風にはためくスカートが太ももの裏にあたると、スカート丈はまさにそこまでしかないのだと意識させられた。裏道を進んでいくうちに、店はいつのまにかなくなったけど、それは驚くことではない。裏通りというのは、言うまでもなく、まったく商売に向かないのだから。ただ、一軒だけ店があることに気づいた。裏通りをずっと行った突き当たりに。近づくにつれて、そこがまだ営業していることがわかって、びっくり仰天した。それはかつら屋で、薄汚くて照明が少なく、たったひとりの店員はレジのところで眠りこんでいた。オダリーが浮き立ったようなくすくす笑いをしながら、入口のドアから勢いよく入っていくと、頭上で小さなベルがチリンと鳴った。あたしたちが入るなり、レジに突っ伏していた若い男がぱっと立ちあがった。

「何かお手伝いしましょうか、ご婦人方?」その男は見たところ異様で、脂《あぶら》っぽくて長い髪が片目にかかり、風変わりな色のサスペンダーをしていた。〝ご婦人方〟の発音がおかしく、〝ごふじがた〟と聞こえたので、イギリス人かもしれない。まだ〝お嬢さん〟と呼ばれてもいいくらい若かったので、あたしは〝ご婦人〟と呼ばれることに慣れていなかったし、オダリーもそうであることは確かだった。でも、あたしは自分の若さを主張するようなふるまいをしたことはなかったし、ほんのつかのまではあるけれど、その言葉に威厳のようなものをうっすらと感じた。

「ええ、そうね」オダリーは店の商品をじっと眺めまわしながら、うわの空のように答えた。どうやら何か目あてのものを探しているらしく、ゆっくりと円を描いて歩いた。壁際の棚に並んでいるのはマネキンの体のない頭ばかりで、それぞれ異なるかつらをかぶり、同じピンクで描かれたそっくりの笑みを浮かべていた。あたしは面食らった。オダリーはこれまであたしが会ったことのあるだれよりも豊かで美しく黒い髪をしていたからだ。いったい彼女がかつらにどんな用事があるというのか、想像もできなかった。やがて、彼女は手首の細い日焼けした手を伸ばした。そして、あるかつらをすばやく手に取り、相変わらず笑みを浮かべているうつろな目をしたマネキンの頭部をむきだしにした。そのかつらそのものは、とんでもなくひどい代《しろ》物《もの》だった。凝りに凝ったヴィクトリア朝の束髪で、ヘレンのような女ならすてきだと思ったかもしれない。鉄灰色《てつかいしょく》のなんともさえない色でなかったら。オダリーはそのぞっとするかつらを店員のところへ持っていき、レジのそばのカウンターにぽいと投げた。

「これは栗色ですてきだと聞いたわ」彼女はやや芝居がかった声で店員に言った。あたしは彼女の唇があだっぽく動いて作り笑いをするのを見て、信じられない思いだった。「でも、赤褐色だったら二倍もよかったのに」彼女は仕上げにウィンクをした。あたしは目をぱちくりした。何がなんだか、ちんぷんかんぷんだった。けれど、どうやら店員はそう思わなかったらしい。オダリーが何よりも明瞭なことを言ったかのように、ぱっと姿勢を正すと、いかにも事務的な手つきでレジのキーをいくつか打った。最後のキーを打つと、かなり大きな金属音がガチャンとして、彼の後ろの壁にある羽目板の一枚が開き、赤いビロードのカーテンが並んでいる暗い廊下が現われた。陽気な声が漂い、高くなったり低くなったりする会話のさざめきのあいまに、頻繁に女性の笑い声やグラスの鳴る鋭い音が交じる。トランペットのちょっとおかしなワウワウという音や、ギターの軽快なポロンポロンという音に合わせて、アル・ジョルソン（アメリカの歌手・俳優。一八八六～一九五〇）が朗々と歌う声が、見えないところにある蓄音機から流れてきていた。

「お入りください、ご婦人方」

それはもぐり酒場だった。話には聞いたことがあるものの、この目で見たことはなかったので、度肝《どぎも》を抜かれた。かつら屋というのは隠れ蓑《みの》だったのだ。この店の経営者は――だれであれ――たぶんこれまでかつらなんてひとつも売ったことがないだろう。いや、売ったことがあったとしても、意図してのことではないと思う。オダリーはカウンターの向こうにいる若者ににっこりしてから、いまや開いている壁の羽目板の奥に見えている廊下へ足を踏み入れた。店員は彼女の体の線がきれいに出た動きを見つめるばかりで、あたしはそんな彼を見つめるばかり……そのうちに、ふと気づくと彼女は暗がりのなかへ姿を消し、あたしは一歩も動けずにまだ店のカウンターの前に立っていた。若者はこちらに注意を戻し、いぶかるように片眉を吊りあげてあたしを見た。

「ご婦人？　さ、入るか帰るかしてくださいよ。分別をきかせないと商売にさわりますんで」

彼は開いた入口のことをさしているのであり、早く閉めたくて仕方ないのだとわかった。その威張ったふうでいて、へつらうような態度にむっとしたあたしは、殺意すらこめた視線を彼に投げつけ（相手の疑うような眉がいっそう高く持ちあがって、ほんの一瞬なりとも正体不明の不安に変わる引き金を引いたことに気づいて、それなりの満足感を覚え）てから、暗い廊下をオダリーが姿を消したほうへずんずん進んでいった。中へ入るなり、背後で壁の羽目板が閉まるのを感じた。目が慣れるまでには数分かかった。ふたたび床がおぼろげに判別できるようになるまで、動く気になれなかった。そうでないと、つまずきそうだったからだ。

「こっちよ、ローズ」

いまや騒がしいほかの声にすっぽり包まれているかのようなオダリーの呼び声のほうへ歩い

ていき、廊下の突き当たりのビロードのカーテンを通り抜けた。

どんな光景が自分を待っているのか、心の準備はできていなかった。気づいたときには、宴たけなわのパーティーのど真ん中にいきなり迷いこんでしまっていた。あたしはその部屋に圧倒された。すべての壁は赤葡萄酒《ぶどうしゅ》色のしわ加工されたビロード張りだった。照明が少ないため、天井が暗い洞穴のように遠のいて見え、漆喰《しっくい》の凝った円形模様の中央からは思いもよらないクリスタルのシャンデリアが下がっている。部屋全体は人いきれで暖かく湿っており、発酵させたネズ（ジンの香り付けに使われる）の強いにおい（警察署で働いていたので、それが密造ジンならではのにおいだと、あたしはすでによく知っていた）が空中に漂っていた。

その部屋には人がぎゅうづめで、全員を一度に把握できなかったため、目立つ数人だけを仔《し》細《さい》に眺めた。女性が何人か、部屋の中央で思いきり熱狂的に肩や腰を揺すってチャールストンを踊っていた。別の若い女性はハイヒールみたいな形の変わったグラスで、かなり泡立ったシャンパンらしきものを飲んでいた。最新流行のドレスを着ていて、肩をあらわにした一直線の襟《えり》ぐりから垂れ下がって揺れているガラスのビーズがきらきらしている。背の低いずんぐりした男ふたりは、けたたましく笑いどよめきながら葉巻をふかして互いの背中を叩きあううち、顔がどんどん赤らんで道化者みたいな様相を呈し、互いの体を叩くさまはいっそう親しげで打ち解けたものになっていった。部屋の向こう側では、女性がピアノの上に座り、靴とストッキングを脱げとまわりの数人からしきりにはやされていた。しばし形ばかりのおざなりな抗議をしたあと、彼女は要求されたものを脱ぎ、足の指だけを使って即興の〝チョップスティックス〟らしき演奏をした。

「お飲み物は？」

あたしは尋ねられていることに気づいた。確かに下のほうから聞こえたので、そちらに目をやると、赤いサスペンダーをつけて中折れ帽をかぶった小男がこちらを見あげていて、驚いた。目のまわりにナス色の暗いくまがあり、ひげが生えっ放しになっている。あたしはなんとか返事をしようとした。

「この人には密造ジンじゃないものを」とオダリーの声がした。彼女が急にあたしの隣に現われ、とてもしなやかな柔らかい腕をあたしの腰に滑るようにまわした。「初めはもう少し洗練されたものにしましょうよ。すてきなシャンパン・カクテルはどうかしら、レドモンド？」

レドモンドは目に見えないほどかすかに頭を傾けると、きびすを返して太く短い脚でぎこちなく歩き去った。

「レドモンドはいい人よ」

「あたしをどこに連れてきたの？」

オダリーは声を立てて笑っただけだった。「あのね、会ってほしい人がいるのよ」まだあたしの腰に腕をまわしたまま、彼女は部屋の遠い隅へあたしをいざなった。そこでは、身なりのいい男たちの群れがルーレットのテーブルを囲んでいた。あたしは言葉もなく、ルーレットの円盤のぴかぴかに磨かれた銀色の軸が宙でまわるのを見つめた。それがゆっくり回転すると、十字になったハンドルがきらめいた。オダリーは、高価そうなスーツを着た長身で濃い髪の男性のすぐそばに近づいた。

「ローズ、紹介するわ、ハリー・ギブソンさんよ」その男は自分の名前を聞いてあたしたちのほうを向き、あからさまに獰猛《どうもう》な疑いの目であたしの頭のてっぺんから足の先までをじろじろと眺めた。

「ギブで通ってるんだ」彼は礼儀正しいながらも無関心そうに手を伸ばしながら言った。あたしはおそるおそる握手をした。それが終わるや、ギブはさっそくルーレットのテーブルに注意を戻した。「来い……来い」ギブは小声でつぶやいた。奇妙なことに、彼は決まった番号を応援しているようには見えず、それどころかどの番号にも止まってほしくないみたいだった。ルーレットの回転が終わりに近づいて速度が落ち、危なっかしげに傾いたとき、彼の目がぴかりと光った。

「あなたのお飲み物です、お嬢さん」

目を下げると、レドモンドがオダリーの注文どおりのものを持って戻ってきていた。飲み物は持ってきたが、請求書はない。オダリーに関してはいつもこうだと、あたしはまもなく知ることになった。飲み物、食べ物、芝居のチケット――そうしたものすべてを受け取るに際して、オダリーは品物と金銭の引き換えをほとんど目に見えない形で知らないあいだに行なっていた。そしていま、あたしは彼女の連れという単純な理由で、そうしたものをすべて無料で受け取れることになった。自分の新しい授かり物をなんとなく意識しながら、あたしは飲み物を持って立っている小さいウエイターをじっくり眺めた。その太い腕は本人の頭の高さにすらろくに届いていないのに、それにもかかわらず彼は透明ではなくほんのりと緑色がかったシャンパンの入ったグラスをふたつのせた銀盆を誇らしげに掲げていた。オダリーは銀盆からグラスをひとつ取りあげて、すぐ唇へ持っていき、品よくおいしそうにひと口飲んだ。たしなみのある女性は人前でもそうでなくても、酒を飲んでいる姿を見られてはならないとわかっていたけど、あたしは試されているのだとも感じた。いまは断れなかった。

「これは何？」あたしは盆からふたつめのグラスをおずおずと持ちあげながら尋ねた。

「天国の小さなしぶきよ」オダリーが答えた。あたしがちらりと見ると、彼女は笑い声をあげた。「アブサンとシャンパンを一対二で混ぜたものなのよ。飲んでみて――絶対においしいから」

「あ……あたし、お酒は飲まないの。巡査部長がなんて言うかしら？」あたしはうっかり口を滑らせてしまった。

オダリーはまた笑った。その快い音色が騒々しい部屋に響きわたった。ルーレット盤上の白い玉がようやくよろめきながら止まり、テーブルの周囲からちょっとした歓声があがった。ギブはあたしが酒を飲まないと言ったことを聞きとがめて顔をしかめ、こちらのほうにきっと向き直った。

「きみのこの友だちはだれなんだ？」彼はあたしがオダリーの隣に立っていないかのように、彼女に聞いた。

「別のタイピストよ。警察署の」

彼はいっそう穿鑿《せんさく》するようにあたしを見直した。「信用できるのか?」

オダリーは戸惑って顔をしかめた——その愛らしい顔に浮かぶ表情としては珍しかった。「わたしが保証するわ、それを心配しているなら」

「ここへだれでもかれでも連れてくるんじゃない」ギブは声で警告した。とはいえ、それはうわべだけで、すでに彼の注意はまた投げ入れられて新たにまわっているルーレット盤を転がっている玉のほうへ戻っていた。

「そのカクテルをお飲みなさいよ、ローズ。そして、あなたがなんの心配もいらないことをギブに見せてあげて」オダリーが勧めた。その時点であたしは避けられないと察して、それを飲んだ。喉の奥を焼かれる感触に、カンゾウ風味の泡立つシャンパンを吐きだしたい衝動をこらえた。「よくやったわ」オダリーは満足げに言ったけど、その言葉はあたしに向けてではないと、あたしはまた察した。

「よし、あとは好きにしてろ」ギブはもう話は終わりだというふうに言った。

「さあ、ローズ、恐ろしく退屈でギャンブル好きなこの独身男性たちから離れましょうよ!」オダリーはギブにウィンクしながら急に声を張りあげ、あたしの腰をまた引っ張った。「みんなと楽しみたいわ」すぐそばに引き寄せられたので、あたしはおとなしい家畜のように彼女と並んで歩くしかなかった。カクテルのせいで頰は早くもかっと火照《ほて》り、体が熱くなってきているのが感じられた。

部屋を横切ってギブから充分離れてから、あたしはようやく尋ねた。「あの人はだれ?」ギブのことだった。たちまちオダリーはそれを理解した。

「ここの経営者なのよ。ええ、いまはね。彼を怖がってはいけないわ。そうすると、好かれないから。それに、怖がる理由なんて何もないの。親しくなったら、ハエも殺せない人だってわかるわよ、本当に」そこで彼女はためらい、ひとり笑みを浮かべながら、次に口にする言葉を頭のなかで思いめぐらせた。「それにね、彼はわたしの……わたしの……そうね、わたしたちは婚約状態だと言ってもいいと思うわ」

彼女の意味していることがちゃんと理解できたかどうか、あまり自信がなかった。彼女が指輪をしている姿や、婚約の話をしているところは見たことがなかったし、ギブのふるまいはひどく無愛想な感じだったので、彼が膝を折ってプロポーズする姿などとても想像できなかったのだ。あたしはギブをちらりと振り返った。その目の陰気な色あいや、ぞんざいにひげを剃《そ》った顎に走る暗い陰をいっそうまじまじと観察して、そんな男があたしの隣に立っている輝くばかりの女性と婚約していることに、思わず気分を害した。どうにも腑《ふ》に落ちなかった。

オダリーはそれ以上の説明をせず、あたしにウィンクをしただけで、部屋にいる著名な人たちとやらにさっそくあたしを紹介しにかかった。大きな映画会社がいくつかできたことから、映画産業には多くの男たちがディレクターやプロデューサーなどとして雇われており、女性も少ないながら女優として現われてきていた。ある派手な黄色い髪の女性は、チャーリー・チャップリンの映画に出たことがあった。あたしは映画に行ったことがないので、それは思い違いかもしれないとしても、〈タトラー〉（イギリスの高級女性雑誌）の写真でちらりと見た覚えはあった。ほかにも、画家や音楽家や、覚えきれない職業の人たちがいた。夜が更けるにつれて、オダリーから紹介される人たちは何をして生活しているのか、ますます曖昧《あいまい》になっていく気がしたものの、もちろんそのころまでにはレドモンドが盆を持って何度も戻ってきており、部屋全体は岩がちな海に乗りだした船のように感じられてきていた。

その夜のできごとに関するあたしの記憶は、ある時点でいちじるしくあやふやになった。間違っていなければ、あたしはオダリーとダンスフロアに出ていったと思う。チャールストンの踊り方など知ってはいないのに、踊ったような覚えがあるのだ。おまけに、煙草がどんな味かという、怪しげながらも鮮やかな記憶も。さらにはソファーに座って、とてつもなく大きな体の男性と話したことも覚えている。その男はどうやらあたしにものを教えたいらしく、株と債権の違いについて長々と講釈した。近くに立っていた酩酊《めいてい》して倒れそうなほどふらふらの女性が、その会話に口をはさんでは、何度も繰り返しこう言い続けていた。『あらあ、あなたのような面白い鼻をした方は見たことがないわ……立派なお鼻だことねえ』

オダリーとあたしがパーティーの場を去ったのが何時なのか、わからない。けれど、タクシーに乗ってホテルの部屋に向かうまでには、胃からすっぱいものがこみあげてきたのをしかと覚えている。

「だめ。行っちゃ。あんなところに。二度と」あたしは明快さに難のある口ぶりでつぶやこうとした。「場違いよ。あそこは。たしなみのある。女の子には」

「さあ、静かに」オダリーはさらにしーっと付け加え、あたしの手をぽんと叩いたりさすったりした。

「巡査部長は絶対に認めてくれないわ」あたしはもごもごと言った。「ごめんなさいって、謝らなくちゃ」あたしは頭を片側にだらりと傾け、目を閉じた。と、いきなり万力なみの力強いふたつの手に肩をつかまれ、揺さぶられて少しばかり素面《しらふ》になるのを感じた。必死に目をあけると、あたしをひたと見つめているオダリーがいた。

「ねえ、よく聞いて、ローズ」彼女は感情を抑えた冷静な声で言った。「このことについては巡査部長に何も言ってはだめよ」あたしのまぶたは垂れ下がり、閉じかけた。それが気にさわったにちがいない。オダリーはあたしをまた揺すった。今度はもっと強く。あたしはその力がふたりのあいだを移動し、何かがそのときの陽気さを消してしまったと感じた。彼女は怒っており真剣だった。ちょっと怖くなったあたしは、彼女の顔を無邪気にじっと見あげ、急に彼女が知らない人のように思えることに気づいた。彼女はあたしに何かを理解させようとしており、その真面目な趣旨に同意した印として、しっかり目を合わせてほしがっていることが本能的にわかった。酩酊状態のなかで、あたしはぐるぐるまわり続けているような目の玉の動きを止めようとした。それにはかなりの努力が必要だった。目が眼窩《がんか》のなかで回転しているような感じだったから。左から右へ、左から右へ、左から右へと。

たぶん、それがあまりにも情けなく見えたのだろう。オダリーは突然笑いだすと、ため息をつき、あたしの肩をぎゅっとつかんでいた手を放した。「わたしったら、あなたをどうしようとしていたのかしら?」形ばかりの質問のあとに、今度はくすくす笑いがあった。「心配するなんて、馬鹿げているわね」いまや彼女の声は友だちのようであり、母親のようであり――姉のようだった。彼女はあたしの手をぎゅっと握った。「あなたはだれにも何も話しはしないわ。それに」と付け加えた。「引っ越してきたばかりだものね。こんなにすぐ新たに住むところを探す羽目になるなんて、みっともないでしょう」あたしは彼女の言葉のなかに巧妙に盛りこまれ組みこまれた脅しにじわじわと気づいてきた。「あなたが戻ってくるのをドティが手放しで歓迎するとはまさか思えないものね、そうじゃなくて?」

あたしたちはふたりともその質問の答えがわかっていた。あたしは新しい状況のなかで依存する立場になってしまったことに、いまさらながら愕然《がくぜん》としてオダリーを見たけど、そのとき、胃が体のなかでそれはもう大々的な体操を行なったため、タクシーのドアから頭を突きだして、その夜に飲んだシャンパンとアブサンを吐きだすことを余儀なくされたのだった。

8

あたしはつねに規則どおりに生きるような人間だった。血を分けた親族がいないため、何年ものあいだ、自分が母親や父親や兄弟の役割までつとめることを一連の決まりごととして受け取っていた。恋人の役割まですることすらあった――愛という概念が、あたしの規則好きから深まっていった、まさに一方的な傾倒のようなものから派生するとすれば。確かにあたしのべッド脇で上掛けをかけてくれる人はだれもいなかったかもしれないけど、九時に電灯を消すという厳しい規則に従うことには、安らぎがあった。それに、たぶんあたしが眠りに入っていくときにお話をしてくれる人はだれもいなかったことも確かだろうけど、口にするお祈りはいくらだってあったし、頭のなかで確かめておく朝の仕事もどっさりあった。規則はあたしを安全にしておいてくれた。自分にとって大事な規則を守ってたからこそ、いつだって間違いなくシスターたちは服や食べ物を与えてくれたし、タイプ学校は仕事を世話してくれたし、警察署は雇っていてくれる。オダリーと出会うまで、あたしがただひとつ大事にしていたのは十戒を与えた神だけだった。

だから、そんな自分がオダリーといると、かつてそれほど特別な価値を置いていた規則をふと破ってしまうわけがわからなかった。いろいろな意味で、あたしの規則への愛は、オダリーへの愛に取って代わられたのだと思う。その変化の早さには我ながら驚いた。規則について言えるのは、ひとつ破るともっと破るのは時間の問題にすぎないということだ。かつては自分を守ってくれていたしっかりした枠組みが、粉々に崩れ落ちる運命が待っている。あたしは彼女を愛してたからそうしたのだとしか言えないのだけど、あたしがいま診《み》てもらってる医者は、その答えにあまり納得してない。

まず間違いなく、あのできごとがあってからというもの、新聞はオダリーを犠牲者として描いてきている。新聞によると、堕落し、嘘をつき、あきれるほどひどい言語に絶することをやらかしたのは、あたしなのだ。つねに規則に従ってきたという主張を葬られたあたしは、こうした攻撃にしぶしぶながらさらされるままになるしかなかった。新聞はあたしについてなんでも好きなことを書けるし、実際にそうしている。オダリーがあたしを魔法にかけたのかもしれないとは、てんから信じないのだ。彼女があたしにおよぼした影響を表現するには、その言葉ほどぴったりなものは考えつかない。簡単に言えば、あたしはオダリーよりも魅力のある人に会ったことはないし、これからだってないような気がする。

共同生活の初めの日々、あたしはオダリーを理解し知りたいという思いのとりこになっていた。服や酒や踊りに対する彼女の態度は、あたしにとってなんとも異質な、形式張らないやり方をよしとするものだった。何度も目にした光景なのだけど、オダリーは日焼けした肌に産毛《うぶげ》を金色にきらめかせながら室内に入ると、子どもっぽく手を伸ばし、会ったこともない男性の口から吸いかけの煙草を奪ったものだ。しかも一度として拒まれたことはなく、おまけにその男性は――ここであたしは男性一般をさしている。複数いたからだ――決まって自己紹介をし、ポケットを探ってライターと代わりの煙草を取りだすのだけど、そのあいだオダリーは手に入れた煙草を吹かしながら、茶目っ気のあるうれしそうな表情でその紳士をじっと見つめるのだった。彼がポケットから何を出そうとも、自分がたったいまくすねた類《たぐい》まれなすばらしい宝物の代わりにはならないとでもいうように。いっしょにすごしたあいだ、あたしは数えきれない時間をオダリーの観察に費やしていて、たとえば男性の煙草を自分のものにするといった、よくやるちょっとしたやりとりは、決していじわるでもなければ馬鹿にしたしぐさでもなく、ごく自然なふるまいにすぎないのだと気づくようになった。

オダリーが絶対に取らない態度も、あたしはたくさん知っていた。例をあげると、顔を赤らめることがオダリーはできないようだった。躊躇《ちゅうちょ》したり、ぐずぐずしたりすることも。あらゆる誘いへの返事は、その合法性の程度にかかわらず、思春期前の十代の少女のように細くて頼りない肩をすくめることであり、快く響く笑い声を伴うことが多かった。

この陽気で、くだけた、無頓着《むとんちゃく》な態度は、愛を体で表わすことに関して、どんな状況よりも衝撃的だった。あたしはオダリーがだれを自分の恋人としていたか、していなかったか、確かなことを知らないかもしれないけど、よくハリー・ギブソンのもぐり酒場に来ていた自由奔放な女性たちのふるまいを聞かされても、彼女がさほど憤慨しなかったことは知っている。女性が自分のやりたいことをなんでも、気に入っただれとでもするのは、ごく自然でもあるかのように、彼女はふるまっていた。これにはあたしも面食らった。

そういえば、いまは知っているけど、そのときは知らなかったことが、これだ——ものすごい金持ちとものすごい貧乏人だけが、気取らないあけっぴろげなセックスを楽しめる。その中間のどこかにいる者たちは——ここで触れるべきは、あたし自身、中間にいると思う点だ。孤児院で育ちはしたものの、シスターたちは良き中産階級の上品ぶった価値観を身につけさせようと精いっぱいのことをしてくれたからだ（安アパートに住む人たちの下品な言葉が聞こえると、あたしはいつも足取りを速めてきた）——つまり、ミドルクラスの人間だけは、セックスとなると慎み深く分別のある態度を保つことを強《し》いられるのだ。これは、とりわけミドルクラスの若い女性たちにあてはまる。あたしたちは人間の体についての教育的な話のあいだ、目を伏せて顔を赤らめることを求められるし、青年から性的な誘いをかけられたら、舌打ちをして拒否したり、憤《いきどお》りをこめて『失礼な!』と叫ばなければならない。みずからを性的な道徳のこのうえない守人《もりびと》だと信じるよう教えられているのだ。自分が生徒のころにきっちりしつけられたように、あたしはそれを守ることに神聖なものがあると心から感じていた。義務として守っている人もいるけど、あたしは名誉として守っていた。

オダリーの子ども時代について何も知らないので、彼女がどう育ってきたのかわからない。たとえそうした事実を自由に知ることができたとしても、さしたる洞察はできなかっただろう。極端に貧乏な人たちの性的な習慣にはぞっとするばかりだったし、上流階級の性的な習慣はあたしにとっておぼろげで不可解な謎だったから。

でも、じつのところ、オダリーは性的な道徳観を守ることを名誉とも義務とも感じていないようだったし、彼女自身のふるまいに関するかぎり——そう、彼女はほとんど良心がとがめる様子もなく、好きなようにふるまっていた。パーティーでは、奥の薄暗い部屋へ姿を消した。楽しませてくれるならだれとでも見境なく自動車に乗った。あたしと夕食をとりにクラブへ行くと、彼女独特の笑い声——たいがいは連れの男性だけに向けるようなはしゃいだ声——が往往にしてコート預かり所のなかから、毛皮やカシミアのせいでほんのわずかにくぐもって聞こえてきた。なぜあたしはオダリーの性的な行動(というか、あたしの目からすると不品行)に引きこまれるような興味をそそられたのかわからないのだけど、実際にそうだった。オダリーの放埒《ほうらつ》なやり方を、あたしは認めていなかったとはいえ、いっしょにいて見たくてたまらず、心のなかで評価を下していた。オダリーを眺めていたいという気持ちは抗《あらが》いがたい衝動であり、実際、非常に強力な、なんとも解《げ》しがたい吸引力のようなものを秘めていた。

言ってみれば、大変な災難があたしのほうへ迫りつつあったのに、オダリーに出会ったその瞬間から、あたしはそれが急速に近づいてくるのを眺めること以外、何ひとつできなかった。ただし、そう、約束してきたとおり、その顚末《てんまつ》を順に話すなら、まず知らせておくべきほかのことがある。


もぐり酒場で深酒したのは平日の夜で、翌朝あたしはまだすっかり回復していなかった。その朝、警察署に入っていくと、毎日漂っているいつもの安ウィスキーや古いワインのにおいに出くわし、たちまち胃がはっとひるんで、前夜の体操をもう一度繰り返しそうになった。あたしは多大な努力を払って集中し、なんとか朝食を本来あるべき場所にとどめておこうとした。ある意味では、職場がつねにそのような気持ちの悪いすえたにおいに満ちている事実に、心の底から感謝した。署に連れられてきては帰っていく密造者や安酒飲みのアル中たちのにおいが、あたし自身のにおいをうまく隠してくれるから。間違いなくあたしはまだ酒のにおいをまとっていた。そんな幸運に加えて、なんととりわけその日は巡査部長があたしにあまり注意を払えなかった。自分のありさまを巡査部長に気づかれたら、あたしは悔やんでも悔やみきれなかっただろうけど、彼は忙しすぎてそれどころではなかったのだ。

とはいえ、不運なことに、警部補は違った。午前中のあるとき、彼は弾むような足取りで事務室を横切ってオダリーに報告書の山を渡しにいき、通りしなにあたしをちらりと見やったあとで、ふとまた視線を向けてきた。

「だれかさんはちょっとばかり迎え酒が必要なようだね」警部補はあたしのほうににやにや笑いを向けて言った。

「なんの話かさっぱりわかりませんけど」あたしは力を振り絞って一笑に付したものの、そのあとでずきずきする頭を両手でかかえこんだ。警部補はまだにたにたしながらあたしの机に近寄り、いつものように腰をのせた。

「いやいや、ちゃんとわかっているはずだよ」と警部補は言った。あたしは彼などものともしないという顔を向けるあいだだけ頭を持ちあげた。オダリーは警部補から渡されたばかりの報告書をいっしんに読んでいるふりをしてたけど、耳をあたしたちの会話にしっかりと集中させていることはひしひしと感じられた。「いいかい」と警部補。「わたしは酒をいけないと思っている人間じゃないんだ。たまに同じような状態になることだってあるんだよ」あたしは鼻の穴が広がるのを感じた。なんて厚かましいの！　あたしが彼の考えを気にすると思うなんて！　あたしたちふたり――警部補とあたし――に共通のものがあると決めてかかるなんて！　あたしの憤慨には気づかず、彼はポケットから銀色に光るものをさっと取りだすと、机の上に寝かせて置き、こちらへ秘密めかしてゆっくりと押しやった。そのあいだずっと、唇をゆがめた笑みを浮かべて。彼がさしだしているのは携帯用酒瓶《フラスク》だと、あたしはおぼろげながら気づいた。

「少し飲めば、今日はなんとかすごせるよ」と彼は言った。

あたしはとっさに鼻を鳴らしてはねつけた。「失礼ですけど、警部補――」「フランクだ」彼は口をはさみ、そのあとで少し体を寄せて付け加えた。「あるいは、フランシス。まあ、実際はだれもフランシスとは呼ばないがね」彼はそこで間を置き、うっすらと赤面した。「母をのぞいては」

「失礼ですけど、警部補」あたしは続けた。彼はあたしにたったいま噛まれたかのように、ひるんだ。「でも、あたしはまったく大丈夫です。あなたの持ち物、と呼ばせていただきますが、それをこの机から取り去ってもらえるとありがたいんですが。本当はあたしのだとだれかが誤解しないように」

警部補はためらったのち、そのフラスクに手を伸ばし、自分の上着のポケットに戻した。彼がそうしているあいだ、あたしは動揺の震えが背筋を走り、巡査部長がこちらを見ていないかと心配しながら、あわててあたりに目をやった。警部補が勤務中にフラスクをあたしにこっそり渡そうとしているところを巡査部長に垣間見られでもしたら、あたしはきっと恥ずかしさで死んでしまうだろう。いや、勤務中であっても、そうでなくても。あたしは巡査部長のなかに自分と同じ道徳観や倫理観をいつも感じてきたし、彼はいつも互いに敬意を抱いているかのようにに接してくれていた。オダリーにいい印象を与えて承認を勝ち取りたくてたまらなかったのと同じような心境だったけど、巡査部長の承認を失いたくない気持ちはもっと強く、巡査部長が絶対に認めない生活をしているふしだらなモダンガールにあたしが変わってしまったと思われるのは、耐えられなかった。

でも、そのときあたしは、警部補に非難されるという被害をこうむった。彼はしわくちゃのスーツと白いゲートルという格好であたしの机の前に立ち、フラスクをポケットの奥深くに突っこんで、長い前髪を目から払った。彼の唇は、深い泉から言葉を引きだそうとしているかのように静かに動き、やがて音を出した。

「わたしがここへ来たのは、きみが血の通った人間であることがわかったら、どれほどいいかと思ってのことなんだ」と彼は言った。「しかし、きみは相変わらず冷たくて機械みたいなんだな」彼は厳しい視線をあたしに据え、きびすを返した。彼が歩き去るのを見たあと、眉間《みけん》に鋭い痛みが走り、あたしは顔をしかめた。冷たい両手にずきずきする頭をふたたび預けると、そばでオダリーが笑うのがかすかに聞こえた。

「お馬鹿さんだこと」とオダリーは言った。「警部補は気さくな人だと思われようとしただけなのよ。それに、彼がさしだしたものはあなたをすみやかに助けてくれたでしょうに」当然、彼女が意味しているのはフラスクの中身だ。でも、あたしはそうすることにまったく慣れていなかったので、いったいどうやってそれが気分をよくしてくれるのかわからなかった。あたしは白紙の書類をタイプライターに巻き入れ、報告書を打ちはじめた。ひと打ちするたびにカタッと大きな音が響くせいで、頭の奥のどこかで脳が縮こまった。なのに、耐えがたい痛みに妙な安らぎがあることに気づき、これはあたしの罪のつぐないなのだと確信した。

そのときこそ、オダリーを遠ざけようと誓いつつ失敗するという、予測できなかったけどゆくゆくは長く繰り返すことになる行動の始まりだった。彼女に抗うのは難しかった。オダリーはいつも相手がほしいちょっとしたものを、あるいは彼女に借りがあるかのように感じさせるちょっとしたものを、持っているみたいだった。じつのところ、あたしたちの契約は、あたしが彼女のところへ引っ越すことに同意したときに成立したものだ。いや、それより早くだろう、たぶん。おそらく、それはオダリーの面接の日に、彼女が落としたブローチをあたしが拾って返さなかったその瞬間、取り決められ調印されたのだ。

　オダリーは肩をすくめ、警部補とあたしとのあいだに繰り広げられた小さな騒動に区切りをつけると、もう気にすることなく自分の仕事に戻った。でも、あたしはそれから午前中いっぱい、そして午後になってもずっと、そうした事態について気をもんでいた。退社時間までには、オダリーに伝えるつもりの話をまとめ、それに磨きをかけていた。なぜあたしがもう二度ともぐり酒場へ行かないかを説明するのだ。なにしろ、そこは違法であり、たしなみのある女性ならそんなところにいる姿を見られるべきではないばかりか、いつかその酒場に急な手入れを行なうはずの警察署に勤めている身なのだから。刻々と五時に近づくにつれ、あたしは自分の道徳的な立場を固め、勇気をふるい起こした。なのに、そうした理由をオダリーに並べたてる機会はつかめず、信念を雄弁に物語る手腕はお預けとなった。帰るための片づけが終わるや、オダリーはとろけるように愛想よく近寄ってきて、あたしと腕を組み、さっと映画を観《み》に連れていった。

　オダリーの次の提案には、なんであれ乗らないことにしようと決めていたのだけど、ここであたしはなんとも不利な立場にいた。それまで映画を観にいったことがなかったのだ。いまなら、なぜ映画を銀幕と呼ぶのかわかる。柔らかな暗がりのなか、あたしはオダリーの隣に座って、ちらちらと光る銀色の光をたっぷり浴びた若手女優の美しい卵形の顔や、はためく濃いまつげや、濃いアイシャドウで黒く縁取《ふちど》られた目に、ぼうっとなった。舞台の左手にある演台では、幅の狭いとがった鼻をした長身痩軀《そうく》の男性がアップライトピアノを弾いており、その蜘蛛《くも》のような指が映画にぴったり合わせて緊張ぎみにすばやく動いていた。上に目をやったあたしは、頭越しに投射される輝くばかりの光線を見つめ、うっとりした。

とはいえ、心そそる映画の魔法にかかりつつも、あたしはいつしか注意がそれ、隣に座っている女性に気持ちが舞い戻っていくのを感じた。たいがい、あたしはいわくありげな人に対して不安になり、なるべく関わらないようにしてきた。なのに、オダリーにはなぜ逆なのか理解できなかった。彼女の周囲にいるほかの馬鹿連中の例に漏れず、彼女特有の謎めいた部分のとりこになってしまっていた。

それは気持ちのいい夜で、あたしたちは映画館を出たあと、ホテルまで歩いて戻ることにした。歩くのはあたしにとっていいことだと、オダリーが強く勧めたのだ。あたしたちは歩道に出ているカフェの籐《とう》椅子のあいだを縫いながら、並木道をぶらぶらした。たぶん年内にまだ外で食事ができるほど暖かな残り少ない日々のひとつで、最後の機会を楽しみたくてたまらない客たちの立てる騒音があたりに満ちていた。それぞれの日よけからは黄色い明かりが漏れて、あたしたちの足元のコンクリートを黄金色に染め、テーブルで食事をしている男女の顔をカボチャ提灯《ちょうちん》の蠟燭《ろうそく》で照らしているかのように輝かせていた。あたしたちはなんとなく会話の端々を小耳にはさんだり、漂ってくるバターとニンニクを使った料理のにおいを嗅いだりしながら、あちこちで少しずつその道を楽しんだ。パンくずを拾いながらなにげなく同じ道をたどっていくハトみたいに。そのよく肥えた鳥たちは、あたしたちがその輪のなかに足を踏み入れるとあちこちへ飛び去り、寄せては返す波のように、あたしたちの背後の同じ場所にまた舞い戻ってきた。

公園に近づくにつれて歩道がやや広くなったので、オダリーと並んで歩けるようになった。あたしは彼女にまつわる噂に終止符を打つため、一度だけ、じかに尋ねてみようと心に決めていた。これまでずっと、あたしは人が備えるべき礼儀作法を敬《うやま》ってきたし、この世界にはあたしにまったくなんの関係もないことがあるという考えを信じてきた。そんな理由もあって——そのときまでは——過去に関する質問をオダリーにひとつとしてしたことがなかった。以前なら、それは立ち入りすぎのように思えたからだ。でも、いまは文句なくルームメイトなので、いくつかのことは知る資格ができたように思われた。おまけに、あたしたちは現在の生活を共有しているのであり、彼女の過去がまさにあたしの未来に影響を与えるかもしれないという思いがどんどん募ってきていたのだ。あたしは勇気をふるい起こした。

「あなたの友だち——ギブだっけ?」あたしは切りだした。〝婚約者〟とは言わないよう気をつけた。あの夜、オダリーが〝婚約状態〟と言ったときの様子がふざけた雰囲気で、それをどう解釈するべきかわからなかったからだ。オダリーは彼の名前を聞くと、顔をぱっとこちらに向けて片眉を吊りあげた。あたしはごくりと唾を呑み、そのまま先を続けた。「彼は……あの、なんの仕事をしてるか聞いてなかったけど……」

「あら、ええ、そうだったわね」オダリーは宙へぼんやりと手を振りながら言った。「事業家といったところかしら。輸出とか、ちょっとした商売とか。よくあることよ」その答えにあたしはあまり安心できなかった。彼女は笑みを浮かべたけど、うわべだけのようだった。あたしは体《てい》よくあしらわれ、ギブについてもっと知ろうとしたときには決まってこうなるような気がした。あたしは考えをめぐらせた。オダリーに関する推測は本当に的を射ているのだろうか？　署に広まっている噂どおり、彼女がじつは〝もぐり酒場の女〟であり、彼女の署での仕事ははっきり言って酒場の店主に情報を流す手段にすぎないという、もっともな可能性について考えなくては。ギブのためだというのは真実ではないと、あたしは感じていた。あのもぐり酒場にはアルコールが山とあったし、種類も豊富だった。だれかが作っているか、少なくとも州外から持ちこんでいるか、あるいは両方であり、ふと気づいたのだけど、ギブはあのパーティーの差配人みたいだった。夜のあいだずっと人々は主人役に敬意を払っているかのように、彼を探していたから。ギブは密売業者ではないかとオダリーにあけすけに尋ねてみようと思ったけど、彼女はそんな質問をしようとあたしが苦心しているのを察したらしかった。

「ねえ」プラザホテルに近づいたとき、彼女は大きな声をあげて指さした。「馬車に乗って公園をめぐってみましょうよ！　わたし、観光馬車には久しく乗っていないの」彼女が御者《ぎょしゃ》に声をかけ、あたしは気づいたらグレーの斑点のある引き馬の大きなチョコレート色の目をのぞきこんでいた。その馬は公園内を引かされる前に、客となる者を検分して承認したいというように、首を伸ばして目隠し越しに見ようとしていた。乗りこむと、あたしたちの重みに揺れる馬車のスプリングが弾むのを感じた。

御者が手綱《たづな》を振り、あたしたちはゆっくりと動きだした。幌《ほろ》のない馬車で、夜気がわずかにひんやりとしてきていた。あたしは上着をかきあわせ、木々が次々と後ろへ流れていくさまを見つめた。その枝という枝には、秋の最後の炎が輝くばかりに燃えていた。

「あなた、やっぱり警部補にもっと気楽に接してあげなくてはいけないわ」とオダリーが言った。このかなり大胆に切りだされた話にびっくりして、あたしは彼女に目をやった。口をあけたけど、なんの返答も出てこなかった。オダリーはあたしに顔を向けず、通りすぎる木々にじっと目を据えていた。「彼はあなたによくしているもの。あなたに恥をかかされたあとでもね」

あたしは戸惑った。警部補の申し出を断り、そのフラスクを机からどかせたあと、彼はその日ずっと話しかけてこなかったからだ。「どういう意味？」あたしはひたいにしわを寄せて尋ねた。

「あら、深い意味はないのよ」オダリーは木々から視線をそらし、こちらに向けた。「ただ、警部補はマリーをあなたから遠ざけてくれていたのよ――ちょっとした用事をあれこれ頼んで忙しくさせて、あなたの机へ行かないようにと」あたしは肩をすくめた。それが自分にどう関係あるのかわからなかったのだ。オダリーは救いようがないとばかりに、目をぐるりとまわした。「あなたがお酒を飲んでいたことをマリーが知ったら、みんなに知られるまでにどれほど時間がかかるかしら？」一瞬、あたしの血管のなかで血が凍りついた。そのことは考えてもみなかった。オダリーはあたしの表情を読み、わずかにしたり顔をしてから、すぎ去る木々をまたじっと見つめた。「マリーが知ることは、巡査部長も知るのよ」そう言う彼女の声はにべもなくきっぱりとして、警告に満ちていた。

公園の反対側で、馬車から降りた。オダリーが御者に硬貨をいくつか渡し、あたしたちはホテルまでの残りの数ブロックを黙って歩いた。部屋に戻ったとき、あたしは勝利感のかけらもなく、すっかり素面《しらふ》に戻っていた。

9

最近になって大がかりな調査が入っている、あたしの仕事上のちょっとした過失についてはまだ説明していない。あたしが署で作成した、エドガー・ヴィタッリ氏の自白した犯罪の概要についての、いまでは大変な不評を買っている報告書のことだ。

過去を振り返って考えることの長所は、言うまでもなく、ことの次第が、つまり最終的な結果へと収束していく些細《ささい》な転機が、ようやくわかる点だ。あたしが自分の行動を時系列に留意して説明するよう主治医から勧められていることは、すでに述べた。彼によると、人生とはできごとの連鎖反応で成り立ち、原因と結果との関係は軽視されてはならないものなのだ。だからこそ、当然なことながら、あたしはいまならはっきりと明確にわかる。あのブローチにまつわるできごとがひとつのそのような転機であり、オダリーの部屋へ引っ越したことも転機のひとつだけど、エドガー・ヴィタッリの供述書をタイプしたことは、元に戻れない点を記したという意味でもっとも重大な転機だったと。

　エドガー・ヴィタッリに申しわけないと感じるかと尋ねられたら、あたしは否定するだろう。ヴィタッリ氏が当節の犯罪学者によって連続殺人鬼《シリアル・キラー》と名づけられたものの範疇《はんちゅう》に入ることには確固たる自信があるし、そんな男に同情を覚えるのは難しい。自分がしたことは正しくなかったといまなら理解できるけど、その行動によって引き起こされた結果を心から後悔していると偽りなく口にすることはできない。ヴィタッリ氏が有罪を宣告されたことに、自分がわずかながらひと役買った点には満足感を抱いている。ひそかに、彼に下された極刑がまだ実行に移されていないのを残念に思っているくらいだ。〝ひそかに〟と言ったのは、もし主治医にこの喜びを告白したら、手の施しようのない人でなしだと思われるとわかってるから、自責の念などこれっぽっちもない感情を心のなかにとどめておくわけ。あたしは残忍な野蛮人ではないので、念のため。ただ、心の底から道徳的な人と同じく、正義が広く行なわれるのを見たいのだ。

　この件を首尾一貫して正確に話すために、あたしがヴィタッリ氏の供述をタイプライターで打ちだすにいたった詳細について、いくつか語るべきだと思う。難しいのは、どこから始めるかを判断することだけど、たぶんヴィタッリ氏自身について少し説明するのがいちばんいいだろう。

　世間では、とにかく結婚に適さない男性がいると言われている。でも、それはエドガー・ヴィタッリにはあてはまらない。ヴィタッリ氏はおそらく充分すぎるほど結婚に適していただろう。裁判所の記録に書いてあるとおり、四年間で五回も結婚したのだから。ヴィタッリ氏のほうは若くて美形な男性であるという事実にもかかわらず、その妻たちは正反対で、全員が年上で何不自由なく暮らしている未亡人だった。妻たちの共通点はそれがすべてではない。全員が入浴中に不慮の死を遂げており、全員が思慮深くも死の直前に財産を夫に譲っていたという、奇妙でぞっとする事実もあった。

警部補が何よりもかんかんに腹を立てたのは、ヴィタッリ氏の態度だったのではないかと思う。なにしろ、ヴィタッリ氏は最悪のドブネズミ（警部補の言葉を借りれば）であり、汚い嘘八百で身を塗り固めていたのだから。彼は厚かましい男で、特別に高い教養があるわけではないけど、自分はどちらかといえば賢いと思っていることをにおわせるところがあった。天才だとまで思っていたかもしれない。巡査部長による事情聴取のあいだ、一度ならずもそんなことをほのめかしたのだ。警察署で会った者はだれでもたちまち彼が有罪であることを確信したし、あたしたちはみんな正義が行なわれるところを、それもすみやかに行なわれるところを見たくてたまらなかった。なのに、彼は二度も裁判所に送られ、二度も無罪だと主張し、二度も陪審員の同情を勝ち得た。

二度めの裁判中、あたしはどのようにしてそんな偽の正義がまかり通るのかを見ようと興味津々《しんしん》だった。一日ずっと裁判を傍聴して、ヴィタッリ氏が陪審団に働きかけ、患者の扁桃腺《へんとうせん》を切り取る外科医なみのさりげない正確さで、彼らの偏見を取りのぞくのを眺めていた。陪審席の男性たちに対して、彼は気の合う飲み友だちとして、結婚という小うるさいばかりで色気もなくなった束縛から自由になって喜んでも責められはしない、どこにでもいるような男を演じた（あきれてしまうけど、彼はこうほのめかしたのだ。『みなさんもそうじゃありませんか？』と）。

裁判所の傍聴席に座った女性に対しては、黒い口ひげの下にひそむふっくらとした茶目っ気のあるピンク色の唇をちょっとなめ、狼のように長く白い歯を見せて、ひとりひとりにこう言うかのように微笑んだ。『この世に対するわたしの唯一の罪は、わたしに多大な魅力が備わっていることでありまして、ハンサムであることについてはこちらの責任ではありません』と。女たちはそれに納得したらしく、彼の言い分について男性たちよりもずっと同情的になった。おそらくヴィタッリ氏の魅力的な風貌を裏づけるものだろう。結局、彼はとりたてて骨を折ることなく、妻の溺死《できし》に関わっていないことを証明した。逆に多大な努力を払って、たとえ万が一関わっていたとしても――『仮説としてですよ、あくまでも』（そこで、ウィンクを何度か）――自分に非はないことも証明した。この様子を眺めているうちに、あたしはたぶん初めて気づいた。罪と非難とは異なるものだと。ヴィタッリ氏はみずからを無罪だとは証明できなかったけど、自分に非はないと証明できたのだ。少なくとも、法廷と呼ばれるあの俗受けする低脳の集まりに関するかぎりは。

ヴィタッリ氏に対する高い評価のもとは、ひとつには些細なことに払う注意だろう。彼は細やかな礼儀正しさを怠《おこた》らなかった。真っ黒な髪を真ん中できっちりふたつに分け、油でぴったりなでつけてあった。銀の取っ手のついた杖を持ち、自分の事件について熱心に語りながら、小粋《こいき》なサーカスの監督みたいにそれを使った身振りをした。法廷速記者がタイプ中に思わず手を止めてくしゃみをしたとき、ヴィタッリ氏は猫さながらの優雅な品のいい足取りで法廷を横切り、席に戻りなさいと裁判官が口ごもりながら命じるよりも早く、彼女の驚いた顔の前に白いシルクのハンカチをさっとさしだした。しかも、裁判官の叱責は陪審団をいっそうヴィタッリ氏に同情させただけだった。育ちのよい紳士ならだれでも教わっていることを実行しただけで裁判官がとがめた行為は、負け惜しみと思われたからだ。

言わせてもらえば、正義はふたつの主な戦術によって結局くつがえされてしまった。ひとつは、ヴィタッリ氏がつねに証人を用意できたこと。ときには複数の証人がいて、決まって女性なのだけど、まさにガアガアとうるさいガチョウのような手合いで、妻が亡くなった時刻に彼が外を歩いているところを見たと証言したのだ（いや、〝妻たちが亡くなった時刻に〟と複数形で言うべきだった）。もうひとつは、だれもがヴィタッリ氏に魅了され、その白い歯や小粋な物腰のとりこになり、彼が残酷にも野蛮さ丸出しで女性を湯に沈めて死ぬまで押さえつける姿など想像すらできなかったことだ。

でも、巡査部長とあたしは、あたしたちはだまされなかった。彼がいとも冷徹にその行為に手を染めたところを思い描くことができたし、ヴィタッリ氏が犯罪者である可能性についてますます確信を持つようになっていた。なにしろ、妻が五人もなのだから！　妻が次々とまったく同じ奇妙な死に方をしたため、あたしたちはヴィタッリ氏をいやになるほど尋問してきた。

そしてその関係で、彼がたまたま出してしまったさまざまな感情を目《ま》のあたりにした。空涙《そらなみだ》を流しながら声をあげる彼、せせら笑う彼、いらいらする彼、一度ならず二度も無罪放免になってほくそ笑む彼を。あたしたちはヴィタッリ氏が根は間違いなく残忍なことを、一点の疑いもなく知っていた。

そのうえ重要なことには、ヴィタッリ氏は犯罪現場の話をしてあたしたちにいやな思いをさせずにはいられなかった。あるいは、そんな習慣がついてしまったのだと思う。息絶えたばかりの妻たちは発見されたとき、なんとみんな浴槽でまったく同じ格好をしていた——とても見すごしにはできない偶然の一致だ。妻たちの肺には空気が残っておらず、浴槽の底に沈んだまま、身動きひとつせず静かに上方を見つめて横たわっており、その上に張られた浴槽の水の表面は生と死を分ける一枚の窓ガラスのようだった。妻たちの腕は、生きていた最後の数秒は振りまわされただろうけど、禁じられたことをしたために亡くなったアーサー王伝説中のシャロット姫のように、つねに胸の上で交差していた。その足首も交差しており、五つの犯罪現場を保存した写真は、ひどく気を転倒させる、この世のものならぬ雰囲気を漂わせていた。最後の仕上げ——浴槽から手を伸ばせば届くところにあるアヘンチンキの瓶——は、いかにもわざとらしく人目につく場所に置かれていた。

あたしが供述書をタイプするときまでに、ヴィタッリ氏は何度も署を訪れるようになっていた。彼の妻が青い顔でまばたきをしないまま、すっかり冷たくなった浴槽の水に沈んでいるところを発見されるたび、署へ呼ばれていたからだ。彼が署へぶらりと入ってくる姿を見かけた回数はわからなくなっていたものの、やってくるのを見かけるたびに、彼は前回よりもいっそう小粋にめかしこんでいた。五回めの死までには、ヴィタッリ氏はあたしたちを故意にもてあそんでみようと決めていたにちがいない。そうした行為は早々に目につくものではなかったけど。

彼は警察の求めに応じて、署へ任意でやってきたか、あるいはそのように見えた。五番めの妻が発見されたあとのある日、署へ入ってきた彼を観察したことをあたしは覚えている。彼は肩をすぼめるようにしてオーバーを脱いでコート掛けに掛けたのだけど、そのしぐさには妙な慣れた気安さがあることにあたしは気づいた。彼は我がもの顔で署内に笑みを振りまいた。その様子は、この署はじつは彼の家で、みんなに楽しませてもらえるかもしれないと思った彼が気軽に署員を客間に招いたかのようだった。彼は神経をとがらせているわけではなく、たとえその可能性がわずかなりともあったにせよ、そんな気配はみじんも見せなかった。また、亡くしたばかりの妻を悼《いた》んでいるそぶりもまったくなかった。巡査部長はたぶんヴィタッリ氏を揺さぶろうと考えたのだろう、その目を見つめて確固たる声で言った。「奥さまを亡くされて、さぞかしお力落としのことでしょうね」でも、脅すのが巡査部長の目的だとしたら、それは失敗した。ヴィタッリ氏はすましで微笑み、手を胸にあてて芝居がかった動作をした。「それはそれはすてきな女性だったんです」彼は亡くなった妻の名をあげずに答えた（もう忘れてしまったのではないかと、あたしはつかのまながら疑ってしまった）。「また結婚するつもりになれるかどうか、わかりませんよ」その言葉はお涙ちょうだいのドラマそのもので、一瞬、彼がウィンクをしながら言ったかのようにしんと静まり返った。

そのとき、拳《こぶし》を作ってヴィタッリ氏の頭をぶん殴れたらどんなにいいかと巡査部長が思っているのが、はっきりとわかった。ただ、そのような職業的行為を逸脱することは、巡査部長にとってとんでもなく不快だったにちがいなく、彼はあくまでも職業に忠実だった。怒りのあまり歯嚙みしたとき、顎の筋肉が目に見えて動いたものの、巡査部長は唇に愛想のいい作り笑いを浮かべて礼儀正しくふるまった——ヴィタッリ氏と握手をし、取調室へ案内し、礼儀としてグラス一杯の水を出した。巡査部長が指をすばやくこちらへ曲げてみせたので（言ってみれば、その前の週にオダリーが少なくとも六人ほどのウエイターにしてみせたのと同じ指の曲げ方だ）、自分はふたりの男性のあとについていくことになるとわかった。あたしは事務用品が置いてある机からタイプ用紙をひと山つかんで、彼らのあとに従った。

取調室の狭苦しい場所に入っても、巡査部長はヴィタッリ氏と礼儀正しい会話を続けており、ヴィタッリ氏は雑談なら多弁だった。ところが、やがて雰囲気が変わり、巡査部長は犯罪そのものの話題へと入っていった。そのとたん、ヴィタッリ氏は石に豹変《ひょうへん》し、無言でただ座ったまま、ひとり悦に入っているような笑みを浮かべた。自分の権利として、だんまりを決めこんだのだ。それは愚弄《ぐろう》でしかなかった。わざわざ署に足を運んでいながら、頑として——それどころか乙にすまして——妻の死に直接関係することにはいっさい返事を拒否するのだから。巡査部長は、見るところ、いきりたっていた。甘言を弄《ろう》したり、脅したりすかしたりした。あたしのほうは速記用タイプライターの前に緊張して待機し、エドガー・ヴィタッリがその口から出そうとしない自白をいつでも記録する態勢だった。そんな険悪で滑稽な状態がたっぷり三十分も続いたあと、ついに巡査部長はいきなりすさまじい音を立てて片手で木の机を叩き、ヴィタッリ氏とあたしは縮みあがって身構えた。目を燃えたぎらせながら、巡査部長は自分のひたいがヴィタッリ氏のひたいに触れそうになるまで身を乗りだした。

「ふざけるな！　だったら、ここから出ていけ」巡査部長が歯を嚙みしめ、うなるように言った。ヴィタッリ氏は出ていこうとせず、あたしは巡査部長の口ひげが震えているのがわかった。巡査部長は骨に響くほどの音を立てて椅子を引くと、取調室のドアを力いっぱい押しあけて勢いよく出ていった。ドアが壁にあたったとき、はまっている窓ガラスが割れるにちがいないと思ったくらいだった。

数秒ほど、あたしは凍りついたままでいた。とにかく、巡査部長が乱暴な言葉を使ったことにまだ衝撃を受けていた（それまで彼がののしるのを聞いたことなど一度もなかったのだ）。そのうち、取調室にヴィタッリ氏とふたりきりでいるという事実が、じわじわとあたしの意識に上がってきた。心ならずも視線が彼のほうへちらりと向いてしまい、あたしは怖気立《おぞけだ》った。ヴィタッリ氏の魅力の背後に隠されたものをいったん垣間見たら、彼はそういう存在になる――彼には何か決定的に欠けているものがあり、そのせいで彼を見ただけでぞっとするのだ。あたしは彼のほうに目を向けたことを即座に後悔した。いま彼は首をめぐらせ、あたしの視線をとらえた。赤ん坊のような淡い桜色のいやらしい唇に笑みがこぼれ、その黒い口ひげがぴくりと動いた。

「いやはや。あの方の気を悪くさせるつもりはなかったんですがね」ヴィタッリ氏は邪心のない声を装ってうそぶいた。あたしはその発言を無視し、取調室を出ようと速記者用の机から道具を集めた。「彼はいったいわたしを許してくれると思いますか?」ヴィタッリ氏は続けた。「わたしはしてやったりと喜んでいるような声音が、ますますあからさまになってきていた。「わたしは妻たちのことで、すっかり悲嘆にくれておりましてね、だからこそ、巡査部長をご訪問させていただくのをとても楽しんでいるんですよ」そこで彼が片手を伸ばしてきたので、あたしは彼に手首をつかまれそうになっていることにふと気づいた。ほんの一瞬、あたしは心の底から怖くなった――でも、それはたったの一秒ほどで、ほとんど間髪をいれずに別の感情が湧き起こった。うまく言い表わすことができるかどうか自信のない感情が。そして彼の手が届く寸前に、自分の手がぱっと動き、なんと彼の手首を万力なみの力でぎゅっと締めつけた。さらには、ほかのどこかから乗り移ってきたかのような悪意のある攻撃性もあらわに、手首をぐいと引っ張って自分のほうへ寄せ、面と向かって見つめあった。

「あなたが威張ることに慣れてるのはわかるし、威張り屋っていうのは他人の言うことに耳を貸さないものだけど、これまでの人生でだれの言うことも聞かなかったとしても、いまはあたしの話を聞いたほうがいいわ」あたしは低い声でぼそぼそと言った。妙な響きで、自分の声とは思えなかった。それでも、心のなかではちょっとばかりいい気分になっていた。いまやヴィタッリ氏の全注目を浴びていることがわかったから。

「あなたは自制できない動物なのかもしれない」あたしは続けた。「でも、あたしの話を信じなさい。動物だって自分に迫ってくるものを感じるのよ。巡査部長があなたに惨《みじ》めな思いをさせるのは時間の問題にすぎないわ」

互いに釘《くぎ》づけになった目のあいだにある空気には、触れられるほどの緊張感が濃く漂っていた。見えない煉瓦《れんが》を通して互いを凝視しているかのようだった。あたしの手は——それ自体の意志を持っているかのようにまだ動いていて——ヴィタッリ氏の手首をいっそう強く握っていた。彼が目を丸くし、急にあたしは何か生暖かくて湿ったものがしたたるのを感じた。ちらりと下を見やると、自分の爪に血が流れていた。四つの小さな赤い半月が彼の手首に点々とついていて、あたしは思いがけず忘我の境地に入ったのと同じく、思いがけず我に返った。彼の手首を放し、自分の指先についた血を眺めた。

「あ、あら!」あたしは口ごもった。「な、なんてこと!」もう一度ヴィタッリ氏を見ると、彼の怯《おび》えた表情はいまや別のものに変わりつつあった。それは心の底からの、親しげな、ずいぶん久しぶりに会った旧友に向けるゆるやかな笑みだと気づいて、あたしは動揺した。取調室から飛びだして廊下をまっしぐらに走り、女性用トイレのちょうつがいであけ閉めするドアの向こうへ突進した。

彼が帰るところは見なかった。いまですら、ヴィタッリ氏がひとりで署から出ていったのか、あたしたちのあいだに起こったちょっとしたできごとを巡査部長に話したのかどうか、知りはしない。いったん女性用トイレに入ったあたしは、ずっとそこにいて震えていた。しばらくして、水道の蛇口《じやぐち》の栓をあけて水を流し、骨までしみるように冷たい水の下に手を出した。冷水の痛みがヴィタッリ氏の血だけでなくほかのものも流し去ってくれないかと、なかば狂わんばかりの願いに突き動かされて。どのくらいそうやっていたのか、ふと気づくと、だれかが女性用トイレに入ってきて、あたしの背後に立っていた。不意を突かれた動物のように、あたしは鏡のなかに黒く映っているものにぱっと目を向けた。必要ならヴィタッリ氏と真っ向から闘おうとばかりに。

でも、ほっとしたことに、それはオダリーだった。彼女が優雅に描かれた眉をひそめているのを見て、恥ずかしさがどっと押し寄せてきた。水道の栓を締め、凍りそうなほど冷えた、ずきずきする、青い血管が浮きでた手を流しの上に垂らした。関節が痛み、皮膚がちくちくしていた。タオルかけにかかっていた汚い布きれを取り、手を拭《ぬぐ》った。それが終わると、どうしたらいいのかわからず、タオルをいじくりながらそこに立ったままでいた。オダリーの目があたしを眺めまわしているのを感じた。

ごくゆっくりと、慎重に——まるで汚い水たまりを注意深くよけるかのように——オダリーは近づいてきて、あたしの手からタオルを取った。彼女が引っ張ったとき、それをつかんでいるあたしの手がゆるみ、小麦粉袋（小麦粉を売るときに使われた綿の袋。リネンなどに再利用された）のタオルに指がざらざらとこすられるのを感じた。彼女は動きを止め、あたしは勇気を出して顔を上げ、目をじっと合わせた。すると彼女はタオルの隅を持って、あたしの頬から何かを拭った。彼女がタオルであたしの顔を拭っているところを鏡でちらりと見たら、右頬の高くなった部分に乾いた血のしみがついていたことがわかった。ヴィタッリ氏を傷つけたあと、流しで手を洗う前に顔をさわってしまい、それに気づかなかったにちがいない。オダリーはしみをきれいに拭いたあとで、タオルをあたしに返した。そのあともしばらくあたしを見つめて、にこりとした。それからきびすを返し、女性用トイレから出ていった。ただのひと言も発せずに。

10

メモにざっと目を通すと、結局どこで自分が破滅に向かったのか、どのようにしてオダリーがそれと知られぬよう、とくに害はない最初の種をみずから植えつけたのか、いまならわかる。いろいろな意味で、厄介ごとが本当に始まったのは、あたしがすでに述べたあのタイプミスからだった。彼女は必ずタイプミスをしたし、それはあたしを試すなんて賢いやり方だったんだろうといまは思う。それによって、あたしが細かな注意を払ってるかどうか確認できるし、あたしがその間違いを彼女に教えるか、自分で訂正するか、単にそのまま放っておくかがわかるからだ。言うまでもなく、親しさが増すにつれて、あたしは最後にあげた対応をしたくなっていった。

最初のころ、それはゆっくりと増えた。時がたつにつれて、単純なタイプミスは全体的な書き換えへと発展していった――まだうっかりミスのせいにできるくらいの程度だったけど、タイプライターが壊れていて動かないキーがいくつかあるので気づかずに間違ってしまうといった、機械的なもののせいにするのは無理だった。彼女が発展させてきたのは、なんとも妙な癖のようなもので、なんというか…… 〝変形〟と言ってもいいかもしれない。しかも、なぜそうするのかはわからなかった。彼女が報告書をタイプするとき、警部補の手書き文書ではあることの詳細に主眼があっても、オダリーのタイプ文書では別の詳細に重点が置かれているように思えた。また、あたしは取調室で何度か彼女の仕事ぶりを監督したことがあるのだけど、容疑者が口に出して言った言葉と、オダリーが速記用タイプライターで打った言葉とのあいだに相違があることを感じていた。

この新たな成りゆきをどうしたらいいのか、そのときはわからなかったけど、オダリーとはとてもうまくやっていたので(彼女の部屋へ引っ越すことによって、いくつかの点で運命をともにしていたことは当然として)、彼女の報告書にますます増えつつあった妙な粉飾についてなかなか大騒ぎする気になれなかった。というのも、それはたいてい微細な点であり、自白の正確さをすっかり変えるものではなかったからで、あたしは放っておくことが多かった。結局、刑務所に行くべき人間が行くかぎり、大きな問題じゃないわよね、とあたしは自問した。その行ないによって傷つくだれかがいるかもしれないなどとは、すぐには気づかなかったように思う。あたしが以前はとても世間知らずだったと話すと、主治医はあざ笑うけど、本当にあたしは世間知らずだったと言ってもいい(『おやおや、あなたは世間知らずなどではありませんよ』というのが主治医の意見だけど)。もちろん、これは、いかに真実をねじ曲げることがそれを破壊することにつながるか、いかにオダリーがゆくゆくは真実をある方向にねじ曲げ、自分が別の方向へねじ曲げるかに、あたしが気づく前のことだ。

とはいえ、それはすべてのちのち起こることになった。

そうこうするうちに、冬のもっとも暗い日々が来て、去っていき、それでもなぜかあたしたちはそれにほとんど気づかなかった。オダリーとあたしは汚れなく飾り立てられたホテルの明るく快適な部屋に守られて夜をすごした。居間の床いちめんに敷きつめたエメラルド色の芝生みたいな毛長ビロードの絨毯《じゅうたん》に寝そべり、ファッション雑誌の最新号に身を乗りだして（オダリーはなんとパリの雑誌をすべて取り寄せていた。そりゃあ、フランス語を読めるのは彼女だけだったけど、あたしだって写真や絵は楽しめた）。たまに、オダリーが特別にやさしいときには、催眠術まがいのうっとりすることをしてくれた。暖炉のそばに座って、あたしの爪を磨いたり、あたしの長い髪をブラッシングしたり（彼女は自分の長かった髪がなつかしいと言ったけど、美容室ではいつものように当世ふうな断髪《ボブ》を小粋《こいき》に切りそろえてもらってたので、それが本心かどうかはわからない）。暖炉のなかでくすぶっている丸太が、まるで骨が鳴るかのように、ときたまポンと弾けたりパチンと鳴ったりする音が、まだ耳に残っている。

そのことにいま思いをはせると、あたしはあまりにも快適な生活にどっぷりとつかってたことがわかる。あたしたちは甘やかされた、無駄づかいの多い娘だった。ラジエーターのパイプの栓を全開にし、スリップ一枚だけの姿で歩きまわった。ガナッシュや金箔《きんぱく》で斬新な飾りをほどこされた、かわいくて小さなフランスふう菓子を食べた。ほんのひと口で形が崩れてしまうさまは、心臓が張り裂けそうなほどだった（そのとき、あたしはヘレンや彼女の一セント菓子のことを思いだし、つかのま、分けてあげられたらいいのにとすら思ったのを覚えている)。その冬、何はさておきわかったのは、お金と近代的なスチーム暖房があれば、どんな季節においてであれ、心地いい夏の日が作れるということだ。オダリーとあたしはしょっちゅう、いっしょに夏を作った。

週に二、三度、あたしたちはもぐり酒場や、同じような生き生きした人たちが集う内々のパーティーに出かけた。襟《えり》を立てた毛皮のコートに身を包み、冬のぴりぴりした冷たい空気にこわばって思うようにならない髪のまま、固まった雪を踏んで品よく歩いた。オダリーはあたしたちのふっくらした耳たぶにイヤリングをとめた。『わたしたちは雪よりも輝かなくちゃ、だめ』だからと、いつもの気をそそるような魅力的な口調で言って、ぶらさげるタイプのダイヤモンドを。その氷のようにきらめく飾りは、コートの襟のすぐ上で元気よく揺れた。コートの立てた襟を軽くこすりながら。いったん室内に入ると、あとはいつも同じだった。オダリーはあたしを押して部屋をまわっては、上機嫌でふざけたようにあたしを人々に紹介した――ほうきと踊っている娘みたいな感じだった――けど、あたしは最初の夜に飲んだほど大量のアルコールを決して二度と口にしなかった、と報告できるのはうれしい。

それでも、最初にもぐり酒場を訪れたときに経験した驚愕《きょうがく》は、すっかり消えはしなかった。オダリーに連れられて、別の閑散とした店に寄ったり、いかがわしい感じの軽食スタンドや地下のドアのなかに入ったり、薄暗い通路の奥にある部屋でこっそりと贅沢な騒がしいパーティーが行なわれていたりするたび、あたしはその最初の日と同じような驚きと好奇心に圧倒されてしまった。馬鹿みたいに聞こえるかもしれないけど、あたしはいつもそれが同じもぐり酒場なのか、それぞれ異なるもぐり酒場なのか、区別がつかなかった。わかるのは、ときに場所が変わるにもかかわらず、多かれ少なかれ同じ人たちを頻繁に見かけることだった。そしてもちろん、ギブがそのなかに必ずいた。いかめしい平然とした顔で、その真ん中に立っていた。当時、彼はそういうパーティーの主催者なのだろうと、あたしは思っていた。あるいは、代表者のようなものなのだろうと。ゆっくりと、でも確実に、ギブとあたしとのあいだには互いへの敵意らしき感情がふくらんでいった。少なくとも、永遠の競争相手だと決めつけてくる人間に対して抱くのとそっくり同じ感情が。

正しい解釈というものが何かはわからないけど、あたしとオダリーについてギブが間違った解釈をしてるらしいことは確かだった。友だちのアデルに対するあたしの気持ちについて、ドティが間違った解釈をしたように。つまり、ギブはあたしについて間違った解釈をしていたということだ。確かに、あたしの人生にはかなりの孤独が存在していて、オダリーもアデルもそれを減らしてくれたことは事実だ。いま流行のフロイト信奉者たちなら、あたしがそういう女性をほしがる理由は母親にあると言うかもしれない。恨みなどというくだらないもののせいで、あたしを捨てた母親に。あたしがまずはアデルと、そのあとにオダリーと親しくなりたがったことには、何か尋常でないものがあるとほのめかしすらするかもしれない。

でも、そういった下劣な考え方をする診断者たちのことなど、あたしはまったく気にしない。オダリーを遠くから眺めるのが、何よりも楽しかったから。彼女があたしの髪にブラシをかけたり、あたしの手に軽く小さな円を描いたりしても、気にはならなかった。彼女が唇をなめたり、あたしが話すときにはいつも身を寄せてきたりしても（それは、あたしが何かとてもわくわくするようなことを言おうとしているかのようだった。そうだったのかどうかは、わからないけど）。いつだってオダリーに見ていてもらいたかったことは、認めよう。でも、そう願わなかった人なんて、いる？　それはひとえに、オダリーの美しさがもたらす作用だった。うん、たぶん〝美しさ〟なんていう言葉ではあまりにも舌足らずだけど、ともかく、オダリーの美しさがまたとなくきらめくときに生まれる作用であり、それは彼女の美しさにかぎって起こる現象だった。ギブが目の隅でオダリーを追い、彼女がもぐり酒場でだれに話しかけてるかを、自分の権利として、のぞき魔的なタカのような視線を送って見ていることにだって、あたしは気づいていた。こんな言葉を耳にたこができるほど聞いていると思う——もっとも気にさわる相手は、往々にして自分との共通点がもっとも多いと。

ギブはオダリーにわずかほども似つかわしくなかった。ふたりがいっしょのところを見ただれにとっても、それだけは明らかだったという自信がある。ふたりはつりあわないカップルだった。オダリーは堂々としていたけど、ギブはせいぜい悪賢そうだと言われるだけだった。もぐり酒場——その内密の仕事はギブがしてることであって、オダリーは楽しみのために出かけていくだけだと、あたしは折りに触れて思ったものだ——をのぞけば、ふたりに共通するものがたくさんあるようには見えなかった。ギブがオダリーのこぢんまりしたボヘミアンの集まりに顔を出すところなど、ましてや絵や詩について長々としゃべる姿など、とても想像できなかった。ふたりがどこで出会ったのかも、想像できなかった。控えめに言っても、ふたりは妙なカップルで、ギブの姿が見納めになるのは時間の問題にすぎないとあたしは思っていた。でも、オダリーのホテルに引っ越してから数週間のうちに、ギブがすでにずいぶん前から彼女の人生にいて、これからもそうし続けることが、わかりはじめてきた。

ともかく、ギブとあたしは互いへの耐性をゆっくりとつけていった。特殊な種類の毒について、ある人たちが少しずつ耐性をつけていくみたいに。そしてオダリーと共同生活を始めてひと月めの終わりまでには、同じ路面電車の停車場で待つふたりが交わすたぐいの、礼儀をわきまえた会話ができるようになった。ふた月めの終わりまでには、あたしはオダリーの部屋に新たに加わった人間として、どちらかといえば下位にいることを事実として受け入れるようになった。なにしろ、ギブはシャワーを浴びるとき、どちらのクロゼットに予備のタオル類が入っているかを教えてもらう必要がなかったし、あたしたちのホテルのボーイとは顔見知りで、ファーストネームで挨拶されていたのだ（そこへいくと、ボーイはあたしにいつまでたっても、丁寧だけど若い女性にならだれにでも使える〝ミス〟という呼びかけの言葉しかかけてこなかった）。このようなことに甘んじるのは、彼が玄関のドアから出ていく音はしないかと耳をすませていたのに、それが聞こえない夜があり、目覚めたあと、あたしたちの朝食のテーブルで彼がオダリーの小さな白い陶器のマグカップで熱いコーヒーを不機嫌そうにすすっている朝があることも受け入れるのを意味していた。胃が痛まないようにするため、あたしは夜にどんなあるまじきことが行なわれているのかをなるべく考えない努力をして、つねに礼儀正しい態度を保っていた。

そんな朝のあるとき、ギブがオダリーの過去に関する話を漏らしはじめた。というか、少なくともオダリーの過去だとされる話を。ホテルの部屋には、角に沿ってかなり広いテラスがあって、ダイニングルームからそこへ出られるフレンチドアがあった。その朝、ギブはそのドアの窓から外を見つめながらコーヒーをすすり、山と積もった雪が少しずつ解けて、テラスがびしょ濡れになっていることに眉をひそめた。「そこにガラスを張るべきだな」とギブは言った。「冬には無駄な場所になっちまってる。ちょっとガラスを入れりゃ、けっこう立派なサンルームになりそうだ」

「オダリーのお父さんが許してくれると思う?」あたしは流しにトーストを持っていき、黒こげになったところをこそげ落としながら尋ねた。孤児院の台所であたしがトーストをこがしてしまうと、シスターたちはそれを〝ハネムーン・トースト〟と呼んだものだ。結婚生活をまったく送ったことのない女たちのあてこすりの言葉だなと、あたしはいつも思った。

ギブは背筋をすっと伸ばし、驚いて目を上げた。

「オダリーのお父さんだって?」

「そうよ」あたしはトーストの皿をテーブルに置きながら、椅子に腰かけた。しっかりこそげ落としたつもりなのに、スライスしたパンにはまだ小さな黒い粒が散らばっていた。「ここの部屋代は彼女のお父さんが払ってるんでしょ? だから、お父さんの許可がいるんじゃないかと思って」

ギブは首をかしげ、初めて見る人をじっと観察するオウムさながら、片目でしげしげとあたしをためつすがめつした。ふと彼の顔に疑うような、やや皮肉っぽい表情が広がった。「へえ。あいつ、いまは父親だって説明してるのかい?」とギブは聞いてきた。「面白いな。おれにはずっと〝おじさん〟だって言ってたけどな」ギブは淡々とした様子で、膝にのせていた新聞を手にしてぱっと開いた。

あたしは目をしばたたいた。「どういう意味?」あたしたちのあいだで揺れている新聞の薄い壁に向かって、口ごもりながら言った。「オダリーのお父さんは……あの……本当は……」適切な言葉をなんとか見つけようとしたけど、この興味をそそる展開にふさわしい言葉は何も浮かんでこなかった。「……お父さんじゃないってこと?」

ギブは新聞を数センチ下げて、あたしの顔をつくづく眺めた。そこに何を見たのか想像はできないけど、数分後、彼は明らかにあたしの無知さかげんを察し、自分がもっと説明するしかないとわかったらしい。ため息をつくと、トーストを一枚取り、裏返してさらにじっと見てから顔をしかめたあとで、大皿に戻した。「あんたの言う〝お父さん〟ってのが、厳密に血を受け継いだってことを意味してるんなら――そうじゃない。ここの部屋代を払ってるのは、オダリーのお父さんじゃないよ」ギブはいったん言葉を切り、あたしを値踏みするようにざっと見て、何かを決心したらしかった。「場合によっちゃ」ようやく彼はあとを続けた。「そいつのことを〝パパ〟って呼んだっていい」〝パパ〟という言葉を口にしたとき、彼は軽蔑《けいべつ》をこめて面白がるように鼻を鳴らした。フレンチドアの窓ガラスから、まだ冷たい早春の陽光が射しこんで彼の頬を照らし、ざっと剃刀《かみそり》をあてただけの肌にある無数のあばたを目立たせた。妙なことに、この欠点はギブの顔に魅力を添える効果を発揮した。警部補の眉の上にある傷と同じように。ギブはまたあたしに目を向け、考えこむように顎をこすった。「おれだって気づかなかったよ……」と言いかけて、言葉尻を濁した。彼の前で揺れている新聞が、いっそう下がった。やがてため息をつくと、彼は手首を何度か振りながら新聞を元どおりきっちりと長方形にたたんだ。

「そうか。あんた、何がなんだかわからないんだね」と彼は言った。「隠しとくのはよくないだろうな」そこで咳払いをすると、いつものぶっきらぼうな話し方でオダリーの〝おじさん〟の説明にかかった。ギブの話が始まるとすぐに、そのときまであたしが心のなかでせっせと作りあげてきたオダリー像は、雨に降られたテラスの雪よりも早く解け去り、新たな像が形作られた。

ギブから聞いたとおりに話せる自信がまったくないので、それをここにあたしの言葉で書こうと思う。主治医に診《み》てもらうようになったこの数か月のあいだ、何度も語ってみせたので、なぜか最初から自分がした話のような、そもそも話したのは自分だったような気がする。

ギブによると、あたしがオダリー・ラザールとして知っている、フランス語を話し最新流行の髪型をした女性は、シカゴ郊外でドラッグストアを経営していた夫婦のもとに、オダリー・メイ・ブフォードとして生まれた。店は家族経営の小さなもので、幼いころからオダリーはカウンターの向こうで店番をしては、客が買った合計金額を暗算し、あの並はずれて長く黒いまつげ越しに、興味をそそる茶目っ気たっぷりの視線を客に送っていた。

ところが、オダリーの父親が突然心臓発作を起こして亡くなり、その結果、母親――コーラ・スーという名の、唇の薄い痩《や》せた女――が首の長い瓶ビールを底なしのようにあおるようになって、一家の生活は苦しくなった。オダリーはそのころ十歳になるやならずで、幼いながらけなげにも店をきりもりしようとしたものの、利益はコーラ・スーによってすみやかに跡形もなく飲みつくされてしまった。コーラ・スーは、あたしがいる施設の主治医だったら〝うつ病〟と呼ぶかもしれない状態に陥《おちい》り、抜けだせなくなっていたのだ。やがて、オダリーと母親はドラッグストアを銀行に差し押さえられる羽目になった。困窮を極めたふたりは、シカゴ郊外から市内へ移らざるをえなくなり、そこでコーラ・スーは自分が携われるかぎられた専門技術を見つけ、さっそく別の意味での専門家になった。

コーラ・スーが雇われたところは、どこにでもある〝悪い場所〟だったものの、非常に〝伝統的〟だということで評判はよかった。つまり、そこは古《いにしえ》のサロンとしての伝統を守る売春宿で、雇われている女性たちは客の相手をしている最中でないとき、れっきとした淑女として客間でくつろぎながら、お呼びがかかって客にサービスするのを待つのである。まあ、おそらくはがさつな女たちだったのだろう。ギブの話によると、その〝淑女〟たちの多くはわいせつな冗談を言ったり金を賭けてトランプをしたりしながら、のらくらすごしていたらしい。とはいえ、卑猥な言葉が飛び交い、ギャンブルが行なわれてたにせよ、それでも上流階級の客間らしい雰囲気は漂っていた。ライオネルという名の音楽学校の男子学生が、練習を兼ねてよくやってきてはピアノを弾いたという。最新流行の人気バンドの曲からベートーヴェンのソナタまで、あらゆる曲をときには力強く、ときには繊細に奏で、陽気ななかにも優雅で品のある雰囲気をあたりに振りまきながら。

その店の経営者は、金切り声を出す赤毛で、アナベルという名で通っていた（噂によると、本名はジェーンなのだけど、過去に関わった不法行為の咎《とが》をのがれるために名前を変えたらしい）。そもそも子連れの女を雇うことに乗り気ではなかったのに、幼いオダリーがアナベルにとりいるように膝を折って会釈《えしゃく》をしながらウィンクをしてみせ、自己紹介をしたとたん、なまめかしさの芽があることに目ざとく気づき、客に飲み物を出して喜ばせる小さなホステス役として使えると踏んだのだった。

というわけで、ブフォード家の女はふたりとも雇われ、少なくともしばらくはコーラ・スーがその日の稼ぎを飲みつくせないほどの生活費を手に入れた。コーラ・スーが二階で客にサービスをして何ドルも稼いでいるあいだ、下では男たちが銀盆からレモネードやウィスキーを取り、オダリーのぽっちゃりした手のひらに数セント、ときには五セント玉を置き、その小さな手をちょっと握った。幼いオダリーがどれほど客に人気だったかをギブから聞いても、あたしはとりたてて驚かなかった。生まれながらの役者である彼女は、だれかが喜びそうなときにはいつも足を踏み鳴らして懸命に踊ってみせたし、ライオネルの指導のもと、ピアノを何曲か弾いたりもした。男たちはオダリーの物怖《ものお》じしない性格が気に入り、彼女をトランプのテーブルにつかせ、しかも自分の膝にのせて、ふざけ半分で代わりにポーカーの札を出させることも珍しくなかった。ギブがオダリーの歴史におけるこうした一部を物語るにつれて、その時代はオダリーにとって初期教育のようなものだったのだと、あたしは確信を強めた。自分には人を、とりわけ男性を操る力があることを彼女が知り、その力を研《と》ぎすませはじめたのが、この売春宿ですごした日々だったからだ。

そんななか、ひとりのアビチュエ（ギブとオダリーが好んで使う言葉――フランス語で〝常連〟という意味だと教えてもらった）が、人一倍オダリーに興味を抱くようになった。イシュトヴァン・チャッコというその男は、粋な身なりで小柄な中年のハンガリー人だったけど、とてつもない金持ちで、上品な変態と言ってもよさそうなだいぶ風変わりな好みがあった。ブフォード家の女ふたりがアナベルの店に住みこみで働きはじめてまもなく、チャッコは売春宿の二階へ上がることがめったになくなり、新しい小さな女神が踊ったり歌ったりするのを眺め、彼女がその気になったときには膝にのせることで満足するようになった。

最初のころ、アナベルは気にしなかった。チャッコは何時間も店にいて、オダリーといっしょにいるあいだ、いつも飲み物に金を使うようにしており、その額は売春宿にいるもっと成熟した女たちのひとりとひそかにお楽しみの時間を持った場合と同じくらいだったからだ。ところが、チャッコがオダリーにおまけの金をじかにこっそりと（それも、ジャラジャラ鳴る小銭のたぐいではなく、かなりの額の紙幣を）渡すのを見つけたとき、アナベルはかんかんに怒り、それなりの仲介料を要求した。『年端《としは》もいかない子どもが好みだってこと、警察はきっと知りたいでしょうねえ』とアナベルは密告も辞さないことを冷たい目をしてほのめかした。

アナベルがやりかねない密告からのがれるため、チャッコがフランスへ向かう船に乗ろうと決めたとき、オダリーは自分の持ち物をまとめて、みずから進んでこっそりと売春宿を出たのだから、誘拐されたと厳密には言えない。後悔したり、あとに残してきた酒びたりの頼りない母親にすまないと思ったりしたことも、一度や二度はあっただろう。

でも、そんな気持ちはチャッコとともにパリに着くや、うっとりするような煙草の煙のなかにまたたく間にすべて消えてしまった。チャッコは以前パリに長年住んでいたとあって、連れてきた幼い無邪気な女の子を、この街の景色や音で魅了することにせっせといそしんだ。ふたりはいっしょに美術館や、コンサートや、社交界の集まりや、街のカフェに出かけた。ふたりの家族関係についての作り話が最初に広まったのは、この時期だ。連れている幼い女の子について説明する必要に迫られたチャッコは、自分の娘だと他人に信じさせることにした。すでに彼を知っている知己に対しては、アメリカ人になった親類の子どもで、姪《めい》にあたるのだとさりげなく紹介した。いくら遠まわしな説明でも口にできないほど悲しい理由で（さぞかし上手に、それとなく暗示したのだろう）、自分が面倒を見ることになったのだと。

ふたりはオダリーの発育期にあたる大部分の年数をフランスですごし、チャッコの莫大な財産のおかげでゆうゆうと暮らした。ギブによると、オダリーはチャッコが曲がりなりにもハンガリーの貴族だと言ってつねに譲らなかった。あたしが貴族について本で読んだところによると、だったらチャッコの倒錯ぶりがある程度は説明できるかもしれない。やがてオダリーは学校に入って、リボンのついた帽子をかぶり、糊《のり》のきいた白いセーラー服を着て、紺のプリーツスカートに黒いハイソックスをはくという、どこから見ても小さなフランスの女の子になった（注目すべきは、その制服を着ることを、彼女が学校に行っていないときもチャッコはたまに要求した点だ）。オダリーは教養豊かな洗練された若いレディに成長していった。フランス語と英語を流暢《りゆうちよう》に話せた（そのころには生かじりながらハンガリー語も話せるようになっていたけど、これは上流の人々の集まりでは役立たなかっただろう）。ずいぶん前にライオネルから教わっていたピアノの練習も続け、大いなる才能には恵まれていなかったとはいえ、軽快なちょっとした曲ならいつだって苦もなく弾くことができた。

シカゴの郊外ですごした子ども時代、オダリーはずっとおてんば娘という感じだったし、フランスで数年間の〝仕上げ〟をしたあとですら、その核にはまだ活発さがあって、生まれながらのさりげない品とすらりとした体型はまったく失っていなかった。夏にはしばしばチャッコに連れられて南へ行き、そこでテニスやゴルフに才能を発揮し、黄金色の光が躍る紺碧《こんぺき》の地中海をだれよりも遠くまで泳いでいって、その大胆不敵さにホテルのほかの客たちは賞賛のささやきを漏らした。そんなオダリーの姿を、独占欲の強いチャッコはデッキチェアから誇らしげに眺めた。厚い胸板に広がる鉄灰色《てつかいしよく》のこわい胸毛を、リヴィエラの陽射しに鈍く輝かせながら。

それは――この話をしたギブがあえて推測したことなのだけど――たぶん、このハンガリー人の人生において最高に幸せだった日々だろう。チャッコはいつまでもオダリーが大人にならないと勝手に信じてすらいたにちがいなく、そのころまでにヨーロッパで始まっていた戦争は、ふたりになんらの影響も与えなかった。一九一五年にイギリスの豪華船ルシタニア号がドイツによって撃沈されて初めて、ふたりはようやく戦闘からもっと物理的な距離を置かなければならないと感じ、心配しながらも大西洋を渡って戻る旅をした。ふたりが到着したニューヨークは、大戦時の政治をめぐって騒がしくなっていた。男たちは石鹸《せっけん》出荷用の木箱の上に立ち、対立するセオドア・ルーズヴェルトとウッドロウ・ウィルソンの勢力について叫んでいたが、しばらくのあいだチャッコとオダリーはあらゆる混乱を回避して、チャッコが確保したパーク・アベニューにあるアパートメントの新たに周囲から隔離されたオアシスへと、エレベーターで上がることができた。

それでも、ふたりの休息はつかのまだった。戦争の初期にセルビアの民族主義結社〝黒手組《ブラック・ハンド》〟が巻き起こした紛争は、ハンガリーの大きな城に亀裂が入りはじめることを意味していた。すでに繁栄の絶頂期をすぎていた貴族たちは、いまでは庶民からの支持を失いつつあった。無政府主義者と君主主義者とのあいだの軋轢《あつれき》が原因のこの紛争は、チャッコが財産を預けている銀行の主《ぬし》の正体をおのずと明らかにした。その銀行家は資本主義者だったのだ。チャッコは電報を次々と送り、送るごとにどんどん激しい内容にしていった。なのに三週間後、その銀行家は見つかるつもりがさらさらないことが明らかになった。もう二度と連絡がつかないだろうとの現実に直面したあと何週間も、チャッコは後悔して嘆き悲しんだ。『ああ、こんなことになるのを予見して、財産をアメリカ人の手に移しておくべきだったよ。いや、もっといいのは、スイス人だったな!』と。

この時点でオダリーがチャッコのもとを離れることを考えたかどうかは、まったく定かではない。あたしはいまでは彼女のことが少しわかるので、考えたような気がする。とはいえ、反旗をひるがえそうとの思いを抱いたとしても、それは心のなかにしまっておいた。おそらく母親を不幸のどん底に置いてきぼりにしたことに、ちょっとした罪の意識をまだ感じていたのだろう。オダリーはチャッコのもとに残り、もっと倹約して暮らすべきことを彼に納得させた(彼はそのような方法にうとく、指図を必要としたのだ——そうしたことの実践にオダリーが慣れていたとは、なかなか信じられなかったけど)。そして出費を抑え、残っている彼の財産を自由公債に変えさせた。

戦争が終わり、ボルステッド禁酒法が成立すると、オダリーは利益をもたらす投資の新たなチャンスに気づき、そのことをチャッコに提案した。このときまでに、オダリーは子ども時代の痕跡のおおかたを捨て去って久しく、ふたりをつないでいた力が変わってきていた。チャッコがオダリーのベッドを訪れる回数は、彼女が誕生日を重ねるにつれて年々減っていき、逆に彼が彼女の財政的な助言に耳を傾ける回数は増えていった。そして生まれて初めて、オダリーは自分だけのアパートメントを持つことが認められた。これはたぶん、チャッコが自分を守るために行なった、ひそかな見せかけだろう。彼はふたりの新しい投機的な事業が厳密には法にのっとっていないことに気づいており、自分はあまり知らないほうがいいと思ったにちがいない。

「あのな、オダリーは自分で作ったんだよ、いろいろな面を」ギブは話の結論として、賞賛するように言った。「つまりな、ジョン・D・ロックフェラーだのなんだのといった、いかさま師たちとおんなじなのさ、そういう意味じゃ」

あたしは口をあんぐりとあけたまま、ギブを見つめた。耳に入ったばかりの情報の洪水に、呑まれまいとしながら。この国で最初の女密造人である可能性がいちじるしく高い女性と自分が、ずっといっしょに住んできたとは、なんともショックだった。奇妙な磁界が周囲に下りてきて、あたしの道徳的指標を示す磁石がぐるぐるまわっていた。たまにもぐり酒場へこっそりと出かけるのは、まあいいとしても、密造酒を供給して相当な収益を上げるのは、別問題だ。何か月ものあいだ、あたしはオダリーのそばから離れずにシャンパンをちびちびとすすり、よく言われるようにだれかの手が汚いとすれば、それはギブであり、ギブだけだとばかり決めこんで、安心していた。あたしがオダリーとすごした夜についての改訂版をすんなりと受け入れるのは、難しかった。

「じゃ、じゃあ――チャッコも?」あたしは口ごもりながら尋ねた。

「ああ、そうさ」ギブは面白がるような笑みを浮かべて答えた。「いまも関わってるよ。定期的にチェックを入れて、分け前をもらうのを楽しみにしてるってわけだ。まあ、そもそも元手はチャッコが出したんだからな。だけど、利益が生まれてるのは――わかってるだろうけど――オダリーがいるからなのさ」

あたしはギブの顔を見た。オリーブ色の肌の男がしばしばそうであるように、つやつやした肌の美男子だ。めったにないけど、笑みを浮かべると表情がぱっと輝いたようになる。いま、オダリーが成し遂げたことについて満足げに考えているかのように間を置いている彼は、朝日に顔をきらめかせていた。あたしはギブのこともオダリーのことも、その話すべてを認めたくなくてたまらなかったけど、それをしのいでしまうほどの好奇心と畏怖に駆られている自分に気づいた。

もちろん、ギブの笑みがひそかにほのめかしているものが何だったのかなど、そのときのあたしにわかるはずはなかった――この話は単なる〝お話〟かもしれず、オダリーの子ども時代の真実は、誤解や間違いが何層も重なって曖昧《あいまい》になり、彼女を賛美する者たちにとって明らかになることがないかもしれない、などとは。妙なことに、オダリーの目を通すと世界がどれほど違って見えるかについて、あたしはよく想像した。彼女の目にかぎっては、マジックの裏にあるトリックをすっかり見破ってしまうからだ。いつだったか、奇術師のフーディーニの記事を新聞で読んだことがある。そこには、自分のプロとしての人生は絶えざる幻想の記録にすぎない、という有名な言葉が書いてあった。いま、それは周囲の世界に対するオダリーの態度と同じではないかと思わざるをえない。こうして振り返ってみると、まさにありうることだった。

11

うんと高い建物のバルコニーに立って、その気になれば飛び降りることもできると心のなかで思いつつ、その端からのぞきこむのは、恐ろしくて身がすくむことだ。飛び降りるなんて、言うまでもなく愚かで、完全な自己消滅への道を運命づけられた行為だった。そこに幻想の入りこむ余地はない。なのに、それでも人はあえて試みることを考えがちだ。一九二五年の晩春、あたしはそんなふうだった。ちょうどそのとき、いわば飛び降りる機会が提供されたわけで、そこから決して立ち直れはしないとなぜか感じていたのだ。

何が起こったのか、どう説明したらいいだろう。こんなふうに言えるかもしれない。署でのあたしの仕事の先行きが、フォークみたいにいくつにも分かれ、意外にもあたしは心乱れてしまったと——臆面もない恋愛感情がらみのよこしまな倫理観に、病的なほど取りつかれて。それは自滅するとわかりつつドラキュラ伯爵に惹かれる女性ミナさながらだった。

あたしたち——巡査部長とあたし——がエドガー・ヴィタッリを尋問してから二か月たっていた。その年、冬はそそくさとすぎ去ったことを覚えている。歓待されたパーティーに長居しすぎたことに、ふっと気づいた客のように。四月までには、太陽の光は生き生きと照りつけ、春のさわやかなそよ風には、これからやってくる暑く湿った夏の先触れが早くもたっぷりと含まれていた。朝のきらめく光は、署でのあたしの暗い午後と対照的だった。署はいつもより身の毛がよだつほど詳細になされる、ぞっとするような自白でいまにもあふれそうだった。これは、うちの署のタイピスト内における作業量がいくらか再配分されたという事実のせいだったかもしれない。マリーにまた家族が増えることになったため、巡査部長が彼女の仕事をもっとも単純な書類整理のみに制限したのだ。強姦だの殺人だのといった話を聞くせいで気が滅入り、予定日よりも早く赤ん坊が生まれてしまうかもしれないと危ぶまれたから。女性が署で陣痛に苦しむと予想するだけで、男の職員たちは殺人の容疑者が自白しそうなどんな内容よりも神経質になった。

「これは格好の例なんだ」巡査部長がかつてあたしたちをまわりに集めて、仕事の割り当てをやり直したときに言った。「なぜ女性は男性よりもそれぞれ異なる仕事につく必要があるのか、ということのね」あたしたちはみんな、しかつめらしくうなずいた。オダリーもそうしたと思う。彼女はあたしの後ろにいたので、見えなかったけど。「女性たちにとって、この仕事は楽じゃないってわかるよ。ぼくの判断次第だとしたら、きみたちご婦人のひとりたりとも、この署で起こっていることに絶対さらしたくない」巡査部長は続けた。「だが、当然のことながら、タイプや書類整理をする人間がいないと署は機能しないし、警官連中はそういう仕事についちゃまったくお手あげだってことが証明済みなんだ」彼はマリーに父親のようなやさしい視線を向けた。「それに、忘れちゃならないことがあるじゃないか。きみはいつだって最高にうまいコーヒーをいれてくれる」巡査部長はマリーに賞賛を送ることを忘れなかった。マリーのふくよかな頰が笑みにぷっくりとふくらんだ。「きっとコーヒーもいままでどおりいれてくれるね。そして、せっせと書類整理にいそしんでくれれば、それだけでとても助かるよ」巡査部長はそこで手をさっと振って、あたしたちを解散させ、彼を取り囲んだタイピストの群れはばらばらになった。マリーとアイリスとオダリーとあたしはおのおのの方向へ散っていき、中断していた仕事を再開した。

その朝、警部補は席をはずしていたけど、だれもそのことを変だとは思わなかった。警部補はうちの署の代表なので、犯罪現場へ行かされることがしょっちゅうあり、そのため自分ひとりだけで作ったスケジュールによって動くことがしばしばだった。決まりである職場の時間を守ることを彼が嫌っているのはだれもが知っていたし、あたしたちはみんな彼が午後になってから署にぶらりとやってくるのではないかと思っていた。午前中は警察の用事でどこかにいたふりをして。

ところが、その週のもっとあとで、あたしたちは警部補が別の管轄区域のホテルに呼ばれていたことを知った。そのホテルの一室のバスタブで溺れ死んでいるところを発見された女性について、意見を求められたのだ。その女性の死体は見覚えのある格好で残されており、彼女の貴重品を入れたホテルの金庫の中身はすっからかんだった。言うまでもなく、うちの署の全員はだれの仕業かすぐにわかったけど、ヴィタッリ氏がこの被害者と知りあいだったことを証明するための充分な証拠を集めるのに、巡査部長と警部補はほぼ一週間かかった。今回、彼は溺れた女性と結婚していなかったからだ。「あいつときたら、もはや結婚する時間もかけなかったんだな」警部補が低い声で巡査部長に言うのを、あたしは小耳にはさんだ。「さっさと殺して、金を盗んだんだ。ペースを速めてるぞ。我々が野放しにしたせいで、思いきり好き勝手していやがる」

数日かかったものの、ヴィタッリ氏を尋問のために来させようとの彼らの粘り強い努力のおかげで、やっと首尾よく氏を呼びだすことができた。でも、これについてのあたしたちの喜びは長続きしなかった。最初からヴィタッリ氏は——面白がるようなせせら笑いが顔に浮かぶのを隠そうとすらせず——これまでの尋問をそっくりそのまま繰り返すつもりであることが明白だったからだ。警部補がヴィタッリ氏を取調室へ連れていくとき（表向きには、その部屋を面会室と呼んでいた。おわかりのように、そのほうが親しげな響きがあるからだ）、警部が不意に姿を現わした。ランプをこすると出てくる魔神のように、彼のオフィスの戸口に立ちこめているパイプの煙のなかから。

「アーヴィング」警部は巡査部長をファーストネームで呼び、その肩に蜘蛛《くも》のように細く長い手を置いた。「自白を引きだすことがこの件の解決にどれほど重要か、いまさら話す必要はないな」

巡査部長の口ひげがぴくりと動いた。「はい、ジェラルド、大丈夫です」

「成功を祈る。いいか——やつはしたたかな男だ。頭を使え、罠を仕掛けて……」

警部の気の抜けたような役に立たない助言が尻すぼみになるなか、巡査部長はやる気満々の意を決した足取りでその場を去った。「ローズ？」と肩越しに呼び、ついてくるようにと合図した。あたしはどきどきしはじめた。前回のいきさつからして、ヴィタッリといっしょにまた取調室に入ると思うと、恐ろしさでいっぱいになったのだけど、それをのがれる道は見つからなかった。膝をがくがくさせながら、巡査部長のあとに続いた。周囲を満たしていた仕事の雑音は、あたしたちがこれから向かう仕事への畏怖の念に、ぱたりと止まった。すべての頭がこちらを向いた。まるで、あたしたちが舞台を横切っているかのように。

「はい、これ」アイリスが、そばを通りかかったあたしにささやき、予備の速記用ロール紙を手に押しつけてきた。「今度こそ巡査部長が何かを引きだせることを期待しましょ」彼女は低い声で言った。そのネクタイは喉元で揺れ動いていたけど、鳥のような小さい口は動いてすらいないように見えた。オダリーの横を通りすぎたとき、彼女は片眉を吊りあげてみせた——懐疑を表わすしぐさではあったけど、別に冷たいわけではなく、それどころか友情を伝えるためだということが、あたしはわかるようになっていた。次にマリーの脇を歩いていった。彼女はその週の数日前に妊娠を知らせたばかりだというのに、早くもおなかがふくらみ、顔がつやつやと光っていた。まるであたしがグローブをつけずにヴィタッリ氏とボクシングの対戦をしにいくかのように、彼女はウィンクをしながら力強くうなずいてみせた。

取調室に入ったあたしはドアをさっと閉め、足早に歩いて、できるだけさりげなく速記者用の小さな机についた。ヴィタッリ氏はすでにゆったりと椅子にもたれて王さま然とふるまい、結婚生活と独身生活それぞれの美点について大声で長広舌《ちょうこうぜつ》をふるっていた。言うまでもなく、あまり品のある内容ではなかったので、ここでそれは再現しない。あたしはからになっていた速記用ロール紙をアイリスに渡されたものに取りかえて（彼女はロール紙がからであることを知っていたにちがいない。そういう点に絶えず心を配ることなら、彼女の右に出る者はいない！）、待った。ヴィタッリ氏はあたしのほうにちらりと視線を向けると、途中で言葉を切って、すがめた目であたしをじっと見つめた。あたしはこの瞬間を恐れてたのだと気づいた。また彼と顔を合わせることに、びくびくしてたのだと。ヴィタッリ氏があたしたちのあいだに起こった小さなできごとをだれにも告げなかったのは明らかだけど、それはふたりだけの秘密にしておくという意思表示ではないことを、あたしは直感していた。彼はそれをもっとも有利に使える機会を待っているにすぎず、まだあたしへの評価を下してなかった。

「きみは結婚しているんだったかな、巡査部長？」ヴィタッリ氏は横柄《おうへい》な声で尋ねた。彼がすでにその答えを知っていることは、その場にいる全員がわかっていた。ふだんなら巡査部長は容疑者にそのような口をきかせはしないけど、なんとしてもヴィタッリ氏にしゃべり続けさせておく必要があることを、あたしは知っていた。巡査部長は咳払いをした。

「ええ」

「ああ、なるほど」ヴィタッリ氏はそう言い、まるで自分の主張を裏づける証拠を巡査部長が提供したかのように、両手を宙にさしだした。「だったら、女性というものは意外にいつも天使というわけではないことをご存じでしょうな」

「そうなんですか？」警部補が落ち着いた親しげな声で不意に口をはさんだ。会話の方向づけをするチャンスだと感じたのだ。「特定の奥さんのことを考えていらっしゃるんでしょうか？」

「いやいや、特定のだれかをさしてるんじゃありませんよ……まあ一般的にということです」ヴィタッリ氏は首をめぐらせ、警部補を上から下までじろじろ眺めると、残忍そうな歯を見せて知ったふうな笑みを浮かべた。「で、あなたはもちろん独身でいらっしゃるとお見受けしますが？」警部補は体をこわばらせ、巡査部長のほうへ用心深い視線をちらりと投げた。巡査部長はごく小さく、ほとんど目につかないくらいにうなずいた。

「そうです」

「では、巡査部長やわたしと違って、女性の扱いにくい秘密の面は知るよしもありませんね」ヴィタッリ氏はそう続け、話しながら手を上げて口ひげを整えた。「どんな天使のような女性でも悪魔の顔を隠し持っていることは、知らないでしょう。女性はみんなそうなんですよ。ただ、結婚してからでないと、男性はその悪魔の面に気づかないいんです」彼はそこで間を置いた。「あるいは、親しくなってからでないと」彼は自分が知っている別の意味での〝親しさ〟に思いをはせているかのように、好色そうなくすくす笑いをしてから品よく咳をし、あとを続けた。「女性はみんな、そのような面を公《おおやけ》の場では隠しているんです」彼は視線を部屋にさまよわせ、やがてふたたびあたしに落ち着けると、しばらくそのままでいた。そして急に目をすがめた。いまやあたしの心臓はどくどくと脈打ち、鼓動が稲妻さながら耳に響いてきた。「ですから、立派なご婦人がついうっかりと、恥知らずにもまったく見知らぬ人間に悪魔の顔を見せてしまうことが、ときとしてありましてね」

そこであたしは、ヴィタッリ氏がこの話題を切りあげず、あたしにねらいを定めていることを確信して、ひたいに冷汗がにじみでてくるのを感じた。あたしを見ているのはヴィタッリ氏だけで、巡査部長と警部補は注意を容疑者に向け続けており、それはありがたかった。

ヴィタッリ氏の口調はさりげなかったけど、その視線には悪意がたぎっていた。「ここにいる若いタイピストは、どうでしょうか。ローズ、でしたかな？　きっと、いまそうであるように、落ち着いた方なのでしょう。おそらくあなた方は、彼女がいつも変わらぬたしなみを備えたレディだと思っているのではありませんか？」

「いいかげんにしてください！」警部補がきっぱりと言った。「その話はもうけっこうです。そろそろ問題の件に移り、あなたの奥さんたちについて話をしてください。うちの署のタイピストについてではなく」

ヴィタッリ氏は両眉を吊りあげて警部補を見てから、首をめぐらせてあたしをしげしげと眺め、ようやくまた警部補へ目を戻した。面白いことに気づいたぞというような表情が、その顔に浮かんだ。あたしと警部補にいきなり初めて会ったかのように。

「おやおや！」ヴィタッリ氏は無邪気な口調で、いたずらっぽい笑みを浮かべながら言った。「いやあ、すでにロマンスを見つけていらっしゃるとは思いませんでしたよ、警部補。しかも職場でとは、なんとまあ。ずいぶんと大胆な。おめでとうの握手をさせてもらわなくては」

「もうけっこうと言ったでしょう！」

あたしは警部補をちらりと見たけど、彼はあたしと目を合わせようとしなかった。前にした机にのせてあるノートに視線をじっと向けていた。顔にさした赤みが頬骨から髪の生え際まで伸びていき、ピンクの耳の縁まで広がった。あたしは途方にくれているなかにあってさえ、そのことに小さな痛みを感じた。あたしたちが恋愛関係にあるとだれかに思われただけでも、警部補は屈辱を感じたのだろうとしか考えられなくて。

「もうやめるんだ、ヴィタッリ」巡査部長の涼やかな落ち着いたバリトンが響いた。「ちょっとばかり楽しませてやっただろ。そろそろ真実を語ってもらおうか。すっかり話せば、刑罰が軽くなるよう取りはからってやってもいいぞ」

とはいえ、ヴィタッリ氏は巡査部長の助けなど必要ないと考えていることが判明した。前回このうえなくうまくいった戦術を繰り返し、殺人に関する質問をされるたび、ただ座ったまま黙って笑みを浮かべているだけだった。二時間ものあいだ、巡査部長と警部補はマネキンと見まごうほどの男に質問をし続けた。それぞれの質問のあとの沈黙は、あまりにもうつろで、あたしたちの耳にはあざけりのように響いた。巡査部長と警部補は代わる代わる部屋を歩きまわり、あたしは座って、速記用タイプライターを打ちたくてじりじりしている指をキーにのせ、手首を宙に待機させた格好で全神経をぴりぴりさせていた。目の前に鎮座している速記用タイプライターが、銃のように弾丸を発射させるのではないかという気がして。でも、一分また一分とすぎていき、質問が煉瓦《れんが》の壁にぶつけたゴムボールみたいに何度もヴィタッリからはね返ってくるにつれて、取調室の断固たる雰囲気がゆるみはじめた。

ヴィタッリはあたしたちをあきらめさせない程度のことしかしゃべらなかった。もうすぐ自白しそうに見えるのに、いつもふと煙に巻くのだ。ついに、尋問中とりわけ長く静けさが続いたとき、彼は机に手を伸ばして現場の写真を一枚取りあげ、専門家でもあるかのような興味を持ってしげしげと眺めた。

「あなたが撮ったんですかな?」彼は警部補に尋ねた。警部補は片方の眉を吊りあげ、用心深くうなずいた。

「うちの写真係が病気で休んでいましたのでね」警部補はそこで言葉を切り、新たな戦術がひらめいたとでもいうように首をかしげた。しかめっ面《つら》をやめて、くつろいだふうを装うと、ひたいの傷が自然と平らになった。そこで、ひとなつこい笑みを浮かべた。「でも、じつを申しますと、わたしはカメラの扱いがあまりうまくないんですよ。ご想像いただけるでしょうが、現場を荒らさないようにいい写真を撮るのは難しいものでして。ですから、あなたのお仕事をそのままの形で保存できなかったとしたら、すみません」

ヴィタッリ氏はこの罠が隠れた賛辞を受けて、礼儀正しく微笑んだ。とはいえ、罪を認めも否定もせず、話題を変えることをひょいと思い立ったというように空咳《からせき》をした。「ああ、いえいえ。それにしても、すっかり礼儀を忘れておりましたよ。確か、わたしの言い分を聞きたいのですよね？　わたしとしたことが大変な無作法を。では、どうか始めさせてください」彼は咳払いをした。巡査部長と警部補は空腹な二匹の動物さながら、思わず湧きあがってくる興奮に、ぱっと目を見交わした。そして疑い深い表情を顔に浮かべたままにしようと苦労しながら、身を乗りだした。ヴィタッリ氏は微笑み、満足げに椅子にもたれた。

「さあ、それでは。わたしの言い分はこうです。仕事のうえでは、あなたは実際かなりの才能がおありだと思います、警部補。本当です。わたしはいたって大真面目です。この写真にはまぎれもない天賦《てんぷ》の才が垣間見えます——いわば、ある種の創造的な手腕が。あなたにはこの道における輝かしい未来がありますよ。ぜひスタジオを借り、芸術的な研究を始めるべきです。そうですな、例の粋《いき》な小さい三脚をひとつ手に入れて、戸外で風景の写真を撮るのはいかがでしょう。あの写真家のスティーグリッツを商売あがったりにさせてしまいかねませんよ……」

彼のからかうような長談義は、さらに数分も続いた。ある時点で警部補が発作的な怒りに駆られ、ヴィタッリにつかみかからんばかりの勢いで、机をばんと叩いて椅子からすっくと立ちあがった。とはいえ、そのとたん我に返り、はたと止まって動かなくなった。ついで、ヴィタッリがにやにやしながら眺めるなか、椅子にどさりと座り直した。巡査部長は不満をこらえて口ひげを震わせていたものの、やがてため息をついた。

「警部補、ちょっと外で話があるんですが」それを聞いた警部補はうなずき、また椅子から腰を上げた。今度はすっかり勢いを失って。「ミスター・ヴィタッリ」と巡査部長は続けた。「どうかここにいてください。それから、ローズ――コーヒーでも飲んで休憩していいよ」

「ああ、コーヒーとは、おしゃれですね」ヴィタッリ氏が口をはさみ、あたしのほうを向いた。「では、ローズ、わたしも一杯いただきましょうかね」彼はにこりとした。あたしは巡査部長の顔を見て、もしやこの言語道断な男にコーヒーを出すことも命じられているのかどうか確かめた。巡査部長の口ひげはぴくっと引きつったけど、表情は読めなかったので、あたしは自分の判断に従い、ヴィタッリ氏の要求を拒否することに決めた。巡査部長が何も言わずに出ていったあと、警部補はあたしが定位置の速記者用の机から離れるのを待ち、ドアを押さえていてくれた。署の事務室に戻ると、警部補は巡査部長のオフィスへ姿を消した。そこで、ふたりは次なる尋問戦略を練りたいと思ったのだろう。あたしは自分の机へそっと戻った。

「まあ、なんて暗い顔をしているの。彼がまだ話していないのね」オダリーがあたしの隣の席から言った。

「ひと言も。口を開けば、お天気のことをぺちゃくちゃしゃべって、あたしたちをあざけるば

ばいいのよ」
彼女は急に見違えるほどてきぱきとしはじめた。「だったら、あなたが彼の自白をタイプすれ
小さな一点から、ようやくぱっと元に戻った。窮地からの脱出方法が見つかったかのように、
「なるほど、わかったわ」オダリーの目は、それまでじっと見つめていたはるかかなたにある
どもなんて目じゃないかも」
「ええ、そのとおり。自白さえあれば、彼のために嘘をついてアリバイをでっちあげてる馬鹿
「それで、自白があれば、ことは大きく変わってくるの？」
みたいにするりと抜けだして自由の身になってるの。あの男はヘビそのものだわ」
「さっき言ったように、絶対に有罪よ。彼はすでに二回も裁判所へ送られてるんだけど、ヘビ
ね？」
とあてた。考えこむように遠くを見ながら。「でも、あなたは間違いなく彼が有罪だと思うの
オダリーは煙草を吸うかのように、鉛筆の尻についている消しゴムを唇のあいだにぼんやり
んて、だれにもできやしないわ」
強情ったら、ありゃしない。それに、まあ、神経が図太くてね、あの男。彼の口を割らせるな
あたしはかぶりを振った。「黙秘してるのよ。自分の権利やら何やらは知ってると言って。
「言葉巧みに誘導して自白させられないの？　少しも動じないのかしら？」
あの恥知らずが絶対に有罪だってことは、だれにだってわかるわよ」
かりで」あたしは答えた。「巡査部長が気の毒でならないわ。あんなに一生懸命やってるのに。

あたしはにわかに戸惑い、彼女を見た。「でも、言ったでしょ、彼は話さないって」あたしは念を押した。「奥さんのことも、ホテルの女性のことも、ひと言だって」

「彼が話す必要なんてないでしょう？　どうでもいいことを勝手にしゃべらせておけばいいのよ。もっと大事なのは、あなたが何をタイプするかなんだもの」

何を？？？　あたしは目をぱちくりした。馬鹿みたいに口がぽかんとあいた。「あたし……タイプすることなんてない――」

オダリーはあきれたように目をくるりとまわしながら、あたしの言葉をさえぎった。「いいえ、あるわ。あなたがタイプすることはすべて裁判所で読まれるということ、知っているでしょう。彼はこう言うでしょうね。『そんなたわ言は金輪際《こんりんざい》しゃべっていません』って。でも、裁判の場では記録を見せられて、こう反論されるにすぎないわ。『おやおや。ですが、ミスター・ヴィタッリ、ここにちゃんとタイプされたものがあるのですよ。あなたがだれかに話していなければ、どうしてこの記録があるんです？　こういう記録はひとりでにタイプされるものではないでしょう……』とね」彼女はそこで言葉を切り、あたしを見てすぐそばまで体を寄せた。その目はいかにも意味ありげにきらめいていた。

「でも……巡査部長や警部補は。ヴィタッリが言ったことじゃないって、わかるわ。わかるに決まってる……それは……真っ赤な嘘だって」

「巡査部長はあなたを責めたりしないわ。ふたりとも正しいと思っていることを、あなたが勇気をふるってしただけなんですもの。結局はきっとあなたに感謝さえするでしょうね」あたし

は言葉もなく、ぼうっとオダリーを見つめた。相変わらずあたしの受けた衝撃には無頓着《むとんちゃく》のま
ま、オダリーは肩をすくめると、自分の机にのっている報告書の山を片づける仕事に戻った。

「真実は真実なのよ。たとえあなたの口から出ようと、彼の口から出ようと」

「本当に彼がやったんだと――」

「思うわ」オダリーは絶対の確信を持って言った。あたしが疑問を最後まで言い終わらないうちに。

あたしはかすかにふらつきながら立ちあがった。巡査部長のオフィスへのドアはまだ閉まっていたけど、休憩がいつまでも続かないことはわかっていた。オダリーが正しいとすれば、あたしはヴィタッリにきっぱりと歯止めをかけて正しい裁きを受けさせるチャンスを、失いかけていた。あたしの頭は、切羽《せっぱ》つまった新たなためらいでいっぱいだった。トイレに行って、顔に水を少しぱしゃぱしゃとつけ、目の前の鏡の向こうに立っている、なんとも地味で困惑しきった女性とにらめっこをした。

結局、ちゃんとした結果を出さなきゃ、正義なんて何になる？

そのとき、ほんの一瞬、あたしの顔があるべきところから、オダリーの顔があたしを見つめかえしてきた。びっくりして流しからぱっと離れ、そこに立てかけられていたモップを倒してしまった。落ち着きを取り戻すにしたがって、自分がこれからしようとしていることがゆっくりと意識にのぼってきた。ふたたび鏡を見たところ、今度そこにいたのは自分だけだった。数分後、にらめっこは引き分けに終わることが明らかになったので、鏡の向こう側に立っている

もうひとりのあたしから身を振り離した。勇気をかき集めて、自分の仕事をするときだ。ずっとそうしたかったのに、ずっと怖くてできなかったことを。

事務室を横切ってタイピスト用の机へ向かったとき、巡査部長と警部補はまだ巡査部長のオフィスにいた。だれもこちらにちらりとも目を向けようとしなかった。それは、あたしの青ざめた顔や震える手に気づかれなかったということなので、大いにほっとした。椅子に座ると、自分の心はすでに決まっているのが感じられた。いま必要なのは、報告書をタイプすることだけだった。あたしの脇に長い速記用タイプライター用紙がないことに、だれも気づきませんようにと願った。こうして、あたしはタイプを始めた。まずは出だしの詳細をためらいながらひねりだしたので、ゆっくりと。ついでスピードを増し、最後は想像力で一連のできごとを驚くほど鮮明につなぎあわせ、猛烈な速さでタイプしていた。

巡査部長のオフィスのドアがぱっと開き、警部補がひとりだけ勢いよく出てきた。事務室を大股で横切ると、玄関扉から姿を消した。まるでヴィタッリの扱い方について口論をし、ひと息入れて新鮮な空気と煙草を吸ってこようと決めたかのように。あたしはほんのつかのまタイプする手を止めて、警部補が出ていくのを見つめたあと、急いで先を続けた。すっかり熱に浮かされたような速さにまで達していた。ストップウォッチでタイムを計って字数を計算したら、スピードの新記録が出ていたかもしれない。仕上がってから——というか、必要とされることを漏らさずタイプしてから——タイプライターのロールに手を伸ばし、用紙を引っ張りながら歓喜の声を漏らしそうになったけど、よけいな注意を引かないよう、すぐに自分を抑えた。オダリーがあたしのほうに目を向け、なんとも華やかで満足げな小さい笑みを送ってくれたので、うれしくなって笑みを返した。やった。あたしがやったのだ。この正義という強烈な感覚への貢献に心から没頭したあたしは、そう思って有頂天になり、息も絶え絶えだった。

タイプによって具現化し、いまは自分の手にある報告書を持って事務室を横切り、巡査部長のオフィスへ行くと、開いたドアの戸枠をノックした。巡査部長は床に目を向け、腕を後ろに組んで行ったり来たりしていた。震える手であたしがさしだした報告書に、最初はまったく気づかなかった。

「尻尾をつかんでやる。尋問を続けるんだ」彼は自分に命令するかのようにつぶやいた。「別の角度から攻めてみよう。フランクはどこだ?」そこで、いきなり勢いよく顔を上げた。「だれか、警部補を探しにいってくれ。やつをあそこに座ったまま勝利にほくそ笑ませておくわけにはいかん。ぎゅっと締めつけてやらなくてはな」

「巡査部長」あたしは呼びかけた。その声は、ヴィタッリにつかみかかったとき思わず出た冷静で控えめな口調と同じく、意図せずなめらかで、そのときのように聞き慣れない響きに我ながらぞっとした。あたしの手はまだ巡査部長のほうへ伸びており、タイプされた報告書が、つかまれた手に合わせて小刻みに震えていた。「彼の供述をタイプしました」とあたしは言った。巡査部長は報告書にちらりと目を向け、戸惑った様子でひたいにしわを寄せた。やにわにその顔に冷笑が浮かび、彼の怒りが今度はあたしに解き放たれたのがわかった。

「ほう、やったのか、ローズ?」彼は皮肉をたっぷりこめて言った。「それはまあ、ごくろうさん。大した報告書だ！　やつのたわ言など、何も使えやしない。たわ言もいいところだ！　あいつは我々に勝ったとわかってるんだよ」オフィスから出ていこうとした彼に、あたしのなかの何かがいきなりはじけ、反対側の手が伸びて彼の肘をつかんだ。それまでほんの数回、巡査部長が通りしなにあたしの肩をぽんと叩くことはあったけど、こちらから彼に触れるようなことをしたのは初めてだった。手を伸ばして巡査部長に触れたとき、これはあたしがいつも心に描いていたのとは違うと気づいた。このつかみ方は、どこか異常なほど力ずくだった。巡査部長は驚いて、あたしの顔からつかまれた袖へと目を移した。脳裏には、つい数週間前にヴィタッリ氏とのあいだに起こった不幸なできごとがつかのま甦《よみがえ》ってきたけど、あたしはその記憶を追い払い、落ち着きを取り戻そうとした。巡査部長の肘から手は離したものの、報告書はいっそうぐっとさしだした。

「どうぞ。ミスター・ヴィタッリの供述をタイプしたんです。書かれてることをぜひ読んでください」

しかめっ面とため息のあと、報告書はようやくあたしの手を離れた。あたしは巡査部長の目が報告書の上を動くのを見つめた。その内容に彼がまごついていることがわかった——少なくとも、最初のうちは。彼は何度か読み返した。そのあいだずっと、報告書からあたしの顔へ、そしてまた報告書へと視線を移しながら。目にしているふたつのものがどうつながっているのか、まったく理解できない様子だった。ひたいにしわが寄り、なめらかになり、またしわが寄った。ようやく、水が布にしみこむように、ことの真相がじわじわと理解できてきたらしい。

肩から力が抜け、背筋がぴんとなった。いま、彼の目には非常に静かな、非常に落ち着いた色が浮かんでいた。あまりにも深く沈んでいるので、死人の目と見まごうほどだった。彼は咳払いをした。

「わかった」巡査部長は低い穏やかな声で言った。あたしたちは無言のまま、長いあいだ互いを見つめた。いまや彼はあたしがさしだしたものをすっかり理解していたけど、まだ受け入れてはいなかった。しばし、あたしは喉がつまり、唾を呑みこめなかった。彼の道徳観を踏みにじったせいで、逮捕されてしまうのではないかと恐れて。正直なところ、そんな予想外の展開が実際に発生したら、あたしは奇妙な安心感を抱いたかもしれなかった。揺るぎなく規則を遵《じゅん》守《しゅ》する巡査部長に対する、あたしの一途《いちず》な忠誠心が立証されるから。

でも、彼があたしの提案を本気で考慮してくれたことが、たちまちはっきりした。「これはずいぶん正式ではないやり方だね」彼は低い声で述べた。そこに質問が含まれていたとしても、あたしは答えなかった。「つまり、適切な手順を踏まえていないということだが……」そこで、あたしはうなずいた。「犯人を捕まえたことは絶対に確実のようだな」

「間違いありません」そう言って巡査部長を見たとき、彼もそう思っていることがわかった。自分の思いを告げるときだと感じたので、なるべく落ち着こうとしながら、咳払いをしてから口を開いた。「誇張せずに言わせてもらいますけど、あの男の行ないで何よりも鼻持ちならないのは、道徳的に見て、良心に応じようとせず、自由の身のままでいようとしてることなんです」『これまでそれを許してきたのは、あたしたちなんですよ』とは言わなかったけど、巡査部長がそう思っていることはわかった。

その件について、それ以上の話はできなかった。警部補がこちらへぶらりと歩いてきたからだ。「さあて、待たせたな」警部補はそう言いながら、柔軟体操をひとしきりやったばかりのように肩を揺すったり腕を伸ばしたりした。「まったく、あいつには手こずるよ。さあ、また始めよう」

「フランク」巡査部長はいまだに低い静かな声で言い、警部補の肩をそっとつかんだ。「フランク、ここにできてます」そして報告書を渡した。警部補はその報告書を読んだ。タイプされた自白に顔をしかめ、ひたいの傷にしわを寄せながら。

「わたしが出ていったあとで、これだけの供述を取ったのか？」

巡査部長はあたしを見て、数秒ほどあたしの視線を受け止めたあとで答えた。「はい」断固とした口調だった。「ふたりで」

〝ふたり〟という言葉を聞いて、警部補は首をめぐらせ、新たにあたしの存在に気づいた。午前中ずっと、あたしが家具のひとつ、あたしの生活の糧《かて》であるあのタイプライターの付属品のひとつにすぎなかったかのようだった。警部補は片眉を吊りあげた。そのときですら、すでに非難されているような気がしたものだけど、警部補はうなずいただけで何も言わなかった。

12

やり直せるとしたら、あたしはオダリーの行動について書いてる小さな日記に、違うことを書いてただろう。そこに書いてあるものを少し読み返してみると、いまの自分にとって身の潔白を証明する役に立ったかもしれない、オダリーの仕事に関するある特定のことを書かないようにしてたのがわかる。いっしょにすごしてたあいだ、あたしがつけてたその小さな日記に、オダリーの行動を記録することをすっかりやめたことはなかったけど、初夏の暑さが忍び寄り、生き生きとしてたチューリップが折れにくい茎の先に花びらのない雄しべだけをつけてうなだれた姿に変わり果てるころには、めっきりとあまり詳細ではなくなってきたことを認めざるをえない。ううん、〝詳細〟というのは正しい言葉ではないだろう。いまだに詳しく書いてたというほうがあたってるかもしれない。ただ、いっそう内容を〝選択〟したので、のちになって重要になる部分は省いてしまったのだ。そのころまでに、あたしは日記に書かないほうがよさそうな行動があることに、気づいてたと思う。それらはオダリーのしてることに対して、法律面で不利に働くかもしれず、あたしはかなり友だちを擁護《ようご》するようになってたからだ。

その結果、そのころのあたしの日記に書いてあるのは（いま読み返してみると）、やや浮《うわ》ついた取るに足りないことが多く、女性雑誌の記事にちょっと似ていて、ほとんど美と健康のことばかりだった。たとえば、こんな具合に。

今日、O《オー》はあの恥ずかしい新製品、〝素足みたいな〟ハニーベージュのストッキングを何足か買って、あたしに一足くれた。そしてストッキングをはいた脚にどうやっておしゃれにパウダーをはたくか、やってみせた。ぴかぴか光るレーヨンは、あまりに品がないからって。脚はT型フォードの車体ほど光ってはいけないのだ、Oによると。

初めて今日、Oといっしょにオペラに行った。あんな豪華な劇場、いままで見たことない！　オペラそのものだけに集中するのが難しかった。ついつい、最高級の服に身を包んでめかしこんだ観客たちに目が釘《くぎ》づけになってしまって。まあ、正直に認めると、あれほどたくさんのダイヤモンドが見せびらかされてるのを見て、少しばかり面食らったんだけど。オペラそのものは『道化師』というタイトルの、きらびやかだけどちょっと醜い不倫もので、嫉妬に狂って妻を脅す道化師の話だった。あとで、Oとかなり長いこと忠誠について話をした。彼女はあたしの考え方をとてもよくわかってくれてるみたい。あたしたちって本当に意見が一致しそうだとわかって、うれしかった。彼女を親友に選んだことは、間違ってないと思う。

今日はOと美容院に寄った。Oはいつもと同じく断髪《ボブ》をきれいに切りそろえてもらい、あたしはウェーブをかけた。彼女はいつか自分みたいに髪を切ったら、そっくりになれるわよって勧めるんだけど、あたしはどうしようかなって返事した。どうして最近の女の子たちはみんな競って髪をばっさり切るのか、理解できない。勇敢に見えるとでも思ってるんだろう。残念ながら、みんなにはわかってない。勇敢と向こうみずにはかなり大きな違いがあるってことを。口には出さないけど、あたしは長い髪のほうが好きだし、長い髪が持つあらゆる価値が気に入ってる。あたしってきっと自分で思うよりも古風なんだと、気がつきはじめてきた。きっと〇も外には出さないけど、本質はそうなんだと思う。そのうち彼女はモダンガールふうな生活にあきるはず。そうなったとき、あたしはそばにいるつもり。ふたりの生活はどんなふうになるんだろう!

今晩、〇とあたしがいつものもぐり酒場へ行く前、あたしの髪が彼女ぐらい短かったらどんな感じかを試そうと、〇はあたしの髪を内側に入れてピンでとめた。頬紅《ほおべに》も口紅もつけた。〇とそっくりな格好になったことに、ついあたしは大はしゃぎしてしまった。出会ったときからずっと、彼女みたいになるのってどんなかなって想像してたから。夜のあいだ何回か、何人かの紳士があたしを〇と間違えて近づいてきた。ただしこれは、室内がすごく暗かったとか、彼らが泥酔《でいすい》してたとかのせいにちがいない。だって、〇と瓜《うり》ふたつだなんて思うほど、あたしは有頂天になってないから。それでも、彼らはすごく親しげに近寄ってきては、〇の名前をささやいた。あとで、彼らがあたしのどこに手を置いたかをぼやいたら、Oは肩をすくめながら声をあげて笑い、機転をきかせるだけでいいのよって言った。自分にもできるのだから、あたしにも絶対できるって。それはどうかな。もしあたしが彼女で、男性のあしらい方を知ってたとしても、笑い飛ばして飲み物を持ってこさせたり煙草を横取りしたりしないで、お堅いオールドミスさながら相手の手をぴしゃりと叩き、結局あとでそのことを馬鹿みたいだと感じただろうから……。

気温が徐々に上がってきてる。今日は水着を買おうと、Oは三十八丁目にある大きくてすてきなデパート、ロード・アンド・テイラーにあたしを連れていった。ガーデン・パーティーに出たり、ロングアイランド海峡の浜辺を訪れたりするかもしれないからって。以前のあたしだったら百年たっても考えられないような水着を、いっしょに選んだ。シスターたちの口癖によると、女性が露出したがる肌の量は、まさしく心の邪悪さや魂の高潔さの欠如に比例するらしい。でも、それをオダリーに話したら、彼女は震えあがりつつも面白がり、あたしは急に自分がつまらなく愚かに感じた。彼女は、風紀取締官が浜辺にいるときには水着の裾をどんなふうに下げ、風紀取締官が見ていないときにはどんなふうに裾をまくりあげておしゃれにとめるかを教えてくれた。結局、あたしたちは動きやすいジャージー素材でできたおそろいの水着を買った。同じ水着を着ても、あたしより彼女のほうがきれいに見えると言わざるをえないけど。試着室の鏡に映るオダリーを一日中だって眺めていられたと思うほど、彼女はとてもすてきで、生き生きとして、さわやかだった。試着室の台から、いまにも両手を広げて飛びこみそうなくらい。ようやく――親友ができたと思うって心から言えるし、あたしは彼女にもう夢中！　あ、でも、彼女のことをそんなふうに話すのはやめなくちゃ……。

こんな感じの内容とほとんど区別がつかないようなものが、日記にはどっさり書かれていて、それを読めば大まかな様子はつかめる。ほかにもいろいろつづってあるけど、ここで繰り返すのはやめておく。いま思えば自分がオダリーのことを描写するためにずいぶんと時間を使ったと言うだけで充分だ。ものすごく細かなことまで取りあげてあるし、そうしながら、彼女のさまざまな面を大げさなくらい褒めたたえた。こうした内容を警察に見せるのは、決して事態を好転させる役に立たないだろう。警察はすでにオダリーに対するあたしの感情を間違ってとらえてるし、こんな日記はその印象をひどくするだけ。いまにして、それがわかった。

日記に書き連ねたオダリーの愛人の名前も、警察の悪印象を減らしてはくれなかった。春が夏に移りつつあるころ、あたしはしょっちゅうその名前のリストを作るようになっていたのだ。ちょうどいま、そんなリストのひとつを見ている。こんな具合だ。

四月十六日――ハリー・ギブソン
四月二十日――ネヴィル・イーグルストン
四月二十九日――ハリー・ギブソン

五月一日――ロニー・アイゼンバーグ
五月三日――オーウェン・マッケイル
五月三日（同じ夜）――ハリー・ギブソン
五月十日――ジェイコブ・アイザックス
五月十五日――またギブ（大声での口論のあと）
五月二十三日――ボビー・アリスター
六月四日――またギブ

などなど。

たぶん、こんなことを記録し続けるなんて失礼だと思われるかもしれない。もしあたしがれっきとした婦人参政権論者だったら、彼女たちが近ごろの産児制限キャンペーンで言ってるみたいに、オダリーは〝自分の体の女主人〟だと断言する。そして、あとはただ好きなようにさせるだけだ。ただ、あたしはこれまで婦人参政権論者になったこともなければ、産児制限運動の指導者であるマーガレット・サンガーや、自分だけが正しいとするその同類たちに心酔したこともない。婦人に関する政治的な理由でハンストをしたり通りを行進したりして運動する女たちには、なんの魅力も感じないし、そういった政治的なあらゆる行為には、どうも強くそそられない。あたしは解放的な女とは似ても似つかないのだ。何を隠そう、ちょっとお上品ぶった女だと認めてもいい。

断っておくけど、このようなリストが百パーセント正確だとはかぎらない。パーティーにせよ、もぐり酒場にせよ、あたしたちがいたところからオダリーが姿をくらましてしまうことはたびたびあったし、彼女がどこへだれと行って何をしていたのかを知る手立ては、何もないのだから。ほかに、オダリーがひと晩中どこかにいて、翌朝の出勤まぎわにホテルの部屋に戻り、新しい服に着がえて、朝食にコーヒーを一杯すすっただけで、署へ行かなければならないときもあった。

なぜそんなにオダリーが好きなのか？　あたしはまだ、いまだに、この質問への答えを出そうとしている。パーティーで置いてきぼりにされても、ひどい女友だちだとオダリーを責めたことはなかった。そうする権利は充分にあったものの、そうはせず、自分で言うのもなんだけど、あわてることなく客のままでいた。そのころまでにオダリーの性格をよく知ってたので、彼女にしがみついて要求ばかりしてはいけないとわかってたのだ。でないと、彼女は永久に離れていってしまうと。なので、あたしは決まりを作った。オダリーがいなくなったと気づいたら——ついさっきまでは隣にいたのに、ふと気づいたら音楽や紫煙やけたたましい笑い声のかなたに姿を消したら——、そして少したっても戻ってこないことが明らかになったら、自分はたいていその夜はホテルの部屋に戻って（当然、ひとりで）、紅茶をいれた。それでも、ある夜、驚くことがあった。またもやオダリーがどこかへ行ってしまって、自分ひとりだとわかったあと、そっと抜けだして帰る準備をしてたら、遠くからあたしを見てるだれかに気づいたのだ。その顔を見て、そこに釘づけになってしまった。見慣れたその顔は室内を横切り、こちらにやってきた。

「こんなところできみに会うとはね」

「警部補……」声が途切れた。あたしは唖然《あぜん》としていた。

「わたしたちの立場を考えると、きみがつねに守っている厳格な方針は捨てて、フランクと呼ぶのがいちばんだと強く思うよ。少なくとも、いまはね」彼は笑みを浮かべて言い、まずは左の肩越しに、ついで右の肩越しに、注意深く視線を走らせ、だれにも話を聞かれなかったことを確かめた。

とはいえ、彼が気にするにはおよばなかった。だれもあたしたちに特別な注意など払っていなかったから。だれもがいつものようにどんちゃん騒ぎをしていた。ゆらゆらと垂れるビーズだけで作られたドレスを着た娘たちの一団が、近くのテーブルの上で腰や肩を揺するシミーダンスを踊っており、かなりの注目を集めていた。ビーズのドレスがぴかぴか輝き、娘たちの体は不思議と濡れてるかのように光って、釣りあげられたばかりのマスの乳白色のうろこを思わせた。室内は人でいっぱいだったので、押されるうちにあたしたちは近づいていき、いつのまにか目の前には警部補の胸があった。とっさに、人波に目を走らせてギブを探した。ギブが警部補に気づいたらどうするか、心配して。でも、ギブはほかのことに気を取られていた。酒場の片隅にいる何人かに素人《しろうと》芸の手品を見せている男に対して、疑わしげに眉をひそめてたのだ。ギブのすぐそばには、中折れ帽をかぶった背の低いレドモンドが控え、ボスの次の飲み物の注文を忠実に待っていた。しばし、警部補とあたしは集団のなかでふたりきりになり、だれからもまったく見られていなかった。

「あとをつけてたんですか?」この数週間、街をぶらついてるときにまとわりついてた妙な感覚を思いだして、あたしは尋ねた。最近、何かおかしいと気づいていたのだ。オダリーと街を歩きながら、なんだか変だとぴんときて、背後にちらりと目を走らせたものだった。それは、いつも目に見えないところに何かがいるという感じだった。見覚えのある人影があちらこちらのショーウィンドーにちらっと映るのだけど、その所在を確かめようとしたとたん、ふっと消えてしまうのだ。

「なぜわたしがそんなことをするんだね?」それはひとつの反応であって答えではないので、そのことをあたしは指摘した。警部補はそんな非難を無視した。そして数分後、身を寄せてきて、秘密めいたしぐさであたしの肘に触れた。「あのな」彼は低い声で言った。「ここから出たほうがいい。いますぐに」

あたしはその夜、ほんの数分前にはいまにも帰ろうとしていたことを話さずにおいた。彼の忠告があたしのなかの何かを刺激したのだ。ぶしつけで、頑固で、強情な何かを。不意に、あたしはそこにずっといたい衝動に駆られた。レドモンドの目をとらえ、手を振った。そのおちびさんは、ごった返す人々のあいだを驚くほど巧みにすり抜けながら、こちらへちょこちょこと向かい、すぐにあたしの横に着いた。つねに濃い紫の隈《くま》が取り巻く目から、小さな瞳をきらきらと親しげに輝かせて。

「これはこれは、ミス・ローズ」とレドモンドは言った。「今夜はお美しいですね」その言葉はうれしかったけど、本気にしなかった。レドモンドはけっこうあたしに似ていて、いつも礼儀正しいのだ。

「まあ、ありがとう、レドモンド」あたしは自分の声にオダリーの弾むような調子を加えて言った。「シャンパンのカクテルをもう一杯もらおうかしら。まだ夜はふけてないでしょ」

「そうですとも」レドモンドは警部補のほうへ視線を向けたが、飲み物をほしいかどうか尋ねることまではしなかった。あたしが彼を紹介するか、愛想のいい言葉をかけるかするのをしばし待ったものの、あたしが警部補の存在をまったく歓迎してないことを表情から読み取ると、肩をすくめてきびすを返した。レドモンドは人間の行動の不可思議さにかけてはよくわきまえており、ふだんから見下されている者だけが持つ、洞察力と無関心さが見事に解けあった感覚を備えていた。

「ふざけているんじゃないよ」警部補はレドモンドに声が届かなくなってから言った。「本当に、なるべく早くここから出ていったほうがいい」

「なぜ？　ここはすてきな娘さんがいるべき場所じゃないから？」あたしはいまや憤慨し、横《おう》柄《へい》になっていた。「言っておくけど……」あたしは話しかけて、躊躇《ちゆうちよ》した。自分がいまにも口にしようとしてることに、ふと怖気《おじけ》づいたのだ。それでも、あとから意地悪い気持ちが湧きあがってきて、黙っておけなくなり、最後まで続けた。「言っておくけど、ここであなたがオダリーに出くわすことだってありますよ。きっと残念に思うでしょうけど、彼女は今晩もう帰ってしまったんです。今晩オダリーを連れてった紳士は、それはもうもてなし上手なんですよ」

警部補は驚いた顔をしたけど、傷ついたり気分を害したりはしなかった。探るような顔つきで、あたしをつかのまじろじろと見た。

「いや、ローズ、きみはわかっていない」警部補はあたしに片腕をかけて脇に引き寄せ、ふたりとも入口のほうを向くように体をくるりとまわした。「今夜、手入れがあるんだ。だから、きみはここにいないほうがいい」彼はあたしの前で何が起こりつつあるかを見てみろとばかりに、低い声で言った。やがてあたしの目は、顔をしかめた何人かの男たちがばらばらに立ち、なにげないふりをしながら酒場内を眺めている姿にとまった。たちまち、警部補の言葉が呑みこめた。「わたしたちはすでにかなり長くここでぶらぶらしているんだ。ドアを封鎖する用意ができあがりつつあるから、いまにも合図が出るだろう。我々はきみをここから連れださなくてはならない」

〝我々〟？　どうして彼はあたしを助けようとしてるの？　こんな場合、彼はあたしを留置場に放りこんで、檻《おり》の外からほくそ笑むほうを選ぶとしか思えないのに。でも、わけがわからないうちに、警部補はあたしの二の腕をつかんで酒場内を進みはじめた。あたしは頭がすっかり混乱し、ギブかレドモンドの姿をとらえようとした。いまや、もぐり酒場の要《かなめ》の位置となる隅についている覆面警官たちに気づいてるかどうかを、確かめようとして。入口に近づいたとき、警部補がなぜあたしを連れだすのか説明してもらわなければならないことに気づいた。

「待って」とあたしは言った。前回、オダリーに連れられてほかならぬこのビルの別のもぐり酒場に来たとき、彼女が見せてくれたものを思いだしたのだ。「もっといい出口があるんです」

警部補は足を止め、うなずいた。あたしの腕をつかむ手をゆるめたけど、すっかり放しはしなかった。そして、奥の小部屋のほうへ向かうあたしに続いた。

奥の部屋に入るなり、警部補はすぐにうろたえた顔をした。そこは閉所恐怖症を引き起こしそうな狭苦しい部屋で、壁という壁に床から天井まで棚があった。棚はラベルのない瓶でいっぱいだ。

「まったく、ローズ、これはなんだ？　こんなのを見てる暇はないんだよ」

「いいんです」あたしは瓶が並ぶ棚のひとつに近づき、オダリーが教えてくれた空瓶《あきびん》を探した。その一本を持ちあげ、奥を見た。何もない。別の一本を持ちあげた。

「ローズ――」

「あった！」最後に持ちあげた瓶の奥に、探していたハンドルがあった。手を伸ばして引っ張ったけど、びくともしないのであせった。小さな震えが体を走った。もっと強く引っ張ると、それが不意にゆるむのを感じた。瓶の並ぶ棚が、ふたつの頑丈なちょうつがいを軸にして軽々と開いた。あたしは警部補を振り返った。暗闇のなか、彼の目が見えた。彼は目前に現われた新たな出口を見て、目を皿のように丸くしていた。

「ほう、なるほどね」警部補はふと我に返り、指揮をとった。「さあ、行こう」あたしの肘をまたつかんで、彼は通路へ入った。

「どこへ通じてるかは、わかりません」

「どこにせよ、いまはここよりましだろう」

あたしはオダリーから借りたドレスを着ていた。裾が短いプリーツスカートになっていて、薄い布が上に重ねてある。背後で瓶の棚が閉まるとき、その薄い布がふわりと漂い、あいだにはさまってしまった。棚を押し返そうとしたけど、遅かった。ガチャンという、鍵のかかる重重しい音が聞こえた。

「スカートが！」あたしは暗がりに向かって言った。警部補が上着のポケットからライターを取りだし、頭上でかちりとつけて状況を確かめた。あたしたちは通路の扉をもう一度あける手立てを探したものの、反対側にはハンドルも掛け金も見当たらなかった。

「仕方ないな。うーん。よし」警部補はひと息吸うと、スカートからぱっと視線を上げ、あたしの目を見た。「大変申しわけない」そう言いながら、ズボンの尻ポケットに手を入れた。

「申しわけないって？」

それには答えず、警部補はオピネルの折りたたみナイフを出すと、手首をなめらかにひと振りして開いた。ナイフの刃を目にして、あたしは思わずすくんで縮みあがった。

「心配はいらないよ」警部補はスカートに手を伸ばし、戸口にはさまっているあたりで布地をひとまとめにすると、力をこめてさっとナイフを引き、布地を切った。そのとたん、ナイフがすごく鋭いことがわかった。薄い布がただの紙っぺらさながら、まっぷたつに裂かれたからだ。あたしは解放された。切り離されたスカートがゆるりと垂れ下がった。新たな切り口の裾はぎざぎざのぶざまな形で、お尻が隠れるか隠れないかくらいになった。「すまない」警部補は言った。その口には、それまで見たことのない奇妙な笑みが浮かんでいた。「すばらしいドレスだったのに」

「あたしのじゃないんです。オダリーに借りたので」気まずさに、つい口走ってしまった。

「ああ。ま、行こうか?」

あたしたちは無言で、警部補のライターの炎を頼りに、トンネルの残りを歩いた。進んでいくふたつの影が、トンネルのような通路の壁にひょろりと気味悪く映った。長いことかかって、やっと木製のドアにたどり着いた。警部補がドアのこちら側だけについているボルトや鍵をあけると、突如として暑い夏の夜のじっとり湿った風に迎えられた。あたしたちは通路から、どことも知れぬ路地に出た。どこにいるのか皆目わからなかった。

「見事なもんだ」出てきたばかりのドアをまだためつすがめつしながら、警部補が言った。

「このドアも鍵は内側からかかっている。出られはするが、決して入れない。逃亡口として完璧だな」

「感心してるようですね」

「そのとおり」

「今夜の手入れは警部補が計画したんですか?」

警部補はあたしに視線を向け、しばらくあたしの目を見つめていた。空に浮かぶ満月のおかげで、彼の目のさえざえと澄んだ青い瞳と、銀色の光に輝くひたいのすべすべした傷が、よく見えた。

「いや」警部補はようやく答え、肩をすくめた。「わたしは認めていないわけではないんだ。

あのような……場所を」あたしが黙っていると、彼は不意に張りつめた声で口ごもりながら続けた。「ここだけの話、わたしには持論があってね」彼は神経質そうに眉を吊りあげた。まるでこれから大変な反逆罪を犯そうとしており、自分の大胆さになぜか気分が浮き立っているかのように。「まあ、その持論というのは、社会にはあんな場所が必要だっていうことなんだよ。ガス抜きさせる場所が。わかるかな？　禁止するのは現実的じゃない。そうしても、より多くの市民を犯罪者にしてしまう」長い沈黙が続いた。雄弁に語ってるあいだは意気揚々と上がっていた肩が、いまは下がっていた。彼はあたしが口を開く前に、次の質問が何かを察していたと思う。

「だったら、どうして――」

「今夜の手入れについてくることにしたのか？」

あたしはうなずいた。

警部補は肩をすくめ、路地のずっと先のはずれに目をやった。「そうだな」彼は視線をあたしに戻して、ためらった。これから言おうとすることを、はかりにかけているかのように。そのあと、後ろめたそうに口元をゆるめ、あたしのずたずたに切られたスカートのほうへ手を振った。「窮地に陥《おちい》った乙女を助けにきたのかもしれないよ」

それは口説《くど》き文句だった。でも、なぜ警部補があたしに口説き文句を言うのかわからなかったし、あたしはちょっと驚いてしまった。もっと驚いたのは、警部補がそう口にしたあと、舗道に目を落としてもぞもぞと足を動かしたことだった。彼が本気かもしれないなんて、とうてい信じられなかった。どれほど不器用な打ち明け方であろうと、そのぎこちなさに思いやりを感じるのが女らしいのだろうけど、あたしはそうしなかった。たぶん、警部補の告白に対するあたしの自然な反応が、傷ついた野ネズミを見つけた猫のようであったのは明らかだ。

「そうなんでしょうね。あたしのドレスをめちゃくちゃにしてくれたお礼を言うのを忘れてました」思ったよりもいっそう皮肉のこもった嚙みつくような言葉が口から出てきた。なのに、あたしは謝るどころか、馬鹿にするように嫌味たっぷりの小さな会釈《えしやく》までおまけに付け加えてみせた。

「オダリーのドレスだ」警部補は同じように喧嘩腰で、あたしの言葉を訂正した。あたしが会釈の途中でにらむと、彼もにらみ返した。視線がふたたびからみあったけど、今度は不意に燃えあがったむきだしの激しい怒りに駆られてのことだった。あたしたちはしばらくそのままでいた。月の銀色の光があたしたちを石と化し、うなりあっている途中でふたつの石像にしたかのように。それでも、おかしなことに、ふたつの顔のこわばった筋肉は、ふっと同時にゆるみはじめ、互いを映しだしたようなふたつの笑顔になっていった。警部補といっしょに笑う自分の声を聞いて、あたしはびっくりした。

笑い声がおさまったとき、あたしは警部補が何歩か近寄っていたことを強く意識して、とっさに身をよけた。「そろそろ家に戻らないと。あの、だめになってしまったこのドレスのことをオダリーに知らせに」あたしは急にさよならを言ってこの場から去りたくてたまらなくなった。だんだんと近くなる警部補との距離が、気づまりになってきたから。ただ、彼があたしを送っていこうとするのではないかと、心配でもあった。そのころまでに、署のみんなはオダリーとあたしがルームメイトになったことを知ってはいたものの、あたしはその場所や豪華さを秘密にするよう注意していた。目の前にいる愚かな若い刑事が紳士を気取ったせいで、うっかり口を滑らせたくなかった。

「さっきの話では、彼女はとっくにお相手を……あ、いや、今夜の楽しみを見つけたらしいが」

「いまごろはもう帰っていそうですから」あたしは高飛車に嘘をついた。警部補はあたしたちの境界線から二歩退《ひ》いた。「きっとあたしのこと、どこにいるんだろうと思ってるはずです」

「だったら、送っていくよ」警部補は路地から出る方向へ歩きはじめながら、重いため息をついた。あたしはオダリーのホテルを見せてはならないとわかってたけど、断っても驚くほど強く簡潔に却下され、どっちみち彼はあたしを送っていくつもりだと悟ったので、今回はそれ以上断るのをやめた。もぐり酒場のなんの変哲もない入口あたりから、パトカーのもの悲しいサイレンが長々しくウウウーと響いてくるのを聞いて、あたしは立派な連れがいることをひそかに頼もしく感じた。

13

鍵穴に鍵をさしこんでまわしたとき、本当にオダリーが帰ってきていたので驚いた。正直なところ、いるとは思ってなかったから。彼女はサファイアブルーの透けるほど薄い生地を数枚重ねて作ってあるバスローブを身にまとい、エメラルド色と言ってもいい緑と白のストライプのソファーに、ほっそりした猫のような体を長々と伸ばしていた。日中の暑さがまだ部屋に残っており、オダリーは窓をあけて夜気を入れていた。窓にかかっている薄く透き通った白いカーテンが、そよ風にふわりと持ちあがったり、ときにさっと動いたりして、じりじりしている飼い猫が尻尾を振るリズムにそっくりなため、その場全体の猫を思わせる雰囲気をいっそう高めていた。背後の窓ガラスに迫る真っ黒な夜の空とは対照的に、宝石さながらの色調の書斎にあるソファーに横たわっているオダリーは、とても溌剌《はつらつ》として明るく見えた。

彼女は雑誌を読みながら、高級菓子店の箱に入ったチョコレートがけチェリー・コーディアルをつまんでいた。オダリーには独特なスイーツの食べ方があって、ヘレンとは正反対だった。ヘレンは、ほかの鳥やもっと大きな動物に横取りされないうちに木の実を必死で確保しようとする怯《おび》えたリスででもあるかのように、やましそうにこっそりと駄菓子を食べた。逆にオダリーはチョコレートをものうげにふと思いだしたように食べた。ときには、うわの空で無頓着《むとんちゃく》に、なんであれ贅沢なお菓子を持ったまま手首をだらりと伸ばし、パリで最新流行の帽子をしげしげと見つめるあまり、お菓子のことはすっかり忘れてるように。そうでないときには、全身全霊を傾けて。とびきりおいしいと思ったら、〝うーん〟だの、〝ああ〟だのと口にすることをためらわなかった。ヘレンの場合はお菓子そのものに価値があるらしかったが、オダリーの場合、大事なのはお菓子に対してどう反応するかのようだった。たぶん、こうした違いは、あたしがまだ経験してなかった階級差による別の象徴なのだろう。なんといっても、ヘレンは買えるお菓子の数がかぎられてたので、けちん坊だった。そこへいくとオダリーは気前よく分けてあげられるほど買えたし、少しくらい無駄にすることすらあった。いっしょに住んだ何か月かのあいだ、あたしは半分ほどチョコレートが残った箱をオダリーのベッドの下から数えきれないほど取りだし、舌打ちしてはごみ箱に捨てた。包みもせず放っておいたため、白みがかった緑色の黴《かび》にびっしりとおおわれていたからだ。

「あら！」顔を上げたオダリーは、あたしたちを目にして言った。玄関広間《ホワイエ》に男性がいるのを見て、心底驚いているのがわかった。それが警部補であることが何よりも意外だったようだけど、どんな男性であれ、少なくともある程度はびっくりしただろうと思う。あたしはそれまでホテルの部屋に男性を連れてきたことがなく、警部補とロビーを通ってエレベーターに入るとき、未亡人がうすら笑いを浮かべ、ホテルの従業員が眉を上げたことに、まだ屈辱の痛みを感じていた。繰り返し断ったのに、警部補は部屋の入口まで送ると言ってきかなかったのだ。

いま、彼はホワイエに所在なさげに立ち、居間をのぞきこんでいた。上階までの様子にやや度肝《どぎも》を抜かれ、豪華なロビーや、金色のエレベーターや、いま自分がいる当世ふうの装飾がなされた部屋をどうとらえたらいいのか、まだ決めかねていたのだと思う。オダリーはとがめるような視線をあたしに放った。あたしが警部補に送ってもらってしまったせいで、彼女の暮らし方を秘密にしておくという誓いを破ってしまったことは理解できた。彼女は明らかにこの展開をわずかほども喜んでいなかった。それでも、怒りで顔をこわばらせかけたとたん、はっと我に返り、落ち着いた歓迎の表情へとすばやく変えてみせた。彼女はしなやかに立ちあがって、あたしたちを迎えた。

「まあ、ようこそ、警部補。お入りになって、お楽になさってくださいな」

「ローズをちゃんと送り届けにきただけなんだ」

「そんなことをおっしゃらずに。せっかくいらしたんですもの。少しゆっくりなさってもいいでしょう」オダリーは彼の腕を取り、ついいましがたまで自分がくつろいでいたソファーに座らせた。警部補はぼうっとしたようによろよろとついていき、オダリーが寝そべっていたソファーであることにふと気づいたらしく、つめものをしたソファーのいちばん端まで礼儀正しく腰をずらしてちょこんと座った。オダリーは口元を無意識にゆがめ、彼を値踏みするように眺めた。どうやってこの状況の主導権を握るかを考えているんだと、あたしにはわかった。警部補から秘密を漏らさないという暗黙の保証を引きださないことには、彼女は不安で、そうするためにはまず彼を品定めする必要があるのだ。「何か飲み物をさしあげますわ」とオダリーは言った。警部補は彼女を見た。「気持ちが落ち着くようなものを」とオダリー。コーヒーや紅茶でないことは確かだ。彼はカクテルをもらうことで、じつはこの部屋の主《あるじ》の神経が落ち着くであろうことを察しているようだった。

「では、いただこうか」

オダリーが飲み物を作ろうとして立ちあがると、警部補はそのあとを目で追った。あたしはそれを機にそっと廊下へ出て、服を着がえに彼女の寝室へ行った。あたしが借りたドレスの裾がずたずたに切られてることに目をとめたとしても、オダリーは気にしなかったし、何かを言おうとさえしなかった。あたしは責められるようなことは何ひとつ言われないとわかっていた。それでも、自分が弁償できないと知ってるものを台なしにして、後ろめたく感じていた。別の部屋から、発泡ミネラルウォーターの瓶の中身がしゅわっと噴きだす音がした。あたしがここへ引っ越してきてから、オダリーとあたしはひとつの大きなクロゼットを共有しており、いまあたしはその前に立ってなかを見ていた。着るものを探してると、オダリーが飲み物をのせたトレイをコーヒーテーブルに運ぶ音がした。部屋を横切るとき、氷がカチカチ鳴った。新鮮なライムのきりっとした香りが、居間から寝室へ漂ってきたので、オダリーはジン・リッキーを作ったのだろうと思った。もぐり酒場で売られてる、ジンの香り付けに使われるネズのシロップとエタノールとの混ぜもの——一般にジンまがいと呼ばれてる代物《しろもの》——を決して飲まないオダリーは、こぢんまりしたキッチンのバーに置いてある本物のイギリス産ジンのボトルの残りを使ったにちがいなかった（その酒は不思議にもその翌日、新しい瓶になっていた）。妙なことに、あたしは期待のあまり口によだれが出てきた。お酒をいつも飲んでたわけではないし、それまでにはなかったことだ。

あたしは腰まわりに垂れ下がる布を見つめ、急ごうとした。警部補があたしの断りを礼儀正しく受け入れ、何か事情があるのだろうと察して家へ帰ってたら、決めるのは簡単だっただろうし、夜をのんびりすごそうとネグリジェを着てただろう。でも、その考えはすぐに捨てた。あたしのいつものネグリジェは、別にはしたないものではない。それ自体は。実際、孤児院で着せられてた男女兼用の長いシャツ型の寝巻きに似たデザインだった。ごわついてチクチクする漂白した白いリネン製で、糊《のり》のきいた高い襟《えり》があり、長袖の先の紐を引くと手首が締まるようになっている。とはいえ、警部補にネグリジェ姿を見せるくらいなら死んだほうがましだったし、ましてや、そのシャツ型ネグリジェを見せるなんてとんでもなかった。あたしはもっとふさわしい服を探した。

「そのブレスレット、じつにすてきだね」警部補がオダリーにかけた言葉が聞こえてきた。あたしはすぐに、警部補がさしているものがわかった。彼女がそれをつけたのは初めてだったけど、警部補とふたりで玄関に入ったとき、彼女の両方の手首でそれが輝いてるのが目に入ったのだ。話題になってるそれはダイヤモンドのブレスレットで、あたしの明らかにやぼったい人生では見たこともないような品だった。宝石やその台座の正しい磨き方を教えてくれたミセス・ルブランの宝石箱のなかでちらりと見たものとも、はるかにかけ離れていた。オダリーのブレスレットと張りあえる宝石など、あたしはたぶんこれから二度と目にしないだろう。そのときひどく変だなと感じたのは、オダリーがそれをつけて外出したところをまったく見た覚えがないことだった。そう、彼女は家にいるときだけ、それをつける妙な習慣があった。家では部屋着ですごす女性がいるように、彼女はホテルの部屋にいるとき、ブレスレットをつけたのだ。

「本物かい?」警部補が尋ねた。オダリーが声を立てて笑った。その美しい音色には、完璧にふた通りの解釈ができる響きがあった。〝ええ、もちろん〟と、〝まさか、ご冗談を〟を同時に暗示する響きが。あたしはその答えを知りたいと思ったけど、正面きって尋ねる勇気はなかった。やっと、クロゼットの奥に埋もれてた自分の服を見つけた。ごく地味なブルーのワンピースを着て居間に戻ったものの、姿を見られない戸口でためらい、気づかれないところからふたりをのぞきこんだ。

「あのね」オダリーは勢いよく前かがみになった。「プレゼントなんですよ。本物かどうかは聞きませんでした」彼女はまた笑い声をあげた。彼女が〝プレゼント〟という言葉を鋭く発音したことに、あたしは気づいた。まるで苦いものを噛んだように。警部補もそれを聞きのがさなかった。

「おや、そう? プレゼント?」

「ええ。あの、婚約のプレゼントなんです、もっと正確に言いますと」

「ああ、すまん。あなたはてっきり……」彼はもっとも当たりさわりのない言葉を探したけど、見つからなかった。「……独身女性かと」結局、よく使われる（そして間違いなくあまりさしさわりのない）言葉に、〝女性〟をつけて言った。オダリーは笑みを浮かべた。うれしそうな、謎めいた笑みを。

「いまもそうですわ」

「ああ、これは申しわけない。返す返すも」

オダリーはこの言葉には答えず、警部補の目の前に両方の手首を伸ばした。「それにしても、確かに大したものですわね」それは質問ではなかった。彼女は手首をゆっくりと左に、ついで右にまわし、ダイヤモンドが小さな七色の輝きを存分に放つようにさせた。警部補はそれを惚れ惚れと眺めた。

「そんなふうにおそろいのブレスレットを両手にはめている女性は見たことがなかったよ」

警部補の感に堪《た》えぬような顔に微笑んだオダリーは、先ほどの苦いものを嚙んだような笑みを口元に浮かべ、鋭い笑い声を発した。「そうでしょう。なんだか……〝手錠〟みたいじゃありません？」そこで手首を交差してポーズをとった。警部補はこの容赦ない比較にびくっとし、驚いてオダリーに目をやった。彼女はいっそう警部補に身を寄せた。「あのね、秘密を教えてあげましょうか。婚約のプレゼントというのは、いつだってそういうものなんです。どんな形であれ」オダリーはおどけたように小首をかしげたけど、その表情には暗い翳《かげ》がさしていた。あたしは独占欲のようなうずきが生まれるのを感じたのだけど、この感情がどちらに向けられたものなのか、さっぱり見当がつかなかった。

オダリーが警部補との空間を数センチつめたとき、あたしは息を呑んだ。「いくら美しく着飾っても、それ自体は変えられないものですけれど。〝薔薇《ローズ》はどんな名前で呼んでも（シェイクスピア作『ロミオとジュリエット』からの引用）〟……」彼女は色っぽく言った。自分の名前と同じ花が引きあいに出され、あたしの耳がぴくっとした。「わたしの手錠がいちだんとすてきだと知ったら、署の容疑者たちはうらやましがるかしら？」オダリーはいま口紅を塗った唇を広くあけ、白い歯を見せて、貪欲《どんよく》そうな笑みを浮かべていた。その体は警部補に触れんばかりだった。不意にあたしは部屋に入りたい衝動を抑えられなくなり、咳払いをした。

ふたりはぱっとあたしのほうに注意を向けた。森林に住む動物が自分たちのほかにもだれかいると気づいて、たちまち凍りついたかのようだった。警部補は耳まで赤くなり、反射的にソファーから立ちあがった。

「ああ！　いや、その、そろそろお暇《いとま》しなければ。無事に家へ帰るのを見届けられて、ほっとしたよ、ミス・ベイカー」

「ありがとうございました、警部補。いろいろと……」あたしはふさわしい言葉を探しながら、ぎこちなく肩をすくめ、ようやくつぶやいた。「……助けてくださって」皮肉で言ったのではなかったけど、警部補がそう受け取ったのはわかった。彼は気分を害したように背筋をぴんと伸ばし、それは同時にその夜のできごとを心の底から後悔していることを示していた。オダリーの色気にくらっとなったこと、ドレスを台なしにしたこと、もしかすると手入れそのものまで。彼は帽子に手を伸ばした。

「まあ、でも、フランク、もうしばらくいらしてくださいな。飲み物をまだすっかり飲んでいらっしゃらないのですもの」オダリーは半分ほど残っているジン・リッキーのグラスをさし示しながら、押しとどめた。そして、ふざけるように警部補の上着の袖をひょいと引っ張った。警部補のファーストネームの呼び方には、気軽な親しさがこもっていた。すでに何度もそう口にしていたかのように。この居間にいるふたりの姿を眺めていると、そういえばあたしが最初に予想したほど、警部補はここの豪華さに圧倒されたり狼狽《ろうばい》したりはしなかったように感じられた。あたしの頭に初めてある疑念が形作られはじめた。

「いや、いや。もう遅いし、今夜はすでにたっぷり飲んでいるから、これ以上つめこまないで帰るよ」いきなりソファーから勢いよく腰を上げたところに立ったまま、彼はしわくちゃになったスーツを気もそぞろに伸ばそうとした。でも、何度こすってもスーツはだらしない格好で彼の体を包んでいた。それまでずっと、警部補にはハンサムな悪漢のような雰囲気があると思っていたのだけど、まさにそのとき——彼が明かりに照らされて深まったひたいの傷を見せてあたしを見やり、口元をゆがめて笑みを浮かべたとき——なぜ彼が女性といっしょにいると落ち着かないことが多いのか、なんとなくわかった。

「それに」と警部補は付け加えた。「今夜はいろいろあったから」この言葉に、オダリーは問うような目で彼を見た。「詳しいことはローズに——いや、すまん、ミス・ベイカーに——聞いてくれ」

オダリーは玄関のドアまで警部補を見送った。「反対ですわ……右のほうへ」彼がエレベーターまでの通路を間違え、オダリーがそっと呼びかける声がした。つい先ほど頭に浮かんだ疑念が、少し減った。方向がわからなかったのは飲みすぎのせいだとは思えなかった。やはり、彼は初めてこのホテルへ来たのだ。オダリーの部屋を初めて訪れたら、だれでもたいていは圧倒されてしまう。

オダリーが居間へ戻ってきた。その態度の変化から、その夜あたしと警部補とのあいだにあったことを細かく教えてもらいたがっているのが、はっきりと伝わってきた。「あんなふうにあなたを送ってきてくれるなんて、とてもいい方だこと」と彼女は言い、濡れた毛布のようにソファーにどさりと座った。彼女はすらりと細く痩《や》せているのに、その動きにはつねに柔らかなイメージがあった。もう何か月ものあいだ、あたしはなぜそんな正反対なところが共存してるのか理解しようとしてたし、その謎を解こうとしたのはあたしが初めてではないこともわかっていた。

「心配しないでね」あたしが返事できないでいると、彼女は続けた。「わたしは彼といると、あまりくつろげないのよ」それは嘘だと、あたしはすぐに見抜いた。彼女はソファーから身を乗りだし、膝に置いたあたしの手の甲をぽんと叩いた。「あなたがわたしにそうしてほしくないことは、わかっているわ」そう言う彼女の声には華やぎが感じられたし、つい先ほど警部補がオダリーの目に本気の誘いの色を見たことにも、あたしは気づいていた。けど、そのとき、そんなことはどうでもよかった。さしあたって放っておけない大事なことが、別にあったから。

「オダリー」あたしはおずおずと口を開いた。「今夜、あの酒場に手入れがあったんだけど」

オダリーは警部補の残したジン・リッキーをすすっているところだったけど、それをぶっと噴きだした。細かな霧が広がり、ジンとライムのすっきりした香りがあたりに漂った。オダリーはすばやく電話に飛びつき、電話番号を次々とまくしたてた。オペレーターはあわてふためき、聞こえる声から察するに、要求されたどの電話もつながらないと知らせてくるばかりだった。

14

巡査部長は、〝ふたりで〟と言った。ヴィタッリ氏はひと筋縄ではいきそうもなかったのに、ここへきて非常にすみやかに白状したのは、巡査部長が巧みに自白を促したからかと警部補に問われたとき、巡査部長はあたしを見て（意味ありげに！）こう答えた。『ふたりで、やりました』と。ふたつの単純な言葉がこれほどの重みを持ったのは、あたしにとって生まれて初めてだった。

ご存じのとおり、あたしは巡査部長を何年も前から知ってたけど、彼は〝ふたりで〟という言葉を頻繁に使う人ではなかった。この特別な言葉をめったに口にしない人なだけに、彼への尊敬の念はいよいよ高まった。それはいかにもありうることだった。だれでもたいてい、友だちになって仲間でいたいと思う相手に価値を見出すものだから。巡査部長はかちっと正確な心のものさしを持っていて、それによって人をはかっていた。どんなものさしかは、探りを入れようとしなくても、彼は少しも隠さなかったし、人がそれをどう感じようとおかまいなしだった。巡査部長の心のなかでは、それは自分の問題ではなく相手の問題なのだ。

いまあたしがそう言うのは、巡査部長があのような目であたしを見て〝ふたりで〟と言ったとき、それが何かを意味しているとわかったからだ。重大な意味のある瞬間だと、わかったのだ！　巡査部長はいつだってなんでも規則どおりにする人だと、あたしは心底信じてたけど、ここで、あたしのことで、規則を曲げてくれた。このあたしのことで！　彼がとても強い道徳的な正義感を持ってることは確かで、正義の女神の手を強《し》いて行使させるのは、このうえなく極端な状況においてのみであり、同じ考えを持つごく特別な人間とともに行なう場合のみだった。あたしは〝私的制裁〟という言葉がとりわけ好きなわけではない。なんといっても無法で反体制の響きがあるし、そういうものは巡査部長に全然そぐわないものだ。巡査部長はもっと立派な考えを持った人だし、もっと崇高な使命感を備えていた。馬鹿だと思われるかもしれないけど、あたしはこう信じている——というか、〝信じていた〟。ここでは過去形のほうがより正確だ。巡査部長が〝ふたりで〟という言葉を使ったとき、それは〝ああ、そうだよ、ローズ、わたしたちは非常によく似た人間なんだ〟と言ったも同然だと。

　前にも言ったのはわかっているけど、もう一度言おう。巡査部長とあたしとのあいだに不適切な行為があったとは考えないでほしい。そのような交流はなかったと断言できる。〝あとで現金にかえられる小切手を渡す〟などという真似を彼にさせたこともいっさいない。オダリーは求婚者たちからそうした小切手をもらう約束をしておいて、彼らの望みをすぐにはかなえてやらないのだと、よく言っていたけど。そう、巡査部長とあたしをつなぐ絆《きずな》は、もっとはるかに純粋な別のものだった。

　彼は仕事のうえでのお手本であったばかりか、夫であり父親だったたし、正直なところ、たまにあたしは彼の奥さん（ちなみに、会ったことは一度もない）はどんな人だろうと無節操に興味を持ったり軽蔑《けいべつ》したりしたものの、必ずしも彼にそういう役割をやめてほしいと思ったわけではなかった。信頼できる人でなくなってほしいとも思わなかった。彼の愛人になるなど、想像もできなかった。まあ、たまに（めったになかったけど！）、巡査部長と結婚するのはどんな感じかなと思うことはあった。家に帰ってくる彼に心づくしの手料理を食べてもらったり、彼があたしの頬にキスをしようと身を寄せたときにあのカイゼルひげが肌をくすぐったりするのは、どんな感じかなと。あらまあ、あのカイゼルひげが肌をくすぐるだなんて、まったくもう！　でも、これだけは確か。こうした空想はほんのちょっとしかしなかったし、それも特別のときだけだった。

言うまでもなく、そんな空想がずっと頭のなかにあったわけでは決してない。仕事中、あたしはいつも完璧な礼儀作法の手本で、職業上の倫理を堅く守っていた。近ごろオダリーや彼女の仲間といっしょにいることが多いのはだれの目にも明らかだけど、巡査部長はあたしが気ままで自由奔放《ほんぽう》な娘《フラッパー》になったり、見さげ果てたギャングの女になったりするほど感化されやすくはないとわかってる気がした。あたしたちはたくさん言葉を交わさなかったものの、そんな必要はなかった。彼はあたしのありのままの姿を理解してくれてると、いつも感じていた。あの最初の面接のときから。そりゃあ、ヴィタッリ氏の自白をタイプするにあたって、あたしは職業上の倫理をはるかに超えることをしてしまった。あたしたちはどちらもさほど信心深くはないけど、どういうわけか、自分たちは神の仕事をしてるんだというぼんやりした信念を共有していたと思う。ふたりはともに崇高な道徳心の持ち主で、またひとつの憎むべき不正を世界から取りのぞこうとしていた。巡査部長とあたしは周囲のほかの人たちよりも少しばかり高潔で、世の中の汚い政治の影響など受けはしないとあたしは思っていた。そんなあれやこれやの理由から、当然のことながら、あたしはもぐり酒場の手入れのあとで署へ行くのが気後れして仕方なかった。

手入れのあった夜、オダリーは電話で大したことができなかった。彼女が得たもっとも強力な情報は、たまにギブや彼女のために伝言を運ぶチャーリー・ホワイティングという十四歳の浮浪児からのものだった。チャーリーはもぐり酒場の奥の部屋に座って電話に出るために雇われた雑用係で、こんなふうにわけのわからない注文を書きとめた。〝フィラデルフィア110〟(彼はたいてい〝フラデルフア〟と書いた)とか、はたまた〝ボルティモア50〟(彼はたいてい〝ボルテモア〟と書いた)とか。その夜、チャーリーは奥の部屋から出て、ギブに伝言を届けたあと、年齢をとがめられずにジンをちょっとばかり引っかけられるかもしれないと、もぐり酒場に戻っていた。彼は背が低い、小人みたいな少年で、十四歳にしては小柄なので、そのことをしょっちゅうぶつぶつと嘆いていた。とはいえ、小さかったおかげで、手入れの混乱に乗じて地下室の窓からなんとか抜けだせたのだった。

明け方に近いころ、ホテルの部屋のドアをいかにもすまなそうにノックする音がした。電話回線が故障しておりまして、とホテルのボーイが説明し、やや若い〝お客さま〟が訪ねてきているので、階下にいらしてくださいと続けた。新聞売りの帽子を頭の後ろにのせて、大聖堂なみに音が響くロビーに立ち、恐れをなしたように周囲を凝視しているチャーリーは、いつもよりも小さくて幼く見えた。でも、オダリーは若さゆえの繊細な感じやすさなど明らかに案じはしなかった。まっしぐらにチャーリーのほうへ歩いていくと、上のほうへ向けている顔にぴしゃりと平手打ちを食わせた。チャーリーは催眠術から覚めたかのように、目をぱちくりした。間を置かずに、オダリーは次々と名前をあげながら、指をひとつずつ折っていった。それぞれの名前に、チャーリーは〝はい〟だの、〝いいえ〟だの、〝たぶん、そうです〟だのと返事をした。だれが警察に〝パクられた〟のかを答えていたのだ。太陽がのぼり、あたしたちが着がえて、新しい一日の仕事を始めようと署へ向かうまでには、オダリーは不完全ながらも名前のリストを急ごしらえしていた。

その朝、あたしたちが署に着くと、オダリーはコーヒーをいれ、留置場のほうへごくゆっくりと歩いていき、なにげないふりを装いつつ無言で鉄格子の向こうを眺めた。あたかも音の響く大きな美術館の展示室をぶらついて、巨匠のあまり知られていない作品を静かに鑑賞する客のように。ギブや、レドモンドや、もぐり酒場で見た覚えのあるそのほか大勢のおもだった面々も同じく口を閉ざし、おとなしくしていた。オダリーの視線を受け止めはしても、身じろぎもせず、口を開かず、鉄格子の向こうから見つめてくる女性と既知の仲であるそぶりなどみじんも示さなかった。ひと言も発されずとも、あたしには交わされた会話を察することができた。その日はオダリーから目を離さないことにしようと、あたしは決心した。彼女がどんな計画を練ってるのか知りたくて。計画があることは確かだった。

当然、その朝あたしは自分がどうなるのかわからず、少しぴりぴりしていた。いま捜査の渦中にあるもぐり酒場に自分がいたことは、否定しようのない事実なのだ。オダリーと留置場の男たちとのあいだを行きかった無言の視線のやりとりで、彼女の秘密が守られることは推測できたけど、あたしまで同じように守ってもらえるかどうかは不確かだった。警部補のことですら、心配の種になった。彼はひとりとして逮捕してもいなければ、手入れが実行されたときに不思議と姿をくらましてしまってもいて、それがなぜなのかを署のだれにも説明してなかったから。あたしは彼がどう言うのか、やきもきした。あたしの名前を出すだろうか？　警部補が保身のためなら事実を勝手に解釈することもいとわない男だとはわかってたけど、巡査部長にわずかながら真っ赤な嘘をついても平気かどうかは疑わしかった。

とはいえ、結局のところ、この件であたしがあれこれ気をもんだのは杞憂《きゆう》にすぎないことになった。その日の午前中の早いうちに、警部補が署へ来ないことを電話で知らせたと聞いて、あたしは心底ほっとした。彼の報告によると、急な激しい胃痛のせいで手入れの場から早々に帰宅し、いまだにおさまらないため、その日は欠勤するとのことだった。推測するに、嘘は電話ならさほど難しくないのかもしれない。科学技術がさまざまな意味で偽りを容易かつ精妙にしたことは、興味深い。

このもぐり酒場がらみの件は、どういうわけかすべてオダリーが担当することになった。あたしの予想どおり、まずはギブからだった。それは巡査部長の賢い事情聴取の戦略なのだ。やり方は単純で、彼はつねに同じ手を使った。つまり、彼の言う〝大きな魚〟から始め、大きな魚が泥を吐かなければどんな結果が待ち受けているかについて話をする。そのあと大きな魚を留置場に戻し、小さな魚たちがひとりひとり出されて取調室へ連れていかれるにしたがって、不安をどんどん高まらせておく。その日の終わりまでには、大きな魚はたいてい口を割った。小さな魚がすでに自分の名を出して白状したのではないかと疑心暗鬼になって。ギブが手荒に突き飛ばされながら留置場から引っ張りだされたとき、オダリーはきっと取り乱すとあたしは思った。けど、そうはならなかった。彼女は興味をそそられた様子などみじんも見せなかった。ただ立ちあがり、ファイルと速記用タイプライター用紙を平然と手に取り、巡査部長のあとから落ち着き払って廊下を歩いていった。ハイヒールの音をカツカツと響かせて。

そのあと、ひょんなことが起こった。

〝ひょんなこと〟と言うのは、今日になっても、あたしはオダリーが何をしたのかはっきりとした確信がないからだ。まあ、いまはあと知恵の利もあって、かなり強力な説をいくつか考えついてはいるのだけど。確かにわかっているのは、次のことだ。オダリーがギブと巡査部長のあとから取調室に入った十五分後、廊下を歩いてくる足音がしたので、だれかが来るにしてはずいぶん早いことに驚いて、署員たちは首をめぐらせた。さらに驚いたことには、あたしたちの目に、署の玄関のほうへぶらぶらと歩いていくギブの姿が映った。署員たちはひとり残らず彼を目で追った。明らかに彼は大手を振って出ていこうとしていた。楽しそうですらあったことを覚えている。それは彼の性格そのものだった。なにしろギブは裏をかくことが大好きなのだから。ざまあみやがれとばかりに、彼はご機嫌で口笛を吹きながら、チャコールグレーの中折れ帽をさっと頭にのせると、いつものようにほんの少しつばを傾けた。それから、粋《いき》がって揺らした肩で玄関のドアを押しあけた。あたしたちが最後に見た彼の片鱗は、署の玄関ドアのガラスに入っている格子で分断されてコマ送りのように見える、彼の帽子の影だった。ギブが玄関前の階段をのんびりと下り、建物から離れるにつれて、その姿は刻々と失われていった。

あたしは署内をちらりと見まわし、マリーと目を合わせた。マリーは事務室の反対側で報告書をファイルしているところだった。もともと太ってはいたけど、一夜にしていかにも妊婦らしくなったようだった。腹部が風船さながら妙に丸々として、早くも服の布地がぴんと張っていた。顔に赤みがさしているせいで、薄青い瞳の青みが増して見えた。姿勢まで急に変わっていた。片手か、あるいはもう一方の手もたいてい拳《こぶし》にして腰の下部にあて、背骨を持ちあげんばかりに肉に深く食いこませて。マリーはあたしと視線が合うと、こう言うように下唇を突きだして肩をすくめた。『連れてこられた男たちが何をやってるか、わかったもんじゃないわよね？　あたしもあの男はクロだって思ったわ』その後、彼女はファイルの仕事に戻った。

ギブが出ていったあと、周囲がまた仕事の音で騒がしくなった。あたしはオダリーがギブを放免させるためにいったい何を言ったのか、考えずにはいられなかった。彼女は巡査部長がやましさを感じずにギブを釈放することに同意するよう、絶対に何かを言ったにちがいないからだ。そのときは、オダリーが巡査部長を納得させるため、何かうまいことを言ったとしか思えなかった。だって、巡査部長は高潔な人で、わずかでも筋が通らないと思えたら、受け入れるはずがないから。もっとも、彼はヴィタッリ氏の自白を捏造《ねつぞう》したことについてはあたしと手を組んだけど、それはまったく別物だ。先に話したとおり、巡査部長とあたしはある絆でつながっていて、神からのお召しにともに応じたのだから。ヴィタッリ氏の件は、ままあるように正義が見すごされることのないよう確実にしただけだった。巡査部長とオダリーの場合と事情が同じだとは、わずかほども信じられなかった。そう、オダリーは持てるかぎりの機転をきかせて対処したにちがいなく、そんな機転にはあふれるほど恵まれていた。

もちろん、巡査部長に忠誠をつくしたいあたしは、このことがなんとなくしっくりこなかった。オダリーは彼をだましていたのであり、とどのつまり、そのために彼女は署へやってきていたのだ。そのころまでには、あたしは真実だとすでにわかっていたことを受け入れるようになっていた。オダリーに関する噂は事実だったのだ——少なくとも半分は。彼女があたしたちの署でタイピストの職についたのは、警察組織を操るためだったものの、彼女が最終的に守っていた密売人とは彼女自身だった。誤解しないでもらいたいのだけど、あたしはそのときになってようやくその事実に気づいたわけではない。そこまで馬鹿じゃない。オダリーに連れられてもぐり酒場へ行った最初の夜から、彼女は単なる客であって経営者ではないだろうとは思ったけど、じつは法をすり抜けて生きていく女だということをすんなり理解していた。あたしが気づかなかったのは、彼女と手に手を取ってあの最初のもぐり酒場に入っていったことによって、自分まで法をすり抜けて生きていく女になったことだ。手入れの翌日、オダリーが仲間たちを釈放させるために巡査部長にちょっとした策を弄《ろう》しても、あたしは大きな顔で異議など唱えられなかった。

オダリーが巡査部長に何を言ったにせよ、効果はあった。その午後はそれ以降、ギブがご満悦で玄関のドアから出て署の階段を下りていったように、留置場にいるほかの大勢の男たちも、同じように釈放されていった。その手順は決まっていた。簡単な尋問に続いて、ただちにもう用なしだとばかりに釈放となる。もぐり酒場で逮捕された容疑者たちは、オダリーや巡査部長といっしょに取調室に入ったあと、ほんの十分か十五分ほどでまた姿を現わすや、事務室をぶらぶら歩いて玄関から出ていった。

それを見て、あたしは喜ぶべきだったと思うし、それは祝ってもいいできごとだったにちがいない。一瞬が——ごく鮮明に覚えている一瞬がある。レドモンドが釈放されたときだ（あたしの努力のおかげじゃない）。彼はあたしの机の横を通りしなに、あたしの目を見たのだけど、そのしかめた顔はこう言っていた。『世話になりましたけど、あなたに感謝はしませんよ、ミス・ローズ。まあ、あなたが〝友だち〟をどれほど大切にしているかわかりましたしね』と。オダリーがもぐり酒場の男たちをすべて釈放することに成功したとき、あたしはほっとして小さく身震いした。レドモンドには心からすまないと感じていた。最後に言葉を交わしたのは、あたしが飲み物を注文したときで、そのあとあたしは手入れの前に酒場を出て姿を消し、彼に注意も何も与えなかったのだから。そして自分だけすんでのところで警察の手からのがれたのであって、もし逮捕されてたら自由になりたくてたまらず、つねに自慢してる高い道徳心など忘れてしまっていたにちがいない。レドモンドが釈放されるのを見たとき、あたしはつかのまうれしくなり、オダリーがしていることは結局そんなに悪くないのかもしれないと思った。

その夕方遅く、仕事がようやく終わってから、あたしたちはタクシーでホテルの部屋に戻った。オダリーの部屋に引っ越したあと、あたしは地下鉄にあまり乗らなくなっていた。仕事の行き帰りには、いつもふたりでタクシーに乗った。いまそのことを思うと、以前よく使ってた地下鉄のたくさんのプラットフォームが、ほんのかすかながら記憶に残っていることに気づく。それはまるで夢に見たかのようだった。マンハッタンの通りを走るタクシーの窓から思い悩んだように外を見つめてたあたしは、勇気を出してオダリーに尋ねた。あの男たちを釈放してもらうため、巡査部長になんて言ったのかと。

「どういうこと？」彼女は問い返した。

「わかってるでしょ。ねえ、なんて言ったの？　すごく説得力のある言葉だったにちがいないわ。巡査部長を納得させるのは、たやすくないから」

オダリーは窓から首をめぐらせて、あたしをしげしげと眺めた。あたしは彼女に真っ向から質問したことが一度もなかった。あたしたちのあいだにある共謀の協定を破ってしまったかもしれないと心配になって、脈が速まった。ところが、オダリーの反応には驚くばかりだった。

「ローズ」と彼女は言った。「あなたは巡査部長を買いかぶっているわ。それはとてもいけないことよ」そして元どおり、次々と通りすぎていく高層ビルを見つめた。「覚えておくといいわ、あのね、しょせん彼女だって男にすぎないのよ」彼女はややうわの空でつぶやいた。

その話題について、あたしはそれ以上突っこまなかったけど、オダリーの謎めいた言葉にはその夜ずっと悩まされた。オダリーが巡査部長について言ったことの意味を理解しようとするたび、落ち着かない気分に襲われた。もう考えるのはやめようと決心しても、あまりうまくいかなかった。脳裏にこびりついて離れなかったのだ。だって、疑問というものは捨てようにも捨てられない、とんでもなく厄介な害虫だし、頭のなかに入りこんでくるあらゆるもののなかでも、格段に手に負えないからだ。それはどんなに小さな隙間からでもそっと忍びこめるし、いったんなかに入ったら、根こそぎ取りのぞくのはほぼ困難だった。

夕食後は部屋にひとりでいて、本を読んだりレコードを聴いたりしながら、気をまぎらわせようとした。モーツァルトのレコードを五枚聴き、『緋文字《ひもんじ》』を九章読んでも、心は穏やかさとはほど遠かった。ため息をついて電灯を消し、ベッドにもぐりこんだ。もう真夜中すぎで、疲れてたのだけど、疲労は骨の髄までしみこんでいて、いまや眠りはなかなかやってこなかった。あたしはいらいらしてきた。いつもなら枕に頭をつけたとたんに眠れるたちで、睡眠はあたしが楽しみにするようになっていた非常に快い安らぎのひとつだった。実際、孤児院ですごした何年ものあいだ、なかなか眠れなかったのは覚えてるかぎり二回しかない。どちらもアデルがあたしのいらいらに気づいて、いっしょに起きててくれた。眠気を誘うからと、おとぎ話をたくさん聞かせてくれながら。一度など、キッチンにこっそりと忍びこみ、牛乳とシナモンとナツメグを混ぜて温めた、おいしい飲み物を作って飲ませてくれた。

キッチンといえば、あたしたちのホテルの部屋のキッチンはけっこう大きくて設備がそろってたし、いつも食品がたっぷり蓄えられていた（オダリーは三週おきに新鮮な食べ物が配達されるよう定期注文していたのだ）。だから、アデルの気が休まる飲み物を作るのに必要な材料はすべて見つかりそうだった――牛乳、シナモン、ナツメグが。あたしはスリッパをはき、キッチンへ向かった。廊下を通ってキッチンへ入ったところで、電気がすでについていて、だれかが先にそこにいることがわかった。

「あら！」とオダリーが言った。「まあ、ここで鉢合《はちあ》わせするなんて」彼女はオフホワイトのなめらかなサテンのネグリジェを着ていた。彼女が着ると、ネグリジェというよりも夜会服に見えた。あるところでは彼女の体にぴったりと添い、また別のところでは美しいひだを成しているそのさまに、あたしは目を奪われた。彼女は人気のおしゃれなレストランでばったり出会ったかのように、あたしの手を両手で握って、娘らしい小さな笑い声をあげた。小麦色の手首が袖から出たとき、彼女がまたダイヤモンドのブレスレットをしていることに気づいて、不思議に思った。いったいどうしてこんなときにブレスレットをつけたくなったのだろうと。「眠りの精はまだあなたをデートに誘いにこないの？」

あたしは不満げに鼻を鳴らした。「待ちぼうけを食わされちゃったみたい」そっけない声で、オダリーが持ちだしたたとえに応じた返事をした。「あなたも？」

「そうなの。でも、とっておきのものがあるのよ！」そう言われて、あたしはキッチンの椅子に腰かけ、コンロのところに立っている彼女に注意を向けた。何か不釣合いなものを感じて、疲れた目をしばたたいたとき、それまでオダリーが調理器具の前に立っている姿を、ましてや使っている最中の器具の前に立っている姿を、見た覚えがないことに気づいた。さらにはシナモンの香りが鼻を突き、まさに自分がキッチンに来て作ろうとしてた飲み物のにおいであることに驚いて、びくっとした。「これはすばらしい飲み物なのよ、信じて」彼女は鍋の中身をふたつのマグカップに注ぎながら言い、ひとつをあたしの前に置いた。湯気がカタツムリの通った跡のように揺らめきながら立ちのぼり、鼻をくすぐった。

「気をつけて、熱いから」オダリーは、あたしがマグカップを手に取ったとき、言わずもがなのことを注意した。あたしは辛抱強く待つつもりであることを伝えようと、カップの縁からふうっと息を吹きかけた。彼女はあたしの向かいのキッチンの椅子に座った。寝る前の飲み物が冷めるのを待ちながら、あたしは彼女をつくづくと眺めた。こんなとんでもない時間でも、このうえなくきちんとしていた。小麦色の顔はなめらかで、真っ黒な断髪《ボブ》はとかしたばかりのようにつややかだった。顔の造作が不均衡であることには、それまで気づかなかった。目はうんと大きく、口はとても小さく、すべてが顔の真ん中に集まっていた。まるでどれもがゆくゆくはバラのつぼみのような形の唇のほうへ行こうとしているかのように。あたしはぞくぞくするようなあこがれを感じた。たいていのあこがれがそうなりがちなように、ちょっとした嫉妬交じりの。そのあと、あたしはまた彼女の手首に目を落とした。

「とってもすてきじゃなくて?」オダリーはあたしがブレスレットを見てることに気づいて言った。確かに、すてきだった。あたしはうなずいた。ほんの一瞬、それをくれた婚約者について聞こうかと思った。彼女が警部補にちょっと漏らした婚約者のことを。でも、質問があたしの頭から口まで出てくるより先に、オダリーが自分から話を始めた。「これはもらったものなのよ、わたしと姉が」彼女は左手首のブレスレットを指でなんとなく押してまわしながら言った。あたしは信じられない思いで彼女を見つめた。あたしが立ち聞きしてたことは感づかれなかったという事実が、ゆっくりと頭のなかにしみこんできた。オダリーは警部補にした話をあたしが聞いてたとは、思ってもいない。それだけは確かだった。婚約のプレゼントとしてブレスレットをもらったという話をあたしにするつもりなど、これっぽっちもないのだ。彼女はため息をつき、あとを続けた。

「形見なの。父がひとつをわたしに、もうひとつを姉にくれたのよ」そう彼女は説明した。〝姉〟という言葉を口にしたとき、大げさなわびしさがその顔に浮かんだ。あたしはふざけないでというように鼻を鳴らすのをこらえた。きっと彼女は冗談を言ってるにちがいない、と思った。ちょうどそのような表情がヘレンの顔に浮かぶのを、何度も見たことがあった。もっと下手なできばえだったけど。

ところがオダリーがふたたびため息をついたので、これは悪ふざけじゃないとあたしは気づいた。「父はギャンブラーみたいな人だったのよ。鉄鋼で莫大なお金を稼いだのに、鉄道で全財産を失ってしまったの」つかのま、あたしは〈タイム〉の最新の見出しを読んでいるような気がした。「わたしたちがまだとても幼いころに亡くなってね」そう言う彼女の顔は、真面目そのものだった。「遺《のこ》してくれたのは、これだけよ。それぞれに、ひとつずつ。わたしたちはどこへでも、これをつけて行ったの。そのおかげで、結びつきが強くなったような気がするわ。絶対にこれをはずさないでいようって、ふたりでありとあらゆる芝居がかった誓いを立てたものよ」彼女は手首のまわりできらめくダイヤモンドの帯に指を置いた。「言うまでもなく、父はわたしたちに借金も遺していったのだけれど」彼女はそう言って、苦笑いを浮かべた。いかにも辛そうな表情で、自分のほうがはるかに長い夜や貧しい日々を知っているのよとばかりに。
「姉の名前はヴァイオレットよ」オダリーは続けた。「やさしくて、かわいらしかったわ。その名前の花（スミレ）と同じで」彼女はたったいま改めて気づいたとでもいうように、その言葉の意味を考えた。「まあ――あなたみたいね！」と、あたしの名前も同じく花の名前であることにふと気づいたふりをした。そのあと、ひどくしかつめらしい顔つきをした。口の両端を下げた顔など、見たこともなかった。彼女の表情としては、なんともわざとらしかった。「ヴァイオレットはわたしの面倒をよくみてくれたのよ。ずいぶん自分を犠牲にして」

オダリーのたくらみは計算によるもので、きわめて正確だった。そのようなことを言われたら、聞き手はどんな犠牲だったのかと思い、最悪の場合を考えてしまう。それはまるで天国から一条の光が射してきて、オダリーの心にある天使の姉をつかのま照らしだしたかのようだった。もの悲しい弦楽器の調べがあれば、その映像は完璧だっただろう。

「あのね、わたしはいつも感じているの。女性の愛は男性の愛よりもずっと誠実だって」彼女はあたしの目をひたと見つめながら言った。「どういう意味か、わかるかしら？」あたしは礼儀上うなずいた。彼女は息を吸いながら、あたしの顔にふっと視線を移し、鮮やかな記憶がついいましがた甦《よみがえ》ったとでもいうように、こちらを見続けた。「亡くなるとき、姉は自分のブレスレットをわたしにくれて、それぞれの手にひとつずつはめてほしいって言ったの。いつまでも永遠にふたりはいっしょだと思ってほしいって。これ以上はないというくらい暮らしに困ったときでも、売ろうなんて露《つゆ》ほども考えなかったわ」オダリーはそう締めくくった。遠くの岸から泳いで戻ったばかりのように、胸が上下していた。あたしは急に声をあげて笑いたくなった。あきれたふうに目をぐるりとまわし、たったいま目の前に座っているこの愚かな人間をからかいたくなった。でも、頭に浮かんで当然の質問はしなかった——あら、お姉さんが死にかけてて、あなたにとってそれほど大切だったなら、ブレスレットを売って、お姉さんが元気でいられるために必要だったことをしたほうが理にかなってたんじゃないの？——と。そうはせずに、あたしは唇を噛んでから、手にしたマグカップに入っている飲み物の表面に息を吹きかけ、その小さな湖にさざ波を立てた。自分の信じられない思いを口にするべきかどうかまだ迷いながら、飲み物をひと口すすった。不意に湧きあがってきた喜びが勝った。

「わあっ」あたしは歓声をあげた。「これ、すごくおいしい！」

「でしょう。コンデンスミルクを使って、甘みを加えたのよ」オダリーはそう説明し、自分の悲劇を語るひとり芝居のことなどぱっと念頭からなくなったかのように、微笑みかけた。「ねえ、ローズ、わたしとあなた、わたしたちっていまはもう姉妹みたいね」オダリーは低く心地いい声で続け、あたしが答える間も置かなかった。「ヴィタッリ氏の事件についてしたことが、あなたにとってどれほど正義にかなっていたか、わたしにはわかるの。あなたは高潔な人に求められていることをしただけよ。とっても勇敢だと思うわ。心の底から。なんてすばらしいのかしら！　そうそう、姉妹というのはね」彼女はそこで言葉を切り、満面の笑みを向けた。

「姉妹というのは、お互いの秘密を守るものなの。いつかそのときがきたら、わたしの秘密を守ってくれるわよね」

この最後の言葉を口にした彼女の声には、何かぞっとするものがあった。一瞬、自宅の床にペンキを塗りはじめたのはいいけど、いつのまにか部屋の隅に追いつめられてしまったかのように感じた。

「あら、そんな深刻に考えないで！」オダリーは大きな声を出した。「わたしが言いたいのは、あなたをいちばん信頼できる友だちだと思うようになったということなの。世界でいちばん大事で親しいお友だちよ」彼女はテーブル越しに手を伸ばして、あたしの肩をぎゅっとつかんだ。「お互いに出会えてよかったわね、ローズ。いつもふたりはいっしょのような気がするわ」彼女は右手首に手を伸ばし、ブレスレットをひとつはずした。「受け取ってちょうだい」そう言いながら、両手であたしの手を取った。彼女の手のひらは温かくてさらりとしているのに、自分のは冷たくて汗ばんでいることに気づいて、ちょっと恥ずかしくなった。断ろうとする間もなく、彼女はブレスレットをあたしの手首にさっとはめ、とめ金をとめていた。「もらってね、わたしがどれだけ本気かの証《あかし》に」

自分の手首できらきら輝く宝石を、信じられない思いで見おろした。頭上の電球は薄ぼんやりしているのに、そのほんのわずかな明かりを受けて、ダイヤモンドが無数の小さな虹色の光線を放っていた。数えきれないほどの星があたしにウィンクを送っていて、まるで天の川が手首を取り巻いているかのようだった。

生まれてこのかた、こんなにすてきな贈り物をくれた人はいなかった。正直なところ、それほど値の張りそうな宝石を間近で見たこともなければ、ましてや手首に巻いたこともなかった。署にあるあたしの机の引きだしにしまいこんだあのブローチもとてもすてきだけれど、あれはあまり大事ではない。オダリーが落としたものだし、いずれ返すつもりだったから。見つけただけのブローチや、借りてるだけの服と違って、ここにあるのは彼女があげると言っているものだ。そう思うと、めまいがした。礼を伝えようとしたら、唇が静かにぴくぴく震えた。そんなあたしを見てオダリーが笑うと、その声は音楽の波のようにキッチンに広がった。あたしたちはそこに座ったまま手をつないで、手首にはめたおそろいのブレスレットを見比べながら、異常なほどの喜びに、しまりなくにこにこするばかりだった。オダリーの笑みに見入ったあたしは、幸福の極みにある深淵のようなものにふっと呑みこまれるのを感じた。

このようなひとときのせいで、のちにそうとわかるのだけど、あたしはゆくゆく身を滅ぼすことになる。

15

あっという間に暑くなり、マンハッタンのだれもが気温の話ばかりするようになった。『暑いったらないね』オニールとハーレーはパトロール受け持ち区域を歩いて署に戻るたび、長い口笛を吹いてはそう言う。『いやはや、とんでもない暑さだよ』と。上唇には玉の汗が光っていた。年がら年中日焼けしているため、頬や鼻は真っ赤だ。外では、歩道はがらんとして、何人かいたとしても（おそらく勇敢か向こうみずな人間で）、小さな日陰から日陰へと足早に移動していく。署ですら、夏でも建物内はたいていひんやりしているものなのに、蒸し暑さでうだるようだった。そこからのがれようはなかった。あたしたちがどうにか手を打ってのがれようとしなかったわけじゃない。太っ腹な気分になり、たぶん少しばかりやけになった巡査部長は、自費で扇風機を数台買ったし、警部補はある午後のおおかたを使ってそれらを壁に取りつけ、あたしたちの首や顔が涼しくなるようにしてくれた。

「こんな感じで、風がそっちに行くかい？」警部補が扇風機をあたしのほうへ向け、ちょうつがいをねじでとめようとしながら聞いた。黒い針金のガードが、機械でできた黒っぽい花ででもあるかのように、あたしのほうを向いたかと思うと、シニヨンからほつれてしまっていた少しばかりの髪をふわりと持ちあげ、首や肩をなでた。机にのっている書類が生き返ったかのようにはためき、そよ風に吹かれて何枚もの葉をはらはらと落とす木を思わせた。あたしはあててすべてを手で押さえ、オダリーとマリーとアイリスにちらりと目をやったが、ちょうど彼女たちはみんな忙しそうに仕事をしていた。その机上の書類はきちんと置かれたままだった。あたしの机だけが、この男の作りだした旋風の恩恵を受けたのだ。

「せっかくですが、必要ありません」あたしは言った。

「きみはなんでも必要ないんだね」警部補はウィンクをして、ちょうつがいのねじをとめた。そよ風が吹いてくるのに、急に部屋がもっと暑くなった。というより、不意に耳までかっと熱くなるのを感じた。あたしは返事をせずに立ちあがり、トイレに行って顔に水をかけた。

もちろん、その日の水道管の温度はかなり上がっていたから、蛇口《じゃぐち》からの水はちっとも冷たくなかったし、さっぱりもしなかった。でも、とにかくあたしは両方の手のひらで生ぬるい水を受けて顔にぱしゃぱしゃとかけ、首や顎へ流れ落ちるままにした。肌を流れていくのが水なのか新たに噴きでてくる汗なのか、見分けられないほどだった。何もかもが脈打つような暑さに熱せられて、汗も水もまったく同じ温度に感じられた。流しに水滴を垂らしながら立っているところへ、オダリーが入ってきた。彼女は胸の前で腕を組み、ため息をついた。

「わたしたちに何が必要か、わかる?」彼女はそう尋ねたけど、質問ではなかった。冷房が入っていることで評判の東五十丁目にある劇場のどこかひとつで、映画でも観《み》るのがその答えであってほしいと祈った。その小さな口の端がいかにも彼女らしくゆがみ、その目があたしの頭の真上の空間にさっと向けられた。彼女が映画館どころではないもっと念入りな計画を練っていることが察せられた。「わたしたちに必要なのは、ちょっとした休暇よ……海の風に包まれるようなところでの。どこかすてきな場所に招待してもらって……」

あたしは目を大きく見開いた。オダリーが中国語でもしゃべっているようだったからだ。あたしはちゃんとした休暇など取ったためしがなかった。一年につききっかり三日の休みをもらい、子どものころからあたしの読むものを監視しているシスターたちのお眼鏡にはかなわなそうな小説の山をお供に、家ですごすのがつねだった。

「でも、仕事は? どうやって巡査部長に許可をもらうの?」

「あら、そんなこと」オダリーは問題にならないとばかりに、手首をさっと後ろに払った。

「彼なら任せておいて。そちらはなんとかできるから。彼はおとなしい子猫ちゃんよ」〝おとなしい子猫ちゃん〟という言い方に、なぜかあたしは動揺した。その抑揚《よくよう》に、なんとも汚《けが》らわしいものがあったのだ。それまでなんとか必死に消そうとしてきた疑念がまたたく間に舞い戻り、手入れの翌日のことへと心がさまよっていった。とはいえ、オダリーはあたしに目を据えており、いま返事することを待っているのが感じられた。あたしは懸念をあとまわしにして、作り笑いをした。

「休暇、いいわね……ふたりとも、もらえればだけど」

あたしは〝ふたりとも〟という言葉を使ったものの、心からそうしたいと思ったわけじゃなかった。ただ、オダリーはしっかりお膳立てをするだろうし、実際そのとおりにした。驚くほどすみやかに。金曜日までには一週間の休暇が認められ、あたしたちは2《ツー》ドアの自動車に乗って、クイーンズボロ橋を渡っていた。運転してくれたのは親切なウォール街の株式仲買人で、背が低く、レドモンドを思わせた。自動車のペダルに足が届くのか心配なほどだったけど、実際、アクセルだけにしか届かなかったのだろう。彼がブレーキを使ったことは思いだせないし、自動車は全速力でロングアイランドの広くて白い砂浜へと飛ぶように走った。

「その団員が株式取引所であなたのためにしていることをもっと教えてくださいな」ハイウェイをびゅんびゅん飛ばす彼に、オダリーがうっとりするような声で話しかけていた。

「班員ですよ」

「あら、そうでしたわね。その班員が株式取引所であなたのために何をしているのか、ということですわ……なんてすてきなのかしら。本当にすばらしいわ……きっと、たまらないほどぞくぞくすることなのでしょうね！」彼女はその仲買人に質問をすればするほど、ますます興味をそそられるらしく、しまいにはみずからその仕事につくのではないかと思われるまでになった。言うまでもなく、そのころには、あたしは彼女のやり方がわかっていた。

とにもかくにも……そんなふうに、あたしたちは日常からのがれたのだった！　一キロ離れるごとに、吸いこむ空気が軽くなるのを感じた。ニューヨークはみずからの出す汁でぐつぐつ煮えたぎる大きな圧力鍋さながらだった。ルーフをはずした2ドア車に乗り、猛スピードによって巻き起こる強い風を間断なく顔に受けながら、あたしはその街の夏の残忍な仕打ちをいくつも数えあげた。灰色のアスファルトから発散され、空気をけだるく揺らめかせる灼熱《しゃくねつ》。ねっとりとして腐臭を発し、青光りさえするようになって無数の蚊を発生させている、セントラルパークの淀《よど》んだ池。地下鉄の通風口の格子という格子越しに吹きあがってくる、熱気を含んだ汚い空気。ああ、それに、建設現場から押し寄せてくる大きな騒音が、どれほどいっそう空気をかき乱して暑苦しく感じられることか！　いったいどうしてあたしたち近代の人間は、こんなふうに生きるとの契約に署名してしまったのか、理解できなかった。

主要道路から出て、海辺の小さな村をいくつか抜けたあとで、株式仲買人はようやくブレーキのペダルにも足が届くことを証明し、やや乱暴にブレーキをかけながら、途方もなく大きな屋敷の長い私道へと入った。2ドア車のタイヤが砂利道を走ると、カキの殻が踏みつぶされたり飛び散ったりした。私道の両側には、自動車が数珠《じゅず》つなぎに並んでいた。駐車してある何台かのリムジンには、暑さのせいで顔に汗をしたたらせている運転手がまだいたし、あちこちの自動車の前の座席には開いた新聞がはためいているのが見えた。

あたしたちの自動車は私道のいちばん奥にある噴水めざして走っていった。株式仲買人はそこをひとまわりしたあと、ゆとりのあるスペースがないとわかり、低木の植えこみの脇のかなり狭い場所を見つけた。その2ドア車の長さからして、入れるかどうかという空間だったけど。ぶつぶつ文句を言い、息を切らしながらも、なんとかうまくハンドルを操作して、そのにわか運転手は2ドア車を空間に押しこめ、エンジンを切った。エンジン音が消えたとたん、屋敷の裏手あたりから音楽や笑い声が聞こえてきた。ガーデン・パーティーらしき催しが行なわれているのだろうと察せられた。

「まあ、ちょうどいいときに着いたこと！　あと一分でも長く車のなかにいたら、気が変になってしまうところだったわ」オダリーはそう言ってなにげなく帽子に手をやり、ここまでの道中なぜか少しもずれてない粋《いき》なクローシュ帽をちゃんと直すようなしぐさをした。あたしはあたりを見まわし、ここはどこだろうと思った。

屋敷そのものは威風堂々とした二階建てのダッチコロニアル様式（アメリカがオランダの植民地だったころの建築様式）で、切妻《きりつま》屋根が大きくなだらかな傾斜を成していた。屋敷のいちばん高いところには、灯台を模した小さな建物と、そのまわりを取り囲む柵つきのテラスがあって、三階建てふうになっている。屋敷全体は輝くばかりに真っ白で、信じられないほど汚れひとつなく、一瞬だけペンキの乾くにおいがするような錯覚に陥《おちい》った。だれもあたしたちを迎えに出てこなかったけど、玄関のドアは広くあいており、これからも客が大勢訪れるのだろうとわかった。玄関の奥の暗がりに目を凝らすと、ずっと先にある裏手のドアまで見えた。そのドアも同じようにあけっぱなしになっていて、緑鮮やかな芝生と光り輝く青い海を囲む額縁《がくぶち》の役割を果たしていた。そのことを伝えようと振り向いたときには、オダリーは早くもあたしの少し前を歩きかけていた。２ドア車から降りるとすぐ、彼女は屋敷の開いたドアのほうへ向かいはじめていたのだ。

「乗せてきてくださって、どうもありがとう、エドウィン」

「トランクからお荷物を出しますか？」エドウィンが尋ねた。道中ずっとオダリーの注目を浴び続けた彼は、自尊心がたっぷり満たされ、いまもって陽気にはしゃいでいた。

「あら、いまじゃなくてけっこうよ」オダリーはその申し出をはねつけた。エドウィンの自信にふくらんだ胸がややしぼんだ。「あとでどなたかに運んでもらうつもりですの。わたしたちが……泊めてもらえることになったら」

オダリーのこの最後の言葉に妙な違和感を覚えたあたしは、自分たちが正式に招待されているのかどうか疑問に思い、ある考えが湧き起こってかすかな不安に襲われた――もしかしてあたしたちはきわめて無作法な食客、押しかけ客かもしれないと。車のドアを閉めたりなんだりしていたエドウィンは、乗せてきた相手が明らかにさっさとその場を離れようとしていることに気づき、そんな展開にすっかり気を悪くしたのを隠そうともせずにあとを追ってきた。「あとであなたを見つけるにはどうしたらいいんですかね？」彼はつっけんどんに尋ねた。

「あら」オダリーはささやくように答えた。「こちらからあなたを見つけますわ。わたし、パーティーで人を見つける名人なんですの」この最後の言葉に嘘偽りはなかったけど、彼女がその能力を使ってエドウィンを見つけることでそれを証明するかどうかは疑問だった。彼も同じくそう疑ったとみえ、オダリーにあからさまな仏頂面を向けた。オダリーは頭を振って、つやつやの黒い断髪《ボブ》を陽射しにきらめかせながら揺らすと、くすくす笑いながら気の乗らない冗談を言った。「どうしても見つからなかったら、プードルを借りて狩猟パーティーを開いて、照明弾を打ちあげますわ」彼女は気もそぞろな笑い声をあげ、あたしと腕を組んだ。あたしは開いたドアのほうへ急に引っ張られていくのを感じ、エドウィンの不満げな声はパーティーのにぎやかな音にかき消されていった。

　午前中ずっと、ルーフをはずした2ドア車に乗り、太陽に照りつけられていたので、屋敷内のほの明かりに目が慣れるのにはしばらくかかった。あたしは本能的にオダリーのすぐ後ろについて、室内にいるたくさんの暗い影のあいだをぎこちなく歩いていった。

　それは間違いなく、あたしが慣れてきていたもぐり酒場の雑多な集まりとは比べものにならないほど、上品なパーティーだった。グランドピアノの近くへ行くと、そこでは酔った女が両手の人さし指で〝チョップスティックス〟を弾いているのではなく、雇われたピアニストがきちんと腰かけて優雅なドビュッシーの曲を弾いていた。壁の多くには金縁の鏡がかかっており、濃い青と金色の紋織りの壁紙によって、その豪華さがいっそう引き立っていた。炉棚には、すっきりした色あいの紺と白で花が描かれた東洋ふうの壺が並んでいる。給仕たちが頭上にかざすシャンパン・グラスののったトレイは、黄金色の雲さながらに部屋を漂い、のせているグラスの数を変えていく。パーティーに集っている人々が話す言葉の抑揚ですら、もぐり酒場で出会う人たちのそれとは異なって聞こえた。ここでは、子音は顎を引き締めてはっきり発音するものの、母音はラテン語に近い軽快な響きがある。

あたしが知っている顔はひとつもなかった。そう、ニューヨークでのオダリーのふだんの生活のなかで知った顔は、まったく。室内の女性たちは運動で磨きあげた健康的な雰囲気を漂わせ、日に焼けた腕は日々ゴルフコースを歩いていることを示しており、髪は短く切ってあるか、長くてほっそりとしたうなじの上にきっちりとまとめてあった。男性たちはぱりっとしたモーニングスーツ姿か、ポロシャツに粋な仕立てのニッカーボッカーとハイソックスという、もっとスポーティーな格好だ。集まっている人々がみなそれぞれ整った身なりをしているので、あたしはオダリーがどうしても貸してあげると言ってきかなかったかなり高価なドレスを着てたというのに、急に自分がなんだかみすぼらしく垢抜けていないように感じた。

「だめよ」オダリーはあたしがもじもじしてることに気づいて、あたしの手をぽんと叩いた。

「ここでまただれかに会うの？」

「ブリンクリーご夫妻よ、もちろん。マックスにヴェラとおっしゃるの」〝マクシミリアンとヴェラのブリンクリー夫妻〟その名前には聞き覚えがあったけど、だからといってほっとしたわけではなく、その理由はすぐにわかった。ブリンクリーご夫妻はしょっちゅう新聞でその言動が写真とともに報じられている名士だ。押しかけ客かもしれないという先ほどの危惧《きぐ》が舞い戻り、あたしは不意にここでの自分たちの立場に狼狽《ろうばい》した。あたしはそこに立ち止まり、オダリーに腕を伸ばした。

「オダリー……ブリンクリー夫妻と知りあいなの？　あたしたちはここに招待されてるの？」

彼女は肩をすくめ、ハンドバッグのとめ金をパチンとあけて、その奥から封筒を取りだし、どうでもいいようにあたしの顔の前でひらひらさせた。「紹介状は持っているわ。まあ、招待されているようなものよ」

あたしは面食らった。目を丸くしてその手紙を見つめたけど、オダリーはほとんど気づかなかった。あたしを見てなかったからだ。彼女はだれかを探して視線を人々に向け、潜水艦の潜望鏡みたいに周囲にぐるりと首をめぐらせていた。新聞の社交欄で見たことのある、パーティーによく出る人たちを見定めているにちがいなかった。彼女はいつになく緊張していた。ついに身のほど知らずのことをしてしまったのではないかと心配になった。あたしは彼女がまだ握っている手紙に目をやった。彼女が知っているなかで、代々受け継がれた財産をたっぷり持っていたり、社交界における影響力がかなりあったりする人物はだれか、考えてみた。

「それは……あのハンガリーの人から？」

「だれのこと？」オダリーはいまも室内に目を走らせながら、気もそぞろに尋ねた。そして母屋《おもや》をゆっくりと通り抜け、裏庭のほうへ向かった。あたしもあとに続いた。

「あのハンガリーの人よ。ええっと……あなたのおじさんって呼んだほうがいい？」

オダリーが唐突にぴたりと足を止めた。眉を寄せて振り返り、ぱっと燃えあがる怒りのようなものをこめた目をあたしに据えた。あたしは息を呑んだ。でも、怒りは彼女の顔に浮かんだと思うまもなく、たちまち消え去った。オダリーは力を抜いて肩をすくめ、頭を振りながら横《おう》柄《へい》そうな笑い声をあげた。

「あら、まあ、まあ、何を言っているの、お馬鹿さんったら！　最近、ギブからそんな作り話を聞かされたのね」オダリーはあたしの手を軽く叩き、あきれたように目をぐるりとまわした。あたしは自分がいかにだまされやすいかに気づき、恥ずかしくてたまらなくなった。想像していた、貴族出身で君主主義の、胸板が厚いハンガリー人は、あたしたちが裏口のドアを抜けて真昼の容赦なく照りつけるまばゆいばかりの陽射しのなかへ出るうちに、消えていった。

「あ……あたし……あの、ギブが言ったから――」

「ええ、ギブの言いそうなことなら百も承知よ」オダリーは軽蔑するように、また目をぐるりとまわした。そのあと、あたしの顔に不満げな疑念がきざすのを見て取り、がらりと態度をやわらげて、あたしの手を両手で包んだ。彼女が身を寄せると、スズランの香りが漂ってきた。

「あなたはギブとのつきあいがあまり長くないから知らないでしょうね。でも、彼はとっても想像力が豊かなのよ」

　オダリーの言葉の前半は正しかった。あたしはギブとのつきあいがあまり長くない。でも、後半は……。彼はさして独創性に恵まれているようには見えなかったし、豊かな幅広い想像力を秘めているともおよそ思えなかった。彼がそのハンガリー人の話をひとりで作りあげたなんて、ありえない。逆に、オダリーは生気あふれる想像力の持ち主だ。あたしがわけなく鵜《う》呑《の》みにしてしまった、あのハンガリー人に関する話は、ギブの口から語られたとはいえ、実際にはオダリーの創造力の賜物《たまもの》にほぼ間違いない。それに、彼女が先日の夜に話した、すでに亡くなってるヴァイオレットというやさしいお姉さんの話！　手首にブレスレットをはめてもらったとき、あたしはオダリーにもらった高価な贈り物に心から感動したものの、彼女のしぐさはそれに伴う話のもっともらしさを高める役にはさほど立っていなかった。

ころころと変わるオダリーの話の内容が結局は何を意味するのか、そのときはまだわかっていなかった。奇妙なことに、彼女はごまかしてばかりいるというのに、あたしの目にはそれが心地いい魅力に映った。ヘレンが人をだましたり大げさな効果を出そうとしたりして作り話をしても、あたしはなんとも思わなかった。恥ずかしながら認めると、ヘレンが嘘を見破られて偽りだと露呈し、ショックを受けてくやしがるさまを、こっそりと、ときにはあえて隠そうともせず楽しんでいた。そんな事態になったときには、まぎれもない喜びを感じたものだ。

でも、オダリーに対してはそうではなかった。このふたりの女性になぜそれほど異なる感情をいだくのか、あたしがちゃんと理解していたかどうかは定かじゃない。どっちも嘘つきであることはわかっていた。そして今日《こんにち》にいたってすら、そのことでしばしば頭を悩ませている。おそらく、ヘレンはけっこう必死に嘘をつくため、ついばれてしまうので、あたしはヘレンのことがあまり好きじゃなかったのだろう。そこへいくと、オダリーは嘘に関してちょっとした名人と言ってもいいほどだった。オダリーが嘘をつくのは楽しむためであって、自分の嘘をみずからひと言も信じてないという事実を隠そうともしなかった。ヘレンは他人の目を通じて自分自身を見たいという哀れな理由から嘘をついた。自分の嘘の大部分は事実だと信じこんでると思う。だから、ヘレンはオダリーに比べると見さげ果てた存在だというわけ。

あたしの主治医によると、弱者をより厳しい目で見るのは、人間の動物的本能らしい。生存とは、そういった弱い者たちを除外することによって成り立っているからだ。あたしには〝高度に発達した動物特有の傾向〟があると、主治医は言っている。その言い方からすると、それは褒《ほ》め言葉じゃない。彼はほかにもあたしについて同じような好意的じゃない意見を持っていた。いつもそのすべてをあたしに面と向かって言うわけじゃないけど。彼はつねに小さなクリップボードにメモを書いており、あたしは気づかないふりをしてるんだけど、この前、身を乗りだしてこっそりのぞいたら、〝極端に残酷な傾向〟という言葉があたしの名前の横に青い万年筆で書いてあった。主治医があたしのことに熱心ではないと、以前は文句を言ってきたけど、いまあたしがいるような施設にいたら、医者はちゃんと調査してくれようとはしない。それはつまり、医者に対する施設の患者の評価など、あまり重く見られないからだ。

いけない！　またまた話題がそれてしまった。さっきの問題の核心は、嘘をつく相手に対する扱い方が、ふたりの女性では基本的に異なっているという点にある。ヘレンの嘘は、相手が賛同し、協力し、愚かなふるまいをすることを要求した。彼女の虚言癖は間違いなく無礼な迷惑だった。オダリーは人がときにだまされたいと思うことを理解していた。自分の世界を他人に押しつける必要はなかったし、相手がいてもいなくても嘘を作りあげたことだろう。とにかく、彼女はいかにもさりげなく嘘の世界に相手を引きこみ、なぜか――たとえその嘘がお粗末であっても——相手はその世界につい入りこみたくなってしまうのだ。抗《あらが》いがたい好奇心からにせよ。おまけに、彼女は自分の虚偽を信じたと無理やり相手に言わせないよう、心得てもいた。それは要求しすぎということになる。そこまで強要すると、注意深くゆったりと放っておいた糸を相手が引っ張り、結局のところほどけてしまう危険がある。オダリーがこの単純な事実をわきまえていることが、大きな差を生んでいた。

ちょうどそのとき、あたしはオダリーに見つめられているのを感じた。ひたいに垂れた前髪が、海からの心なごむやさしくものうげなそよ風に吹かれ、黒い眉のあたりでひらひらとなびいた。「ねえ、ギブのつまらない話など忘れてしまいましょうよ。楽しまなくては」彼女はきっぱりそう言うと、シャンパンのトレイを持って行ったり来たりしている給仕のほうへあたしを引っ張っていった。「上品な人たちみたいに飲み物を飲んで、ここのご主人を探しにいくというのはどう?」

あたしはうなずき、ふたりで庭を進んでいった。オダリーはまだあたしの手を握っていた。正直、あたしは抑えがたい誇らしさを感じていた。人々に見られ、あたしたちがそんなにも仲のいい親友であると思われることに。こんなに美しくだれにでも好かれる友だちがいると思われるのが、好きだったから。なかには、きれいな友だちの隣に立ちたがらない女性もいる。比べられて、よけいにさえなく見えてしまうと思って。実際、まさしくその理由から、ヘレンが親しくなるのを拒んでいた店員が何人かいた。でも、あたしはオダリーの隣に立つことで自分の価値が上がると、いつも感じていた。傑出した人間に惹かれるのは傑出した人間だけだというなら、あたしの凡庸《ぼんよう》さが少し消え去ってくれる気がして。

　街の耐えられないほど暑い日は、いまあたしたちがいる海辺の庭では、気温は高いものの気持ちよく晴れた日へと変わっていた。あたしはあたりに目をやり、なじみはないけど実りの多そうな土地をたまたま見つけた移住者さながら、周囲を眺めた。広い石造りのテラスにはペルシャ絨毯《じゅうたん》が敷かれ、君主を迎えるにふさわしいほど整然とした見事な列を成してテーブルが並んでいた。白いテーブルクロスが海風にはためいている。葉のない木の枝という枝には色鮮やかなカンテラが下がり、それが風を受けてにぎやかに揺れているさまは、夕暮れになって火が入り夜更けまで続く宴を照らすのが待ちきれないかのようだ。アポロとアフロディーテの石像のあいだでは、緑の小山の上で弦楽四重奏団が曲を奏でていた。裏庭の芝生は、屋敷から離れるにしたがって広がりつつなだらかな坂となり、やがては海につながる。緑におおわれた岸が唇に似た曲線を描き、細かな白い砂へと続いていた。遠くの濃いサファイア色の海では、二隻のヨットがのんびりと位置を変えながら、水平線あたりを滑るように走っている。あたしたちは、ハイヒールのかかとが芝生にめりこむため、声をあげて笑いながら、危なっかしげにあちこちへ庭を走った。

　芝生の向こうから手でひさしを作ってこちらを細目で見ている青年がいることに、あたしは気づいた。青年は手を振らなかったけど、楽しげに芝生の上をよろけつつ歩きまわるあたしたちを目で追い、やがては体もこちらに向けた。最初はなんとも思わなかった。オダリーはどこへ行っても注目を浴びることが多いからだ。でも、三十分ほどたつと、その青年の興味の対象はあたしたちふたりであることが明らかになった。青年は古い知りあいかどうかを見定めようとしているかのような、集中していながらも気もそぞろな表情を浮かべていて、あたしは彼がすでにオダリーのことを知っているのではないかと思った。おそらく、あたしがまだ聞いていない生い立ちの彼女を。そのうち、彼は近づいてきた。

近づくにつれて、あたしは彼がかなり若いことに気づいた。大学生になったばかりといった雰囲気だ。私立の進学校を出て一、二年というところにちがいない。背が低いというわけではないものの、小柄でひょろりとしており、頭が非常に小さく、首が細い。そんな体に、いまのようにきちんとしたスーツを着ていると、父親の服を着こんで遊んでいる男の子ででもあるかのようで、仮装かと思えるほどだ。ふと〝人形のような〟という言葉が頭に浮かんだ。肌は青白く、赤ちゃんみたいにすべすべしてるけど、顎にひどく怒っているように見えるピンクの傷がふたつあって、頬が白くてなめらかなだけに、その傷がよけいに鮮やかさを増していた。目は青く澄んで、それを取り囲むまつげはかなりまばらだ。髪はうんと明るい茶色で、少し多めの陽射しを浴びれば金髪と呼んでもいいくらいだった。

「あの、こんにちは。もしかして以前お会いしたことがありますか？」彼は近づきながら、親しげに声をかけてきた。驚いたことに、その声は深みのある低音《バス》で、なぜかこの青年に合っていると感じた。彼は奇妙な表情を浮かべていた。なかば笑っているような、恥ずかしげな表情を。芝生を横切ってこちらへ向かいながら、何かに緊張しているかに見えた。オダリーは近づいてくる青年をもっとよく見ようと振り返り、はたとその場に凍りついた。ほんのつかのま、彼女は無声映画のスターででもあるかのように、開いた口に両手をあてて、悲鳴を押し殺そうとするしぐさをした。けれど、それは単にたじろいだだけかもしれないし、くしゃみかしゃっくりのようなものをしただけかもしれなかった。一瞬のしぐさだったので、そんなことがあったかどうかすら定かではないほどだった。気がつくと、彼女はいつもと同じくすっかり落ち着いた態度で、やってきた相手に微笑んでいた。その猫のような無表情な目からは、何も読み取れなかった。

「初めまして」オダリーは愛想のいい声で言ったものの、その声には相手への興味の響きがまったくなかった。彼女は形ばかり片手をさしだした。

「ああ」青年はさしだされた手を見ながら、これはなんだといぶかるように口ごもった。いままで握手をしたことも見たこともなく、なぜオダリーが片手をさしだしているのか理解できないという風情《ふぜい》だった。「テディです」と彼は言った。オダリーは自分から彼の手をつかんでしっかり握ると、勢いよく振った。

「そう。お会いできてうれしいわ、テディ」

「テディ・トリコットです」彼は手を胸に置き、苗字をとくに強調して言った。あたしたちがその言葉を理解するのを確かめるように。

「オダリー・ラザールです」オダリーは気取った笑みを浮かべ、彼のしぐさを真似して言った。それを聞いた青年は目をまん丸に見開き、ぐいと手を引っこめた。

「まさか！」彼は大きな声をあげた。「いえ——ぼくはてっきり……そんな……まさか！」

「ローズです」あたしはなんとなく気まずくまだるっこしい会話を弾ませたいと、口を出した。そのときまであたしの存在にはとくに注意を払っていなかったテディは、急にあたしがいることを認識したらしく、目を大きく開いたまま、あたしのほうを向いた。

「ああ、そうですか」彼は正気に返ろうとするかのように身を震わせた。「すみません——はい、なるほど、よろしく」彼が片手をさしだしたので、あたしは指先でほんのわずかだけその手に触れた。彼はあたしの指から手を離すとすぐにまたオダリーのほうを向き、丸くした目でふたたび彼女を見つめた。

「申しわけありません」と彼は言った。「ずいぶん似ていたものですから——」

「よく間違われるんです」オダリーは謝るまでもないとばかり、手首をこともなげに振った。あたしはテディがオダリーと間違ってどの若手女優の名前を言おうとしてたのだろうと思った。オダリーも認めるそっくりな女優は何人かいた。少なくともいまは、その青年の奇妙なふるまいが以前より少しは納得できてきた。オダリーはふたたび微笑んだが、その笑みがうわべだけになっていることは隠せなかった。あたしには、彼女が目の前に立っている青年にもう関心がないので立ち去ろうとしているのがわかった。「ああ——テディ、こちらの当主ご夫妻がどこにいらっしゃるか、ご存じじゃないかしら?」

「ブリンクリーご夫妻のことですか?」

「ええ、もちろん」

「ああ、それなら知っていますよ! ご案内しましょう」映画スターと見間違えたことによる動揺をまだ少し残しつつ、彼は石造りのテラスのほうへ歩いていった。オダリーはためらった。青年についていくことを少し躊躇《ちゅうちょ》してるのだろうと、あたしは感じた。そのあと、彼女は目的を定めたように肩を上げ、足取り軽く落ち着いた様子で歩きはじめた。

「ブリンクリーご夫妻とはどんなお知りあいなの？　ご親戚？」オダリーの声には妙な響きがあった。大好きなバラエティショーの喜劇の台詞《せりふ》を暗唱しているヘレンを思い起こさせるような。

「ぼくですか？　いえいえ。でも、きわめて親しくおつきあいさせていただいていると思いますよ。あのおふたりのことは大好きなんです。いつもそれはそれは親切にしてくれまして。息子さんのフェリックスはよく週末に、街にある家へぼくを連れていってくれたものです。ホチキス校でいっしょだったころに」

「まあ、それはとてもすてきなお友だちね」オダリーはいつもどおりうわの空で話を聞くようになっていた。

「そうなんですよ」テディは心からうなずいた。「ニューポートまで電車で行くのはときに面倒なこともありましたけど、学校から離れてどこかへ行けるのは楽しいですから」テディはそこでためらい、横目でオダリーを見た。「あの――ニューポートですごしたことはありますか？」

オダリーは表情をこわばらせた。「いいえ、とくには」と曖昧《あいまい》な返事をした。

「ああ、それはなんとも残念です」とテディは言った。なだらかな芝生を上りながら、オダリーにこっそりと探るような目をまだ向けていた。屋敷に着いたあたしたちは、テディのあとについていくつかの客間を通り、黒い羽目板のある部屋へ入っていった。そこには何人かが円を描いて立ち、石造りの暖炉の上にかかっている油絵を口々に褒めていた。鉛枠《なまりわく》でひし形模様が描かれたガラス窓は、海からのそよ風を入れようと開かれていたけど、それでも空気はかなり蒸し暑く、あたしはたちまち閉所恐怖症に襲われた。

「ええ、そうなんですのよ」夏らしいライラック色のロングドレス姿の女性が、絵のほうへ手を振りながら言っていた。「なぜでしょうね、わたくしがこの女性に似ているとほとんどのみなさまがおっしゃるんです。ですけれど、たとえそうだとしても、まったくの偶然なんですの。こちらはみなマックスの親族なのですからね」

話をしている女性をしげしげと眺めているうちに、あたしはようやく気がついた。この人はヴェラ・ブリンクリーだと。その顔に見覚えがあった。彼女はよく美人だと評されるたぐいの女性だった。髪を丁寧にウェーブさせて後ろへ流し、高い頬骨とそのすぐ下のへこんだ部分にできる微妙な陰を際立たせていた。顎の長さをのぞけば、完璧な美しさだっただろうけど、顎がやや長く、わずかに角張りすぎていて、なんとなく馬の顔のような印象を与えた。体はほっそりとしていて、しみが多く、腰のラインが当世ふうにすっきりしており、年齢は推測できなかった。顔からすると三十代後半か四十代になったばかりといったところでも、首を見るとそれより十歳は年上かと思われた。

「ミセス・ブリンクリー？」テディが彼女の肩を控えめに軽く叩いた。その女性が振り向いた。

「まあ、驚いたこと、テディじゃないの。もう高校生ではないのね。すっかり大学生らしくなって。ヴェラと呼んでちょうだい」テディはうなずいたものの、顔を赤らめた。

「当主ご夫妻をお探しのご婦人方がこちらにいらっしゃるのですが」

「あら！　よろしくてよ。マックス！　いらしてくださいな。テディがお客さまを連れてきてくださったわ」片眼鏡をかけてモーニングを着た格段に立派な身なりの男性が、ちょうど銀行家たちのためにあけた葉巻の箱を手に、顔を上げた。ヴェラ・ブリンクリーと同じように、マックス・ブリンクリーも若さと円熟味が奇妙に交じりあっていた。体はかなり細いものの、顔は氷河湖のように穏やかで肉づきがよく、頬は残念なことにほんのわずかながら顎の両脇に垂れ下がっている。しし鼻がかもしだしている若い雰囲気は、盛りあがった左頬にちょこんとのっている片眼鏡のせいで、すっかり帳消しになっていた。二十九歳とも五十九歳とも考えられるけど、そのあいだのどんな年齢でもないかのようだ。部屋を横切りながら、問いたげにオダリーからあたしに目を向けたあと、オダリーへ戻した。

「ミスター・ブリンクリー、そしてミセス・ブリンクリー」テディはそう呼びかけたあと、ミセス・ブリンクリーからの鋭い視線を受けて、即座に言い方を変えた。「ええっと、マックスとヴェラ、こちらは……」そこで、はっと言葉を切った。先ほど自己紹介をしたばかりだというのに、もう彼はあたしたちの名前をすっかり忘れていたのだ。

「ローズ・ベイカーとオダリー・ラザールと申します」オダリーがすばやく補った。

「そう――ローズ・ベイカーとオダリー・ラザールです」テディは名前とともにあたしたちを

それぞれ手で示しながら繰り返した。まずはあたしを、次にオダリーをさしたところをみると、どうやらどちらがだれかは難なく区別できているようだった。

「いけない！　忘れるところでしたわ」オダリーはそう付け足しながら、人を惹きつけるとっておきの笑みを浮かべた。「こちらをごらんください」彼女が紹介状を渡すと、マックス・ブリンクリーはそれを受け取り、片眼鏡をしたほうへ持ちあげた。口の両端をゆがめながら、それを読む。

「おお――なるほど、なるほど」手紙を最後まで読み終わると、マックス・ブリンクリーは愛想よく言った。「いつも妻に話しとるのですよ、ペンブロークの友人はわたしたちの友人だとね！」この台詞は笑いのツボらしく、彼は大きな声をあげて笑った。その細い体から出るにしては、妙に野太い高笑いだった。それを機に、あたしたちは目に見えない境界線をちょうど越えたのだと感じた。ドミノが次々と倒れていくように、より打ち解けた歓迎の雰囲気が広がった。ヴェラが笑い、オダリーが笑い、テディが笑い、ついにはあたしもつられて笑っていた。今日にいたってすら、何がそんなに面白かったのかまだちゃんと理解できてないけど。ミスター・ブリンクリーは手紙をざっとたたんで、上着の内ポケットに押しこんだ。「気にならなければいいんですが――この週末はほかのお客さまたちがおりましてな。ちょっとしたパーティーなのですよ、じつのところ」

「お邪魔になるようでしたら、わたしたち……」オダリーはそう口にしたが、それはうわべを取り繕《つくろ》っただけで、遠慮するつもりなどさらさらないとあたしにはぴんときた。

「とんでもない。邪魔になどなりはしませんよ。それに、ペンブロークがあなた方を手厚くもてなしてほしいと思っとるのは明らかですからな。さらには――」そこで彼は言葉を切り、オダリーにウィンクした。「――おそらく、付き添い役もしてほしいとね」オダリーは唇を薄く引き結んで、にこやかな笑みを浮かべた。ミセス・ブリンクリーはほんのかすかではあるけど、床に向かって顔をしかめた。「フェルトンにあなた方のお荷物を取りにいかせましょうな」ミスター・ブリンクリーは続けた。「お荷物を上へ運び、あなた方のお部屋へご案内させますよ。フェルトン！」

数分とたたないうちに、あたしたちは上階にある陽射しいっぱいの豪華な部屋にめでたく落ち着いた。オダリーが化粧台の前に座って、つややかな断髪にブラシを入れているあいだ、あたしは窓をあけ、その向こうに広がる海のきらめきを見つめた。いまは昼下がりの傾きかけた太陽に照らされて、やや鈍い光を放っていた。おびただしい人々がいるこの世界のどこかにペンブロークなる人物が実際にいるのだろうとは思ったけど、オダリーがその人の知りあいだと信じるほどあたしは単純じゃなかった。その証拠に、その名前がふたたび口にのぼることはほぼなかった。それはあたしたちが海辺に滞在することを可能にした、重要な鍵となったのだけども。

オダリーが髪をとかし、鏡をぼんやりと眺めているのを見て、あたしは彼女が考えているのはペンブロークのことではなく、ほかのだれかにちがいないと気づいた。卵形の愛らしい顔が、気づかわしげなしかめっ面になっていた。「信じられないわ！　なんて馬鹿げているのかしら」

彼女はぶつぶつひとり言をつぶやいた。「ニューポートの人なんて、ニューポートだけにいればいいのに。夏のあいだここに来る人なんて、いる？　まったく、どうかしているったらないわ！」

あたしはその語気の強さに呆然《ぼうぜん》とし、戸惑ってオダリーを見たけど、彼女は気づかなかった。

「わたしたち、あの男の子から目を離さないようにしなくちゃ」と彼女は小声で言った。

彼女があたしに話しかけているのか、あたしが部屋にまだいることを忘れてしまったのか、よくわからなかった。

「えっ？」

「テディよ」オダリーはなめらかな曲線を描く黒い眉毛の片方に、ぼんやりと指を走らせた。

「厄介の種だわ」彼女の声からは、深い思惑と静かな計算で頭がいっぱいなことがわかったので、突っこんだ問いをするのははばかられた。ドアをノックする音がして、フェルトンがあたしたちの荷物を部屋に運んできた。あたしは疑問を胸におさめ、自分たちのふたつのスーツケースの荷解きにかかった。

16

ブリンクリー夫妻の夏の生活には規則正しいリズムがあった。そのリズムは、おもに午前中ののんびり楽しむスポーツ、午後のガーデン・パーティー、そして夕食としての美味なごちそうに満ちた饗宴によって成り立っており、この饗宴はもっと夜更けてからの一、二曲のワルツまで続くのがつねだった。ミスター・ブリンクリーに職業があったとしても、それが何かをあたしは話せそうにない。確かなことはひとつだけ。どのブリンクリーがそもそも財産を築いたにせよ、それは少なくとも二、三世代前だった。というのも、現在ここに住んでいるブリンクリー夫妻は、いわゆる仕事というさし迫った問題にいっさい悩まされていない様子だからだ。おまけに、この夫妻は財産のおかげでなんでも好きな行動ができていて、その夏のあいだずっと、いかなるときも、めったに——いや、まったく——その土地から離れなかったと言ってもいい。それどころか、彼はニューヨークという小宇宙の回転の中心になっていたし、オダリーもあたしも大喜びでその軌道に乗った。

あたしたちは到着して部屋に案内されたあと、夕食のために着がえて部屋から出た。ちょうど夏の暑い日がようやく終わりを迎えようとしているところで、火ともしごろだった。階下に下りてベランダに出ると、四つのとても長いダイニングテーブルがあって、薄青いテーブルクロスがかかり、白い蠟燭《ろうそく》と白い陶器が用意されていた。それぞれのテーブルの中央には巨大なブタの丸焼きが腹ばいに置かれ、その口には砂糖漬けのリンゴが入れてあった。それぞれの席には名前のカードが添えてあり、オダリーが自分のカードの隣にテディの名前を見てかすかに顔をしかめたのを、あたしはちらりと見たと思う。

テディがやってきてオダリーの隣に腰を下ろしたとき、彼はかすかに戸惑いつつも、してやったりといった笑みを浮かべたので、あたしたちが階下へ来る直前に彼は名前のカードをいくつか取りかえたにちがいないと気づいた。それはとりたてて驚くべきことではないし、あたしは別になんとも思わなかった。オダリーにできるだけ近づくためなら、男性はいつだって策略をめぐらせるから。それより、あたしが驚いたのは、食事中オダリーがテディに背を向け続け、あからさまではないもののずっと体をななめに構えて、会話を避けたことだった。オダリーは彼と目を合わせることすら、いやがっているようだった。そんな姿は見たことがなかった。オダリーはいつも愛想を振りまく人で、取り巻き連中のなかでいちばんさえない相手（その好意はいいように利用されるだけだと絶対に気づかない相手）にだってやさしかった。まださしたる年齢ではなく、社交上の重大な失敗もまだしてない青年に、いったいどんな恨みがあるのかと、あたしは首をひねるしかなかった。あたしたちがテディについてわかってるのは、彼がオダリーを映画スターと間違えたこと（侮辱とはほど遠い）、ニューポートからやってきたこと、以前ホチキス校にいたことで、どれもその夜、オダリーが体をねじって彼に背を向けて座り、仲よくなってから例がないほどあたしとの会話に夢中になって、彼をまったく無視する理由にはならなかった。

夕食のあと、テディはダンス用の舞台のほうへ彼女を追っていった。そこではカップルが早くも手を取りあい、足取り軽く優雅に円を描いて動きまわっていた。彼はオダリーと踊れるチャンスをつかめると思ったにちがいない。ただ、そうだとしても、踊る予定の相手をあふれるほど見つけるオダリーの才能を、彼はかなり見くびっていた。彼女は新たな相手を見つける段になるたび、決して失礼にはならないようにしつつも、つねに彼から離れ、うまくテディの申し出からのがれた。なので、その夜のほとんどをテディは舞台の片側に立ち、ハイウエストの白いスーツの上着のポケットに両手を所在なげに突っこんで、ただ傍観してすごした。ダンスをするカップルの流れは彼の前でくるくると渦を巻き、実際の海の流れは彼の背後の暗闇のなかで引いては寄せていた。一度、彼はベランダを横切ってあたしのほうへ向かってきた。間違ってるかもしれないけど、あたしにダンスを申しこみにきたんだと思う。ところが、彼があたしの前へ着く直前に、オダリーが突然あたしのそばにやってきた。彼女の歌うような笑い声があたりに響くと、並みいる紳士たちが次々と腰をかがめ、彼女の手にキスをするしぐさをした。すっかり遅い時間になってしまってごめんなさいと、オダリーが謝るのが聞こえたかと思うと、腕に彼女の手が軽くかかるのを感じた。わけがわからないうちに、あたしはオダリーと二階のあてがわれた部屋にいて、ベッドの上掛けを折り返し、ネグリジェに着がえていた。

「寂しいおばあさんたちみたいに早く引きあげてしまって、ごめんなさいね」オダリーはベッドに横たわり、早くも目をつぶってつぶやいた。「もう一秒だって耐えられなかったと思うわ。あのあとワルツが演奏されていたら、気の毒な男性の腕のなかでうとうとしていたんじゃないかしら」彼女はベッドのこちらのほうへ手を伸ばし、あたしの手を握った。

「そんなこと、いいのよ」とあたしは言い、そのとおりだと気づいた。たまに、彼女がパーティーにあたしを残していなくなり、あたしは早めに帰って寝ることがあって——いつも、ひとりで——それはとてもいやだった。でも、オダリーと肩を並べて早めに帰るのは、ちっとも気にならなかった。

翌朝、目が覚めると、ベッドのあたしの隣が空《から》っぽだった。何をしているにせよ、オダリーはメモを残してなかった。あたしは起きあがり、顔を洗って、朝食をとりに階下のベランダへ出た。ブリンクリー夫妻のほかの客たちに自己紹介をするのがなんとも恥ずかしかったので、朝刊を持ってきてくれるよう執事に頼んだあと、新聞の見出しを読むのに没頭してるふりをした。というか、ふりをしたのは、思わずある記事に目が釘《くぎ》づけになるまでだった。

最初、あたしがはっとして、コーヒーカップをテーブルと口とのあいだで宙に浮かせたのは、ヴィタッリ氏の写真だった。色の薄い突き刺すような目は相変わらずなんの感情もなく冷ややかだけど、いまは自己中心的そうな唇の両端がやや垂れ下がり、口ひげは手入れがされてない。〝ヴィタッリ、有罪。電気椅子の可能性〟と写真の上に見出しがあった。〝やっぱり〟とあたしは思った。〝結局、正義はこの世にあるのよ〟と。しかも、電気椅子とは！　自分が正義の女神に手を貸したことに良心のとがめを感じたときがあったとすれば、それはこのときだっただろう。でも実際には、陪審団がようやく真実にたどり着いたことに、深い満足感を覚えただけだった。その記事を破り取り（ある行には、〝ヴィタッリ氏の訴えによると、自白書は偽造されたものだとのことだが、彼はそれを証明できなかった〟とあった）、持っていこうときれいに折った。それをハンドバッグにそっと入れ、オダリーがそのうち姿を現わしたら見せたいと思った。

あたしは自分の部屋へ戻って待ったものの、十一時半になって、陽射しも暑さもかなり増してきたころには落ち着かなくなった。ブリンクリー家に滞在してる客たちは、戸外でさまざまなスポーツができるようになっていた。備えてある用具類は数えきれないほどだった。テニスコートに出たければ、テニスラケットとテニスウェアがある。ドライバーショットやパットが上手になりたいゴルフ愛好家には、9番アイアンやクリート（ゴルフシューズにつけるスパイク）が。そのほか、バドミントンのセット。クロッケーの木槌《マレット》と色鮮やかなボール。ぴかぴかの銀色に塗られた鉛の重いボールが入っている、小さなレザーの箱も。これはペタンクと呼ばれる、フランス人がよくやる芝生でのゲームに必要なんですよ、と執事が教えてくれた。こうしたスポーツのほとんどをろくに（ゴルフやペタンクについては、まったく何も）知らずに育ってきたので、あたしはそうしたものに手を出すのをやめ、海で泳ぐだけにしようと決めた。水泳はひとりでもできるし、ほかの客たちにおどおどと自己紹介をするわずらわしさに悩まされることもない（オダリーがいないときの自己紹介ほど、いやなものはなかった）。

外はすでにいい陽気になっていたけど、部屋は涼しかったので、その月の初めにロード・アンド・テイラーでオダリーが選んでくれたジャージーの水着に身をよじっておさまると、体が震えた。執事（あたしの水着の裾からのぞいている脚の長さに、片眉を吊りあげた）にタオルを借りたあと、海のほうへと出かけた。

浜辺は二か所あった。ブリンクリー家の土地は、ロングアイランド海峡から外洋に接するところまでずっと広がっていた。美しいものを愛《め》でる人だったら、砂が真っ白で、しょっぱいしぶきを上げて波音をとどろかせている大西洋のほうを選んだだろうけど、あたしはすでに何回も打ち明けてるように、どちらかといえば現実的なので、少し陰気な感じではあるけど波が穏やかな海峡に面しているほうを選んだ。そこに着いたとき、浜辺には自分しかいないことがわかった。ほかには、モーターボートがエンジン音を響かせてたまたま通りかかり、遊覧を楽しむ日焼けした人たちの声が、砕ける波の音に乗って聞こえるだけだった。沖には、遠泳する人のために、水中のなんらかの器具でつねに固定されている浮き台が、海峡の穏やかな潮流に揺らめいていた。

そのころまでには、砂交じりの蒸し暑い風に吹かれた浜辺から熱が発散して気温が上がってきており、あたしは腰まで海水につかって、たとえようもない快感にひたっていた。あたしに女性らしくない特徴があるとすれば、それは恥ずかしげもなく自慢できるけど、しっかり泳げることだ。あたしの泳ぎ方には、生まれつき備わった力強さがあった。

いま、泳げる女性はたくさんいる。ことに、近ごろあちこちで見かける向こう見ずなおてんば娘たちだ。ただ少し前は、泳ぎ方を知ってるのはど田舎の住人か大金持ちぐらいだった。シスターたちのおかげでベッドフォード女子学園に入ったとき、あたしは予想もしなかった特権を手にし、そのひとつとして水泳をきちんと教わったのだ。その学園では何回かある遠足で、女性限定の浜辺へ生徒を連れていった。そこで、あたしたちは波のなかへざぶざぶと入っていき、着せられた裾の長いブルーマー型の水着を重く感じながら、年に一度のこの仕事のためだけに雇われたいつも同じ女性の水泳講師に、ひとりひとり泳ぎ方を見てもらう順番を待つ。その講師はつっけんどんで、肩幅が広く、そばかすだらけの顔をしていた。

あたしは遠泳をする人のための浮き台がゆらゆらしているのを眺めた。そこにはちょっとした飛びこみ台がしつらえてあって、そのてっぺんには小ぶりのオレンジ色の旗がそよ風になびき、まるで励ましの手を振ってくれてるようだった。そこまでほんの数百メートルだと見当をつけ、泳いでいくことにした。胸や首まで海水にひたして、すっと息を吸って体を押しだし、気持ちよく水をかいて泳ぎにかかった。顔を海につけ、力強くクロールを始める。水泳をすると、いつもさわやかな気分になった。水のなかを移動するときに余儀なくさせられる、奇妙な方法。伸ばしては引き寄せる手。苦しくなって思いきり息を吸ったときに、肺のなかへ空気が入りこむ感覚。音で満たされると同時に、まったく音がなくなったように思える世界。そこにはたいてい、妙に活気づいた不安に襲われる一瞬があった。そして、たとえ泳ぎにかなり自信があるとしても、そのときは自分の肺の耐久力や筋力に疑問を抱く。泳ぎはじめてからけっこう時間がたち、いまにも浮き台に着くというころ、あたしにそんな一瞬が訪れた。電気がびびっと走るように、あたしの全身は不安でいっぱいになった。ようやく遠泳用浮き台の厚板に体を乗せたときには、手足はゼリーのようにふにゃふにゃで、全神経は爽快な気分に震えていたけれど、そのすべてがさっと疲労へ変わった。あたしは浮き台に体を引きあげ、死んだ人のように横たわって、さえぎるものが何もない空を見つめた。

浮き台の上にそんなふうに仰向けになって、どのくらい時間がたったのかわからない。胸の上下する動きがだんだんおさまり、もつれた塊《かたまり》となって頭皮にこびりついた髪が乾きはじめ、あたりがしんと静まって穏やかになるくらいの時間がたった。浮き台に揺られてると、ゆりかごに寝かされてるかのように眠気を誘われた。その後、どうやら揺れる速さが増してきているようだと気づいた。首をめぐらせて岸のほうを見ると、浮き台のほうへ泳いでくる人がひとりいた。その男性が水をかき、足を蹴りだして進むにしたがって、その体からさざ波がきらめきながら輪を描いて広がった。男性はクロールの途中でほんのつかのま泳ぎをやめ、水から顔を上げた。笑顔らしきものがぼんやりと見え、そのあとで「おーい!」という元気いっぱいの声がした。

あたしは立ちあがった。あたしが見ているのはテディだった。前の日の午後、ブリンクリー夫妻への紹介を手助けしてくれ、夜にはずっとオダリーを追ったにもかかわらず失敗した、あの青年だ。彼の顔はまた海のなかへ消え、風車のような両腕の動きが再開された。ようやく、テディは浮き台に着き、はしごを見つけた。こんなふうに彼とばったり出くわすとは思ってもいなかった。彼がはしごを上り、疲れた様子でぎこちなく笑いかけるのを見て、つい顔をしかめたにちがいない。彼はあたしが喜んでないことに気づいたらしかった。

「邪魔をしてしまったようだけれど、仕方なかったんだ」彼はあえぎながら、息を整えようとしつつ、未熟な深いバスの声で言った。「休まなくちゃならなかったから。思ったよりもけっこう泳ぎでがあって。途中でやめるわけにはいかないし」そして、どさりと腰を下ろし、水のしたたる体を浮き台の厚板に横たわらせると、やがて、つい先ほどまでのあたしと同じように、ぐったりと寝そべって胸を上下させた。いったん落ち着いてから、彼は首をめぐらせ、太陽に目を細くしてあたしを見た。「いやもう、びっくりだな、きみは泳ぎが得意なんだね」その声には心からの賞賛がこもっており、あたしは思わず得意な気持ちでいっぱいになった。

「まあ、泳ぐのは楽しいわよ、ええ」あたしは笑顔を浮かべず、ごく静かに答えた。立ちあって帰ろうとして、はしごのほうへ行こうか飛びこみ台のほうへ行こうか迷った。もともとは台から飛びこみたいと思ってたけど、いまは人が見ている前でそうするのはためらいがあった。

「ああ、待って――行かないで」テディがあたしの意図を察して言った。目をやると、両眉を上げて口をへの字にして懇願する、世間知らずの若い男の子がそこにいた。自分がなぜ彼からそそくさと逃げようとしてたのか、わからなかった。オダリーはこの青年を嫌う理由をまだ明かしていなかった。なんといっても彼はブリンクリー夫妻にあたしたちを紹介する労をとってくれたのだし、おかげでいかにも押しかけ客らしく見えるのを防いでくれたのに、とあたしは自分を納得させた。「どうかここにいて」彼はいま、あたしにそう言っていた。「ひとりにされたくないんだ」あたしはためらい、彼はそれを見て取った。「それに」と付け加える。「泳いで戻るのはきついと思うんだ。ぼくは頼りになる救助員に助けてもらって、岸まで引き綱で連れていってもらわなくちゃならないかもしれない」そのころまでには、彼のあえぎはすっかりおさまってたので、その言葉は嘘だとわかったけど、結局あたしは浮き台の上に残った。

あたしは両手をついて後ろにもたれ、脚を組んだ。そのあとで、水着の裾を引っ張り、もう少し脚を隠そうと役にも立たない努力をした。ほんのしばらく気まずい沈黙が続き、テディの髪からしたたる水がその下の厚板に小さな水たまりとなって落ちる音だけが、ときどき聞こえた。あたしはちょっとしたおしゃべりをする助けになってくれそうな話題を選ぼうと、彼について知ってることを頭のなかで思い起こした。

「それで――あなたはニューポート出身なの？」

なぜかこの質問は神経を突き刺したらしい。テディは目をおおってから、急にあたしのことを新たに値踏みするかのように、いたって真面目な顔を向けてきた。「そうだけど。きみはよく知っているのかい……その町を？」

「ううん――全然。そういうわけじゃないわ」

彼はしばしあたしの顔を探るように見続けてたけど、そのあとで――どうやら期待してたものが見つからずに――ため息をついた。「それはもうすばらしい町なんだよ。由緒ある家のいい人たちがたくさんいてね」そこで顎を太陽のほうへ向け、目を閉じた。あたしは思いきってすばやく彼をためつすがめつした。それまで水着姿の男性を見たことはなく、テディは男性というよりも男の子だと本能ではわかってたものの、じつは興味があったのだ。水着の調節可能な肩紐がかかってる肩はか細く、あばら骨から脚まではひょろりとしていた。彼がひたいにつかのましわを寄せ、居心地悪そうに身じろぎしたので、見られてるのを感じたのかもしれないと、一瞬おろおろして視線をそらした。でもすぐに、テディは親しげな低い声でニューポートの簡単な説明を続けた。「あるのは大きな屋敷ばかり。これといった犯罪はいっさいなくて」モーターボートのバタバタというエンジン音が近づいてきたかと思うまもなく、音は遠くへと去っていった。テディは目を開き、ふと思いついたとでもいうように、にわかに体を起こした。

全身が緊張にこわばっていた。彼が何かとても重大なことを話したがっており、ちょうどその機会をとらえたのだとわかった。ただ、それをはっきり口に出しはしないだろうとも察しがついた。

「そう、言ったとおり、犯罪はいっさいない。でも、けっこう深刻な……事件がなかったわけじゃないんだ」彼はいまいたって真剣な目であたしを見ていた。その瞳の光が、太陽の陽射し顔負けに、あたしの顔に降り注ぐのが感じられるほどだった。「じつはね」彼はひどくゆっくりと慎重な声で続けた。「町の最近の歴史上いちばん悲劇的なできごとのひとつに巻きこまれたのが、ぼくの従兄《いとこ》と、忘れようにも忘れられない、社交界にデビューしたばかりのある女性なんだよ」

あたしはおしゃべりのこの新たな展開に興味をそそられ、ややまごついたものの、何も言わなかった。なぜだかよくわからなかったけど、まんまと罠にはまったような気がした。でも、テディは話をやめなかった。息を吸いこみ、次を続けた。

「すごい人だったよ、社交界にデビューしたばかりのその女性は。町にはそれまで、あんな女性はひとりとしていなかった――あれからだって、彼女みたいな人は見たことがないってはっきり言える。ぼくがこの目で見たのは一度か二度きりで、それもほとんど通りがかりだったけど、とてもあんな女性は忘れられないよ」彼は賞賛するように低く口笛を吹いたが、笑みは浮かべていなかった。「いつも好奇心にきらきらと輝いている大きな青い目。黒くて長い髪」

そのあと間があり、彼は何かをつい間違ってしまったのではないかという気がした。次に彼が口を開いたとき、その理由がわかった。

「そりゃあ、いまごろはもう短くしているだろうな。髪の毛のことだよ。彼女はそんなタイプなんだ」

不意にぴんとくるものがあって、あたしは脈が速まるのを感じた。背筋がぴんと伸び、知らず知らず体がテディのほうを向いた。ほんの一瞬、彼は達成感を得た表情を浮かべた。自分の言葉に秘めた意味に気づいてもらえたとわかったのだ。彼の話がもっと続くこと、彼があたしにもっと知ってもらいたいことは明らかで、いまや彼は時間をかけてじっくりと物語ることができた。「ぼくの従兄にとっては、あまりいい終わり方じゃなかったんだ」と警告したあとで、残りの話に取りかかった。

言うまでもなく、あたしはそれ以来、その日テディから聞いた話を頭のなかで何度か繰り返してきた。あたしがきっちり正確に伝えられるか、あきれるほどひどくねじ曲げて伝えてしまうかはわからないけど、精いっぱいここに書いてみようと思う。

ジェネブラ・モーリスはボストン出身の裕福な銀行家のひとり娘で、大きな目と漆黒《しっこく》の髪をしていた。父親は母親よりも二十八歳年上で、ジェネブラが五歳のときに退職し、ニューポートの海岸に面した堂々たる大邸宅へ一家そろって引っ越した。そこで父親は大好きな趣味である船の模型作りを楽しみながら、実物の船が東の水平線を通っていくのを窓から眺めた。ジェネブラは十歳になるまでに、ほんの少し顔をしかめるだけで、父親が娘の誕生日祝いに買った、つぶらな瞳の栗毛の雌馬《めうま》を返させ、斑点が特徴のアパルーサ種の乗用馬に代えてもらえることを覚えた。もっと驚くべきは、その翌日に顔をもう一度しかめたら、父親はそのアパルーサ種の馬を返し、元の栗毛の雌馬を二倍の値段で買い直してくれたという。ジェネブラはヴィクトリア時代の伝統にのっとって行き届いた教育を受け、音楽や詩や美術に秀《ひい》で、十五歳になるまでには確実にヴィクトリア時代の伝統をこのうえなく立派に受け継いだ。ただ、不幸なことに母親と仲が悪かったため、十六歳の誕生日、つまり社交界デビューのパーティーが行なわれる日の前日、母親が言った何かに反抗して、ハサミを手にし、夜会服のスカートをなんの躊躇《ちゅうちょ》もなくすっぱりと切ってしまった。母親は、恥ずかしい思いをすればジェネブラが思い知るだろうと考え、ドレスをそのまま着させた。膝までようやく届くくらいの裾のまま。

　ところが母親は、かなり若かったとはいえ、すでにすぎ去った時代の古い人間だったので、大きな誤算をしていた。社交界デビューの夜、ジェネブラは襟元が古代ギリシャふうにゆったりしたドレープになっているドレスをまとって、ハサミで切ってしまった恥ずべき裾のまま、頭を昂然《こうぜん》と掲げて優雅に階段を下りた。並みいる人々のあいだにひそひそ声が広まっていったものの、その夜、彼女は赤い絨毯《じゅうたん》が敷かれた二十二段の短い階段を歩くうちに、脚を広げて馬に乗るおてんば娘から、ギリシャの女神へと変わった。なかでも、炭鉱王の息子で、当時のニューポートでもっとも裕福な家の出だったある青年、ワレン・トリコット・ジュニアは、彼女のしなやかな変身ぶりに目を奪われた。彼はなんとその翌日から自分の銀色のオープンカーにジェネブラを乗せて連れまわし、それはその後ふた夏のあいだ毎日続いた。

もちろん、とテディは言った。自分は従兄よりもだいぶ年下だったと。十一歳では、異性に惹かれる微妙な気持ちが芽生えるほどにはまだ成熟しきっていなかったし、ましてや、そういうことへの関心もさほどなかったけど、そんな年齢であるにもかかわらず、ワレンとジェネブラは特別なわくわくする存在だとみんなに思われているのが理解できた。また、ワレンとジェネブラはなんて自由奔放なすばらしいカップルなんだろうと人々が口にするとき、そこには畏怖に似た響きがあることにも気づいた。テディは一年の大部分を遠くの寄宿学校ですごしたのだけど、ニューポートの家に帰ってくるたび、まず最初に耳にする噂話は、たいてい従兄のワレンと、ワレンがデートで連れ歩いてるうっとりするような若い女性のことだった。ふたりがいっしょに町を車で走ったり、トリコット家のヨットで海に出たりしている姿は、よく見かけられた。つややかに流れるジェネブラの漆黒の長い髪が、町の道路や田舎の裏通りを飛ぶようにすぎ去り、歌うような忘れがたい笑い声を残していくのは、しょっちゅうあることだった。ふたりはいっしょに、あらゆることを喜べるかに見えた。ニューポートに二十年ぶりに訪れた厳しい冬ですら、ふたりの楽しみに水をさすことはできなかった。その年のクリスマス、ワレンは牽引《けんいん》用の小柄なポニーと、金色にペンキが塗られたソリをジェネブラに贈った。そして、ふたりして刺繡《ししゅう》入りのクッションに座り、膝を毛皮で包んで、抑えようもなくくすくす笑いながら、滑り降りるいちばん高い丘を探してまわった。

そのころまでには、戦争が山場を迎えていた。なんらかの障害――テディはその詳細についてよくわからなかったけど、視力が弱いとか扁平足《おうへい》とか――のせいで、ワレンは兵役を免《まぬが》れていた（町には、その障害とはじつはワレンの横柄な母親ではないかと思う者もいた）。とはいえ、何のおかげでフランスの農地のどこかとも知れない塹壕《ざんごう》のなかで死ぬはめにならなかったにせよ、ワレンは肩身の狭い思いをした。一九一八年の春までには、ワレンは自分のクラスメート全員が召集され、新兵訓練所に入るため、南部の州（ケンタッキーやテネシー――テディは正確に思いだせなかった）へ向かう列車に乗るのを見た。彼らはみな、この危機に際して、前もってボストンの軍医のもとを訪れ、馬鹿みたいなふりをしたり咳をしたりぐらいはやったにもかかわらず、壮行会を開かれていた。駅から列車が出ていくたびに、ワレンは少しばかり心を痛めたのだった。

ワレンとジェネブラはいっしょに楽しむ術《すべ》をたくさん知っていたけど、控えめに言っても、ふたりの関係はしばしば険悪にもなった。喧嘩となれば、岩盤を吹き飛ばすために鉄道王が独占しているダイナマイトを、さまざまに破裂させたような激しさだった。とりわけジェネブラは容赦ない言葉を浴びせた。どこを攻撃すればいいか――つまり、相手の急所――と、もっともすばやく効果的に攻撃する方法を、正確につかんでいた。ワレンが彼女の機嫌を損ねたり彼女を怒らせたりしたら、戦争をただ傍観してほかの人間に戦いをさせている男を、世間の人たちがどう考えるものか、間髪をいれずに思いださせた。そんな言い争いを耳にした者たちは、きっとそのせいでワレンはほかの女性たちともつきあうのだろうと推測した。

ほかの女性たちのことなど、ジェネブラは歯牙《しが》にもかけなかった。そうした女性の存在をうすうすは知っていたけど、ワレンが戯《たわむ》れの恋をしに出かける地域はたいてい町の反対側にかぎられていた。それはすなわち、違う社会階級に属し、ジェネブラの社交界デビューのパーティーに出席しなかったばかりか、自分の社交界デビューのパーティーなどありもしない女たちが相手だということだった。だから、ジェネブラは自分こそワレンの（信頼はもとより）愛を受けるにふさわしい唯一の女性だということで、大した不安は感じなかったのだ。それに、ジェネブラも楽しいことが大好きだという事実はよく知られていて、彼女は舞踏会の花でいることに日々努力を怠《おこた》らなかったほどだから、ワレンにはたまに町の反対側で遊んでもらったほうが、自分も遠慮なく大勢の取り巻き連中からちやほやされていられた。ジェネブラに関するかぎり、ワレンの戯れはけっこうなお遊びにすぎず、みじんも深刻な悩みではなかった。次の夏、ワレンから求婚されると、彼女は迷わずに承諾した。結局、ふたりは互いを大事に思っていたのだ。ワレンは婚約指輪を選びにかかった。

そのあとのテディの話は、すべてを変えた。それは、また別の取り返しのつかない事態についてだった。

詳細《ディテール》というのは、妙なものだ。あたしはいまでは犯罪の自白を人並み以上に聞いてるので、それが真実かどうかがわかる。嘘をついてる犯罪者（たいていは男で、女は珍しく、女の場合は話が違ってくるかもしれない）は詳しく語りすぎるか、語る内容を間違えて、いつも化けの皮がはがれる。だから、詳細を述べればうまく相手をだませるかといえば、そうは問屋がおろさないのだ。もし真実を語っているのなら、それは真実なのだから、詳細を正しく伝えることができるだろう。とくに、いっぷう変わった詳細については。その午後、テディはあまり普通でないことを詳しく物語ったのだけど、あたしは彼のでっちあげじゃないと思う。だって人間は、神々がひどく混沌とした状態に対して発揮した豊かな才能に欠けてるんだから。あたしたちはいかにも類別できるような決まりきった型にはまらないものを、思いつけない。それどころか、世界のすべてを型に分け、原因と結果というなんともありきたりのつながりで見て、決まりきったやり方や慣れ親しんだ方法で判断する。神は細部《ディテール》に宿ると言われているのには、ちゃんと理由があるのだ。そして貴重な詳細は無罪を証明し、よこしまな詳細は絞首刑を呼ぶ。

断っておくと、このときあたしはこうした大仰な見解をすべて心に抱いてたわけではなかった。ただ腰を下ろして、テディの残りの話を聞いただけだ。ワレンはボストンの貴金属店へ向かったという。まあ、ジェネブラとワレンの婚約へと話が進むことはすでに予想してたし、そのとおりだった。ワレンは婚約指輪を買っただけでなく、どれほどやさしいかを示そうと、婚約のもうひとつの贈り物としてダイヤモンドのブレスレットを特注した。そのような贅沢も、ワレンのやさしさも、無理を押してのことではなかった。実際、彼は非常にやさしく、町の反対側に住んでるパールという女にも同じブレスレットを作ってやりさえした。その女は、ワレンが単なる婚約者ではなく既婚者だったら、愛人と呼んでもよかったかもしれない。

パールにとって残念なことに、ワレンはそのふたつめのブレスレットを彼女にプレゼントするどころではなくなった。きわめて矛盾する見当違いの誠実さから、ワレンはブレスレットのひとつをまずはジェネブラに贈ることに決めた。そして、そのとおりにした夜に、恐ろしい事故が起こった。

だれに聞いても、それは草の香が漂うさわやかな夏の夜だった。そんな夜によくするように、ワレンとジェネブラは小型のオープンカーを乗りまわしていた。厄介ごとは、ふたりが町から数キロ離れた操車場を横切る道路を走り、列車の線路をいくつか越えたときに持ちあがった。車がエンストし、たいていは貨物列車が夜間に使う線路に、なぜかタイヤがはまってしまったのだ。線路に銀色のオープンカーが横ざまに停まっていると機関士が気づいたときには、もう停車するには遅すぎた。その夜行の貨物列車はかなりの速度で走っており、ニューポートへ入るのにスピードをゆるめる理由などなきに等しかったのだから。

この悲劇によって、全員が死亡したわけではなかった。ジェネブラはすんでのところで車から脱出して助かった。でも、ワレンは——心得違いのことをした気の毒なワレンは——ギアをバックに入れ、タイヤを線路から抜いて大事なオープンカーを守ろうとして亡くなった。町はこの話でもちきりになり、ふたりは酒を飲んでたとか、すべては無鉄砲な嘆かわしい行ないだとかささやかれた。検死官が妻にしゃべったことは、繰り返し噂になった。ワレンの遺体——というか、現場に残されたおぞましいほど気味の悪い物体——からは、ウィスキーと思われるにおいがしたらしいと。ジェネブラがわざとワレンを酔わせたのであり、列車の線路上にいたのもたまたまではないとすら、口にする者もいた。なにしろ、その夜の早いうちに食事をしたレストランで、ふたりは公然と口喧嘩をしていたからだ。怒りを抑えきれずかっとなったジェネブラが、ワレンの顔に飲み物をかけてさえいた。

でも、現場にかけつけた警官にジェネブラが述べたことには、自分はまったくの素面《しらふ》であり、ごく真剣な目をして、ワレンもそうだったと誓った。もちろん、彼女の言葉だけではない。証人がいたのだ――その操車場で夜間勤務にあたっていた転轍手《てんてつしゅ》のひとりである。その転轍手（浅黒い顔に天然痘の痕があまたある長身の男）は一部始終を目撃しており、ジェネブラの話を裏づける証言をした。なんらの過失もなかったし、不当な行ないも何ひとつないのは確かだと。それは珍しくも恐ろしい事故だったと。こうして、一件落着とあいなった。

ここまで話したテディは、重苦しいため息をひとつついた。「町全体が悲しみに包まれたけれど、ぼくの伯母と伯父の悲しみようといったらなかったよ」そこで目をすがめて海峡の対岸を眺め、顔をしかめた。「ふたりはいまもその話をしないよ、何ひとつ。うちの親たちも、ぼくにその話をしないようにしていたっけ。ぼくを守るためだったんだろうね。でも、話してくれていたらよかったのにと思うな。疑問がたくさん残っただけなんだ。その事故すべてに関する疑問と、なんだかひどく落ち着かない気持ちが。だって、ぼくは従兄にものすごくあこがれながら育った――ひとりっ子なので、ワレンはお兄さんみたいだった――のに、あるとき……急にいなくなってしまったんだから。ぼくが新聞の切り抜きを集めたり、町の人たちに事故の詳しい話を聞いたりするようになったのは、もう何年もたってからだよ」テディはなにげない調子でそう言って、髪を手でかきまわし、乾いた毛の塊《かたまり》をほぐした。「あまりにも忘れられない人だったのが幸いしたと思う。彼女が――ジェネブラがね。そのおかげで、みんなが細かいところまで思いだせるんじゃないかな。実際、ついこのあいだ、事故現場にいた警官と話をしたんだけれど、あることを思いだしてくれたんだよ。それまで聞いたことのない、細かい点を」

「それは何?」あたしは尋ねた。思ったよりも強い催促の口調になってしまった。そのときまでに、あたしは話の成りゆきにのめりこんでいたと言ってもよさそうだった。テディはあたしの声の響きにたじろいだ。自分の話に夢中になっていたらしく、あたしがそこにいることを忘れていたのだ。彼は首をめぐらせて、あたしを見た。また彼が口を開いたとき、その素直そうな顔に、それまで垣間見たことのない何かが浮かんでいるのに気づいた。刺すような鋭い何かが。

「その警官は、あの夜のジェネブラについて奇妙なことを思いだしたんだ」とテディは言った。「事故は見るも無残な光景だったからね。そのことを思いだしてじっくり考えたのは、ずっとあとになってからだったそうだよ。なんの意味もないかもしれない。でも……」テディは思いをめぐらせるように間を置き、咳払いをした。「事故の様子を説明したとき、ジェネブラは両手にブレスレットをしていたんだ」

寒気があたしの背筋を走った。あたしの考えは真っ二つに分かれた——半分は、偶然だという主張。もう半分は、それを否定するもので、両者とも平行線をたどっていた。

「彼女はいまどこにいるの? ジェネブラのことだけど」あたしはテディの話が終わってから尋ねた。

「行方不明なんだ」テディは答えた。

「どういうこと?」

「事故のあとまもなく、町を出たんだよ。悲しい事故のせいだと言う者もいれば、かまびすしい噂のせいだと言う者もいる。ただ、彼女を責めるわけじゃないけど、姿の消し方がひどくてね。真夜中に出ていったんだ。どこへ行くかを両親にも告げないで」

「ご両親は……娘さんを……探そうとした?」あたしは喉の奥から消え入りそうな声を出した。

「立派な家は探偵など雇わないものなんだよ」テディは淡々と言った。「少なくとも、ご両親が雇ったと認めている探偵はひとりもいない。雇ったかもしれないけれど、腕が悪かったんだろう。いずれにせよ、何も見つかっていないんだから。でも、ぼくはどうしても彼女と話をしたいんだ。あの夜のことで、腑《ふ》に落ちない点がいろいろあるから。それをすっきりさせたくて。ずっと彼女を探しているんだ……かなり長いあいだ。そんな気持ち、わかってもらえるよね」

彼はあたしのほうを振り返り、意味ありげにいつまでもじっと見つめた。そのころまでに、あたしの体はすっかり乾いていて、すでに日焼けしてきているのが感じられた。少しも寒くはなかったけど、それでもぶるっと震えが走り、急に腕や脚に鳥肌が立った。

自分の名前が呼ばれるのを聞いて、あたしはびくっとした。わずかにがくがくする膝を伸ばして浮き台の上に立ち、目に手をかざすと、岸からオダリーがあたしを呼んでいる姿が見えた。

「あら!」口から大きな声が出た。あたしが浮き台の上にだれといるのか、見えたかどうかはわからないけど、オダリーの呼び声には切羽《せっぱ》つまったものが感じられた。

「失礼するわ」あたしはテディに言った。彼はうなずき、笑みを浮かべた。唇はこわばっていたけど、心得顔で。

「どうぞ」

あたしは飛びこみ台のことをきれいさっぱり忘れて、浮き台から浅く飛びこみ、岸で待っているオダリーのほうへ着々と泳ぎはじめた。このときは太陽に少し焼かれすぎてたせいで、岸から泳いだときよりも海水が冷たく感じられた。泳ぎながら、別の感覚があることにも気づいた。ほんのかすかな脅威が、背後のどこかから発散されていると感じられてならなかったのだ。それはまだ浮き台の上にゆらゆらと漂っていて、そこから放たれているようだった。

17

あたしたちはその午後、テディを避けてすごした。まるで追いかけっこのようだった。あたしたちがあるところにいて、そこへテディがやってくると、オダリーがうまい口実を作って別の場所に移るのだ。オダリーはとりたてて何も言わなかったけど、テディの存在に動揺し、いかにもぴりぴりしてるのは、あたしが見ても明らかだった。彼女がテディといっしょにいるのをあからさまに嫌うので、彼が〝ジェネブラ〟についてした話によって生じた疑惑は消え去るどころではなかった。あたしはよけいなことを口にしなかったけど、その午後ずっと、テディが姿を現わし、あたしたちがしてることに加わろうとして、なんと実際に加わるたび、オダリーがびくびくすることに気づかざるをえなかった。一ラウンドのゴルフ（あたしは初めてやってみたけど、信じられないほど退屈だとわかったころ、テディがやってきた）、芝生でのクロッケー（オダリーがルールを教えてくれて、そのすぐあとに、ごまかし方を伝授してくれた）、さらにはアフタヌーン・ティーにまで、テディは押しかけてきたのだ（ちょっとした秘密をこっそり打ち明けると、このときオダリーはテディに身を寄せて話しかけた。『アフタヌーン・ティーというのは女性が楽しむためのものなのよ。男性じゃなくて』と。テディはオダリーがやっと話しかけたので、びっくり仰天して彼女を見つめた）。テディは頑として言うことを聞かなかった。とはいえ、オダリーはもっと頑として彼を避け、ますます無関心を装おうとした。その午後が終わるころには、その魅惑的なうっとりする笑みこそやや薄らいできたものの、楽しくすごそうとしてたし、それを彼に邪魔させまいとした。というか、そんなふうに見せようと全力をつくすという意志が感じられた。

あたしは逆に、ようやくくつろいで、だいぶ楽しめるようになっていた。オダリーは無理やり陽気にふるまおうとして、あたしに焦点を絞り、あたしについてまだ知らなかったことを急に何もかも次々と知りたがったからだ。その午後、あたしたちはブリンクリー夫妻のほかの客の何人か（ほとんど女性で、あとは奥さんの尻に敷かれたご主人がちらほら）といっしょに、ティーテーブルを囲んで座った。でも、そのティーテーブルにはとても話し上手で愛想のいい客が何人もいるというのに、オダリーは親しげにあたしと向きあい、打ち明け話でもするようなひそひそ声で会話を始めた。そこにいるのは、あたしたちふたりだけだとでもいうように。あたしはオダリーを怪しむ気持ちが増してきていたとはいえ、そんなことの成りゆきに少なからずうれしくなってしまった。子どものころについて次々と質問を浴びせられると、あたしはためらいなく答え、たいていは胸の奥に秘めておく幼少期の話を嬉々として口にしていることに、我ながら驚いた。あたしは孤児院にいるシスターみんなの名前や、そのわりあい高潔なところや、それ以上に多い現世的な欠点をつらつらとあげた。オダリーはといえば、この話に妙なほど興味を示し、それぞれのシスターに関する詳しい情報を心に刻んだ。ベースボールカードの聖人版をひと箱もらったばかりのように。

あたしはベッドフォード女子学園ですごしたころの思い出をいくつか選んで語った——たとえば、校舎中が濡れたウールの靴下そっくりのにおいだったけど、あたしはひそかにそれが好きだったこととか、生徒はみんなおそろいの水色の制服を着なくてはならず、表向きはいやでたまらないという顔をするのがお約束だったものの、あたしはそれもひそかに好きだったことなどを、思いだしながら。さらには、あたしが全校書き方コンテストで最優秀賞をもらい、このおかげで教室の薪《まき》ストーブのいちばん近くに座れたことも、詳しく話した。そこは冬のあいだ、だれもが座りたがる席だったのだ。学校から通りを少し行ったところに男子校があり、あたしが十四歳のとき、ある男子がよく学校の門のそばをうろついて、とても凝った書体であたしの名前が書かれた手紙を門の柵のあいだからさし入れたものだったことも、話して聞かせた。あたしはそういう手紙に何が書いてあるかを開いて見たことがなかった。どうしてかとオダリーに聞かれたので、なかに書かれているものが表書きの凝った書体よりも美しくて完璧であるはずがないからだと答えた。すると、オダリーはなんだか値踏みするような目であたしをしげしげと見つめ、不思議なことにあたしは認めてもらった気がした。

あたしがしゃべっているあいだずっと、オダリーはうっとりするように、あたしのつまらない話に耳を傾けていた。そう、テディがティーテーブルに加わるまでは。テディが腰を下ろしたとたん、オダリーは急にがらりと態度を変え、思いがけないことに、自分の子どものころについて、聞かれもしないままあれこれ話しはじめた。このとき、彼女はカリフォルニアに住んでたということだった。

「カリフォルニアのどちらでしょうか?」テディが丁寧な口調で尋ねた。そのときまでには、テーブルを囲んだ人々はだれもがあたしたちの話に関心を示し、心を奪われたようにじっと聞いていた。話し上手なオダリーのとりこになった人たちは、たいていそうなる。

「サンタフェ(ニューメキシコ州の州都)よ」オダリーは答えた。

「そうですか」とテディ。そこにいる人々は若いころに、指示棒を手にして黒板の前にしかつめらしい顔で立つ地理の教師にさしたる注意を向けなかったことを明かしたくなかったか、オダリーに異を唱えたくなかったのだろう。テーブルについているどの顔も、しわひとつ寄せず落ち着いていた。「それで、どんなわけではるばる西のほうまで行くことになったんです?」テディはさらに尋ねた。

「あら、そこで生まれたのよ」オダリーはにこやかな笑みを浮かべて答えた。テディの全身に驚きの震えが走るのが垣間見えたけど、オダリーはそれを目にしたとしても気にかけなかったか、わざと無視して、自分の思い出話を続けた。

その日は陽射しも風もかなり強かった。話してるあいだ、オダリーの美しくカットされた断《ボ》髪《ブ》が風にまかれ、つややかな髪が顎のあたりで揺れた。黄色と白のストライプ柄のパラソルが頭上でゆらゆらするなか、かっと照りつける陽射しが彼女の高い頬骨に映えていた。ティーテーブルを囲むほかの人々はオダリーの言葉に疑いひとつ抱いてないようだったけど、これに彼女は満足してなかった。テディの顔に浮かんでる疑いの表情らしきものを無視できないらしく、何度か彼のほうに鋭い視線をすばやくちらっと送ったことに、あたしは気づいた。彼女とすごしてしばらくたつので、あたしはそれがどういうことかよくわかっていた。彼女は疑われることに慣れてないのだ。その口の端はゆがんでいた。

ルイーズという女性が場を盛りあげようとして口をはさみ、夫と新婚旅行で訪れたサンタバーバラの海辺の小さな村の話を持ちだしたとき、オダリーは急に失礼しますと言って立ちあがり、その場をあとにした。あたしは彼女が急ぎ足で去っていくのを見て、あとを追いたかったけど、テーブルにいる人たちに失礼にならないよう言いわけをしなければと感じた。

「わたしが話したことのせいかしら？」ルイーズはすっかり戸惑って顔をしかめ、自分が何も悪いことをしてないと認めてくれる人はいないかと、テーブルの周囲の人たちを見まわしながら尋ねた。「どうしましょう……サンタバーバラはロサンゼルスの近くでしょう？　お子さまのころに慣れ親しんだ場所の話をしたら喜んでいただけるかと思って、旅行の話を出しただけですのに……」

あたしはそこから礼を失することなく退出するため、その言葉をきっかけにした。「確か先ほど、頭痛がすると言ってたんです」あたしはそこにいる人たちに説明した。「ちょっと見にいってきますので」そしてオダリーのあとを急ぎ足であわてて追ったものの、背中にテディの視線を痛いほど感じた。

二階のあたしたちの部屋へ入ると、オダリーは断髪が風のせいでもつれてしまったのを腹立たしげにブラッシングして、ふだんのようにすべらかでまっすぐになるようにしていた。あたしはためらった。テディから聞いたことについて尋ねたかったのだ——ともかく、本音としては、そんな話はでたらめだと言ってほしくて。いま仲よくしてくれている女性についてほとんど何も知らないことに、あたしは気づきはじめていた。そういえば、警察署で小耳にはさんだ噂では、オダリーはクララ・ボウと映画で共演し、いっしょにテーブルの上で踊ったという。このカリフォルニアでの話だって、でたらめである可能性は大きいと、あたしは自分に言い聞かせようとした。彼女にまつわる話は、互いに矛盾して打ち消しあわないかぎり、どれも本物らしく思えてしまうので、厄介だった。『もしオダリーがあたしの目を見て確約してくれたら……心の底から、そんなのはでたらめよと言ってくれたら……彼女を信じることに決めよう。いま、このときから』とあたしはつぶやいた。彼女を信じよう。そのほかのことはみんな、どうでもいい。ある状況における真実とは、ときとして明らかな事実以上のことを意味する。それは、あくまでも相手の味方になることを選ぶか否かの問題でもあるのだ。あたしは勇気を振り絞って、咳払いをした。

「テディが言ったんだけど——」

そのとき突然、ブラシが飛んできて、後ろの壁にぶちあたった。飛んできたほうをたどると、怒りを爆発させたオダリーの顔が目に入った。「テディですって！　彼が何を知っているというの！　そんなわけないじゃない！　にきびで顔をいっぱいにした大学生なんかが！　まだおむつも取れていないくせに！」

それまであたしはオダリーが取り乱したところを見たことはなかったし、ましてや癇癪《かんしゃく》を起こしたところなど見たことはなかった。その様子は恐ろしいと同時に美しく、まるで怒り狂った彗星が空から猛スピードで落ちてくるかのようだった。

あたしはそれからの午後ずっと、テディのことを口にしなかった。怖いほどに腹を立てているオダリーと並んで昼寝をしているふりをするよりも、海岸を散歩して午後をすごしたほうがいいと思い、そっと部屋を出た。

夜までに、オダリーはいつもの落ち着きを取り戻したように見えた。午後の昼寝（あたしが手に入れられなかった睡眠を、彼女がたっぷり享受したことは明らかだった）のおかげで元気を回復した彼女は、また頬に赤みがさしていて、夕食のために着がえながらハミングまでした。活力にあふれて、意気揚々とした気分の影響で、その夜は真っ赤なドレスを選んだ。ドレスの刺激的な色あいが黒髪をくっきりと引き立て、彼女の断髪がこぼれたインクだまりのようにすべらかでつやつやして見えたのを、いまでも覚えている。彼女は注目されるべき一幅《いっぷく》の絵であり、それも非常に印象的な絵だった。おそらく、かなり意味深いと思われることを言わせてもらうと、自分がその晩どんな服を着てたかどうしても思いだせないのに、彼女のドレスにほどこされた黒い刺繍《ししゅう》についてはこと細かに覚えている。

その夜は満天の星空だった。時間外労働分の賃金をブリンクリー夫妻が払ったのかと思われるほど、星は早いうちから現われ、たそがれの青味を帯びた神秘的な空に、まばゆい明かりの点々がはめこまれたように見えた。前夜と同じく夕食はテラスでふるまわれ（今回は子羊のあばら肉のミントゼリー添えだった）、夜気は心地よくさわやかで海の香りがした。自分たちのグループにテディが入っていないことに気づいて、あたしは少しほっとした。階下へ下りて、丸テーブルを囲むように置かれた座席札を眺めたときから、オダリーは見るからにくつろいだ様子だった。

その午後にオダリーがティーテーブルから急に飛びだしていったとき、無意識に彼女を非難した女性、ルイーズが左隣だったけど、このときオダリーはたわいないおしゃべりをするルイーズの話を聞こうと努めていた。ほどなくふたりは親しくなり、あたしはルイーズとしゃべったり笑ったりしているオダリーの背を見つめるしかなくなった。当然、戸惑ったけど、何も言わなかった。オダリーは先ほどの失礼の埋めあわせをしているのだろうと思ったからだ。だとしたら、そのほうがいい。

ご存じのとおり、慈善というものはさまざまな形をとる。オダリーがほどこす慈善行為は、あまり注目を浴びない女の子に、自分だってちょっとしたやり方さえ学べば、オダリーに生まれつきたっぷり備わっている魅力がわずかでも手に入りそうだと感じさせることだった。ただし、オダリーのようなあまりに陽気で、同情心のない、他人を食いものにする人間によって行なわれる慈善には、皮肉な成りゆきが伴うこともある。オダリーは隅のほうでぽつんとしている壁の花をおだて、その場でいちばんの美人だと思わせてうれしがらせることができた。ふとした拍子に、特別な理由なく、そうすることがあって、彼女自身は何か得をするわけではなかった。もちろん、あたしはそんな壁の花たちが大嫌いだったし、自分がそのなかのひとりだとは気づいてなかった。でも（つい忘れてしまわないように言っておく！）、オダリーはあたしから何かを奪おうとしていたのだ。じつのところ、やがてわかるように、とても大きなものを。まあ、これについては、遠からず話すことになるだろう。

　ともかく、メイン料理が配られ、バターをからめた子羊肉のジャコウのような香りがあたりに広がった。そんな柔らかい肉を食べたのは、生まれて初めてだった。それまでに食べたことがあるのは、もっと年をとった子羊《ラム》、つまり羊肉《マトン》だけだったのだ。柔らかいラムが口のなかでとろけていくと、あたしはルイーズに対する苛立《いらだ》ちをつかのま忘れた。とはいえ、デザートが終わるころには、それが舞い戻ってきた。あたしはオダリーと何か月かいっしょにすごすうちに、すっかり自分は特別なんだという気持ちになってたので、そのとき改めて傲慢《ごうまん》な視線をルイーズに向けた。かなり若いのに、ルイーズは早熟で、あつかましくて、古くさく、つやのないこげ茶色の髪を頭のてっぺんに巻きつけていた。それがあまりに不格好なので、裏庭にいるいろいろな鳥がそこに巣を作りはじめたものの、途中であきらめたかのように見えた。オダリーが言ったことを受けて、けたたましい笑い声をあげるたび、またそれが癪《しゃく》にさわるほどしょっちゅうなのだけど、やや曲がっている上の歯列があらわになった。ルイーズの服にすら、腹が立った――あたしがオダリーに貸してもらうまでは、とても着られなかったような服なので、不愉快だったのだ。ルイーズが着てたドレスは、ビーズのついたシフォンが上に重なってなければ、とんでもなく時代遅れだっただろうし、上に重なっていてさえ、ほんのわずかいまふうになっただけだった。ルイーズの言ったことにオダリーが心から興味を持っていることは明らかにありえない、とあたしは判断した。おそらくオダリーはあたしが気づいてる以上にテディの存在にいらいらしていて、だからこそ新しい友人を作ることによって自分の位置を固めようとしていたのだろう。

「あのね」ルイーズはオダリーの二の腕に片手を置いて（そんな大胆なしぐさに、すぐそばに座っているあたしが気づかないとでもいうように！）言った。「その街には本当に何度も行ったものなの。だって、ほら、あなたがおっしゃったとおり、とびきりすてきなお店はみんな、どこよりもおしゃれな品を扱っているお店はみんな、そこにあるんですものね。ねえ、どうかしら？　わたし、あなたにお電話するわ。ええ、絶対にするわね！」

「まあ、すてき、ぜひそうしてちょうだい」オダリーは喜びの声をあげた。あたしはそばで話を聞いているひとりに、そっと顔をしかめてみせたけど、その人は気づかないままだった。ルイーズはクラッチバッグから小さな鉛筆と小型のアドレス帳を取りだし、あたしたちのホテルの部屋の電話番号を控えた。

「本当におできになるの？」

「できるって、何かしら？」

「わたしを映画スターみたいに見えるようにすること」

「ああ！　嘘だと思っていらっしゃるの？　そんなこと、とっても簡単よ！」

「では、わたしの名刺を」ルイーズはいそいそとバッグから長方形の白いカードを取りだした。あたしは直感的にさっと手を伸ばして、その名刺をつかんだ。

「あたしが預かっておくわ」あたしは満面の笑みを浮かべて、にこやかに言った。「オダリーはもらった名刺という名刺をなくしてしまう名人だから！」

オダリーはルイーズに愛想よくうなずいて言った。「そのとおりよ。こちらのローズが持っていたほうがいいと思うの」

「あら」名刺をあたしに渡すのはどうも気が進まないらしく、ルイーズの手から力が抜けた。

「じゃ、いただくわ」あたしはその名刺を受け取り、自分が持っているサテン地のクラッチバッグにさっと入れた。「これで安心よ」オダリーがあたしを見て、片眉を上げた。あたしたちふたりはわかっていた――あたしがその名刺をなくすこと、それも、うっかりとではないことを。

あたしはルイーズに二度と視線を戻さず、クラッチバッグをパチンと閉めて、周囲を見まわした。夕食はずいぶん前にデザートまで出され、もうすっかり終わっていた。テーブルに置き去りにされたナプキンが、ひしゃげた小さい三角テントみたいに、空《から》になったシャンパンのグラスや、夕食のごちそうのしみや落ちたかけらのあいだに散らばっていた。目の端に、あたしたちのテーブルに急ぎ足で近づいてくる男性の姿が映り、反対側の目の端で、オダリーが体をこわばらせるのが見えた。

「お願いします」テディの声が聞こえた。彼はオダリーに向かって腰を折り、深くお辞儀をしていたので、ダンスの申しこみをしているのだとわかった。

「ええっ！」思わず小さな叫び声があたしの口から漏れた。いっせいにみんな——オダリーと、ルイーズと、テディ——の視線がこちらに注がれた。あたしは驚いた理由を説明できず、肩をすくめるしかなかった。

自分たちの態度が失礼だったと気づいたオダリーは、テディのほうへ顔を上げ、あまりつきあいのない無愛想な遠い親戚に対するように、歯を見せて笑みらしきものを作った。「よろしくてよ」彼女はピアノのつや光りする硬くて真っ白な鍵盤を叩くかのように言った。そしてテディに片手を取られ、厳しい環境にもかかわらず咲いてる花のように、顔をりんと上げて椅子から立った。

彼女の体からは、テディの五百メートル以内には近寄りたくないという思いがはっきりと感じられた。ましてや、ダンスフロアで彼と頰をすり寄せるなんて、とんでもないと。あたしがあいだに入って、なんとか彼の機先を制してたら、きっと喜んでもらえたはずだけど、女性が女性を誘うわけにはいかないので、あたしにできることはほとんどなかった。オダリーを押しのけて無理やりテディの横に立つことはできたかもしれない——代わりにどうしてもあたしと踊ってほしいと言い張り、彼と少しばかりいちゃついてみたりもして——でも、そういうやり方にあたしはものすごくうとかったし、そんな能力は情けないほど備わっていなかった。というわけで、あたしは黙って座ったまま、オダリーの代用品だとばかりにあたしにしつこくしゃべり続けるルイーズを無視して、テディがオダリーをダンスフロアへ連れていくのを心配しながら見守った。

ふたりは上手に踊ってたけど、明らかになごやかさがないことは、遠くからでもわかった。彼女は顔を絶えずそらし、ダンスホールで華やかなショーを繰り広げるプロのダンサーを真似しているかのように、しっかと右のほうへ傾けていた。実際、テディは足さばきがとても軽かった。ほっそりとして痩《や》せ型なので、驚くことではない。ふたりはワルツをまるまる一曲踊り、それが終わったときには、ほっとしたことに、ほかの男性がふたりのあいだに割りこんだ。でも、その夜、テディはオダリーからあまり離れずにいて、何度か割りこんで彼女と踊った。オーケストラが四曲ほど演奏したころ、テーブルについてるあたしのそばに、だれかがためらいがちに寄ってきてることにおぼろげながら気づいた。

それがだれか、はっきりとわからないうちに、いっしょに踊りませんかと尋ねる鼻にかかった細い男性の声がした。見あげると、驚いたことにマックス・ブリンクリーがまばたきをしながらあたしを見おろしていた。片眼鏡をかけているせいで大きく見える彼の片目が、片眼鏡をかけていないもう一方の目と異なっていて、なんだかおかしかった。ブリンクリー夫妻にはまだ打ち解けてなかったし、あたしたちが泊まらせてもらっていいものかどうか気後れがあったので、彼があたしの手を取ろうとしたとき、あたしはとっさに腰を上げた。

「さあさあ、ミス・ベイカー、あなたのお友だちは心から楽しんでおられるようですよ」ふたりでフォックストロットをぎこちなく始めながら、彼は言った。「ペンブロークは公平なお方ですから、あなたにも楽しんでもらいたがっていることでしょう」

「ええ」まごついたあたしは、不意に詐欺師《さぎし》になったような気がして、顔をしかめて小声で言った。「あの、ペンブロークさんは……」

「まあ、あなた方が本当にペンブロークをご存じなのかどうか、首をかしげたくなるときもありますがね」ミスター・ブリンクリーが言った。それは非難してるというよりも、単に感じたことを述べただけなのだと気づくよりも早く、あたしはびくっとして全身に震えが走った。

「おやおや！　寒いですかな？」ミスター・ブリンクリーはあたしが思わず震えたことに気づいて、そう尋ねながら星をちらりと見あげた。まるで天に温度計が隠されているかもしれないとでもいうように。「今夜はいつもより少し空気が冷えますな」

「ええ、ミスター・ブリンクリー――」

「マックスと呼んでください」

「ええ、マックス。そういえば、確かに寒いですわ。ちょっとショールを取りにいってこようかしら。よろしければですが」

「もちろん、かまいませんよ」彼はフォックストロットの途中で足を止め、騎士のようなそぶりで一歩下がった。「あなたを凍えさせてしまっては、紳士の風上にも置けないでしょう？」それは純粋な質問ではなく、言葉のあやだった。彼はお辞儀をしたが、片眼鏡は奇跡的に頬の上にちょこんとのったまま落ちなかった。それを見て、あたしは笑みを浮かべた。「ただし、いいですかな、またこちらへ戻ってきて、楽しむこと。命令ですぞ」彼の言葉に、あたしはおとなしくうなずいた。社交欄にマックス・ブリンクリーは海軍にいたと書いてあったことを思いだしながら。あたしは彼に礼を述べ、屋敷のほうへ急いだ。屋敷のなかは、まばゆいクリスマスツリーもかくやとばかりに明るかった。

あたしは本当は寒くなかったし、ショールがほしかったのではなく、オダリーを探したかった。彼女とテディがどこかへ姿を消してしまっていたから。まずは家のなかを探した（マックス・ブリンクリーにまた出くわしたときのため、途中で二階のあたしたちの寝室へ寄り、ショールを持った）。屋敷はとんでもなく大きくて、部屋がたくさんあり、数えきれないほどの人たちが歩きまわっていたので、寝室以外の部屋をすべて探したあと、たぶんどこかでテディやオダリーと行き違いになったのだろうと思って、もう一度、屋敷内を見てまわった。二回めに探し終わるまでには、ふたりは屋敷内で見つからないだろうという気がしていた。そのころには、あたしは屋敷にうんざりしていた。にぎやかさは、外よりも堕落した雰囲気を漂わせているように思えた。どの部屋に行っても煙草の煙が濃くて咳が出たし、たまたま掃除用具入れの扉をあけてしまったときには、そこで愛撫しあっているカップルに出くわし、自分たちの行為を見られたふたりに思いきりいやがられてしまった。

外に戻ったあたしは、テラスを眺めわたした。テディとオダリーはどのテーブルにもいなかった。踊りながらくるくるまわってる人たちの顔を見ると、ふたりはもうダンスをしにテント張りのフロアへ戻らなかったことがわかった。庭をぶらついてみた。最初は、浜辺まで続いている広い芝生を。ついで、低木を刈りこんで作った小さな迷路を。月が皓々《こうこう》と照って、生垣の葉を銀色に変え、きれいに整えられた生垣は切り石の壁のように見えた。あたしはためらった。刈りこんだ生垣の迷路も、そこから受ける刺激も、あまり好きではなかったからだ。迷うのが面白いなんていう考えは、悪夢を生むもとのようなものだと、いつも感じていた。そのとき、ぴんとひらめいた。生垣の迷路のすぐ向こうの丘に、温室が見えたことを思いだしたのだ。それは、屋敷の西棟から少し離れたところにあった。オダリーがテディとふたりきりで話したいと考え、彼が明かすかもしれないことを恐れてるとしたら、そこを選びそうな気がした。

温室に近づいていくと、窓は暗かった。温室は白い切妻《きりづま》屋根の凝った造りで、〝金ぴか時代（南北戦争後のにわか景気の時代）〟の遺物そのものだった。入口への傾斜した小道を歩きながら、強い胸騒ぎがした。足を止めて、戻りたいくらいだった。音楽や笑い声が、芝生をわたって遠くからかすかに流れてきていた。どことなく不気味な集団から発散される響きのようで、ついさっきまでいた陽気なパーティーの音とは思えなかった。温室の扉の取っ手をつかんであけようとしたとき、たぶん閉まっているのではないかとなかば予想していたことに気づいたのだけど、それは簡単に開いた。いったんなかに入るや、たちまち肌が高い湿気に包まれ、息を吸うと、湿った泥炭《でいたん》と濡れたシダの強い香りがした。ドアを背後で閉めたら、その音が広い空間に大きく反響したので、しばらくじっとしていた。いっしんに耳を傾けながら立っていても、最初は濡れた植物から水のしたたる音と、ひとつかふたつあるらしい観賞用の噴水がごぼごぼいう音しか聞こえなかった。でもやがて、ほかの音が聞こえた――遠くで話しているらしい低いふたつの声が。

さらに耳をすますと、その声の主《ぬし》はオダリーとテディに間違いなく、ドアを閉めるときに騒々しい音を立ててしまったにもかかわらず、ふたりはあたしが入ってきたことに気づいてないようだった。話し声は温室の反対側の端から聞こえてきていた。あたしはこっそりと、音のするほうへ続く敷石をたどった。

だれかが――オダリーにちがいない――煙草を吸い、赤く光るその先がちらりと見えた。パイナップルの葉のような先のとがった見慣れない植物の脇にかがんで様子を見ながら、静かに息を整えようとした。温室の暗がりに目が慣れてくるにしたがい、ガラスの天井から射しこむ月明かりに照らされて、前に立つふたりの姿が浮かんできた。ふたりのあいだには、飛びはねている格好の天使の石像があった。そのぽっちゃりとした手に弓と矢を握り、爪先からは水が音を立てて流れている。会話の端々でも聞けないかと、じっと耳をそばだてた。話しているのはほぼテディで、ゆっくりとだけど、はっきりと、どうやら長い説明のようなものをしてるらしいと気づいた。テディが従兄《いとこ》の不幸な死の話をするのを聞くのは、その日二度めだった。テディが話し終えると、オダリーは煙草の煙をふうっと吐き、無表情で彼を見た。

「ずいぶん悲しいお話ね」オダリーはようやく口を開いた。

「それはもう」

「ああ、でも、そんなお話は聞きたくなかったわ！」オダリーは声を強め、媚《こ》びるように煙草から顔を上げた。

「なぜ？」

「あら、だって、いつかニューポートへ行ってみたいと、ずっと思っていたんですもの。とてもすてきそうなところでしょう！　でも、いまはもう、もし行ったとしても――」オダリーはやさしい同情をかうように、テディのほうへ体を寄せた。「――絶対にあなたのお話のことを考えてしまうわ。なんてぞっとする事故だったのかしらって！」オダリーが話すにつれて、テディの顔には戸惑いがどんどん色濃く刻まれていった。それに目をとめた彼女は、逆にどんどん陽気で明るくなっていった。「もう、楽しみが台なしよ。まだ行ったことがないのに」

「行ったことがない！」テディは抑えきれずせきこんで言った。「ニューポートに行ったことがないという意味ですか？」

「そのとおり」オダリーが答えた。いまや口調が変化していた。装った親しさはまだあったが、断固たる響きが加わっていた。毒蛇の尾が滑るしゅるしゅるというかすかな音が聞こえるかのようだった。テディはごくりと唾を呑み、オダリーの唇を見つめた。彼女は天真爛漫《らんまん》に首をかしげた。「そうなの。ニューポートには行ったことがないわ。信じられる？」

「い、いえ……し、信じられません」テディは口ごもった。

「じゃあ、信じてみるべきよ」オダリーは言った。いまやその声に茶化すような無邪気さはなくなり、その代わりに抑揚のないのっぺりした口調になっていた。その言葉を最後に、オダリーはそこから大股で立ち去った。温室にはびこる葉をかき分け、危ういことにあたしがかがんで隠れてるところのすぐそばを通って。それはまるでゴングが鳴り、オダリーが――圧勝したボクサーそのものの彼女が――コーナーに戻る合図を受けたかのようだった。

その夜遅くベッドに入ったとき、あたしはふたつのことを確信していた。オダリーは二度とテディに会いたくないだろうということ。それから、彼女が勢いよく去る姿を見つめていたテディの表情からして、彼はほどなくオダリーを見つけにくるだろうということを。

18

そのあと、始まったのと同じように出し抜けに、あたしたちの海辺での休暇が終わった。オダリーとあたしがふたたびブリンクリー夫妻をひょっこり訪ねることがあったとしても、夫妻はあたしたちにまた会うのをあまり喜ばないだろうと思う。ひとつには、あたしたちがまんまと一週間の招待をせしめておきながら、たったのふた晩で帰ってしまったせい。さらには、あたしたちが急にあわてふためいたように去ったため、客に対する当たり前のもてなしや礼儀が不充分だったとしか受け取られなかったせいだ。

思い返すと、温室でテディと話をしたあと、オダリーは部屋に戻った。あたしは彼女のあとから部屋に入り、何も知らないふりをした（彼女はテディとのやりとりについて、あたしにいっさい話さなかった）。あたしたちは寝る仕度をしたけど、ゆっくりと眠るどころではない雰囲気だった。オダリーはあたしのように上掛けを掛けて横にならずに、明かりを消すと、興奮したジャングルキャットみたいにうろうろと歩きまわった。そのとき、あたしは自分たちがブリンクリー夫妻の屋敷にこれ以上いることはなさそうだと悟った。あたしが寝ているあいだ（というか、眠っているふりをしてるあいだ）、彼女はベッドの足元あたりを静かに行ったり来たりしながら、しきりに指の爪をかじっていた。日がのぼる一時間半ほど前に、オダリーは突如としてはたと動きを止めて落ち着き、床の敷物の真ん中に座って目を閉じた。彼女がそんなことをする姿はそれまで見たことがなかったので、なんとも奇異に感じた。まるで祈っているようだったけど、今日まで、ううん、いまですら、オダリーが何かを祈るなんて信じられない思いでいる。

　彼女がようやく目をぱっとあけたときは、朝日が窓から射しこんできていた。彼女は電話でタクシーを呼び、日ごろと打って変わって入念にきちんと荷物をつめた。たいていオダリーはかなりいい加減に行動し、彼女の周囲の世界は示しあわせてその調子に足並みをそろえているようだった。彼女が周囲に合わせるのではなく。彼女がそれほど几帳面《きちょうめん》な態度で動くのを目にするのは、しっくりこないと感じたことを覚えている。その午後、なぜかあたしは何かを尋ねたり話しかけたりしないほうがいいと察した。むしろ、休暇のそういった急な変化にただ唯々《いい》諾々《だくだく》として従った。ずっと前から知っている慣れ親しんだ街へ戻るのが、うれしくて。何か不穏なことが起ころうとしていると感じられるくらいの敏感さはあったから、家へ帰ったほうが安全だろうと思ったのだ。なんという馬鹿だと言いたい人がいるかもしれないけど、もちろん、そのときあたしにはそんなことがわかるはずもなかった。

　タクシーが車まわしに入ってきたとき、執事がブリンクリー夫妻に知らせたせいで、彼らは何があったのかとやってくることになった。わけがわからず、すっかり気分を害したマックス・ブリンクリーが、片眼鏡の奥からあたしに向けてきた非難の目は、いまだに忘れられない。オダリーはもてなしてくれた夫妻に心のこもらない挨拶をそそくさとして暇《いとま》を告げ、夫妻は礼儀正しくあたしたちと握手をしてくれたけど、そのあいだずっとこちらの肩越しに、荷物をトランクに積む運転手に眉をひそめ、渋い顔をしていた。最後に別れの挨拶をするあいだ、オダリーはずっとあたしの腕をつかんでいた。その手の皮膚はビロードのように柔らかかったけど、つかむ力は鉄のように硬かった。その後、はっと気づいたときには、あたしはタクシーの後部座席に座っていた。タイヤが砂利道を走りだし、ブリンクリー夫妻のしかめた細い顔が遠のき、やがては表情のわからないふたつのぼんやりしたものにしかすぎなくなった。

当然、あたしはタクシーで列車の駅まで行くのだと思ってたので、オダリーがニューヨーク市内まではいくらぐらいかかるかと運転手に尋ねたときは、少し驚いた。もっと驚いたのは、運転手がとんでもない額を口にし、彼女が即座にそれを呑んだときだ。交渉すれば、ゆうにその半額まで値切れるとわかってたのに、それもせずに。目的地までは一度ガソリンスタンドに停まっただけ。全速力で三時間だった。そのあいだずっと、オダリーはたまに首をめぐらせて、タクシー後部の狭い楕円形の窓の向こうをちらりと見た。あたしも何度か振り返った。テディが必死の形相で追いかけながら、車のバンパーをつかもうとしてるのではないかとなかば妄想して。

さらなる問題もなく、午後のうちに、あたしたちのホテルの正面に着いた。市内に戻るあいだに気づいたのだけど、夏の暑さはやんわりと薄れてきていた。すでに日は短くなりつつあった。その午後から夜にかけて、オダリーは落ち着かない様子だった。あたしたちがまだタクシーの後部座席にいるあいだに、昼食の時間がきてはすぎていったけど、オダリーはそれどころか、もう夕食の時間だということにも気づかないようだった。部屋の冷蔵庫《アイスボックス》にはまだ新鮮な食べ物がたっぷり入っていたものの、彼女はあれやこれやをひと口ずつ食べただけで、残りを置いたまま、食べ終わっていないことを忘れてテーブルを離れた。本や雑誌についても同じだった。一、二冊を手に取り、数ページめくったかと思うと、また元に戻した。そのあいだ、彼女の目は何も見ておらず、どこにも焦点が合っていなかった。何度か立ちあがってはカーテンをあけ、窓から夜の街を眺めたあと、それと気づかないほど小さく身震いをして、見えない幽霊に尻ごみしたようにカーテンを元どおり引いた。

電話の音が甲高く鳴り響いたときには、オダリーは気絶しそうなほどびっくりした。もちろん、それはギブからで、彼女の受け答えからすると、彼はあたしたちがなぜ、どこへ姿を消したのかを知りたがっていた。ううん、あたしたちが、というよりも、オダリーが。彼はあたしがどこにいようと、正直なところさして関心がないからだ。部屋の反対側からでも、耳ざわりな酔っ払ったわめき声が電話口から聞こえた。街のどこかで、ギブはその電話の向こうにいて、かんかんに怒っていた。あたしはオダリーが彼をなだめるいつもの甘やかな声に聞き耳を立てた。

「ねえ、そんなに大騒ぎしないでちょうだい……女の子にはときどきちょっとした休暇が必要なだけよ……ええ、もちろん、何か問題があれば、わたしはいつでもここにいるわ……どういう意味？　何があったの？」

ギブがチャーリー・ホワイティング少年を使いに出したところ、その馬鹿な子どもは警察に捕まってしまったのだった。妙なことに、この悪い知らせはオダリーに安心感をもたらしたようだった。こわばっていた体が猫のようなしなやかさを取り戻した。彼女は受話器を置くと、新たに注意を注ぐものができてうれしそうに、さっそく策を練りはじめた。オダリーが翌日どのようにして署でチャーリーをうまいこと釈放させたかについて、一部始終を話す前に、ここでしばし時間を取って、当時のあたしの気持ちを少しばかり説明したい。

いま、この話を聞いてる人は、あたしたちとテディとのあいだにあったことは自然ときれいさっぱり忘れ去られるものではなく、何か重大なことが起ころうとしていると、おそらく感じているだろう。なぜあたしがよりよい判断に耳を傾けず、迫りつつある災難から距離を取らなかったのか話すのは、自分にとって大切なことだ。

オダリーとすごすあいだ、あたしは彼女の生まれや育ちについて説明するさまざまな話を聞いてきた。どれも異なっていて、それなりにすばらしく、風変わりで、信じがたいものだった。結局オダリーの過去はわからないままなのだろうと思いこんでたし、だからこそある意味、彼女はあたしのなかで神秘的な存在になっていた。とはいえ、水泳用の浮き台でテディから聞いた話は、どういうわけかすべてを変えてしまい、彼の話など真実だとは思わなかったと言ったら、嘘になる。しかも、テディが語った話には、オダリーが世間の目から隠し続けたがる要素があると感じた。それこそ、どう見ても害のない大学生を彼女が妙なほど毛嫌いすることの理由だった。

おまけに、あのブレスレット——鉱物と金属から成る、あの疑いようのない代物《しろもの》——は、ほかのさまざまな話よりもテディの話を際立たせた。ハンガリー人の貴族は、そんなものいないと言われたら、そのぱりっとしたスーツもシルクハットもたちまち灰と化し、ゆらゆらと立ちのぼる煙となって吹き飛んでしまうけど、それと違って、ブレスレットは自分の目で一度なら ず見たことのある実在するものだった。ブレスレットの由来についてのオダリーみずからの説明——子煩悩《ぼんのう》な父親と、不治の病におかされたヴァイオレットという姉にまつわる、大金持ちから極貧状態へのわざと曖昧《あいまい》にしたお粗末な話——には、説得力のかけらもなかった（その話を聞いてから一週間とたたないころ、あたしがそのお姉さんの名前を口にしたら、オダリーは怪訝《けげん》な顔で『だれのこと？』と尋ねた。あたしは気まずい思いで、お姉さんの名前であることを思いださせなければならなかったのだ）。おまけに、そのブレスレットは婚約記念の贈り物だと彼女が警部補に話した夜、あたしはそれを小耳にはさんでいた。いま、この最後の情報は真実の可能性をたっぷり含んでいるように思えてきていた。そう、少なくとも半分ぐらいは真実かもしれない。

こんなふうにぐだぐだ言ってたら、だれだってあたしを馬鹿だと思うかもしれないけど、何も知らないめでたい女だと思うなら、それは間違ってる。そのころまでには、あたしはオダリーがどんな人間だかわかっていた（まだすべてをわかってなかったことは、素直に認めるけど）。テディの存在にぴりぴりしていたことは、彼女への疑いをきれいさっぱりと晴らすものではなかった。取調室で、速記用タイプライターの前に座ってすごした日々のおかげで、あたしは無罪の人間と有罪の人間とで興奮の仕方がどう異なるかを知っていた。有罪の人間は見るからに極度に激しくうろたえ、それが必ずはっきりと外に出てしまうため、結局は化けの皮がはがれてしまう。つまり、あたしはオダリーがじつはジェネブラである可能性は高いとわかってたのだ。そして、それが真実であれば、彼女が偽名を名乗っている理由はしかとある。

　とすると、疑問に思うかもしれない。なぜあたしがオダリーのそばに残って、彼女がさらなる違法行為――すでに述べたとおり、そもそもあたしがよしとしてなかったたぐいの仕事――をしてるあいだ、その秘密を隠し、彼女のあとをついてまわったのかと。あたしはさっき、何も知らないめでたい女ではないと言ったし、それは本当だ。あたしはそんな世間知らずじゃない。けど、いまにして思えば、あと知恵という強みに恵まれている現在、自分はオダリーと初めて会った瞬間から、悪意というものに包まれてるように（何人かの人たちからは）見えてたのかもしれないとわかる。新聞では、〝妄想〟という言葉がやたらと使われている。あたしは彼女に異を唱えず、協力し、なんでもすぐに真似をし、仕えてきた。なぜそんなにオダリーに惹かれたのかと、疑問に思う人がいるかもしれない。なぜそれほど必死に彼女に迎合しようとしたのかと。何か異常な理由でもあるのではないかと。ただ、ここでふたたび強調しておくけど、オダリーに傾倒したあたしの思いに、不道徳なものはいっさいなかった。

　あたしがオダリーから何もほしがらなかったと言ってるのではない。いっしょにすごした数か月間、彼女に群がり、へつらい、あつかましくも触れる無数の人々──似たような男女──をあたしは見てきた。みんな、彼女から何かをほしがっていた。そんな人たちを、あたしは嫌悪していた。でも、あたしだってどれほどオダリーから何かをもらいたくてたまらなかったか、いまならわかる。彼女を賛美する輩《やから》の欲求に比べて、あたしの欲求はもっと高尚だった。とはいえ、どんな欲もそうなのだけど、好みや必要性から発するものだった。

あたしがオダリーからもらいたかったものを言葉にするのは、難しい。言葉はあまりにも誤解されやすいし、そう、しっくりくるものがない。以前、ベッドフォード女子学園にいたとき、南北アメリカの食虫植物について教わったことがある。生徒の大部分は、小さなネズミ捕りのような、ちょうつがいに似た葉で乱暴に虫を捕まえるハエジゴクに好奇心を抱いた。でもあたしがうっとりしたのは、ベルを逆さまにした形のなんとも心そそられる筒のなかにある甘い蜜という単純な罠で虫を誘いこむ、ウツボカズラのほうだった。オダリーはあたしにとってそのような存在だったし、ほかの人たちにとってもそうだったのではないかと思う。彼女に愛され慕われる可能性があるという見込みは、抗《あらが》いがたい甘い蜜だった。危険なものへ引き寄せられる虫のように、いそいそとそちらへ向かってしまうのだ。

あたしを救いがたい同性愛者だと思う前に、女のあいだには友情という偉大な歴史があることを思いだしてもらいたい──純粋で、嘘偽りがなく、不品行という何よりも残念な面を帯びていない絆《きずな》が。あたしたちの母親世代は、そういうものの存在を確かに理解できた。だって、ヴィクトリア朝の娘時代になくてはならないのは、そういったすばらしい親密さでしょ？　あたしたちの前の世代は、近代社会ではまったく理解されない愛への忠誠というものを知ってたと、あたしは心の底から信じてる。〝極端に残酷な傾向〟と、ここの医者はあたしの名前の横に書いた。この医者はあたしのことを手に負えない極悪人だと思ってるらしいけど、あたしは極悪人なんかじゃない。彼はあたしの動機を誤解してる。あたしはいっしょにくすくす笑ったり、手を握りあったり、ひそひそと内緒話をしたり、ほっぺにチュッとキスをしてもらったりという、子どものころに欠けていたものがほしかっただけ。あたしのほかの行動についての解答は……そう、愛するものへの独占的な熱情をある程度感じるのが、人間として普通だということだ。人間は縄張り意識のある生き物だという事実を無視できはしないのだから、とどのつまり。

あたしはたぶん、とりとめのない話ばかりしてるけど、要点がひとつある。それは〝動機〟だ。テディの話を聞いたときから、あたしは目に見えない時計が時を刻みはじめたのを、おぼろげながら感じるようになった。この時計は何かに向かってコチコチと動いてるともわかったけど、なぜ、どんなことに向かってるのかは、そのときは知る由《よし》もなかった。

ブリンクリー夫妻の別荘から戻ったあとの月曜日、目が覚めると、頭上には真っ赤に燃える明け方の空が広がっていた。太陽がゆっくりとのぼり、赤から濃い橙《だいだい》色へと変わっていくにつれて、その色味は刻々と強烈さを失っていった。まるで夏が燃えつき、盛りを終えようとしてるかのようだった。外はまだ暑さが残っていたものの、すでに空気はさらりとしてきており、これからやってくる爽快なすがすがしい日々の気配を漂わせていた。

あたしたちはもっと長い休暇をもらってたけど、オダリーはふたりともその日から仕事に戻るべきだと決めていた。ひとつには、思うに、チャーリーが陥《おちい》ったちょっとした窮地から彼を救うためだった。あたしたちは起きあがって服を着ると、署へ向かった。正面玄関のドアから入ったとき、巡査部長はとくに驚いてないようだった。オダリーが自分の好きなように出没することに、慣れてきていたからだろう。そのことに、巡査部長は口ひげをひねって、もごもごとぼやくか、口ひげをひねらず、もごもごとぼやかないかだった。ただ、アイリスはあたしたちが戻ったことでそわそわした。彼女は判で押したように変わらないことを好む女だから。あたしたちがいないあいだ、仕事をかなり細かく分配していたせいで、今度はそれを再分配する必要に迫られたのだった。どうにも腹が立って仕方ないらしく、〝おはよう〟の挨拶すらろくにしなかった。そこへいくと、マリーはあたしたちのところへ飛んできて、ものすごい力で親しげに握手をした。いま、その手はますます明らかになってきた妊娠のため、ぷっくりとむくんでいた。

「あらあら、まったくもう、休暇を早く切りあげる人なんている⁉　まあ、なんてお馬鹿さんなんでしょ！」責めるような声で騒ぎたてながらも、マリーは顔を輝かせ、心からの喜びを表わした。

「やっぱり心配したとおりだな」警部補が陽気に口をはさんだ。手で髪をすきながら、あたしたちのほうへぶらぶらと近づいてきた。「わたしがいなくては、一日とやっていけないのではないかとね」それはオダリーに向けたものだったかもしれないけど、なぜか彼はあたしに片目をつぶってみせた。あたしは体がこわばり、うなじが熱くなるのを感じた。

「じゃ、うんと長い休暇を取ってください、警部補。そうすれば、その説を改めて吟味《ぎんみ》することができますから」あたしはとっさに答えた。それを聞いて、マリーが〝やった！〟というように手を小さく振り、口笛を吹いた。警部補の笑顔が渋面《じゅうめん》になるのを見たあたしは、以前に感じたような後悔交じりの満足感にひたった。

「だれも、どこへも行かないよ」巡査部長がきっぱりと言った。「仕事があるんだからね」あたしはじっと巡査部長を見つめた。「マリー」そこで彼は指を鳴らした。「コーヒーをくれ！」どんな妙な魔法のせいであたしたちが一時的にその場に根が生えたようになっていたにせよ、急にそれは消え去り、あたしたちみんなが仕事につくと、署内はまた雑音に包まれた。

「そのお仕事、手伝わせてくださいな」オダリーがアイリスに言う声が聞こえた。アイリスはすべての事件ファイルをひとまとめにし、新たな区分に従って分けようとしている最中だった。オダリーの声はやさしくて心地よかったけど、アイリスのネクタイの上部に見えてる腱《けん》が身構えるように動いた。アイリスのふたつの親友は秩序と制御なのだけど、一時間もすれば、オダリーがそのふたつのあいだにじわじわと入りこみ、アイリスをひそかに苦しめてるにちがいないと、あたしにはわかった。つねにあたしにできる予言がひとつあるとすれば、オダリーはいつだってやりたいことをやり通すだろうということだった。

オダリーはギブとの約束を忘れもしなかった。なんら他愛のない質問をなにげなくいくつかしたただけで、我が署の留置場に一時的に入れられてるチャーリー・ホワイティングという名の少年を引き受けに、ロワー・イーストサイド・ボーイズ・ホームの代表者がやってくる手はずになっているとの情報を手に入れた。外から眺めるぶんには、オダリーはその件にいっさい興味などないようだった。でも、それにもかかわらず、その件に関するファイルはなぜかアイリスの手元からオダリーのほうへと移った。それは偶然のように見えたけど、あたしにはそうじゃないとわかっていた。昼休みになるころには、わざわざ署まで出向くにはおよばないという電話が少年の家の代表者になされ、ある中年の夫婦が署の受付で呼び鈴《りん》を鳴らし、署名して少年を連れだした。その夫婦はチャーリーの両親だと述べたものの、少年のことを二度もカールと呼んだ（ペットの名前なんですよと、ミセス・ホワイティングと自己紹介した女は言いのがれをした）。

言うまでもなく、彼らはチャーリーの本当の両親ではないとあたしはわかっていた。もぐり酒場でいつもチャーリーと顔を合わせてる人ならみんな、彼の父親は戦死しており、母親は大戦が終わった翌年に酒の飲みすぎで死んだと知っていた。とはいえ、夫婦がいかにも親らしくチャーリーの手をそれぞれ一方ずつ取って、とっくに署を出ていったあとで、あたしはようやくその〝母親〟がだれかに気づいたのだった。それは、いつだったか飲んだくれて靴を脱ぎ捨て、爪先を使ってピアノで〝チョップスティックス〟を弾いてた女の顔だった。

19

いまはもう認めたも同然だけど、あたしがオダリーについて書いてた日記は、長いラブレターに似ている。最初に彼女に惹かれたときの様子が詳しく述べてあって、そのあと数えきれないほどの時間を彼女と親しくすごすうちに、急にふくれあがっていった姉妹に対するような愛の記述へと変化した。それが第三者からどう思われるかは、わかりすぎるほどよくわかってるので、あたしはそれをできるだけ長いあいだ私物のなかに隠してきた（ここの医者たちはプライバシーというものを大事にしてくれないから）。ここにいると、本というものにはほとんどお目にかかれない——『作り話ばかり読んでいると、心への刺激が強まってしまうし、知ってのとおり、あなたの想像力はすでに度を超えていますからね』とのことだ。ほかにすることはあまりないし、ここで行なわれてる馬鹿げた〝お楽しみの〟催しには夢中になれそうもないので、いまあたしは何度も日記を読み返してる。すると、オダリーの仕事に関する記述がだいぶ少ないことに驚く。いまのところ、オダリーが携わってた違法なことに深く触れてる書きこみは、たったひとつしか見つからない。もちろん当時は、この口論の意味などよくわからなかったのだけど、ともかく、あたしはこんなふうに書いた。

今日、帰ってきたらO《オー》とGが奥の寝室にいて、何かをめぐって言いあいをしている声が聞こえた。盗み聞きをするつもりはなかったけど、あたしが帰ってきた音が聞こえなかったらしく、口論が続いたので、寝室に入っていくとか咳払いをするとか、なんらかの方法で自分の存在を知らせるには手遅れになってしまったため、とにかく息をひそめて、そこに立ったまま、なるべく静かにしていた。妙なことに、よくあるのと違って、ふたりはOがほかの男性から口説《くど》かれてることで口喧嘩してるんじゃなくて、仕事に関することでだったし、Oはいつもと比べてかなり興奮していた。あるところで、Gが叫んだ。『なんだよ、寄らば大樹の警察本部長から守ってやるって言われたもんだから、もうおれのことなんかいらないって思ってやがるんだな』それは首をかしげる言葉だった――あたしが知るかぎり、Oが警察本部長に会ったことはないから。ようやくGが寝室から飛びだしてきて、玄関へ向かうときにあたしを見かけると、無作法に鼻を鳴らし、あたしのことをごますりのスパイ女だと、ひどい中傷をオダリーのいるほうに向かって叫んだ。そのあと、あたしに挨拶もせず通りすぎ、ドアをばたんと閉めた。Gとはなごやかな関係ができてるとばかり思ってたのに、いま、そんな自分は馬鹿だったって気がする。なごやかどころか、不穏な関係だ。

あたしを非難する人たちは、あたしの日記のほとんどを楽しんで読むだろうけど、この件《くだり》だけには失望すると思う。このような記述に対する彼らの解釈は、単純でしかないだろう。そう、あたしのことを気が狂ってるとか、口先ばかりのあてにならない女だとか言いそうだ。でも、あたしは真実を知ってるし、警察本部長がこの記述について嗅ぎつけでもしたら、この日記そのものが丸ごと姿を消すことに賭けてもいい。

本当のところ、あたしはオダリーの仕事についてあまり知らないので、日記にはその話題に関する記述がこれしかない。あたしの言葉をここの人たちがだれも信じないことはわかってるけど、これはとにかく事実なのだ。あたしが診《み》てもらってる医者——マイルズ・H・ベンソン医師。名前は世間に知られてるかもしれない。別に秘密じゃないから——は、あたしのことを信じてるみたいにうなずくけど、ただ調子を合わせてるだけなことはわかってる。さも思いやりありげにうなずいてれば、味方だと感じて打ち明けてもらえるとでも思ってるのだ。でも、本当のところ、あたしは彼が知りたくて仕方ないにちがいない秘密に詳しいわけじゃない。どうやら彼はあたしの世界を勝手に想像してるらしかった。カーテンの引かれたレストラン内で、不当なことをして利益を得たり、小型機関銃のトミー・ガンがぶっ放されたり、撃ちあいがあったりする世界を。言うまでもなく、そんな想像は勘違いもいいところで、馬鹿ばかしい。オダリーとともに送った生活にあったのは、上等な家具や、手のこんだお菓子や、高級デパートへの頻繁なお出かけだった。あたしが知ってるのはせいぜい、アルコールの輸入や製造にオダリーが果たした役割に関する断片的な情報であり、それもほとんどは間接的な手段で仕入れた寄せ集めにすぎない（あたしが〝間接的な手段で〟と呼ぶものを、ギブだったら〝スパイして〟と意地悪く指摘するかもしれない）。

確かに知っている事実のうち、いくつかをあげてみよう。もぐり酒場の酒はピンからキリまであって、フランス製シャンパンからエチルアルコールまでの全領域におよんでいたにちがいないと思う。だいたいのところ、いま振り返ってみると、かなり大がかりな商売が展開されてたにちがいないとわかる。それに、ある程度の輸入も行なわれてたのは確かだ。もぐり酒場には、イギリスのジンや、アイルランドのウィスキーや、ロシアのウォッカなどが、それぞれ間を置いて流れてきていた。また、出まわってた密造ジンや密造ウィスキーの量からして、製造も同じようにかなり大量にされてたと思う。オダリーが電話で話してるのを何回か耳にしたことがあるのだけど、彼女側の話だけから判断しても、それらのさまざまな手作りアルコールは、フィラデルフィアからボルチモアまでの各地にあるいくつかの食料品店やドラッグストアで売られてることがわかった。

さらには、チャーリー・ホワイティングが電話のそばに座って書きとめる意味不明な伝言は、この商売と関係があった。一度、ホテルの部屋にかかってきた電話に出たことがあったのだけど、相手の男性はちょっとやぼったいシカゴなまりで、店の名を次々と並べたてるだけだった。そこの違法な商品の新たな仕入れが必要だったとしか考えられない。電話口の向こうの男性は数分のあいだ項目別のリストを読みあげてたけど、あたしが出し抜けに『すみませんが、ミス・ラザールはただいま留守です』と言うと、言葉が途切れた。状況がわかって明らかにあわてふためいたらしく、電話の主《ぬし》は即座に電話を切った。

とはいえ概して、あたしはオダリーの商売にうといままだったし、正直なところ、自分から故意にそのような状態を選んだ。馬鹿じゃあるまいし、そんな立場を選択したことによって、やがてやってきそうな波紋を予想するべきだったと思う。オダリーの商売関係のことからもっと距離を置くようさらに気をつけたほうがいいと思う日が来るとは、そのときはわからなかった――というより、そのときはわかりたくなかった。

そのころには一九二五年はすでに半分すぎており、九月の蒸し暑い日々が秋の穏やかな日和《ひより》へと変わり、オダリーとギブの口喧嘩はいっそう頻繁になっていた。こんなことを言うのはなんとも不謹慎だとわかってはいるけど、あたしはこの新しい事態を内心では喜んでいた。そもそもギブがオダリーよりも優位な立場にいることが少しも理解できなかったし、オダリーが彼と別れたがるのは避けられないと思えたからだ。オダリーとふたりきりでその話をするとき、あたしはいつもギブとの別離を実現するために必要なことをするよう彼女をさかんに励ました。口に出しては決して言わなかったものの、彼らのいさかいが増えてきたのは、オダリーの生活にあたしがいることと関係があるのではないかという想像すらした。あたしがギブを大事な役割から引きずりおろしつつあるのかもしれないと。

そのころのふたりの口論の多くは、オダリーがどこにいるかだった。あたしがいっしょに住みはじめたころ、オダリーは自分の行動をしょっちゅうギブに知らせるようずいぶん気をつけていた。でも、いっしょに住んで時間がたつにつれて、彼女はその義務をどんどん怠《おこた》るようになっていった。いまとなってはあつかましい考えかもしれないけど、あたしの同居がなんらかの形でオダリーの励みになってたのではないかと思ったりした。彼女はギブから自由になろうとしていたし、あたしはそれを助けてたのだ!　もちろん、これは結局そのとおりだったと判明した——けど、あたしの想像どおりにではなかった。

オダリーとギブの不仲の結果、彼女には商売上ときどきギブの役割を果たすだれかが必要になった。そこで、オダリーはあたしにちょっとした頼みごとをするようになった。それは些細《ささい》なことで、あちこちのドラッグストアに封筒を届けたり受け取りにいったりするのが主だった。どうせドラッグストアに行く用事はあるのだし、封筒の受け渡しぐらい、どうということはない、ついでのお使いにすぎないと、あたしは自分に言い聞かせた。でも、もちろん、そうではないとわかっていた。

オダリーはといえば、要求の伝え方が舌を巻くほどうまかった。彼女が初めて頼んできたとき、あたしたちはテラスにいて、夏の終わりの暑さのなかでだらだらしながら、少しでも涼しくなろうと、互いのうなじに氷のかけらをつけあっていた。「ぜひお願いできるかしら?」自分の頼みを口にしたすぐあとで、オダリーはそう尋ねた。あたしがためらうと、彼女はそれを察した。「ねえ、ローズ」と感嘆したような声を出した。「あなたのうなじって、とってもきれいなのね。だれかにそう言われたことはない?」まさか、そんな経験はなかった。「絶対に流行の断髪《ボブ》にできるわよ。考えてみて!」あたしは断髪にしてない髪の根元まで赤くなるのを感じた。

気がつくと、あたしは彼女のためにこの同じお使いを四回以上もしていた。とはいえ、ときどきドラッグストアの店員に封筒を渡す以上のことまでしてほしいという彼女の要求に応じる覚悟はできていなかった。当然のことながら、オダリーは最初、自分の有利になるよう注意深くことを運んだ。ある晩、あたしたちはオダリーの部屋のベッドカバーの上でごろごろしていた。彼女はギブと喧嘩をしたばかりで、あたしは彼女の味方という役割をにない、思いやりをもって話を聞いていた。よくあるように、あたしたちは手を握りあってたのだけど、とうとうしはじめたオダリーがあたしの手を自分の唇へ持っていき、軽くキスをした。「本当の姉妹よ」彼女はそうつぶやきながら、深い眠りへと落ちていった。

まさに次の日、彼女は新たな手伝いを頼んできて——あたしはそれをどうしても断れなかった。その日は火曜日で、いつものように始まった。やがて彼女はあたしにいつもより一時間早く仕事を切りあげ、〝商売のお使い〟をしてほしいと言ってきた。

「わたしがやってもいいのだけれど、仕事が遅れているの。ほら、タイプしなくてはならない報告書の山がこんなにあるでしょう？　みんな巡査部長に渡すものなの。このごろ、巡査部長はわたしの仕事の遅さにいらいらしてきているみたい。でも、あなたなら……あなたはいつだって報告書をいちばん早く仕上げているじゃないの、ローズ！　あなただったら一時間ぐらい外出しても大丈夫よ。ああ、早退などではないわ！　お休みを取る必要はないの。そっとドアから出ていけばいいのよ。あなたが出かけたことをだれにも知られないように、わたしがちゃんとうまくやるから」そうオダリーは言った。

「でも、あたし——」

「とても簡単なことよ」彼女は請けあった。「人通りが少ないところなんだけれど、伝言を受け取るだけでいいの」

あたしが異議を唱えようとすると、彼女は表情をこわばらせ、あたしを一瞥《いちべつ》した。

「ああ、ローズ、困っているのね。だったら、どうか気にしないで。無理をすることはないわ。ギブに電話して頼めばすむ……」

お祭しのとおり、あたしは彼女の言葉をさえぎり、やりたいような、やりたくないような、相反《あいはん》する気持ちで彼女の言う住所を書きとめた。ドアを出ようとしたところ、オダリーが急いで追いかけてきて、あたしの手首をつかんで言った。「はい、これ！　忘れそうだったわ……タクシー代よ」そして、意味ありげに口をあけてウィンクをした。タクシーをつかまえて乗りこんでから、自分が手にしている紙幣の額を見たあたしは、はるばるセントポール（アメリカ中西部の北にあるミネソタ州の州都）までタクシーで行って帰れるほどの大金をもらったことに気づいた。

その日はずっと蒸し暑くてどんよりしており、まだ九月で、しかも五時になってもいないのに、空はすでに気味の悪い緑がかったどす黒さに変わっていた。タクシーの運転手はわずかでも心地いいそよ風を期待したのだろう、すべての窓を下ろしてたけど、大した効果はなさそうだった。行き先を書いた紙きれを手渡したときにうなずいて、目的地がわかったみたいだったので、あたしは乗ってるあいだほとんど後部座席に頭をもたせかけて身を沈め、革のシートの上でかなりびっしょりと汗をかいていた。やがて、車はイースト・リバー沿いの煉瓦《れんが》造りの建物の前で停まった。運転手はあたしが降りるのを待ったけど、あたしはもたもたしていた――

その建物にはだれかが住んでいる気配すらしなかったから。どんな建物にせよ、住まいでないことは確かで、使われなくなった工場らしかった。上階の大きなガラス窓が何枚か割れ、建物全体が歯をむきだしたカボチャ提灯《ぢょうちん》みたいに見えた。

「着きましたがね?」運転手はせかしながら、シート越しに後ろへ視線を送ってよこし、あたしをもっとよく見ようとハンチング帽の縁を押しあげた。あたしはほんの数分前にオダリーから手渡された紙幣の束から数枚を抜いて、運転手に払った。

「あまった種《シード》はさしあげるわ」これは、オダリーが少なくとも十回は使うのを耳にした俗語表現だ。彼女の服を着るだけでなく、あたしは明らかにその言葉づかいや行動の仕方まで真似しようとしていた。

「どうも」運転手はぶっきらぼうに言った。怪しむような響きだったけど、あたしは心からの礼にちがいないと解釈した。だって、かなりたっぷりチップをはずんだところなのだから。そのときは、思ってもみなかった。あたしを警察署の前で乗せたのに、いまはイースト・リバー沿いのいかがわしい界隈《かいわい》で降ろしたことと、運転手の皮肉っぽい口調が関係あるかもしれないなんて。

タクシーから降りたあと、その建物の正面に見えるたったひとつの扉のほうへ近づいた。背後でタクシーの去る音がした。イースト・リバーのどこかでゴミ運搬船が大きな警笛を鳴らし、遠くで小競《こぜ》りあいをするカモメたちの鋭い鳴き声が川面《かわも》に響きわたった。目の前の扉は重そうな木製で、南京錠がかかっていた。そのころには、オダリーが住所を書き間違ったにちがいないと思ってたのだけど、タクシーはとっくにいなくなってたし、オダリーに電話をするにもその方法がなさそうだったため、扉をノックするだけしてもいいだろうと考えた。注意深く手をあげ、びくびくしながら木製の扉を叩いた。扉が大きく揺れて、鎖につながれた南京錠がガチャガチャ鳴った。不意にあたしはとんでもない馬鹿になったような気がして、困ったようにあたりを見まわした。返事があるなんてこれっぽっちも期待していなかった。ところが、あたしの弱々しいノックの響きが消えてほぼすぐに、それまで気づかなかった長方形ののぞき窓が乱暴にあいた。

「なんだい？」低い声が響いてきた。息を呑みながら暗い小窓をのぞきこむと、ちびっこい目があたしを見てるのがわかった。あたしはぼうっとして目をぱちぱちしながら、その場に突っ立っていた。「なんだって聞いてるんだよ」またその声がした。

「あの……オダリー・ラザールの代わりに来たんですけど」あたしは答えた。のぞき窓がぴしゃりと閉まった。開いたときと同じく、乱暴に。重々しいかんぬきの音が聞こえ、いくつかの錠前をあける鍵がジャラジャラ鳴った。扉が開くと、目の前には、分厚いセーターを着てニット帽をかぶった、筋骨たくましい赤毛の男がいた。かなり大柄だ。あたしの目線は、男の胸の真ん中あたりにあたった。

「急ぎな！」男が怒鳴ったので、あたしはとっさに建物のなかへ足を踏み入れ、内部の暗がりへ飛びこんだ。そこは控えの間のような感じだった。背後で扉がさっと閉まり、かんぬきがかけられた。どうやら南京錠と鎖はほんの見せかけらしい。扉のあたりをじっくり眺めたところ、実際に鍵がかかってるのは内側からだけだと気づいた。ということは、すなわち、この建物にはつねに人がいるのだ——思いもよらないことだった。

「オダリーの代わりに？」赤毛が尋ねた。あたしはうなずいた。赤毛男はあたしを頭のてっぺんから爪先まで眺めた。目の前の女にオダリーの代わりがつとまるなんていう突拍子もない現象が実際に起こりうるのかどうか、確かめるかのように。男がふっとため息をついたところをみると、その点には結局、確信が持てなかったらしい。「こっちだ」男は明らかにあたしという人間にもう興味を抱いていなかった。廊下を急ぎ足で歩きはじめた男を見たとき、男の持つ手さげランプが唯一の明かりだと気づいた。

「待って！」あたしは男のあとをあわてて追いながら言った。男はあたしを無視した。あたしはよろけつつも小走りに奥へ向かい、男に追いついた。果てのない迷路のような廊下のどんづまりに着いたとき、男はドアの前でぱっと立ち止まった。

「ドクター・スピッツァーがなかにいる。あんたが話す相手はその男だ」

それだけ言うと、赤毛男はきびすを返し、男が去るにつれて手さげランプの明かりが薄れていった。あたしは戸惑い、こんな恐ろしげな身知らぬ場所の暗がりにひとりきりにされたくないいっしんで、ドアのノブを手探りした。手がノブに触れたとたん、ドアはすっと開き、内部の部屋の天井から下がってるいくつもの電灯のまばゆさに、あたしはいきなり目がくらんだ。まばたきをして、この新たな成りゆきに目を慣らそうとしながら、あたしの脳はもうありきたりのものを期待することをすっかりあきらめそうになっていた。

「いったい、これは――?」

「何かご用かな?」ぱりっと糊《のり》のきいた白衣姿の男が、近づいてきながら尋ねた。

「あら! まあ……別に。いえ――あの、はい! ええ、そうです。説明が必要だと思うんですけど、あの、あたしは……」そこで、ふと自分の名前を言いたくなくなった。「オダリーの代わりに来たんです」と続けた。まわりに目をやると、先に言ったとおり、室内は非常に明るく照らされていた。部屋の中央にはかなり脚が高い長テーブルが二卓置かれ、その上ではおびただしい数のビーカーやフラスコのなかで、液体がしたたったり泡が立ったりしていた。あたりに濃く漂ってるのは、消毒用アルコールと、何かほかの……はっきりとはわからないけど、ホルムアルデヒドにちょっと似たにおいだった。「ここはなんですか?」

白衣の男は顔をしかめた。「オダリーの代わりに?」と、ちょうど赤毛の男がしたように繰り返した。「ふむ」彼はあたしをじろじろと眺めた。髪は非常に濃い、黒に近い色で、真ん中できっちりと分けてある。まったく同じ濃い色の口ひげは、きちんと手入れがしてあった。先ほどの男と同じく、この白衣の男も、あたしとオダリーとのあいだにつながりがあることを疑ってるらしかった。ようやく、男は肩をすくめた。「ふうむ、なるほど。まあ、よかろう。嘘じゃないとみえる。なにしろ、そうとしか思えんからな。近々もうひとり化学者がやってくる予定なんだが、絶対にあんたじゃないようだ。ああ、そうとも! 万が一……あんたがキュリー夫人だというなら別だが、そうじゃないだろう?」男は目をくるりとまわしてみせ、またしても値踏みするようにあたしの頭から爪先まで視線をはわせて、あたしが返事をしないうちに、偉ぶった声で勝手にあとを続けた。「ああ……そうとは思えん」

あたしは黙ったままでいた。男の背後でごぼごぼ音を立てたり、蒸気を出したりしてるさまざまな装置を、まだ目を丸くして見つめながら。男は肩越しに、あたしの視線を追った。そして、元どおりあたしに目を戻し、鼻を鳴らした。

「だれなのか知ってもおらんようだな」男が冷笑を浮かべ、あたしは彼がキュリー夫人のことをさしてるのだと気づいた。かっと怒りが燃えあがるのを感じた。頬が急に熱くなり、意識を失ったような、たまに経験する妙な状態に襲われた。

「キュリー夫人は二度ノーベル賞に輝きました（一九〇三年と一九一一年に受賞）」あたしはずけずけと言った。子どものころに新聞の見出しを読んでいたかのようだった！「人間は間違った結論に飛びつくことがままあるということの生き証人でもあります、いろいろな意味で」あたしはさらに付け加えた。白衣の男は両眉を上げ、首をかしげた。そして、それと気づかないくらい背筋を伸ばした。「いいですか」あたしは自分の任務を遂げるため、たったいま勝ち取った有利な立場を利用したいと思って言った。「あなたがここでノーベル賞に値するような実験をつねに行なってるのは、わかりました。ただ、あたしは伝言をもらいにきただけなんです」男はこちらを見つめたきり、何秒か言葉を失っていた。「伝言があると、オダリーが言ってましたけど」あたしは男を促した。

オダリーの名がふたたびあがったことで、ぼうっとした状態が断たれ、男はたちまち我に返った。「ああ、そのとおり。まあ、いい知らせはないんだがね、残念ながら」男はそっけなくさっと身をひるがえし、いくつものビーカーのほうに向かった。そして、そこに並んでいる装置に少しずつ調整を加えはじめた。「知ってのとおり、政府の密造酒取締官はやたら厳しい。最近はメチルアルコールにえらく目を光らせていてね。今回作ったものが飲めるとは請けあえんよ。また死人を出したくないならな、前回みたいに」

「えっ！　あの、まさか……。だれかが本当に……！」あたしはすっかり面食らった。

知らなかった情報にうろたえたあたしは、一瞬のうちに白衣の男に対するつかのまの優位な立場を失ったことを悟った。男はあざけるようにくるりと目をまわしたあと、ため息をついて、咳払いをした。「いいかね、ミス……まあ、名前はどうでもいい、ミス・ラザールにはこう伝えてもらいたい。今回は失敗だが、もう一度やってみるとね。友人がヘアトニック工場で薬剤調合をしておってな。そこで使っているものを利用して、また試してみよう」男は瓶をあたしのほうに突きだした。「ほら、これだ」男はぶっきらぼうに続けた。「彼女に渡してくれ」

あたしがすぐに手を出さないでいると、男はせかすように瓶を前後に振った。「これはなんです？」あたしはそう尋ね、ラベルのない無骨な緑色のガラス瓶を見やった。

「証拠だよ」ドクター・スピッツァーが答えた。「彼女に隠れて品質のいい酒を売っとるわけじゃないってことのね」

あたしはおずおずとその瓶の口を指でつまんだ。ガラスを透かして中身に目を凝らしてみると、わかるかぎりでは澄んで透明なようだった。液体をまわしたら、ドクター・スピッツァーが顔をしかめた。

「飲むんじゃないぞ、いいか」ドクター・スピッツァーが警告した。「そのくらいわかる程度の常識はあるだろうな？」

「それは……ええ……」

「よし。まあ、あんたはもっと甘やかされているタイプに見えるがね。もっとしゃれた輸入物に慣れていそうだ」

あたしは口がきけなくなり、目を見開いて彼を見た。それまでの人生で、〝甘やかされているタイプ〟とされたのは初めてだったから。やがて、ドクター・スピッツァーの態度がどんどんがさつになってきていると、うっすら感じるようになった。彼がひどく無礼にあたしを上から下まで眺める様子に、どこかの大学で〝ドクター〟という称号を得たと思わせる偽装がはがれ落ちた。その表情は、獰猛《どうもう》でもあり残忍でもあった。

「ああ、あんたのことはわかるとも。そんな手作りの酒を飲むのは、若い労働者に任せときゃいい。どうなるか、わかったもんじゃないからな。あんたは手を出さないこった」彼は腹立たしげにため息をつき、無愛想に肩をすくめた。「まあ、なんにせよ、とにかく伝言を忘れずに伝えてくれ」

あたしは伝えるべき内容を反芻《はんすう》しながら、まだそこに立っていた。ドクター・スピッツァーはいまやいらいらしており、それだけははっきりしていた。あたしはしくじったような気がした。彼を怒らせたばかりか、自分の間抜けぶりをさらしてしまったのだから。彼があるボタンを押すと、どこかでブザーが鳴った。ほどなく、赤毛男が戸口に立った。

「スタンが出口まで案内する」もう帰れとばかりに、ドクター・スピッツァーがきっぱりと言った。そして、この部屋にあたしがいたことはとっくに遠い記憶のかなただというように、仕事に戻った。あたしはこの建物に入ってきたときと同じく、導かれるままスタンのあとについて歩き、気がつくと重い木製のドアが背後で震えながらばたんと閉まり、ふたたび建物の外に立っていた。ねっとりと湿った風が川を吹きわたり、クイーンズボロ橋のとがったてっぺんが遠くにそそり立っていた。あたしは人目を気にして、手にした瓶をコートの下にしまいこんだ。ラベルのついていないアルコール瓶を持って道を歩いてるところなど、見られてはならないから。

とはいえ、改めてあたりに目をやってみると、あたしを見てる人なんてだれもいないことに気づいた。早くもいまではもうすっかり慣れてしまってるように、タクシーを電話で呼んでくれるホテルのボーイやドアマンがいないので、移動の手段がなかった。そこで、より高い文化の方向へと、川沿いの砂利道を歩きはじめた。あの建物内では早足で案内されていたものの、お使い全体としては思ったより時間がかかっていた。瓦礫《がれき》が転がるさびれた工場跡地区から大通りのほうへ向かいながら、憂鬱《ゆううつ》な気分で腕時計にちらりと目をやり、タクシーで署へ戻っても、すぐにまわれ右をして家へ帰る時間になるだけだと気づいた。どうしようかと考えながら一番街に近づき、タクシーを拾うと、署ではなくホテルの住所を運転手に告げた。少なくとも、あたしのいないことを隠すオダリーの能力は、大いに信頼できた。

その夕方遅く、オダリーに伝言を伝え、ドクター・スピッツァーから預かった瓶を渡したとき、彼女はさして驚いてはいなかった。

「ああ、そうなのよ、ちょっといかがわしいの、ドクター・スピッツァーは」彼女は見ようともせずに瓶を受け取り、うわの空で近くのサイドテーブルに置いて、かぶりを振った。「まあ、あまり期待はしていないわ。そもそも、なぜギブが彼を雇ったのかわからないのよ。なにしろ、化学者として大したことないんだもの」あたしはドクター・スピッツァーがこの前に作った分について言ったことについて考えた──また死人を出したくないならな、前回みたいに……。あたしの考えに気づいたのか、オダリーはいまサイドテーブルに置いたままになってる瓶には目もくれずに、読んでいた雑誌の次のページをめくり、心ここにあらずといった顔で付け加えた。「彼にはいろいろあってね……嘘じゃないわ」

オダリーが確約するまでもなく、あたしは彼女を信じた。ただ、彼女のいちばん信頼できる腹心の友になるため、苦心惨憺《さんたん》してきたとはいえ、知らずにいたほうがいいこともあると気づくようになっていた。

オダリーのちょっとした〝お使い〟は、あたしを包む快適な範囲の外側へ出ることを余儀なくしたけど、あたしはその思いがけない妙な仕事をやり続けた。ずいぶん長いあいだ、ほしくて仕方なかった立場をようやく手にできて、うれしかった──つまり、あたしはオダリーの人生でだれよりも大事な人間としての地位をとうとう固めたのであり、彼女は明らかにあたしをいちばん大事な人間として認めたのだ。

これがどれほど光栄なことか、オダリーと近づきにならなかった人に説明するのは難しい。

彼女は人の扱い方がうまかったと言うだけでは不充分だ。だれかが重い気分のとき、彼女はその気分を浮き浮きするほど軽くしてやるコツを心得ていた。ある人が仕事で馬鹿にされたら、その馬鹿にした人間を内々の冗談の種にした。オダリーといっしょにいると、部外者でいられなかった。あたしにとって、この最後の状態は奇跡以外の何ものでもなかった。だって、あたしは自分の人生においてずっと部外者だったのだから。

そんなわけで、オダリーがときどき要求するちょっとしたお使いに不安は増していくばかりだったものの、そのころが人生でいちばん幸せで喜びに満ちてたのではないかと思う。あたしは最高峰に達したのだ。でも、やっぱり、あたしはわかっていなかった。最高峰というのは、それを囲むものによって決められるものにすぎない。この場合、高い峰にいたあたしは、その後ぐっと低い峰へと落ちこむ運命にあった。

ほとんど気づかなかったのだけど、その低い峰は、視野のすぐ外側に迫ってきつつあった。まもなく知らず知らずのうちに角を曲がったら、すぐそこで出くわすほどに。

その曲がり角にあたしが着いたのは、見覚えのある顔の男が留置場にいることに気づいたときだ。ぼんやりとではあるけど、それまでもぐり酒場で一、二度見かけたことがあるかもしれないと思った。オダリーに知らせると、彼女はすぐに彼がだれかわかったらしく、その状況に対処するつもりであることが見て取れた。以前と同じく、オダリーは首尾よくその件の担当になった。そして彼女と巡査部長がその男を取調室へ連れていくと、ほんの数分後に男は釈放された。あたしは男が署内をぶらぶら歩いて、正面玄関から出ていくのを眺めた。あの手入れの翌日に、玄関からのんびりと出ていったギブを見ているようだった。あたしは自分の机から立ちあがり、取調室のほうへ歩いていった。そのとき、オダリーのやり方に興味があるだけだと自分に言い聞かせたけど、それは嘘だった。あたしはいつだって彼女のやり方を知っていたと、いまならわかる。その事実に、ひたすら頑として目をつぶっていたにすぎなかったのだ。

署の片方にある長い廊下の先にあるのが、面会室だった。あ、正しくは〝取調室〟だ。ドアの窓に金ぴか文字でそう刷りこんである。あたしは廊下へ曲がり、ずっと奥に立っているオダリーと巡査部長にすばやく目を走らせた。あたしが立つ場所からふたりはよく見えたけど、逆にふたりがあたしの存在に露ほども気づいてないことは明らかだった。そちらへ近づこうとしたとき、ふと、行ってはいけないような気がした。親密なひとときを共有してるふたりにうっかり出くわしたときには、ある雰囲気を感じるもので、あたしは角を曲がって廊下へ入ったとき、その雰囲気を感じた。はたと足を止め、その場に立ったまま驚いてものも言えずに、ただ眺めていた。ふたりは熱心に会話をしてたけど、とても低い声だったので、何を言ってるのかはよく聞き取れなかった。そのとき、誤解しようのない明らかなことが起こり、心臓が止まりそうになった。

話の途中でオダリーが巡査部長の胸に手を伸ばし、その襟《えり》にゆったりと指をはわせながら心もち寄りかかって、誘いかけるような笑みを浮かべたのだ。あたしはびっくり仰天した。巡査部長は折り目正しい人だから、ただちに彼女の道にはずれたふるまいをいさめるだろうと思った。ところが、そのような行動はなかった。それどころか、巡査部長はオダリーがひどくなれなれしげに触れるのがごく自然なことでもあるかのように、話を続けていた。つかのま、巡査部長は失礼のないようにしてるだけかもしれないと思った。たぶん、オダリーの愚行を指摘して戸惑わせてしまうよりも、それを無視するだけにしたのだろうと。彼にはそうした男らしさがあるから。でも、オダリーが手を襟から滑らせて肩に置いたとき、あたしはこの結論をきっぱりと捨て去った。やがて巡査部長がようやく体を動かしたとたん、時の流れが遅くなり、あたしの頬から血の気が引いた。目を離さずにいると、巡査部長は自分の手を彼女の手に重ねてから、親しげに下ろしたあと、彼女の半袖から伸びているしなやかな腕に沿って上げていった。

　そこまで見れば充分だった。あたしは怒りに震え、胃がねじれて吐き気がこみあげてきた。ぱっときびすを返して、婦人用トイレへ足早に向かい、そこで数分ほど吐いたけど、出るのは空気ばかりで、流しはまったく汚れなかった。その後、立ったまま鏡で自分の姿を見つめるうち、いつのまにかすべてが真っ暗になった。

　のちに、いまトイレの鏡に蜘蛛《くも》の巣のような長い亀裂が走ってるのは、あたしのせいだと言う人が出てくるだろう。でも、どうしてそれが可能なのか理解できない。だって、鏡を割ったら、あたしだってなんらかの怪我をして当然だろうに、皮膚にそんな怪我や切り傷があった覚えはないのだから。どちらにせよ、やっとトイレから出ても、まだ落ち着いてはいなかった。裏切りへの憤《いきどお》りから、筋肉はぴくぴく引きつり、震えていた。あたしの体は隅から隅まで、いまにもなんらかの行ないに走りそうだった。

しばらくして、かなり自制をきかせて努力したおかげで、いつもどおり仕事に取りかかることができたけど、その日はそれからずっと、目撃した場面が脳裏を去らず、折りの悪いときに甦《よみがえ》ってきて、そのたびに記憶はますます鮮明になっていった。ドクター・ベンソンはあたしについて、いわば〝想像力がたくましすぎる〟という説を立てた。あたしはあまりに早く結論に飛びつきすぎるのだそうだ。面談中、彼は眼鏡を鼻にかからないほどずり下げ、何も映っていないぴかぴかのレンズの上端からあたしをじっと見つめて、よくこんなことを言う。『いいかね、ローズ、オダリーと巡査部長とのあいだでなんらかの不適切なことが行なわれていると、どうしてそれほど強い確信があるんだね？』あるいは、たまにこんなことも。『きみの想像力のせいで錯覚したとは、どうして思えないんだね？』あたしはこの後者の質問に腹が立った。だって、想像力がありすぎるとだれかから非難されたことなど一度としてなかったし、たとえあたしが持ってるわずかな想像力が錯覚を起こしたとしても、いやらしい錯覚などするはずがない。あるとき、オダリーにパーティーで〝極端なほど清教徒的な人〟と目の前で評されたことがあるのだけど、あたしは少しも怒らなかった。そもそも、あたしは人並みはずれてきれいな心の持ち主だし、そのことを恥ずかしく思ったことなど一度もないのだから。

オダリーはそのあとずっと忙しくて、あたしと話せなかった。もし話せてたら、あたしは自制できず、みんなの前で彼女を激しく非難してたかもしれない――そんな事態になったら、結局、彼女ばかりか自分まで恥をかくことになったはずだ。振り返ってみて、あたしはそうしなくてよかったと、いまなお心底思ってると言うしかない。現在あたしが置かれてる状況では、それはたぶん自分に不利なさらなる証拠として使われただろうから。

実際には、オダリーが席をはずしてるあいだに、時計の長針が二回まわり、それを目の隅で見つめながら、あたしは彼女に思い知らせる方法を考えた……友情を断ち切ろう！　そうよ、今日の夕方、音を立てずにそっとスーツケースに荷物をつめて、気づかれないよう真夜中に玄関から出ていこう。翌朝、オダリーはあたしがいないことに気づき、あたしがいつも寝てる部屋を調べると、夜のあいだに持ち物がすっかりなくなってることが当然わかり、なぜ出ていったかを悟るだろう。大量の報告書をタイプしながら、あたしは彼女に見つかるよう、きちんと整えたベッドの上に置いていく手紙について考え、頭のなかでかなり芝居がかった文案を組みたてているあいだに、タイプミスをいくつかした。どんな調子で書けば彼女をより辱《はずかし》め、傷つけてやることができるか、あれこれ考えをめぐらせた。悲嘆にくれたあたしの彼女に対する非難をつづる、苦悩調。あるいは、あたしが超然としてることを知らせ、彼女の行為はなんともいやらしくて月並みだと軽蔑《けいべつ》をこめて示唆する、突き放した無関心調。そのあと、書き置きなど残さないことも考え、そのほうが彼女は何よりも傷つくだろうと結論を下した。

巡査部長に関しては、罰する必要は全然ないと思った。はっきりとわからないので、理由は説明できないのだけど、廊下でのふたりの秘めごとを目にしたあと、あたしはこの罪人たち双方に対して以前と変わらぬ感情を持てなくなった。オダリーのことを考えると、激しい怒りの波に襲われた。彼女への感情には、切羽《せっぱ》つまったものがあった。彼女を罰したい、彼女の行動がいかに間違ってたかを知らせたい、という抑えがたい欲求が。一方で、巡査部長には冷たく沈鬱な絶望しか感じなかった。あたしの心のなかで、彼はオリンポス山から下りたのであり、下りたままでいた。巡査部長のことを考えるたび、あたしの目には、オダリーの半袖まではいあがっていく彼の手しか映らなかった。

もちろん、いまならわかる。あたしは巡査部長のなかに見ていた神を失いはしたものの、オダリーのなかに別の神を得たのだと。あたしは以前よりいちだんと彼女の人を操る底知れぬ力に執着するようになったのであり、その力は際限がないと信じるようになってきていた。彼女はあたしにとっての巡査部長と違って、清廉潔白で謹厳実直な崇拝の的ではなかった。そうではなくて、まったく異なる何かであり、言葉では表わせなかった。当時はまだオダリーを全体的な立場から理解してなかったし、結局は彼女から受けることになる影響についてもわかってなかったからだ。そのころは、彼女のいたって恐ろしい力が、彼女みずから行動することによってではなく、他人に行動させることができる才能によっていかに発揮されるか、まるきり気づきもしなかった。しかも、彼女があたしに行動させることができるとは。

とはいえ、そんな局面はまもなくやってくることになる。その夕方、あたしはいつものようにオダリーと帰宅した。だいぶ堅苦しく冷たい態度を取るようにしたのだけど、そっけない冷淡さを彼女がさほど気にしてるようには思えなかった。あたしはしばらく待ってからこっそりと部屋を出ていき、いないことでオダリーの不始末に抗議すればいいと思った。その夜はギブが泊まり、彼はいつもより不機嫌だった。夕食がすんでほどなく、ふたりはオダリーの寝室へ姿を消した。あたしはその日付と彼の名前を自分の小さな日記帳に書きとめた。さらには、アーヴィング・ボッグス巡査部長と書き、そのあと乱暴に塗りつぶして消したけど、結局はもう一度書いて、その横にクエスチョンマークをつけた。それから、サイドテーブルにのっている蓄音機でレコードをかけた。その場の空気に格調ある文化の香りを添えようと、整然としたバッハの協奏曲を選び、自分の荷物をつめはじめた。

壁越しに、オダリーとギブの言い争う声が聞こえてきた。やがてそれは……口論ではなくなって、ふたりの激情は冷めた会話へと変わり、低い話し声が潮のように高低を繰り返しながら、ついには、夜かなり遅くなったころ、しんと静まった。最後にかけたレコードがようやく終わり、針が最後の溝に入ってはレコード盤の中央まで押しやられるのを何度も何度も繰り返しはじめた。あたしは蓄音機の太い真鍮《しんちゅう》のアームを持ちあげ、その風変わりな仕掛けのスイッチを切った。

そのときまでには、荷物をつめ終わっていた——荷物はひとつだけ。たったひとつのスーツケースを持ってここへ来たのだから、自分のものだけを持っていくつもりだった。いま分けなければならないさまざまな品のうちで、服が何より難しかった。自分がどれほど毛皮や、ビーズつきのドレスや、サテンのガウンに愛着を持つようになったかに、驚いた。でも、高い道徳基準を保ち続けるつもりなら、オダリーがいかがわしい行ないのおかげで得てるにちがいない美しい服に埋もれるわけにはいかなかった。あたしは衣装だんすを開き、愛するペットに最後の別れの挨拶として触れるように、刺繍《ししゅう》入りのシルクの下着の山に手を走らせた。豪華な黒ミンクのストールの上にそっとのせてあるダイヤモンドのブレスレットを手に取り、きっぱりと衣装だんすを閉めた。そしてブレスレットのとめ金をはずし、自分の枕の上に長く伸ばして置いた。あたしの頭がもうのることのない、空《あ》いた場所に。

ふと例のブローチのことを考え、胸が痛んだ。それはまだ職場の机の引きだしに入ってたのだ——おわかりのように、あたしはいつも自分なりに完璧にすることが好きだった。ああ、でももう、どうしようもなかった。東洋ふうの絵が描かれた屛風《びょうぶ》のそばにある椅子にのせたスーツケースを、もう一度見やった。寝室が見るからに殺風景になってしまったようにするため、あたしは精いっぱい気を使って部屋を整頓していた。自分が出ていくことで最大の効果を上げたかったのだ。味気ない部屋を見渡しながら、いよいよここから出ていくときが来たと思った。さあ行こうと、椅子からスーツケースをつかんだ。

ところが、そこでふとためらった。スーツケースを持って、ひどく質素なキャラコのブラウスとロングスカートという姿で目の前のドアを見つめたとき、足に根が生えたようになり、それとわからないくらいに体が揺れた。何やら名状しがたい疑問が、もくろんでいる離反の完遂を引きとめていた。オダリーがあたしのいないことに数日間気づきもしないか、もっと悪いことに、かまいもしない可能性を考えた。彼女があの無頓着《むとんちゃく》な気のない様子で空《から》っぽの部屋をのぞきこみ、肩をすくめて、いつものように仕事に出かける姿を心に描いた。彼女はあたしにとってとても大切なのに、あたしは彼女にとってそれほど大切ではないこともありそうだと心配になった。自分の腕から下がっているスーツケースを見おろした。そのずっしりした重さに、早くも出ていくには疲れ果て、ドアのほうへ始めの一歩すら動かせなかった。自分がいなくなることでオダリーをこらしめたいと思うあまり、どこへ行くかをまだ考えてなかったことに気づいた——出ていくことしか念頭になかったのだ。

スーツケースを下に置き、ため息をついてベッドに腰かけた。自分はどうにも間違ったことをしようとしていた。オダリーにあることを伝えたかったのだけど、彼女からほかのものをほしくもあった。謝ってほしかったのだ。

あたしはここにいることに決めた。少なくとも、しばらくは。ゆっくりと、細心の注意を払いながら、スーツケースの中身を出し、部屋のもともとあった場所に戻した。そのあと、寝巻きに着がえて、ベッドにもぐりこんだ。いま、あたしは眠って、明日起きたら、新たなつとめに立ち向かおうと決心していた。それはオダリーを愛することであり、それゆえに、かけがえのない献身的な友を裏切ったという重大な事実——悪だくみや淫《みだ》らなふるまいはやめるべきだという重大な事実——に、目を向けさせることだった。

20

その週の金曜日、予期せぬ人物がオダリーを探して署を訪れた。幸いなことに、オダリーは昼休み中になんらかの用事をすませに出かけていた。あたしはドクター・スピッツァーにいきなり会わされたあと、ものすごく疲れて用心深くなってたので、今回の彼女の用事について何も尋ねなかった。つまり、なんにせよ、その日オダリーに来客があったのだけど、来客が彼女に会いにやってきたとき、彼女は留守だったということだ。あたしが自分の仕事場所に座り、サンドウィッチを食べ、すっかり冷めてしまったコーヒーを飲んでたとき、テディが受付の机に近づいてくるのが見えた。あたしは思わず小さな悲鳴をあげてしまい、言うまでもなく、そのせいで自分の存在を彼に知らせる羽目《はめ》になった。彼の若い顔がぱっと輝いた。

「やあ、ローズ！」彼が署の向こうから朗《ほが》らかな声で呼びかけ、あたしのほうに手を振った。

あたしはあわてて自分の机から立ちあがり、ちょうど飲んでいた紙コップ入りのコーヒーをブラウスの胸にこぼしてしまった。それはかまわなかった。オダリーに借りたバラ色の光沢のあるシルクブラウスで、たぶんもう台なしになってしまったけど、そのころまでにあたしが学んだものがあるとすれば、オダリーはほかの人たちがタルカムパウダーやトイレットペーパーを使うかのように服を無造作に扱っては捨てるとわかってたから。あたしは急いで事務室を突っ切ってテディのほうへ向かった。なんの騒ぎかと、みんながいっせいに目を上げた。

「しーっ！　大声を出さないで」あたしはテディに言った。「ここへ何しにきたの？」

「あの、ぼく……オダリーと話をしようと思って」

あたしは道路で話そうと、彼の二の腕をつかんで署の玄関から引っ張りだし、階段を下りた。

「まったく、テディったら」あたしは彼の若々しいひょろりとした体を外へ連れだしながら、つぶやいた。従順で忠実な友人として、いま彼を追い払ったほうが望ましいと感じていた。彼が探しにきたという事実にオダリーが気づかないうちに。なんだか変だけど、そのときはこう思ったことをはっきりと覚えている。予言か何かのように、〝そうすれば、だれも傷つかないだろう〟と。いったん道路に出てから彼を揺さぶり、さっきの質問を繰り返した。

「ここへ何しにきたの？」あたしは彼を離して、待った。彼はすぐには答えなかった。目を丸くし、自分の靴を見おろして、もじもじと足を動かした。その様子を見て、あたしは自分のなかで何かがやわらぐのを感じた。そう、テディに好感を抱いてることに気づいたのだ。彼のオダリーへの態度には、あたしのそれとあまり変わらないと認めざるをえない、切羽《せっぱ》つまった熱心さのようなものがあった。

要するに、テディとあたしは両方ともオダリーの行動基準を理解しようとしていたのだ。オダリーから〝真実を得よう〟と。よりによって！　テディは彼女の偽らざる過去を手に入れようとしてたし、あたしは彼女の偽らざる心を手に入れようとしてたわけだけど、実のところ、ふたりともさして変わりはなかった。あたしたちはどちらもオダリーを追い求め、いまや彼女が相互関係の詳細や結末を話すのを待っていた。

そう訴える色を目に浮かべて彼がこちらを見たとき、あたしたちは口に出さずに言葉を交わした。あたしは共感の震えが全身にひたひたと押し寄せるのを感じた。とはいえ、そこで気を取り直し、厳しい声で言った。「テディ、ここに来ちゃ、だめ」

彼はその言葉が本心からのものかどうかいぶかるように、眉根を寄せた。「彼女はぼくがだれかをわかっているんだよ、ローズ」と彼は言った。「彼女はあの人なんだ。いくつか変えているところはあるけど、でも、絶対にあの人だ。ぴんとくるんだよ。聞かなくちゃならないことがあって……ほんの一分しかかからないんだ」

あたしはテディを長いあいだ仔細《しさい》に眺め、彼は決してあきらめないかもしれないという気がした。オダリーをジェネブラだと確信しているテディは、満足のいく答えを彼女がするまで、つきまとうだろう。彼女にそうできるとは思えなかった。断じて。あたしはオダリーとすごしたあいだに彼女から聞かされたさまざまな作り話に思いをめぐらせた。彼女は何度も意図的にあたしを欺《あざむ》いてきていた。さらには、オダリーと巡査部長が廊下にふたりきりで立っているところを目撃したときのことを考えた。胸の奥底から、怒りの小さな炎が燃えあがった。わずかに広がっている産毛《うぶげ》と青年期の若者に特有のニキビがまだ残るテディの顔に目をやったとき、またもや岐路にさしかかってることに気づいた。

「いいわ、こうしましょ」あたしは心を決め、ようやくそう言った。そして、ハンドバッグから小さな鉛筆とメモ用のカードを取りだした。「もう仕事に戻らなくちゃ」そう言って、住所と簡単な説明を丁寧な字で書きとめた。「でも、これ。さ、どうぞ」あたしはテディにカードを渡した。

そこに立ったまま戸惑ったようにカードを見つめているテディを残したまま、あたしはきびすを返し、玄関前の階段を急ぎ足で上りかけた。「ありがとう!」やっとカードの意味がわかった彼が、あたしの背に声をかけた。「ありがとう、ローズ」あたしは階段の途中で立ち止まった。

「いいのよ」そう答えた。
自分が始めたことについて――なんにせよ、みずから引き起こしてしまった恐ろしい衝突の可能性について――思い悩むべきだったときがあったとすれば、そのときだろうと思う。でも、そのような感情はいっさいなかった。それどころか、妙に心安らぎ、穏やかだった。最後の数段を上り終えたとき、マリーが窓際からすっと離れる姿に気づいた。ということは、あたしたちは見られてたのだ。つまり、マリーにいつまでもこう問われることに耐えなければならないというわけだった。『あの青年はだれ?』だの、『あなたのボーイフレンドにしてはちょっと若すぎない?』だのと。あたしは署の玄関の扉を押しあけ、気にしないことに決めた。そのときは、マリーにこの場面をちらりと見られたことが、いつかあたしの将来にどう影響するかなど、少しも予期していなかった。

その夜、あたしたちはいつものようにもぐり酒場へ出かけた。そもそもその夕方は、太陽が地平線の下へとすっかり沈まないうちに、反対側の地平線から月が大きく風船のように姿を現わしてくるようなたそがれどきだった。あたしはホテルのテラスに立って、じりじりとゆっくりのぼってくる月を眺めてたことを覚えている。月のてっぺんがくすんだピンクの細い弧を描き、灰色の地肌模様が浮かびあがっていた。
日中は温度が上がって蒸し暑かったけど、そのころはもう涼しいそよ風が街の汚れた空気を遠く海のほうへと押し流していた。木々の葉がまもなく紅葉しはじめることに気づき、あと数か月もしたら、オダリーと知りあって丸一年になるんだと思いいたって驚いた。あたしはこの不意に気づいたことについてしみじみと考え、どっぷり夢想にひたっていたにちがいない。着がえて夜の街に出かけましょうよと呼ぶ彼女の声を聞いて、飛びあがった。あたしはめったにテラスへ出なかったけど、そうしたときには、太陽が趣《おもむき》のある月に縄張りをあけわたし、明かりがたそがれへと変わっていくにつれ、街の電灯がこの世のものとは思えない光を放つ様子に、他愛もなく魅了されるのだった。

部屋に入ると、オダリーがふたり分の服を広げていた。今日にいたるまで、その服がそっくりなことは偶然だったのか、あるいは故意にもくろまれたものだったのか、わからない。服が似てることが役立つと彼女がどうやって知ったのか、見当もつかない。オダリーはたくさんの面を持っていて、人間の行動を予想できるという驚くべき能力を備えてるのだけど、正真正銘の千里眼だとはとうてい信じられない。にもかかわらず、おそらくそれが自分の目的の助けになるとは知らずに、彼女はその夜、銀色のビーズが施されたそっくりな黒いイブニングドレスを自分たちのために用意したのだ。一方（あたしの）は襟《えり》ぐりがスクエアカットで、もう一方（彼女の）は肩紐がないタイプだったけど、両方ともプリーツになったスカート部分が膝すれすれまで伸びるにしたがってシルバーのビーズが数を増していき、あたしたちふたりはうねる波間を泳ぐ人魚もかくやと思われるほどだった。

オダリーはさらに、あたしのくすんだ茶色い髪にヘアクリームをつけて黒くつややかにし、毛先をたくしこんでピンでとめ、髪が顎のあたりで揺れるようにした——ちょうど彼女の断髪《ボブ》そっくりに。ホテルの部屋を出る直前に、ふたり並んで鏡の前に立った姿をちらりと見たことを覚えている。あたしたちはほんのわずかではあるものの、双子のようだった。輝くばかりに美しい女性と、少し器量の落ちる、少しやぼったいもうひとりの女。不気味なほど似せた最後の仕上げとして、オダリーはあのおそろいのダイヤモンドのブレスレットをつけようと言って譲らなかった——それは妙な提案だった。そのときまで、あたしたちは部屋の外でそのブレスレットをつけたことがなかったから。ブレスレットをつけると、装いは完成した。オダリーはさっそく階下へ電話を入れ、ドアマンのひとりにタクシーを呼ぶよう伝えた。こうして、その夜が動きだしたのだった。

オダリーとすごしたこの九か月のあいだに、そのもぐり酒場——つまり、彼女のもぐり酒場——は、たまに場所を変えることがわかっていた。おもに三、四か所の決まった場所ではあるけど、その夜は（あたしたちがともにすごした最後の夜ということになってしまった）、不思議なめぐりあわせのようなものがあったと思う。あたしが初めて行った場所だったのだ。今回、あたしはすっかり慣れていて、タクシーに乗ってロワー・イーストサイドまで行き、明かりのともっていない店が並ぶ人気《ひとけ》のない通りで降りても、まばたきひとつしなかった。予想どおり、ある店の正面だけはまだ電灯をともしていた。かつら屋のドアを押し開くと、以前と同じ変な色のサスペンダーをつけた、以前と同じ若い男がレジのところに座っており、以前とまったく同じ質問をした。その声の調子からして、だいぶ前からすり切れるほど何度も使っている質問であることに気づいた。

「何かお手伝いしましょうか、ご婦人方?」彼の口から出たのは〝いらっしゃいませ〟という決まり文句で、〝お手伝い〟というもともとの意味は跡形もない。男は片方の目にかぶさっている脂《あぶら》っぽい長い髪を払って、待った。オダリーは男に目もくれず、コンパクトを出して鼻に白粉《おしろい》をはたいた。あたしは自分が動く番だとわかった。

「ええ」あたしはあたりを見まわし、ヴィクトリア朝の凝った束髪に結ってある鉄灰色《てつかいしょく》のかつらを探しながら言った。そのかつらはいつも店の別の場所に置きかえてあるので、同じ場所に二度とあったためしがない。たぶん、入店を許されてる者と許されてない者とを区別する、さらなるテストなのだろうけど、もしかするとこの男が退屈しのぎにやってるだけなのかもしれない。ようやく、目が探し物にとまった。実のところ、それは見るに耐えないほどひどい代物《しろもの》だった。あたしはそれを何も疑わないマネキンの頭から取りあげた。「これは栗色ですてきだと聞いたわ。でも、赤褐色だったら二倍もよかったのに」こう口にしたとき、ずっと前にそう言ったオダリーとは比べものにならないほど魅力に欠けているとわかったけど、効果だけはてきめんだった。若い男がレジのキーをいくつか打つと、すぐにガチャンと大きな音がして、正面のカウンターの後ろの壁板が一枚ぱっと開いた。

「お入りください、ご婦人方」

オダリーが先に入り、あたしがあとに続いた。ふたたび壁板が動き、背後でかちりと閉まったので、あたしは突然の真っ暗闇に目を凝らし、通路がどちらへどう延びているのかを必死に探そうとした。パーティーのにぎやかな音が、まわり中から響いてきていた。オダリーが前のほうで動く気配がしたので、やみくもにそのあとについていき、いっしょにビロードのカーテンを抜けた。そこに三十秒ほど立っていただろうか、なかの様子がすっかり理解できもしないうちに、女性がひとり駆け寄ってきて、オダリーの両頬にキスをした。

「まあ、いらしたのね！」その女性は大きな声をあげた。

「またお会いできるなんて、とてもうれしいわ」オダリーも負けずに大喜びで応じた。それはだいぶ前にボヘミアンたちの会合で会った女性だとあたしは気づいたけど、オダリーがその女性を覚えているとは思えなかった。

「ちょうどマージョリーに話していたところなのよ――ほら！　マージョリー、あそこにいるでしょ？　手を振ってあげて！　でね、ちょうどマージョリーに話していたところなのよ。『彼女はいつここへ来るのかしら』って。そのとたん、あなたが姿を現わしたというわけなの、ぱっと！　魔法みたいにね――はい、ご登場！」

「はい、ご登場」オダリーが繰り返した。人はいつもこんなふうにオダリーに近寄ってきて話をする。そのため、彼女はいたって如才ないけど曖昧《あいまい》な受け答えをするようになっていた。

「あちらへ加わって、ご挨拶なさいな」その女性が話すと、ウィスキーのにおいがする生温かい息があたしたちのほうへ漂ってきた。いやという返事は受け取らないとばかりに、彼女は早くもオダリーと腕を組んでいた。音もなくしゃっくりが出て、ふとたじろいだものの、執拗《しつよう》に続けた。「ディグビーという男性がいてね、物真似の達人なの。ものすごく滑稽《こっけい》だから、見のがす手はないわよ！　それから、もちろん画家のルボードもあっちにいるわ。あなたをどうやって最新のスタイルで描くかって話をしているの。あなたなんだけど、全然あなたには見えなくてね、だって顔の造作を面白おかしくして、めちゃくちゃに……」

その女性の根気強い粘りは功を奏し、あたしはふと気づくとひとりでその場に立っていた。部屋の反対側にいるレドモンドを見つけると、彼はあたしのほうにうなずいた。あの手入れのあった晩に起こった誤解について話しあったことはないけど、それはあたしたちのあいだで一度に少しずつ解けていた。硬い氷の塊《かたまり》がゆっくりと解けて、さらさら流れる川となり、（願わくは）やがて橋の下を通りすぎていくように。彼はこちらへちょこちょこと歩いてきて、注文を取った。短いやりとりだったけど、あたしたちが好ましい方向へ進んでることのしるしだとわかった。

シャンパンのカクテルを持ってレドモンドが戻ってくるのを待つあいだ、室内をざっと見渡した。クチナシの花を片耳にはさんだ女性が、両方の手首を動かしながら、お茶目な明るい色気がこぼれんばかりの元気な声で歌っていた。朗らかな調子ではあるものの、それにだまされてはいけないたぐいの歌だった。軽快なメロディーでありつつ、よく観察してみれば、じつは当世ふうの皮肉っぽい歌詞がどっさり含まれているのだ。悲観的な言葉に影響を受けそうにないカップルたちが、詩の意味などどこ吹く風で、軽快な曲に合わせて部屋の中央で踊っていた。

その夜、さまざまなことが早くもいつもと異なっていると感じたのは、妙だ。すぎたことを振り返ってみるからこそ、いまそう思えるにすぎないのかもしれないけど、間違いなくあたしの記憶ではそうなのだ。なぜか、かかっていた魔法がもうすっかり解けてしまったような、はっきりした感覚があった。そういえば、あたしは変わりゆく季節に敏感で、単にそのせいである可能性だってある。どうなんだろう。ともかく、夏が終わったところだった。夏は不満足感を残したまま、あたしたちを置いていってしまった。浜辺で肌を小麦色に焼き、自由にすごしたいという願望を、ろくに満たしてくれずに。うかうかしているといまに寒くなり、あたしたちが文明と呼ぶ、スチームで温められてむっとする狭苦しい部屋に、また押し戻されることだろう。

けれど、あたりを見まわしたあたしは、単なるすぎゆく夏への惜別の情よりももっと大きく気持ちに影響しているものがあるのを感じた。あたしはそれにぴんときて、自分の世代に関するあることが不意に理解できた。それは外から眺めている純然たる第三者だけに理解できるものであり、次のようなことだった。部屋の中央で踊っているカップルたちは、たくさんの夏と冬を経験して、何度も自分たちを変え、なんの抵抗もなくワルツを忘れてテンポの速いフォックストロットを踊り、さらにはフォックストロットを忘れてチャールストンを踊ってきた。ダンスフロアでくるくるまわることが、何か新しい愉快なものの到来を告げるかのようにふるまい、キスを交わすたびに初めてであるかのようなふりをする。つまり、彼らの若さではなく、その天真爛漫《らんまん》さこそが嘘偽りない見せかけなのだ。彼らを動かし続けている若さは、彼らの筋肉や骨にいつまでも残っている激しい生命力のようなもので、しばしば活発さや優雅さと間違われる。でも、彼らの天真爛漫さは、何か新鮮でのびのびした刺激的なことがもうまもなくやってくるという幻想を保つために、彼らが偽り続けなければならないものなのだ。

あたしはその夜初めて、場の相対的な興奮はすべてこの幻想によって起こるものだと、ぼんやり感じるようになった。言ってみれば、あたしたちは戦争を経験し、厭世《えんせい》的な気分のまま平和に戻ったわけだけど……同時に初めて青年期をすごすようなふりをして、ひと時代を築こうとしてきたのだ。つまりあたしは、ここにいるのはみんな偽者だという結論に達したのだった。

あたしはさらに周囲を見まわした。知らず知らずのうちに、室内にギブはいないかと探していた。その週はほとんど毎日、ギブとオダリーの言い争う声が聞こえてきていた。オダリーのしたことが癪《しゃく》にさわってはいても、あたしは彼女にギブときっぱり縁を切ってほしくて仕方なかった。室内をぶらついてみた。紫煙をくゆらしてる一群のなかに彼はいなかった。ルーレットのテーブルのあたりにいて、ルーレット盤の縁にわざと寄りかかって回転を遅らせようとする男たちを見張ってもいなかった。体を揺らしてにぎやかにチャールストンを踊っている連中のなかにもいなかった（実のところ、ギブはめったに踊らなかったけど）。ようやく彼を見つけたと思ったら、どうやらオダリーが先に見つけていたようだった。ふたりは遠くの隅にあるバーの近くに置かれた赤いビロードの長椅子に腰かけ、いやに熱心に話しこんでいた。どちらも笑顔ではなく、数分後、ふたりの話しあいはまた口論へ移ったことが明らかになった。ほどなく好奇心に負けたあたしは、すでに手にしていたカクテルを近くのテーブルに置いて、バーのほうへ近づき、喉が渇いたふりをしてバーテンに新たな飲み物を注文した。そのころまでには、そのもぐり酒場全体はありえないほど騒々しくなってたのだけど、それでもあたしはオダリーとギブの会話をひと言でもふた言でも聞きたかったのだ。

ところが、声の聞こえるところまでじりじりと進むよりも先に、千鳥足の若い女性がふたりの座っている長椅子の肘かけに座ろうとして、ギブの手の上にお尻をのせたことに気づき、悲鳴をあげて飛びあがった。そして、うっかり座った彼の手の上からぱっと飛びのいたとき、持っていたマティーニのグラスの中身を彼の頭にぶちまけてしまい、いまはやかましいほど謝りながら、心配そうに長椅子のあたりをうろうろしていた。密造ジンとヘアオイルの混じった水滴が目にしたたり落ち、ギブはこの成りゆきに面白くなさそうだった。オダリーは手際よくギブの上着の胸からポケットチーフを引き抜き、彼の顔にかかっている汚れを拭《ぬぐ》いはじめた。そして、すばやく若い女性を追いやり、ギブをなだめつつせかして、いっしょに奥の部屋へ引っこんだ。いつまでかはわからないけど、そこにいるつもりなのだろう。

こっそり話を聞こうとする計画が邪魔され、あたしの好奇心は満たされずじまいになった。あたしはため息をつき、部屋の中央で繰り広げられている野放図《のほうず》などんちゃん騒ぎに目を向けた。だれかがダンスフロアの真ん中にワゴンを引いてきて、シャンパン・グラスをピラミッド形に高く積みあげていた。そこへ、鮮やかな黄色のドレス姿の小柄でほっそりしたかわいい女性が、踏み段式スツールの上に立ち、かなりかさばって重そうな大型酒瓶から金色のシャンパンをよどみなく注いだ。シャンパンはしゅわしゅわと泡立ちながら、いちばん上のグラスからあふれ、グラスの小さな山を流れ落ちてそれぞれのグラスを満たしていった。まわりの人たちはみな、酔客もそうでない者も、その女性のお手並みに拍手喝采《かっさい》した。

ほんの一瞬、サスペンダーとゲートルが目に入り、急ごしらえのシャンパンの滝のすぐ向こうに立つ警部補がちらりと見えたように思った。それは人違いだった。とはいえ、彼のことを思いだしたせいで警戒心が首をもたげ、あたしは急に落ち着かなくなった。たぶん、もっと大きな驚きだったのは、彼がここにいたらうれしいかもしれないという自分の気持ちに、ぼんやりと気づいたことだ。あたしは動揺し、いつまでもバーに寄りかかっていられなくなった。思わず、手にしていたジンとベルモットのカクテルのグラスを置くと、自分の行動を覚えていられるくらい素面《しらふ》のときにはめったにしないことを始めた——つまり、ダンスフロアにつかつかと歩いていき、激しく体を揺らしてチャールストンを踊る人々のなかに身を投じたのだ。どのくらいダンスフロアで踊ってたのかわからないけど、おそらくたっぷり三十分はたったところで、息を整えようと脇へ寄った。そのころまでには汗だくになっていて、ピンでとめて断髪のようになった髪が頬にへばりつき、上唇をなめるとしょっぱい味がしていた。あたしは真っ赤な顔でダンスフロアの横に立ち、ほかの人々が踊り続けるのを眺めた。

オダリーの所在はまったくわからなくなってたけれど、不意に暗闇のなかから蠟燭《ろうそく》に照らされた彼女の卵形の顔がぼうっと現われた。あたしは少しびっくりして、よろよろと後ずさった。

「あら！」

「ローズ、ああ——ここにいたのね！」彼女の声はいつもと違っていた。なじるような冷たい響きがあったのだ。どこか変だった。蠟燭の揺らめきのせいかもしれなかったけど、オダリーの口がゆがんでるように見えた。やがてゆっくりと、彼女の近くに、その肩のすぐ向こうに、別の人影があることに気づいた。それは男性のようだった。肩はかなり広いけど、腰は細く、頭は不釣合いなほど小さい。あたしはまばたきをし、じっくりと見つめた。

「あら！」あたしはまた驚いた。いや、公平を期すと、彼の顔を見て驚くべきではなかった。ここの住所を教えたのは、あたしなのだから。かつら屋からの入り方も含めて。

「テディを覚えていらっしゃるわね、ローズ？　ブリンクリーご夫妻の別荘でお会いしたでしょう？」それは必要のない質問だと彼女がわかっていたことは間違いない。当然、あたしは覚えていた。丁寧すぎる彼女の言葉には、わずかに怒りがこもっていた。あたしはこれまでずっと、このもぐり酒場にテディを招いたことをオダリーに話すつもりでいたのだけど、いざその重大な時を目前にすると、つい緊張してごくりと唾を呑みこみ、テディのほうへ手を伸ばしていた。

「もちろんよ」とあたしは言った。「テディ、またお会いできてうれしいわ」彼は笑顔になり、ほんの数時間前に署で会ったことなどおくびにも出さず、あたしの伸ばした手を握った。彼が手を離したあと、あたしたち三人はぎこちなく立ったままでいた。何分かのあいだ、だれも話さなかった。にぎやかな酒宴のただなかで。あたしはだんだんと、自分たちが揺れ動く海の真ん中の動かぬ一点になってることを意識しはじめた。ようやくオダリーが口を開いた。

「わかると思うけれど、テディとわたしはちょっと話をする必要があるのよ、ローズ」と彼女は言った。あたしは急にいたたまれない思いに襲われ、気まずくうなずいた。この不安は、いま抱いている罪悪感のせいだとわかっていた。オダリーの目を見れば、その夜自分たちがいる場所をテディに教えることによって、ふたりの最終的な対決といういまの事態を招いたのがあたしだと見抜いてることは明白だった。

「でも、ここでは思うように話ができないわ」オダリーは続けた。「お願いなんだけれど、ローズ、彼をわたしたちの部屋に連れていってくれる？　わたしはここでちょっと片づけなくてはならないことがあるの。そのあとすぐに帰って、三人でゆっくりくつろげるようにするわ」

あたしはしばらく代わりにテディをもてなしてほしいというオダリーの頼みを承諾したものの、もうそれどころではなく気もそぞろだった。オダリーを裏切ったことがばれてしまったとたん、早くもそれを後悔しはじめていた。その夜のもぐり酒場の住所をテディに教えたことで何が起こると思ったのか、よくわからない。ただ、それがなんであれ、受け入れる心積もりはまだできてなかった。

オダリーは銀のケースをパチッと開き、煙草を一本取りだした。テディはライターを出そうとポケットを探り、上着のポケットの奥に入っていたものを見つけた。

「じゃあ、ローズがあなたの部屋に案内してくれて、そのあとぼくたちはもっと話ができるんですね……ニューポートについて」テディはライターの炎を上げながら言った。質問でもあり断定でもあるような口調だった。

「まあ、きっとお話しすることはたくさんあるわ」オダリーは言った。「さあ、行ってらしてちょうだい。わたしはおふたりのすぐあとに出るから」彼女はテディの手をぽんぽんと叩いて片目をつぶってみせると、踊っている人々の群れのなかへ入っていき、見る間に人波に呑まれてしまった。

指示されたとおりオダリーの部屋で待つことに満足したテディが、片腕を優雅にあたしのほうへさしだした。こうして、あたしたちはいっしょに裏口へ向かった。

ホテルの部屋まで行くあいだは、これといって何も持ちあがらなかったけど、緊張感だけは色濃く漂っていた。道すがら、あたしたちはどちらも黙っていた。二度――一度はタクシーのなかで、もう一度はエレベーターが上がって各階を通りすぎていくとき――テディは話をしようとするかのようにすっと息を吸ったけど、やめておいたほうがいいと思い直したようだった。

ホテルの部屋に入り、しばらく座ってたあとで、あたしはようやく沈黙を破り、お酒はいかがと彼に尋ねた。それは生まれてこのかた、そうする習慣がなかったこと――人に酒を勧めるなんて――だったけど、オダリーだったらそうしただろうし、あたしも彼女とすごしているあいだに新しい習慣を身につけるようになっていたのだ。テディは少年のころ、創設されたばかりのボーイスカウトのメンバーだったにちがいないので、酒を断るだろうと思った。ところが驚いたことに、彼は断らなかった。どういうことはない状況だったら、断っていたかもしれない。彼は〝頭をはっきりさせておく〟という美徳について説教しそうなタイプだからだ。でも、その夜は酒を飲みたい状況だったのだろう。オダリーのせいで神経質になっていることは確かだった。あたしはオダリーがバーのそばに置いている『ハリーの簡単なカクテルの作り方』というタイトルの小さなレシピ本をぱらぱらとめくり、サイドカーと呼ばれる飲み物を作ろうとした。

棚からコアントローの瓶を取り、慣れない手つきできっちりと計量するのを、テディがいかにも興味深げに眺めているのを感じた。自分の混ぜあわせた飲み物がちゃんとしたサイドカーなのかどうか自信はなかったけど、そこに氷を入れて振り、ふたつのマティーニ用グラスに注いだ。二十分とたたないうちに、あたしはその手順を繰り返していた。二度目の飲み物ができあがるころには、あたしのひたいには玉の汗が浮かび、ほつれた髪が汗ばんだ肌に貼りついてちくちくした。

「すてきな夜ね。彼女はもうしばらくしたら来ると思うわ。待ちながら、テラスで風にあたらない?」あたしは誘った。テディは目を丸くし、恐れるような視線をぱっと向けてきた。変な誘い——格好の口説《くど》き文句——だったことに気づいたあたしは、赤くなった。でも、テディは空咳《からぜき》をして肩をすくめ、あたしがそれぞれ三杯めの飲み物を作ったあとで、いっしょにテラスへ出た。あたしがほんの数時間前に、血のような赤みを帯びた警告の色に染まる空へと漕ぎだした、月を眺めたところへ。

その夜のそよ風には、初秋のうんざりするような蒸し暑さはまったくなかった。心地いいとしか言えないような夜になっていた。空気はほんのりと温かく、風が吹いたときにはほんのわずかな冷気が運ばれてきた。濡れた葉のさわやかな香りが公園から漂い、銀色の月の光は皓々《こうこう》と輝き、あたしたちの影はくっきりとした輪郭を描いて後ろへ伸びて、三人めや四人めのだれかをその場に招いたような感覚がしないでもなかった。あたしたちはテラスの手すりに肘をのせ、眼下に広がる街を眺めながら、何分か黙って立っていた。数階下のどこか、全世界からはるか彼方にあるように思えるところから、ひっきりなしに行き交う車や鳴っているクラクションのやかましい騒音がごく低く伝わってきた。あたしはテディが飲み物を長々と飲むのを見ていた。

「彼女はスフィンクスみたいじゃないですか？」ようやく息を吸おうとマティーニのグラスから顔を離したテディが、もののたとえで言った。

「いったい彼女から何を聞きたいの、テディ？」

彼は落ち着かなげにテラスを眺めわたして、肩をすくめた。「真実、だと思います」

「で、その真実がひどいものだったら？」

彼はかなり長いあいだあたしを見ていた。「ひどいって、どんなふうに？」

あたしは肩をすくめた。「想像しうるかぎり最悪ってことよ」

彼は目を大きく見開いた。「何か知っているんですか？」その目には期待の色が浮かんでいたけど、恐怖も垣間見えた。あたしはあわててかぶりを振った。

「ううん、そうじゃない。何も知らないわ」あたしは言った。「でも、たまに……知らないほうがいいこともあるって思わない？」

「いいえ」彼は答えた。「思いません」月光を受けて白く輝くテディの顔をしげしげと見て、彼はそのすべてを知るまであきらめないだろうとあたしは気づいた――彼がジェネブラとして知っている女性が本当はオダリーなのかどうか、そして、彼女はずっと昔、取り返しのつかない悲劇的な方法で報復しおおせたのかどうか。いま、彼の青い目が不屈の意志をたたえているのがわかった。彼はすべてを知ろうとしていた。

「どうするつもり?」あたしは質問を始めた。彼がどんな返事をするのか考えただけで、胸の鼓動が速まった。「もしオダリーが認めたら……何かひどいことをしたと……たとえそれが一瞬の出来心で——間違いなくひどい結果になったけど——そんなつもりはまったくなかったとしても」

「わかっていると思うけどな、ローズ、ぼくがどうするか」

あたしにはわかっていた。テディは彼女に裁判を受けさせるつもりなのだ。あたしがエドガー・ヴィタッリにしたようにではなく。そう、テディはまだそういう裏工作をしたり違法なことに手を出したりするところまで行ってなかった。ある意味、彼は以前のあたしに似ていた。正義が行なわれるのをなんとしても見たいけど、そうするにはきちんとした規則があると(言ってみれば、生真面目に)信じていた。テディは彼女のことを通報するだろう。そして、ある警察管区でその訴えが認められなかったら、別のところへ行くだろう。そんなふうに根気よく次々とあたっていき、やがてはオダリーの両手首に果敢にも手錠をかける警察管区を見つける。それは行なうべき正しいことだろう。まさに、正義の定義そのものだ。にもかかわらず、あたしは後悔の念に心がうずいていることに気づき、手がじっとりと冷たくなった。心から味方になってくれた、たったひとりの親友を裏切ってしまったのだ。

ちょうどそのとき、女性らしいしとやかな姿が優雅な足取りでテラスに出てきた。あたしはほんの一瞬、オダリーはいつからテラスのドアのそばに立っていて、話をどのくらい聞いていたのだろうと思った。

「なんてすてきな夜なのかしらね」彼女はそう言った。その声はかすれぎみでセクシーだった。手にした小さなミラートレイには、マティーニ用グラスが三つのっていた。彼女がそれをあたしたちの手に渡すとき、あたしはどうして彼女がサイドカーを作ったのかいぶかった。そのあとで、自分がバーにカクテルの作り方の本を開きっ放しにしておいたことを思いだした。不意にテディが手を突きだし、何かを指さした。その指の先をたどってみると、彼があたしたちの手首をさしているのがわかった――最初にオダリーの、ついであたしの。あたしはどきりとして、ブレスレットのことを忘れてたことに気づいた。いま、それはきらめく月の光を受けてまばゆく輝いていた。

「ああ！」それだけしか彼は口にできなかった。「ああ……ああ！」

あたしは胃が引っくり返るのを感じ、新たな恐怖に駆られた。いま何が危機に瀕《ひん》しているかが理解できた。あたしの恐れは、オダリーを失うことだとわかった。オダリーはといえば、少しも動じていなかった。テディの驚愕《きょうがく》など意に介さず、そよ吹く夜風のなか、けだるげに体を伸ばすと、品よく小さなあくびをした。

「わたしの好きなこと、知っていて？ ここに立って煙草を吸うことなのよ」彼女がさわやかな笑みをあたしたちに向けると、その歯が銀色の月光を受けてきらりと不気味な輝きを放った。彼女はバッグのとめ金をあけ、なかを見るふりをした。「あら！ でも、切らしちゃっているわ。ローズ、お願い。売店までちょっと行って、買ってきてもらえるかしら？」

あたしはうなずいたけど、行くのをためらった。彼女のそばを離れてもいいかどうか迷ったから。いまや彼女を守りたいという本能が激しく身の内に渦巻いていた。昼間はオダリーをテディと対決させたかったのに、いまはテディに出ていってほしくて仕方なかった。それも、できるだけ早く。大急ぎで走って煙草を買いにいけば、たぶんオダリーが彼に真実を話して帰ってもらう機会ができるだろうと思った。そのあとで、どっちみち歩くのは自分にとっていいことかもしれないとも考えた。そのころまでに、お酒のせいで体が少し熱を持ってたし、頬が燃えるように火照《ほて》ってるのが感じられたのだ。オダリーから手に小銭をのせられたあたしは、エレベーターに乗ったのはあまり覚えておらず——まあ、乗ったにちがいないのだけど——ふと気づくと、つっかかるような大股でよろめきながら街の舗道を歩いていた。

最初に行った二軒の売店が閉まってたので、レキシントン街の角にあるはずの小さな店まで足を伸ばした。そこの店員がどんな男だったか記憶にないのだけど、天気のことで何やら話したのはちゃんと覚えている（涼しくなって、だいぶすごしやすくなった——焼けるように暑い夏が終わってほっとしたね！　ということで意見が一致したのだ）。どこにいる酔っ払いもよくそうするように、あたしも必死に小銭を数えてると思われないように気をつけた。顔が上気し、視界がぼんやりしてたから、どの硬貨がいくらなのかと、たぶん目を凝らして見てたと思う。でも、店員はそれに気づかなかったか、夜遅くの客の変わったふるまいなどとっくの昔から気にとめなくなってたのだろう。ただ、あたしが上客でなかったことは確かで、店員は煙草を紙袋に入れず、そのままあたしに渡してよこした。ホテルへ戻る途中、毛並みがつやつやしたグレイハウンドを散歩させてる男性がいた。あたしはその犬がかわいいと褒《ほ》め、足を止めてなでたあと、また歩き続けた。オダリーとすごすようになる前、あたしはそんなふうに見知らぬ人と気軽に親しくしようとはしなかった。いわば、まさに自分の殻から出たのだ。彼女があたしを変えてくれたのだと、しみじみ感じた。それも、いいほうへ。どこに行けば彼女が見つかるかをテディに教えたことを謝って、また姉妹同然になろう。こんな愚かで卑劣な裏切りは、もうたくさん。ああ、ときもあろうに、あたしがそんなふうに考えるとは、なんて皮肉な……。

サイレンの音を聞いたのは、ホテルまであとほんの半ブロックのところだった。そのときにはもうあたりに人だかりができ、早くも警察官たちが野次馬を寄せつけないようにしていた。人々が取り囲んで指さしてるものが、彼らの膝の下のほう、地面に横たわっていた。近づくにしたがって、あたしの胃はぎゅっと縮まった。すでに頬の火照りが消え、急に酔いがさめて覚醒した目が大きく見開き、避けようもなく待ち構えている恐ろしい光景を予期して心は引き締まった。だいぶ近づくと、灰色の歩道の硬いコンクリートの上に無残な格好で投げだされてるテディの死体がちらりと目に入ったけど、それはもうとっくにあたしの心のなかに描かれてたことのようだった。

21

いまでもときどき、オダリーがあの若いエレベーター・ボーイにそうさせたのではないかと思うこともあれば、それは悪意のない間違いであって、彼は正しいことをしようとする非常に熱心な〝よきサマリア人《びと》〟にすぎなかったのかもしれないと迷うこともある。もちろん、どちらでもかまわないけど、わかったほうがうれしい。なんとなく（いま、あたしはオダリーがどういう人間かを知ってるので）、彼女が綿密に見事な策略を立てることに苦心惨憺《さんたん》しただろうと思うと、ある程度の慰めが得られる。とはいえ、まるきり判断のつかないことも、やはりいくつかあって、この件についてはあきらめざるをえない。どちらにせよ、あのエレベーター・ボーイの行動は、揺るぎのない確固たるよりどころが源《みなもと》となっていた。群れ成す野次馬たちの輪から離れたところに立ち、腕を上げてあたしのほうを指さした彼に、ためらいがなかったから。

「あそこにいる！　彼といっしょに上がったのは、その女性です！」とエレベーター・ボーイは叫んだ。それは単なる言明であり、しかも内容は真実だったけど、非難のように突き刺さり、あたしは思わずむっとしてかすかに震えながら後ずさりした。

「どういうこと？　何を言いたいの、クライド――」

「クライドじゃない。クライヴです」

「あら」

「彼女に聞いてみてください――彼といっしょに上へ行かなかったかって！」たちまち、あたしのすぐそばに警官がやってきた。

「死亡した人の名前や身元をご存じですか？」その警官が尋ねた。あたしは知っていると認めた。「ところで、あなたはどこから来たんです？」彼が尋ねた。あたしは煙草を買いにいってたことについて、売店に行ったこと、角の店に行ったこと、毛並みのつやつやしたグレイハウンドのことまで説明した。そのころには、しゃべりすぎだとわかった。警官が片眉を上げたからだ。「それで、あなたの友だち、このテディという男性は、あそこにひとり残っていたと言うんですね？」警官はホテルの上のほうの階へ手をやった。

あたしはすぐに答えなかった。オダリーを守りたいという思いにまだとらわれてたから。テディが横たわってるほうへちらりと目を向けたけど、その体をまともに見ることはできなかった。落ちて助からなかったのは、間違いなかった。「彼は……？」

「残念ながら」

あたしは視線をホテルの壁に沿ってのろのろと上げていき、あたしたちの部屋のテラスのほうへ向けた。ここから見ると、それはなじみのない、自分とはいっさい無関係の、遠くにある場所のような感じがした。そのうちに、この警官は上へ行ってさらなる捜査をするにちがいないと気づいて、ごくりと唾を呑んだ。「ルームメイトがいるんです」どんなふうにその情報を伝えようかとめまぐるしく頭を働かせながら、あたしは言った。「何があったのか、彼女なら知ってるかもしれません。もしかすると、じ……じ……事故を見たかもしれないし」〝事故〟という言葉を声に出したとたん、口のなかに妙な苦味が残った。上へ行って、オダリーに会い、その大きく開いた目をのぞきこみ、まさに起こったことの真実をそこから読み取りたくてたまらなかった。非難の色を濃く浮かべたクライヴが操作するエレベーターで上へ行くあいだ、その警官は（パトロール警官だ。あたしは狼狽《ろうばい》してたけど、それでも巡回警官と本物の刑事との違いぐらい、当然、ちゃんと判断できた）ずっと黙っていた。

あたしたちの部屋のある階に着いたあと、あたしと警官がエレベーターを出て廊下を歩いていくとき、クライヴは後ろからついてきた。警官はクライヴを押しとどめるようなことは何も言わず、あたしはバッグのなかに手を入れて玄関の鍵を探すあいだ、ふたりの男の視線が注がれているのを感じた。部屋のドアノブをまわしてドアを開いたとき、あたりに音が響いてなんだかうつろな感じがした。居間はがらんとした雰囲気に満ち、あたしはうろたえて胸の悪くなる思いに打ちのめされた。すぐに、オダリーが姿を消したことは疑う余地もなくなった。彼女がどこにいるのか、なぜ出ていったのか、悪意のない説明をまとめようとしたものの、その糸口はもはや曖昧《あいまい》でつかみどころがなかった。警官は感心なことに、ただちにあたしを頭の変な女のようには扱わなかったけど、ここで待っているとあたしが請けあったルームメイトを捜すため、すべての個室をいちおう丁寧ながらも大まかに見てまわった。動きまわる彼のあとを、あたしはついていった。最後に行き着いたのは、テラスだった。一時間足らず前、テラスはさわやかで心地よく思えた。いま、ここはひどいことが起こりそうな空気でいっぱいだった。あたしが見守るなか、警官はいくつかの品を調べにかかった。枝編み細工の低いテーブルに残されている、カクテル用の小さなミラートレイ。煉瓦《れんが》の縁に置きっ放しになったままの、空《から》になったマティーニ・グラスふたつ（もうひとつのグラスがどうなったのかは、わからなかった）。警官は手すり越しに下の死体をのぞきこんでから、ふたたび二脚のマティーニ・グラスにちらりと目をやった。

「今夜もっと早くに、ここにいたとおっしゃいましたね？」

「はい」あたしはそう答えた。そのあと、いったん間を置いて付け加えた。「すみませんが、どうしてこうなったのか、それ以上はわからなくて」それは事実だった。あたしは申しわけないと思ってたし、その気持ちは刻々と強くなっていった。たぶんいまはお笑い種《ぐさ》だろうけど、そのときあたしはオダリーのことが心配だった。〝きっとものすごくショックだったんだわ〟とあたしは思った。〝でも、こんなふうにホテルを出ていかなくたってよかったのに〟と。もし彼女が過去のあるときニューポートに行ったことがあって、テディが落ちる前にオダリーと口論をしたと思われるなら、例の忌まわしい事実は明るみに出るだろうし、今夜テラスで起ったことはなんであれ正義にかなっているとは受け取られないだろう。

「大丈夫です」警官が答えた。「すでに刑事が呼ばれてますから」あたしはうなずいた。そのころまでに、しばらく前に飲んだコニャックがあたしの組織の奥深くまで影響を及ぼし、頭が割れるように重くズキンズキンしはじめていた。角の店から戻るときに感じた軽い意識の混濁《こんだく》は薄れており、ふと視線を下げると、煙草ひと箱をまだ手にしていることに気づいた。あたしは無意識に封をあけ、警官に煙草を一本勧めた。警官はこれまであたしがさらされたことのないような、奇妙な色を浮かべた目を向けてよこしたので、断られた一本を自分が吸うことにした。そうすれば落ち着けるかと思ったのだ。煙草には気分を落ち着けてくれるすばらしい効果があるの、とオダリーはいつも言っていた。警官はまだこちらを注意深く見つめながら、手を伸ばしてあたしの煙草に火をつけた。ふと気づいたのだけど、その手は震えていた。煙草を吸うときのあたしの手はといえば、逆にとても落ち着いていた。神経のほうは、落ち着くどころではなかったけど。あたしはもう数えきれないほど見てきたオダリーのしぐさを真似して、頭をやや上にかしげ、口から煙が渦を巻いて立ちのぼるように息を吐いた。

「なんてひどい事故なのかしら。そうじゃない？」あたしは言った。どうということはない発言だ。というか、あたしはそう思ったのだけど、警官はたじろぎ、ぱっと顔を向けてきた。信じられないものを見るかのように、その目を大きく開いて。

「えっ……ああ……事故……」と警官はつぶやいた。

あたしは煙草を吸い終わり、枝編み細工のテーブルに置いてある緑色のガラスの灰皿でもみ消し、きちんとそこに捨てた。テラスにはそのテーブルのほかに、小さな敷物と、枝編み細工の椅子二脚と、長椅子があった。あたしたちが何かを待ってるのは明らかだったので、あたしは長椅子に腰を下ろし、脚を組んだ。小さなきらめきが目に入ったので下を見ると、オダリーのブレスレットが足元に落ちていた。テディが彼女の手首からもぎ取ったの？　そこにあったら彼女が困るだろうと思い、預かっておこうと拾った。なくさないためには、身につけておくのがいちばんよさそうだったので、自分のもう一方の手首にまわし、パチンととめ金をとめた。オダリーの言ったとおりだ、とあたしは胸の内で考えた。両腕のブレスレットはまさに手錠のようだった。あたしは両手首をゆっくりとねじり、月明かりを受けて冷たく輝く宝石をうっとりと眺めた。

しばらくすると大勢の警官が到着し、あたしは彼らに連れられて階下へ降りた。そこには、あたしを管轄の警察署へ連れていこうと、車が待っていた。手を貸してもらって車に乗りこむとき、例のパトロール警官が仲間の警官たちに、待つあいだのあたしの様子をこと細かに話してるのが聞こえてきた。

「……いやあもう、彼女を見せてやりかたったよ。氷みたいに冷たい女なんだ、まったく！ テラスに立って、煙草を吹かすわ、ダイヤモンドをうっとり眺めるわ、まあ落ち着き払ってて……」

思ってもいなかったことに警察署へ連れていかれたため、オダリーがいつホテルへ戻ってきたのか定かじゃないけど、おそらく数時間後だろう。いまでは何度も何度も、こんなだったにちがいないと思い描いてきている——オダリーがホテルのほうへ道路を歩いてきて、野次馬たちを〝発見する〟。パトカーや、新聞記者や、記者たちのカメラの上で炸裂《さくれつ》する閃光《せんこう》電球の目もくらむほどに明るいフラッシュを。そこで、あたしの想像のなかの彼女は、眉間《みけん》にしわを寄せて縁石に近寄る。検死官が身の毛もよだつ仕事に取りかかっているのをちらりと見て、口に手をあてる。野次馬たちと押しあいへしあいしながら、何があったのかを尋ねる。

〝まあ。でも、わたしにはルームメイトがいるんです。わたしのルームメイトはどこにいるのかしら？　ローズはどこ？〟と彼女が近くの警官に言っているところを、あたしは想像する。するとその警官は――あたしの心のなかでは、それは刑事の到着を待つあいだテラスにいっしょに立ってたパトロール警官と同じだ――彼女を落ち着かせようと、その肩にそっと手を置き、悪い知らせを伝える。彼女は目を大きく見開き、明るい肌から血の気が失せるものの、事情を呑みこんでうなずく。ぞっとしつつも、驚きではないというそぶりをほのかに見せながら。〝かわいそうなテディ〟と彼女は言う。目に光るものを浮かべて。〝こんな仕打ちを受けるいわれはないのに〟と。

〝お知らせしておきますが、あの女はあなたが今夜テラスにいたというようなことを言ったんですよ〟と彼はオダリーに話す。いまとなっては明らかにありえないとされている、あたしの非難について。彼には、〝あの女に気をつけて〟と口に出す必要もなければ、あたしのことを人殺しだの誹謗《ひぼう》中傷屋だのと呼ぶ必要もない。代わりにその口調がそれらすべてを伝えているから。

言うまでもなく、事情聴取があり、その地区管轄の警察署行きは片道切符となることがわかった。その初日の夜、あたしは見知らぬ取調室に座り、見知らぬ刑事からたくさんの質問を受けた。取調室の隅にはタイピストがひとり静かに座っていて、あたしの返事を淡々とタイプしていた。まずこの部屋に連れてこられたとき、あたしは単なる習慣から、彼女の机について速記用タイプライターのキーの上で両手の指を構えないようにするだけで精いっぱいだった。

あたしを尋問した刑事は、ファーガソン刑事だと自己紹介した。あたしたちが勤務する署の警部補よりもほんの少し年上で、警部補ではなく、専門の刑事だった。その黒い髪には、面白いことにくっきりと髪を分ける真っ白な筋がこめかみから後頭部へと二本入っており、そのせいで彼はなんとなくスカンクみたいに見えた。質問をするたび、言葉のリズムに合わせてあたしたちを隔《へだ》てるテーブルを人さし指で叩く様子は、まるで見えない電信装置で無線を送っているかのようだった。警部補と違って、このファーガソン刑事は質問をするのに単刀直入な言葉を使った。そのため、あたしは少しばかり不安をかき立てられた。ファーガソン刑事があたしの返事に不満足なことがわかったし、この尋問はやがてにっちもさっちも行かない状況になりそうだと感じたから。

いっそう不安をあおったのは、その取調室には刑事になる訓練中だと思われる若いパトロール警官もいて、しかもその青年がテディにとても似てたことだった。気のせいかもしれないけど、あたしの記憶にあるその青年は砂色の髪で、目はひたむき。成熟しきってないひょろ長い体は肩幅が狭く、これからもまだ伸びそうな長い手脚をしていた。考えてみると、たった数時間前にあたしはテディとカクテルを飲み、おしゃべりをしてたのだった。テディが本当に死んでいるとはまだ呑みこめてなかったし、彼に瓜《うり》ふたつの青年が取調室のテーブルの向こうに座ってることで、事情を理解しやすくなることは断じてなかった。その青年が話をしていたら、あたしはもっと気が楽になってただろうと思う。もしそうだったら、彼はおかしな話し方や変な癖などを——なんであれ、ふたりの青年はどこからどこまでそっくりだという考えを吹き飛ばしてくれる何かを——披露してたかもしれず、とすれば、彼がいるせいで引き起こされた注意散漫の度が軽減されたはずだ。でも、そうはならず、あたしが尋問されてるあいだ、彼はむっつりと押し黙り、静かに座ってメモ帳にせっせと走り書きをしてるだけだった。そう、それだけだった。あたしにちょっとした〝症状の出現〟があるまでは。

もちろん、その状況についてじっくり思案する時間が多少なりともできたいま、この尋問があたしにとってさらなるもうひとつの取り消せない転機となった理由がわかる。弁護させてもらうと、あたしはその夜、本来の自分じゃなかった。多量の飲酒と、死体を見た衝撃とで、ものごとに対する感覚がだいぶ鈍くなっていたのだ。だから、この尋問中に起こったひと悶着《もんちゃく》について、あたしに非は少しもない。とはいえ、このことを伝えておくのは大切だと思う。いまいるこの特別施設へすみやかに送られることになったのは、あたしが感情をほとばしらせたせいに間違いないから。できるかぎり記憶をたどって、その過程を詳しく述べてみよう。

尋問は果てしなく、未明まで続きそうだった。警官たちもタイピストも何度か短い休憩をとり、あたしは取調室にひとり残された。淀《よど》んだ空気のなかに微動だにせず座り、壁かけ時計の時を刻む音に耳を傾け、疲れてまぶたを閉じて。こういうことをあまさず言うのは、あたしも睡眠不足に苦しんでたはずで、これもあたしの心の状態を説明する役に立つかもしれないからだ。とにかく、刑事はまた取調室に入ってくるたび、新たな力を盛り返しており、新たなファイルの山をかかえ、おまけに新たなコーヒーを持っていた。このような事件がどう処理されるかをいくらか知ってたので、警察が人々から証言を集めてることはわかっていた。ホテルの従業員すべてが事情聴取されたことは大いにありうる。道路にいた野次馬たちの何人かも、おそらく同じだろう。刑事があたしの自白を待つあいだ、目撃者たちの告発は増えていき、彼の担当する事件は証拠が固まっていく。

あたしが尋問されている途中で常軌を逸してしまったのは、オダリーがすでに証言をしたと刑事から知らされたころだと思う（オダリー！）。あたしはひどく困惑した。それはあたしにとっていい知らせでもあり、悪い知らせでもあった。初めは、安心感がどっと押し寄せてきた。彼女のことがずっと心配だったのだけど、刑事の言うように彼女が本当に証言したのなら、いくら少なく見積もっても身体的に健全な状態であることを意味した。とはいえ、テラスで起こったであろう事態について考えたとき、彼女が姿を消したことへの憂慮《ゆうりょ》は、その証言の内容についての憂慮へと変わった。オダリーについて警察は何を知っているのだろう、あたしは何を明かすべきではないのだろうと、気になった。ファーガソン刑事はあたしとテディとの関係や、オダリーとの共同生活にねらいを定め、さまざまな質問をして答えを迫った。当初は穏やかな調子で、気楽な姿勢をとって椅子にもたれかかり、くだけた口調だったので、かなり単刀直入な質問をされても、あたしは不快ではなかった。

「そういえば、ミス・ベイカー、あなたとミスター・トリコットは……恋愛関係にあるということですが?」刑事は尋ねた。そのひたいには当惑のしわが刻まれていた。

「すみませんけど——あたしと、だれ?」

「セオドア・トリコットですよ」

「あら! テディのことね。恋愛! そんな、とんでもない。彼のことなんて、ほとんど知らないのに」

「彼が今日、警察署にあなたを訪ねていったところを見た証人が何人かいるんですよ。それによると、あなたたちはとても親しげで、話にはかなり熱が入っていたらしいですが」

「きっとマリーがおしゃべりしたのね! いいわ——そう、あたしは彼と話をしたわよ。でも、そもそも彼はあたしに会いにきたわけじゃないの。彼が会いたかったのは、ほかの人よ」

「だれです?」

堅い忠誠心から、あたしは黙っていた。

「なるほど、わかりました。では、彼とは浅いつきあいだと言うんですね。あなたはあまりよく知らない男性を、住んでいるところに招いてカクテルをごちそうするような方なんですか?」

「まさか、違いますとも。馬鹿なこと言わないで」

「ミスター・トリコットをあなたの部屋に招いてカクテルをごちそうしたことを、否定するんですか?」

「だって、そうじゃないもの——でも、間違いじゃないけど」

「どっちなんです?」

あたしはためらい、結局は自分の行動について正直に答えることに決めた。「ええ、認めるわ。あたしはテディに飲み物を作ってあげて、ルームメイトが戻ってくるのを待つあいだ、テラスでいっしょにすごしたわよ。でも、違うの、本当のところ彼を招いたのはあたしじゃないし、正しくはあそこはあたしの部屋じゃないんだから」

「そこに住んでいないということですか？」

「住んではいるけど、オダリーが借りてる部屋なのよ」

「彼女から聞いた話とは違いますが」

「なんですって？」

まぎれもない裏切りにあったという最初のうずきが、あたしの血流に侵入しはじめ、不信と恐怖が交互に血管をさいなんだ。不意に、頭が軽くふらつくのを感じた。アルコールを摂取しすぎたための脱水症状によるものかもしれないと思った。

「お水を一杯もらってもいい？」あたしは尋ねた。ファーガソン刑事がタイピストに水を取りにいかせてるあいだ、あたしたちは少し休んだ。それまであたしはタイピストにさして注意を払ってなかったのだけど、彼女がコップ一杯の水を持って取調室に戻ってくるとき、じっくりと眺めた。

彼女は二十代なかばで、気の毒なほど地味だった。髪はあたしと同じようなさえない薄茶色で、顔のつくりは小さくて平凡だったけど、歯だけは例外だった。その歯は小粒ながら先が鋭くとがっていて、咬合《こうごう》異常のため下顎がほんのわずかに突きだしていた。こうした歯と顎の残念な組みあわせのせいで、臆病でありつつ獰猛《どうもう》な印象を与え、あたしは事典でかって見たことのある飢えたピラニアの絵を思い浮かべた。

「それで？　ミス・ベイカー？」ファーガソン刑事があたしを促した。

「なんです？」あたしは話がどこで途切れたのか思いだせず、集中できないのを感じた。目は自分の机にすっと戻るタイピストに向けたままだった。さっそく彼女の指が速記用タイプライターのキーの上で躍《おど》りはじめた。あたしは目を細くしてその指を見つめた。急にその指が蜘蛛《くも》のような、不吉なものに思えた。

「ミス・ラザールによりますと、あの部屋の賃借料を払っているのはあなたであり、あそこはあなたの名前で借りられているということなんですよ。それについて、何かおっしゃりたいことはありますか？」

あたしはまばたきをしたけど、目は相変わらず速記用タイプライターの上でひらひらと舞い続けるタイピストの両手に向けていた。あたしが何も話してないときも、彼女はタイプをしてるかのように思えた。「それはちっとも本当のことじゃないわ」あたしは顔をしかめ、ファーガソン刑事はどこでそんな間違った情報を手に入れたのだろうと思いながら答えた。オダリーがそんなことを言うはずはなかった。

そのときだった。ほんの一瞬、タイピストがあたしのほうへちらりと視線を向けたのだ。唇にすました笑みをあるかなきかにうっすらと浮かべて。〝この女狐《めぎつね》め！〟とあたしは思った。心は乱れていた。〝そうよ、彼女ならやれる！〟と。だって、なんといっても、だれあろうこのあたしこそ、報告書を歪曲して刑事の頭に名案を植えつけるのが、どれほどたやすいかを知ってるんだから。たぶん彼女はずっと前からこの刑事に入れ知恵をして、こう仕向けてきたのだ！　あたしったら、どうしてそんなことに気づかなかったんだろう？

「あの部屋はオダリーの——つまり、ミス・ラザールの——名前で借りてるものよ」あたしはふたりに知らせた。「いちいち言う必要なんてないと思うけど、あの部屋はあたしにはちょっと手が届かないわ」あたしは間を置き、椅子に座ったまま体をねじって、タイピストに意味ありげな顔をしてみせた。「同じ職業についてるわけだから、あたしの給料がせいぜいどれほどかは想像がつくはずでしょ」そこで、また刑事に向き直った。「オダリーには……なんていうか、家の財産があるのよ」この最後の言葉を聞いて、タイピストはタイプする手を止め、ファーガソン刑事の部下はぱっと手帳から顔を上げた。

「それはとんでもない冗談でしょう、ミス・ベイカー」

「冗談なんかじゃないけど」

「よくミス・ラザールの置かれている立場を軽んじることができますね。彼女が孤児院でどんなふうに育ったかを考えれば、それはずいぶんと酷に思えますが。いくらなんでも」

「ええっ？」あたしは自分の下にある床のどこかに大きな穴がぽっかりと口をあけているのを、ますます意識するようになった。「何、それ？　だれがそんなことを？」だれひとり話そうとしない間があり、あたしは陰謀の布陣が自分を取り巻く四方で整いつつあるのを感じた。心臓が激しく脈を打ちはじめた。「だれがそんなこと言ったの？」あたしはふたたび問いかけた。

椅子から弾けるように立ちあがり、ふらふらと歩きまわるうち、ふと目がタイピストにとまった。「さっきからずっと何をタイプしてるの？　何をしようとしてるのか、わかってるのよ！　あたしのことで嘘をタイプしてるんでしょ！　だれか――早く！　この人の報告書を調べて！　嘘をタイプしてるんだから！」いまや自分が叫んでることはわかったけど、気にどどならなかった。タイピストはあたしをじっと見つめ、恐怖に白目をむいていたので、あたしはそれを罪悪感の動かぬ証拠だと受け取った。はたと、あたしはすべてを悟った。「そんなふうに嘘を並べたてて、あたしを押しのけようと思ってるのね！　彼女をひとり占めしたいんでしょ！　何をたくらんでるのかぐらい、お見通しよ！」何がなんだかわからないうちに、あたしはタイピストに飛びかかり、その首に両手をまわしていた。ファーガソン刑事と若い見習い刑事があわててあたしを引き離そうとしたものの、彼女の首からあたしの手をなんとか離せたのは、さらに幾人かの警官が取調室に駆けこんできてからのことだった。

一時間とたたないうちに、あたしがいまいる施設へ連れてこられたのは、たぶん驚くにあたらないだろう。あたしはここにもう二週間半いて、〝さらなる観察目的〟のため公式に収監されている。すでに名前をあげてある医師、ドクター・マイルズ・H・ベンソンの監視下に置かれて。

ある人間が無実に見えるかどうかは、トランプで作る家のように、いい加減なものだ。ほんのちょっとの力が加わるだけで、あっという間に全体が崩れ落ちてしまう。あたしの場合、それはエレベーター・ボーイから始まった。いまだに――ときどき――考えるんだけど、もしクライヴがあたしを指ささなかったら、あの夜はどれほど異なった展開になってたことだろう。とはいえ、逆に、こう悟るときもある。エレベーター・ボーイがいようといまいと、あたしの運命はオダリーの手中にあったし、ずっと前からそうだったんだと。

22

狂気へといいたる坂道は急だけど、そこを転がり落ちている本人はそうと気づかないという、矛盾する特徴がある。つまり、壊れた人間は自分がそうだとめったに気づかない。だから、自分が正気であることを証明しようとしても、すぐには信じてもらえないという状況がよく起こるのは理解できる。それでも、あたしは常軌を逸してないと自信を持って言わせてもらう。確かに、あたしはよりによって醜態をさらしてしまったし、あんなふうに同じタイピストに襲いかかったことがどう見えたかはわかっている。いまはそんな事態を振り返る時間がたっぷりあるし、あたしがあのちょっとした〝騒ぎ〟を起こしたときに口にした馬鹿な言葉はすべて取り消している。言いかえると、あの気の毒な女性があたしの証言を勝手に変えるなんてありえないとわかっている。さらに事実無根なのは、オダリーの腹心の友という自分の役目を彼女が奪いたがってるとのあたしの幻想だ。まあ、大切なものに関しては、そんな妙な心理が働きがちで——だれだって自分がもっとも愛《いと》しく思ってるものをみんなもほしがってると決めてかかるのだけど。とはいえ、あたしの言葉をぜひとも信じてほしい。あれは一時の気の迷いだ。振り返ってみると、あのタイピストをそんなふうに決めつけたのは、不安の延長だったにすぎないってわかる。

あたしの医者（彼のことはすでに述べたと思う――かの有名なドクター・マイルズ・H・ベンソン博士、医学博士だ）が言うことには、あたしは彼が呼ぶところの〝陰謀理論〟にはまる傾向があるらしい。彼によると、人間はものを分類して考え、だれもがこの世における自分の経験をさまざまな型にあてはめるという。**なかには**、と彼は言う（これは、あたしをさしている）。**自分の好む特定の型を固守しようとするあまり、現実をすっかり逆転させてしまう人もいるんです**、と。ついで、彼は金属製の椅子に背を預ける。この椅子は、あたしたちが話をするたび、彼のためにあたしの病室へ持ちこまれては、そのあと持ち去られる。あたしが妙な考えを起こして、この上に立ち、なんとか工夫をして首を吊ったりしないようにと。彼はその椅子にもたれたまま、鼻の下のほうへ眼鏡をずり下げる。こうなるや、話は一般の診察から雑談へ移ることを、あたしは知っている。**あなたは何か特別な持論を守るために、事実を曲げているかもしれないとは思いませんか？** と彼は説教くさい一本調子な口調で尋ねる。

ドクター・ベンソンと話をするようになった初めのころ、あたしは彼によく反抗した。**あなたは何か特別なご自分の理論を守るために、事実を曲げてるかもしれないとは思わないの、ドクター・ベンソン？** と。だって、セント・テレサ・オブ・アヴィラ女子孤児院にあたしの記録が何もないなんて言う彼の言葉など、信じられるわけがないんだから。ドクター・ベンソンにせよ、この病院とやらのだれかにせよ、ちゃんと調べたとは思えない。対応したシスターの名前をあたしが尋ねたら、ドクター・ベンソンは何やらもごもごとつぶやき、『書類を調べてみよう』と約束したのに——言うまでもなく、彼はそうしなかった。**いくらあたしのことを気が変だと信じてるからって、人の子ども時代の歴史をそっくり奪うなんてとんでもないわよ、**とあたしはややとがめるような口調で言ったものだ。

　とはいえ、それはここに来てすぐの何日かであって、あたしの不満は聞き流される結果となった。いま、あたしは座っていて、彼が大切にしてる〝現実〟とやらについて言い分を述べるに任せている。彼はその理由にひどくご執心で、往々にしてけっこう説得力のある態度を取る。ドクター・ベンソンはとても豊かで目を引く口ひげをたくわえていて、どうもあたしは圧倒されるような口ひげを生やしてる男性に信を置く傾向があるらしい。ドクター・ベンソンの口ひげは、自転車のハンドルみたいな形に両端がはねあがって華々しくねじれた巡査部長の口ひげに劣らないほど見事っていうわけじゃないけど、それでもかなり印象的で、そこはかとない威厳を漂わせている。彼が信じるあたし自身の生い立ちがその口から語られると、そんな人生をあたしが生きてきたみたいにはちっとも思えず、まるで彼がなんとも不思議でうっとりするおとぎ話をつむいでるかのように、いい気分で座ったまま心奪われて聞き入ってしまう。

　彼はある事柄について——たとえば、あの孤児院にはあたしがそこで育ったとの記録が何もないことについて——頑としてあとへ退《ひ》かないので、ときとしてあたしは彼を信じそうになる。実際、ひょっとしてあたしは間違った聖人の名前を覚えてたのであって、ドクター・ベンソンにとんでもない場所で、いもしないあたしを探させてしまったのかもしれないと思った。あたしがシスター・ホーテンスやシスター・ミルドレッドを（あたしのかわいそうな愛しいアデルは言うまでもなく）知っていた場所は、セント・カタリナかセント・ウルスラかもしれないって。でも、違う。やっぱりセント・テレサだ。神秘体験をしたセント・テレサは、篤《あつ》く真面目な信仰心にあふれていたというのに、感覚的であるばかりか、ときに狂気の発作を起こすことで知られていた。セント・テレサは、頭の病気を取りのぞく守護聖人でもある。それがどう思われているかぐらい、あたしにはわかる。そこにひそむ皮肉がわからないほど、正気を失ってはいないから。

　確かに、ドクター・ベンソンのおとぎ話のあらましには、なんとなく思いあたるところがある。以前、聞いた覚えのあることが含まれているのだ。彼によると、あたしの名前はジェネブラ・モーリス。ボストンで生まれたものの、生後まもなく一家そろってロードアイランド州のニューポートに移り住んだ。両親があたしに会いにここへ来られさえすれば、あたしが骨折って辻褄《つじつま》を合わせようとしてるでっちあげの来《こ》し方に亀裂が生じるはずだから、役立つにちがいないって、ドクター・ベンソンは自信満々だ。**わかりやすく言うと、そのおかげであなたの記憶が呼び覚まされると思うんですよ、ジェネブラ**、と彼はよく口にする。あたしはその名前にまだあまりなじんでないので、肩越しに振り向いて看護人を見てから、彼があたしに話しかけてることに気づく。だけど、ああ、とドクター・ベンソンは嘆く。あたしの両親は亡くなっている――父は二年前に肝不全で、母はこの春、なんとも運の悪い自動車事故で――と（ドクター・ベンソンは新聞の切り抜きを見せ、あたしがそれに並々ならぬ興味を示したことを、持論のさらなる証拠だと受け取った。**覚えているかな、ジェネブラ？　あなたのお母さんがどれほど車の運転が不得意だったかを？　近所の人たちが言っていましたよ、あんな結果になったのも無理はないとね。**彼はそう力説する）。

　もうひとつ、やはりドクター・ベンソンが取りあげたがる話題は、あたしの昔の婚約者についてだ。彼が命を落とした夜、どうやらあたしたちは派手な口喧嘩をしたらしい。その青年の死をめぐる状況――彼の車が折り悪《あ》しく鉄道線路の上に停まっていたこと――は、町の人々にはなんとも腑《ふ》に落ちなかった。**自分のしたことを洗いざらい白状しなくてはいけませんよ、**とドクター・ベンソンがあたしに勧める。**しばらくのあいだ、町中には事実と異なるように見せかけることができたかもしれませんが、それもここで終わらせなくては、**と。

　それを聞いて、あたしは歯をむきだしにして鼻息も荒く大笑いし、そんなふるまいにドクター・ベンソンがたじたじとなったのがわかる。**あたしはとても男性を誘惑できるような女じゃないのよ、ドクター・ベンソン、**あたしはくすくす笑いながら言う。**そのくらい、ちょっと見ればわかるでしょ、**と。この言葉にドクター・ベンソンは押し黙り、疑わしげな目であたしをじっと見つめるので、オダリーとすごしたあいだにあたしは思ってもみないほど変わったのかと首をかしげざるをえない。

　ああ、でも、話はもっとある！　ドクター・ベンソンが最初にその話の一部始終を語ったとき、あたしは詳細を聞いて、あまりのショックに気を失いそうになった。〝気を失いそうになった〟というのは、もちろん、あたしはかなり気丈なたちなので、失神しなかったからだ。もっとも、すかさずその機をとらえて意識を失い、忌むべき話が次から次へとよどみなくあふれだしてくるドクター・ベンソンの口を封じてしまったほうが、楽だったかもしれないけど。その話を初めて持ちだしたとき、この気のいい医者はまずなにげないふうなおしゃべりを続け、いつものように、ジェネブラとしてのあたしの人生を思いだすよう促した。

あなたは町中に事実とは異なるように見せかけたんですよ、と彼はその日、自分の記憶にある話を呼び起こしているかのように、口ひげをなでながら言った。**そして、だれもが揺るぎない信頼をあなたに置くところまでほぼもっていったんです、ジェネブラ——あなたが操車場の転轍手《てんてつしゅ》と駆け落ちするまでは。**あたしはこれを聞いて、はっと背筋を伸ばした。あわただしく頭が回転し、ずっと前に感づくべきだったことに思いいたった——ギブだ！　**彼があなたをゆすりはじめたのはいつだったのか話してごらんなさい、ジェネブラ、**とドクター・ベンソンは言った。**すぐに始まったのかな？　あの最初の夜、あの操車場で、ワレンのつぶれたオープンカーの残骸があなたの後ろでまだ煙を噴き、うなりをあげているときに？**　ドクター・ベンソンを見たあたしは、自分こそ答えが知りたいと気づいた。オダリーに対する同情の念に、胸が痛んだ。だって、ギブはずっと彼女を意のままにしてたんだから！　そんな関係にあって、彼女はさぞかし苦痛だったにちがいない。束縛《そくばく》されない自由な人間なんだから、彼女は。でも、あたしがつかのま心を痛めた同情はそこまで。まさに、つかのまだった。ドクター・ベンソンがそのあと始めた一連の質問のほうが、あたしにいっそう大きな影響力があり、それが以後ずっとあたしの頭を占めている。

いつからあなたはギブを殺す計画を立てていたんです、ジェネブラ？　とドクター・ベンソンは尋ねた。あたしの目をもっとよく見ようと、前かがみになりながら。**計画を練るのに、どのくらいかかったのかな？**　と。当然のことながら、初めてドクター・ベンソンにこの質問をされたとき、あたしはすっかりまごつき、ギブは死んでしまったのだという事実を呑みこむのにしばらくかかった。この施設に監禁されてからのこの二週間あまりのうちに、あたしは細かな事柄をもっと手に入れた。あの晩、恐ろしい事故に見舞われたのは、明らかにセオドア・トリコットひとりではなかった。ハリー・ギブソンは違法な酒を出すパーティー（言いかえれば、いわゆる〝もぐり酒場〟の主人役をつとめる手助けをしており、そのときいちじるしく命にかかわるカクテルを飲んだ。シャンパンと飲用に適さないメチルアルコールを、一対二で混ぜあわせたものだ。それは驚くほどすみやかに効果を発揮した。検死官の推測によると、ほぼたちどころに神経組織の破壊が始まり、その後まもなくギブの肺が麻痺《まひ》状態に陥《おちい》ったという。テディがテラスから落ちたころには、ギブはすでに息絶えており、〝ジェネブラの〟悪事はこうしてめでたく大団円を迎えることになった。

　このときになってようやく、あたしは自分が無実であることを必死に訴えはじめた。オダリーが行なった証言について聞かされ、取調室のタイピストにつかみかかってからというもの、愛する腹心の友へのあたしの信頼は、風に吹かれた砂丘みたいに崩れ去っていた。そう、あたしはドクター・ベンソンの質問にさいなまれた。**いつからあなたはギブを殺す計画を立ててい**

たんです？　いつから、いつから、いつから？　この言葉が毎晩、施設の簡易ベッドに横たわって、必死に眠りを求めるあたしの頭を悩ませた。そして、身も凍るほどの心底からの恐怖で胃がねじれるような思いを味わいながら、あたしはその答えに気づいた。少なくとも一年前だと。あたしはオダリーを注意深く見てなかったんだけど、彼女はあたしをじっくり観察してたのだ。放り投げたおとり——あのブローチ——をあたしが拾った瞬間、彼女はカモを手中にした。心に描く基本計画の土台を築いているあいだ、彼女のきらめきに目がくらんでしまう人間を。

とはいえ、悲惨なことに、あたしが自分の置かれた状況の全景をじっくり眺められるようになったときには、もう手遅れだった。オダリー本人や、彼女の人間関係や、他人の人生に巧みに入りこむそのやり方など、あらゆることを説明しても、耳を貸してもらえずじまいだった。もしかしてドクター・ベンソンは真実を知ってるのに、オダリーになんらかの形で抱きこまれているのではと思ったときもあったけど、現在はそう思ってない。気はいいけど頑固なこの医者は〝現実に起こった事実を受け入れる〟ことについて、あまりにも熱心にあたしに語るので、心の底から本当にそう感じてるんだと、あたしは信じるようになっている。彼の目を通してあたし自身を見ると、彼があたしの現実は作り物だと考えてることが理解できる。彼の頭のなかにある現実とかけ離れてる部分について。

もちろん、あたしの現実とドクター・ベンソンの現実が重なるところはいくつかある。たとえば、聞かされてきたいくつかの話は、あたしの人生にまぎれもなく実際に起こったとわかる。

あるときは、あたしの顔を確認させるために、〝ドクター〟・スピッツァーが連れてこられた。あたしが茶化して〝ドクター〟と呼ぶのは、ともかく彼のことをたぶん大した化学者ではないと言ったオダリーが正しいとわかったからだ。厳密な意味では、彼が化学者だなんてとんでもない。彼は自分の罪で逮捕されており、刑期を短くしてもらう代わりに、大喜びであたしのことを〝ジェネブラ嬢〟だと指摘したばかりか、自分が違法に製造したアルコールの瓶を渡した女性であると認めた。そのアルコールでギブを早死にさせたということだ。彼によると、オダリーという名前など聞いた覚えはなく、あたしは自分の商売をたったひとりで行なっていたのであり、言うまでもなく彼の提供する品の主な購入者であった。

それから、そうそう、ドクター・ベンソンが入ってきて、ヘレン・バートルソンという女性と知りあいかと尋ねたときのことを、あたしはまだ覚えている。彼女はあたしが〝下宿屋に住んで身を隠そう〟としてたときからの知りあいだと言っていて、警察にとっていちじるしく興味深い証言をしたのだと、ドクター・ベンソンがあたしに語った。なんのことやら、あたしには想像もつかなかったけど。ヘレンは頭が空《から》っぽで、なんにせよあたしがあの下宿屋を出る前後のことは何もわかってないはずだと、あたしは彼に訴えた。それでもやはり、知りあいだと言うしかなかった。確かに知ってるんだから。**短いあいだ、ルームメイトだったのよ**、とあたしは答えた。ドクター・ベンソンは、それはホテルの部屋に移る前のことかと尋ねた。**そうよ、**とあたしは言った。革の手袋で彼女の顔を引っぱたいたことを覚えているか、ドクター・ベンソンは知りたがった。**まあ、そんなことはしたくはなかったし、あそこはあたしの家じゃなか**

ったけど、だれかが彼女をこらしめるべきだったのに、ドティがそうしないことは目に見えてたから、とあたしは答えた。あたしがそう言うと、ドクター・ベンソンは笑みを浮かべた。**ようやく進歩が見られるようになってきましたよ、**と彼は判断を下したけど、どんな進歩なのか、あたしはわからなかった。

最悪だったのは、エドガー・ヴィタッリのことをすっかり話したほうが自分のためになるかもしれないと考えたときだ。あたしは自分の主張の正しさを力説しようとしていた——警察署に記録されてるものがいつも百パーセント正しいとはかぎらないと。ドクター・ベンソンはそれについてたくさんの質問をしたし、そのあとさまざまな地区から警部が何人かやってきて、もっと数えきれないほどの質問をした。あげくには、警察本部長までじきじきにお出ましになった。妙なものだ。長いあいだ警察署で働き、いつ警察本部長がお見えになるかと待ってたのに、こんな形でようやく会うことになるとは。最初に気づいたのは、警察本部長は嘘をつくとき、こめかみがふくらむことだった。たとえば、オダリーに会ったことはないと言い張ったり、彼がオダリーに白紙委任状を渡した仕事の話を持ちだしたあたしに、なんのことかわからないとしらを切ったりしたときだ。もちろん、彼はその面会のあいだ、まさにありとあらゆる質問をしてきた。でなかったら、その白紙委任状について、あたしはもっと彼を追及してただろう。彼の斡旋《あっせん》でそれを購入したオダリーを、ギブが責めてたんだから。

その面会はいやになるほど長かった。本当は何もしゃべるべきじゃなかったんだろうけど、空想と現実との違いがわかってないとしきりにだめ押しされていらいらしたため、それこそ洗いざらい実際にあったことを話したくなった。エドガー・ヴィタッリのことすらも、自分の頭のなかにきちんと整理しておくために。でも、ああ、なんて騒ぎになってしまったことか！　それはことごとく新聞に書きたてられた。いかにあたしが彼の自白をでっちあげ、有罪の証拠となる詳細についてヴィタッリ氏があらゆることを知っているかのように仕立てたか。いかにあたしが巡査部長を魅了し誘惑して、従わせたか。あたしは性悪で嘘つきの男たらしだと、決めつけられた。ある記者などはあたしを、ヘロデ王のために踊ってバプテストのヨハネの首を要求したサロメと比べすらした！　そんな騒動の結果、巡査部長は沈黙したままますみやかに退職。さかのぼって審理無効が宣言され、残念ながらヴィタッリ氏はすべての嫌疑で無罪となり、留置場から釈放された。新聞という新聞の一面から、不快なにやにや笑いを浮かべた彼の顔があたしをにらみつけた。あたしはそれをことのほか残念に感じたので、しばらくのあいだ施設の談話室で手に入るすべての新聞を集め、彼の写真を切り抜いてあたしの部屋の壁に貼り、その忌まわしいなじるような顔を眺めては、とにかく自分をこらしめようとした。それはあたしなりの懺悔《ざんげ》だったのだ（ついにそんな事態になる前に、あたしは正気でないと判断されるべきだったと思う）。やがて、ほとんどの写真の目がかき消されていることにドクター・ベンソンが気づき、あたしは写真をはがして看護人に渡すよう強《し》いられた。あたしの集めたものは、いわゆる〝不健全な執着〟を示しているということで。

　ドクター・ベンソンが道徳的なふるまいと正義について、とくにエドガー・ヴィタッリの話題について、あたしと激しく争いたがるときがある。あたしはこれに軽い侮辱だとは簡単にすまされないものを感じる。だって、正義がなされるよう実際に配慮したのは、あたしだけだったんだから。**ひとりの人間の命が、あなたの手に握られていたんですよ……なんの証拠もなしに彼を有罪にしたことを、どう正当化できるんです？**　とドクター・ベンソンはあたしに尋ねる。あたしは彼に説明しようと努力する。ヴィタッリ氏の有罪は明白な事実で、〝火を見るよりも明らか〟なのに、だれもあたしみたいに骨を折ろうとせず、確実に正義が行なわれるために必要なことを進んでしようとするのはあたししかいなかったと。もしあたしが男で、警察の捜査の先鋒《せんぽう》をつとめてたら、お手柄だと祝われてただろうと。でも、ドクター・ベンソンはあたしに首を振るだけ。**あなたは自分を裁判官にも陪審員にも絞首刑執行人にも任じられないんですよ、ジェネブラ。**彼はそう言う。あたしが長広舌《ちょうこうぜつ》をふるい続ける正真正銘の狂人か何かのように。

それより、おそらくもっとも当を得ず、心外のいたりなのは、あたしがどれほど愛してたかをオダリーがわかることはないだろうという事実だ。皮肉なことに、それを理解できたかもしれなかったのはギブだと思う。少しずつ深まっていくような理解だろうけど。人間とは、見ようとしないものはとかく目に入らないもので、あたしはようやく、オダリーはあたしの献身的な愛など決して求めてはいなかったという単純な真実を突きつけられている。確かに彼女はあたしの忠誠を求めたし――少なくとも、しばらくのあいだ――それは彼女にとって役立ったけど。それにしても、〝献身的な愛〟とは、当節の世代を破滅させる恐れのある深みにまで達する定義を含む言葉だ。

この現代の世界はなんとも奇妙な場所で、あたしはそこに属してないのではないかという不安を覚えている。あたしが異常だというわけじゃない。世間の荒波にもまれるうちに、思いがけなく取り残されてしまうのだ。そこへいくと、そもそもの初めから、あたしはオダリーがこの新しい時代の申し子だとわかっていた。黄金色の肌、男の子のような細い腕、つややかな黒い断髪《ボブ》。そうした新たな現代の女性たちについて、見かけから言えば、賛美する点があまたある。それだけは文句なく認める。あこがれの女性といえば、だれもがオダリーを心に描くだろう。月明かりを浴びて立ち、銀河いっぱいの星をしばしそこに宿したようにドレスのビーズを輝かせ、きらめく髪に光輪を頂いた彼女を。

ただし、当然のことながら、それは幻というものだ。最初からずっと、あたしたちが裏口を探して、わけのわからない合言葉を操っては、数えきれないほどたくさんのもぐり酒場に入ってすごした夜という夜、そのオダリーは実のところ目くらましだったのだ。彼女の息を呑むような魅力や、耳に心地いい笑い声は、本物のあふれる愛が、人生を変えるようなとびきりわくわくするたぐいの愛が、すぐ手の届くところにあることを期待させる。でも、実のところ、オダリー本人のなかにはほんのわずかな愛のかけらすらなく、彼女はいかなる種類の情緒もほとんど持ちあわせていない。彼女は絶えず目の前で揺らめく蜃気楼《しんきろう》なのだ。砂漠を奥へ奥へと進んでいっても、必ず決まった距離を置いて遠くにある蜃気楼。

そう、オダリーとあたしだったら、愛にあふれているのはあたしだ。すでに忘れ去られた時代の遺物。昨今、世間は女らしいふるまいに愛想をつかしている。さらには、姉妹同士や、母と娘や、腹心の友同士の絆《きずな》をはぐくむことに、なんら関心を示さない。何か――おそらく戦争だろう。断言はできないけど――が、そうした絆を引き裂いてしまったのだ。この世界で生き抜いていくなら、いずれあたしは進化しなくちゃならないとわかっている。進化。柔和な人々が地を受け継ぐ（新約聖書「マタイによる福音書」5章5節より）という古い考えをくつがえす、もうひとつの現代的な革新だ。

でも、もうたくさん。これがすべて嘆きにすぎないことはわかっている――驚くべきことに、オダリーのためではなく、自分自身のための。

エピローグ

今日、面会の人が来るという。そう知らされたのは今朝、目を覚ましたときだ。看護人たちは、あたしに教えたほうが思いやり深いと思ったのだろう。そうすれば、楽しみができるからと。でも、看護人たちはその訪問者がだれかを明かすことは許されてないので、あたしはこの数時間、いったいだれが来るんだろうと思い悩みながらすごしている。いつもこの病院で朝食として毎朝決まって出される水っぽいオートミールの粥《かゆ》を食べるのに苦労してるんだけど、今日は神経が高ぶりすぎてるから、いつもよりもっと食べづらかった。

あら、ジェネブラ、食べようともしてないじゃないの、と看護人のひとりがあたしのちっとも減っていない食事のトレイを片づけながら、叱る。面会時間は一時から四時だ。正午までには、あたしの心臓はもう飛びだしそう。自分がだれに会いたいのか、よくわからないけど。

正直なところ、それは嘘。

だれに会いたいのかは、はっきりとわかっている。古い習慣はなかなかなくならないものだ。でも、あたしのなかの皮肉屋さんは、早くも真実をわきまえている。彼女はあたしに会いにここへ来たりはしないって。とにもかくにも、彼女はとびきり賢いんだから。ここへ来るのは間違っている。そうすることは彼女にとってなんの利益もない。それなのに、あたしはつい待ちこがれてドアのほうへ目をやってしまう。粋《いき》な釣鐘型《クローシュ》の帽子の影が見えることを期待して。心というのは不思議なもので、そんなふうになかなか御しがたいゆがみがある。きのう、あたしはベッドに入って、オダリーの許せない欠点のすべてを念入りに数えあげ、自分を高く評価するべき理由をありったけ思い起こした。なのに、今朝――うっかり屋のおしゃべり好き看護人が、あたしに面会人が来ると口を滑らせたとき――オダリーに対する恨みはまたたく間に跡形もなく消え去った。そしていま、あたしはここに座り、本能に翻弄《ほんろう》されている惨《みじ》めな生き物となって、ふたたび彼女の姿を見たいと、むさぼるような目をしている。

けれど、ちょうど一時十五分になり、面会人が到着したことを伝えにドクター・ベンソンが来て、このところあたしの態度がいいので、特別なご褒美《ほうび》として、この部屋で〝彼〟とふたりで会うことが許される、もちろん、あたしが落ち着いたふるまいをするとの約束を守ればだけど、と聞かされ、舞いあがってたあたしの希望は地に落ちて粉々になる。**当番の看護人たちが注意して見ていますからね、**とドクター・ベンソンは念を押す。あたしはうなずく。**なんだ、**とあたしはかなりがっかりしながら思う。**面会にくるのは男性なのね。**

男性といえば、そう、巡査部長がこの施設に姿を見せてくれたらうれしいだろうなという時期が、あったにはあったと思う。でも、悲しいことに、いまはもう時がたち、あたしは受け入れている。出会ったときから、巡査部長をひどく理想化してしまったため、やがては彼の評価を下げざるをえなかったんだと。あたしは彼を過度に賛辞し、買いかぶってたのだ。彼はとどのつまり、揺るぎない信念の人じゃなかった。だって、結局はオダリーが、数えきれない人々を意のままにしてきたように、彼のことも操ってしまったんだから。いま彼に会うことになったら、気になってることで頭がいっぱいになりそうで心配。ふたりのあいだで交わされた、あの――ええっと――しぐさの意味はなんだったのかと。知らないままにしておくに越したことがない場合も、ままあるものだ。

あたしはいまひどく失望してるんだけど、まだ不安でいっぱい。腰を下ろして、そわそわしてるうち、しきりに両手をもみあわせてることに気づく。そこで、動きを止め、じっと静かに座っていようと集中する。

まさか来るはずがないと思うのは警部補だけど、不意に彼がやってきて戸口に立ち、前かがみになる。両手をいつものように上着のポケットに突っこんだまま。**入ってもいいかな、ローズ**、と尋ねる。自分の名前を聞いて、あたしは妙な安らぎを覚える。普通の状態のときですら、警部補にはミス・ベイカーと呼ばれるほうが好きなのに。礼儀知らずじゃないので、あたしは彼を室内に招く。彼はくつろいだ様子でゆったりと歩き、部屋の中央あたりで、そのあとどうしたらいいのか困った顔をする。看護人がこのためにわざわざ用意しておいたパイプ椅子のほうへあたしが手をやると、警部補は咳払いをしてから腰を下ろす。

ローズ、と彼は言う。

警部補、とあたし。

彼は数分ほど何もしゃべらない。ほんの何分か前まであたしが感じてた不安は、不思議なことに消え去っている。ここ何週間もなかったほど落ち着いた気分だけど、その正確な理由はわからない。警部補は逆に、これまでに見たことがないくらい緊張してるみたい。あたしが見つめるなか、彼は上着の内側のポケットから煙草を一本抜く。気もそぞろに、違うポケットを叩くと（マッチを探してのことだろう）、そのとき、あたしの部屋のすぐ外の廊下に貼ってある〈禁煙〉という表示に気づき、ふと動作を止めて、どうしたらいいのか決めかねるように煙草を手にしたままでいる。やがて彼はその煙草を指ではさみ、ついには床に落としてしまう。あたしたちの目は、煙草が床に落ちるところまで追うものの、彼はそれを拾おうとする動きをいっさい見せない。

ローズ、と彼はまた口にした。でも、今度あたしは異議を唱える。

このごろはジェネブラと呼ばれてるんです、とあたしは言う。警部補の目が丸くなる。その目が何かを探そうと、あたしの顔をくまなく詮索するのがわかる。

ああ、そのことなんだが……と彼は言う。

どうしてここへ来たんです？　あたしはまたしても異議を唱える。

わたしが来たのは……警部補は言いかけ、肩越しに何かの影を感じて口を閉じる。看護人があたしの部屋のドアまで来て、頭を突きだし、左右に一度ずつ勢いよく首を振る——妙な事態が起こってないことを確かめにきたんだなと思う。警部補があたしにこっそりスプーンと地図を渡して、どう掘れば外に出られるか教えてなどいないことを。あたしはそんな筋書きが実行に移されてるところを想像して、いきなり高らかに笑う。びっくりした警部補がこちらを見やり、あたしはその表情のなかに、なじみのある何かを見つける——いつもそこにあることには気づいてたのに、その正体がこれまでさっぱりわからなかったものを。それは恐れだ。警部補はあたしを恐れている。いままでずっと。そして、あたしはたったいま、いつもそうだったとわかる。

警察の人だから信用して、あたしたちをふたりきりにしといてくれるんですね。あたしはそっとどころではなく顔を出したばかりの看護人のことを言う。善意からだし、仲間意識の表われなのに、あたしの言葉が警部補をいっそう当惑させるのがわかる。

ああ……そうだね。まあ、厳密に言うと、わたしは巡査部長よりも地位が上だったから……巡査部長のふるまいには大いに責任があってね。巡査部長が――当然――きみのふるまいに責任があるのと同じく、と彼は言う。**あのヴィタッリの件でも、少しばかり窮地に立たされたよ。**

すみません、とあたしは謝る。でも、警部補は返事をしない。考えに没頭してるみたいに、煙草が落ちてるままの床を見るともなしに見る。何分かがすぎてから、彼はようやく咳払いをする。

いいかい、わたしは信じていないよ。彼は内緒話でもするような口調で、出し抜けに言う。

何をです？　とあたしは聞く。

あれやこれや、すべてだよ、と警部補。**きみについてのね。きみが事件の背後にいるとは信じられない。**またもや、彼があたしの顔をくまなく探るのを感じる。そこに見えないインクで書いてあるにちがいないと彼が信じる（あるいは、そう思う）のが何にせよ、それを読もうとするのをやめてもらいたい。**なにしろ、明らかなんだからね、彼女が……彼女がひどく……**

彼女はどこにいるんです？　あたしは唐突に尋ねた。これを聞いて警部補は椅子から立ちあがり、あたしの部屋の奥にある小窓のほうへぶらりと歩いていくと、そこからの景色を見るふりをする。彼が見るふりをしてるとわかるのは、そこからの景色をあたしは見たことがあって、眺めるほどのものは何もないと知ってるからだ。木が一本。向かいにある煉瓦《れんが》の建物の、苔が点々とついている角。塀の上にごっそりめぐらせてある見苦しい有刺鉄線。**彼女はどこにいるんです？**　あたしは繰り返す。

辞職したよ、と警部補は言う。そういう答えを聞くだろうってずっと予想はしてたものの、あたしは心が沈むのを感じる。警部補はくるりと振り返る。そのひたいの傷にしわが寄り、片眉にできたひだへと連なっている。**あの――あのあとすぐに……**警部補はためらう。**このままだと安心できないからと言ってね。やり直す必要があるからと。**

それはそうですね、とあたしは言う。**もちろん、やり直さなければ**、と。あたしのなかで、心がごつごつした小さなものにぎゅっと縮まるのを感じる。ところが、そのあと警部補は予想もしなかったことを言う。

きみに渡してくれと彼女に頼まれたものがあるんだ。警部補は上着の右ポケットに深く手を突っこみ、箱をひとつ取りだす。たちまちあたしの心臓はふたたびどきどきしはじめる――今朝、あたしに面会人が来ると看護人から聞かされ、彼女だったらとあえて期待したときみたいに。その箱は小ぶりな、宝石の箱ほどの大きさで、薔薇《ローズ》の花が描かれてる紙に包まれている。細かいところまで神経が行き届いているオダリー。この演出がたまたまであるはずはない。あたしは手を伸ばして、それをつかんだ。なかに入ってるのは、ひとつだけ。ブローチだ――かなり高価そうで、オパールとダイヤモンドとブラックオニキスでとてもモダンな星形が描かれている。**彼女はそれをきみの机から出したんだよ、**と警部補が言わずもがなのことを口にした。**きみがほしがっていると思うからと言ってね。**

あたしは自分の手のひらにそれをのせて、じっと見つめる。美しい、うっとりするような眺め。その形はいまあたしの心に、ほろ苦い思いとともに鋭くきりきりと突き刺さる。彼女の言ってることがわかり、彼女の残酷さに息苦しくなる。目に涙がこみあげてくるけど、泣かない。

大丈夫かい、ローズ？　と警部補が尋ねる。あたしが返事をしないでいると、彼は部屋を横切ってきて、あたしの真ん前に立つ。**大丈夫かい？**　そして、あたしの肩に両手を置く。あたしたちは面と向かっている。あんまり近いので、互いの鼻が触れそうなくらい。彼の目をのぞきこむと、その暗い瞳のどこか奥に、柔らかな傷つきやすいものが見える。なんだかうっすらとよからぬ雰囲気が漂う。彼が興奮ぎみに小さくあえぐのが聞こえ、さっと息を吸うのが感じられ、ようやくあたしは彼がずっとこうしたかったんだとわかる。これまであたしは男の人とキスしたことはないけど、オダリーがキスするところを一度ならずも目にしてきたせいか、気がつくとすんなり落ち着いて行動に移している。見た場面を、記憶に頼って杓子定規《しゃくしじょうぎ》に実行するように。初めはゆっくりとした温かい口づけで、やがて警部補の唇に生まれた性急な感覚が、あたしの唇のほのかな性急さを目覚めさせるのを感じ、しばらくのあいだ、あたしはこのふるまいが本心から出たものだと信じそうになる。でも、何秒かがたち、キスが終わる前に、もぐり酒場から小路への出口のドアにあたしのドレスが引っかかった夜、警部補が使ったナイフのことを思いだし、あたしは思わず手探りしてナイフをつかむ。警部補はそんなふるまいに何も気づいてないらしい。あたしが身を引くと、彼は我を忘れたようにあたしを見つめ、ゆっくりと笑みを顔に広げていく。

そこで、彼は視線を下げ、あたしが手にしてるナイフを見る。あたしはナイフをさっと振って開く。

ローズ、と彼は言う。その目が丸くなっていく。

あたしは自分の唇に指を一本あて、首を横に振る。そのあと即座に、髪を片手でまとめて持つ。その髪にナイフをさっとひと振りすると、断髪《ボブ》の不ぞろいな毛先が頬をなでるのを感じる。突然、あたしのまわりで大騒ぎが起こる。当番の看護人ふたりが事態に気づいて、部屋に駆けこんでくる。警部補はよろよろと後ずさりをする。看護人たちがあたしに飛びかかり、あたしの手からナイフを奪う。看護人たちはあたしを床にねじ伏せにかかるものの、こちらが無抵抗なのを察すると、組み伏せるのをやめて、パイプ椅子にかけさせる。あたしは捨て置かれた操り人形のように、体をだらりとさせて椅子に座る。看護人たちが廊下のほうへ大声を出し、ドクター・ベンソンを呼ぶ。

床にはくすんだ茶色の髪が小山を成してもうまとめられていて、不恰好な鳥の巣みたいだ。その下に、煙草が一本ある。あたしは腰をかがめて、髪を脇へよけ、煙草を拾いあげた。**すみませんけど、火をくださるかしら、**と警部補に言う。一瞬、彼が身をひるがえして部屋から飛びだしていくのではないかと思う。彼はいまやあたしを違う表情で眺めている。いままで一度も見たことのない顔だ。だから、彼があたしを訪ねてきてくれるのはこれが最後だろうとわかる。ゆっくりと、震える手で、警部補はポケットに手を入れ、マッチを取りだす。彼がマッチをすると、その震える手に合わせて炎が揺らめく。

マッチのほうへ身をかがめて息を吸いながら、あたしは断髪にしたばかりのオダリーが署にさっそうと入ってきた忌まわしい日のことを考える。確かあれは火曜日だった。あたしのなかで、火曜日というのは平日のなかでいつもいちばんありふれた平凡な曜日に思えていた。でも、その日に彼女が現われ、火曜日をあたしたちのどちらも決して忘れない——決して忘れられない——曜日にした。そのとき、あたしは彼女のことをほとんど知らなかった。その時点では、彼女はきれいな服を着て自分の宝石に無頓着《むとんちゃく》な、タイピスト課の単なる新人だった。あたしたちはそのあと持つことになる秘密や、温かいトディ（湯で割ったウィスキーやブランデーに砂糖やレモンを入れたもの）を飲みながらすごす深夜や、同じベッドでいっしょに寝そべりながら眠たげにするおしゃべりを、まだ共有してなかった。

その火曜日の朝、彼女が入ってくると、署にいた人たちすべてが息を呑んだ。だれかが時の刻みを止めてしまったようだった。そのとき、だれかが——だれだったのか、どうしても思いだせない——オダリーに賞賛を送った。彼女がそちらへ顔を向けて礼を述べると、その声にはあの甘く震えるような笑みを含んだ心地よさがあり、切ったばかりのつやつやした黒い髪が揺れて、頬を軽やかになでた。短い髪の彼女は、全身でこう叫んでいるようだった。**わたしは自**

由よ！　ああ、なんて自由なのかしら！　あなたたちよりもどれほど自由なことか！　と。

マッチの火が消え、警部補は震える手をゆっくりと引っこめた。でも、そんなことはどうでもいい。あたしの煙草には火がついてるんだから。あたしは味わうように長々と煙草を吸い、頭を上にかしげて、息を吐いた。あたしがいまも気の毒だと思う人がいるとすれば、それはテディだ。でも、すでにこと細かに説明したとおり、進化の過程にはつねに犠牲がつきものなのだ。ほんのつかのま、テディの顔がちらりと目に浮かんだ。はるか下のコンクリートへと落ちていきながら、恐怖に目を大きく見開いているテディの顔が。

さあ、どうよ、オダリー、とあたしは心のなかで考え、ふたたび煙草を吸った。あなたになってやろうじゃないの。

謝辞

エージェントのエミリー・フォーランドには、知的な意見や、つねに落ち着いたふるまいや、卓越した礼儀正しさなど、非常にたくさんのことに感謝したいと思います。ウェンディ・ウェイル・エージェンシーのエマ・パターソンとアン・トーラゴにも、ありがとう。エミリーとともに、すばらしいウェンディ・ウェイル・エージェンシーの財産をしっかり保持していってくれるだろうと確信しています。ウェンディがなくなったら、困ってしまいます。エイミー・アインホーンには、編集面における熟練した指導や、信頼の置ける洞察力や、新鮮で的を射た方法について、深い謝意を表します。心から尊敬する方と仕事ができることに、いまもわくわくしています！　驚くべき賢い働き者、リズ・スタイン、どうもありがとう。編集に力を貸してくれたジュリエット・アナンにも、深謝します。原稿を磨きあげるにあたって、彼女が示してくれた鋭い識見の数々は、はかり知れないほど貴重でした。ソフィー・ミシングにも、ありがとう。エマ・スウィーニーには、わたしに出版界での初仕事を与え、この原稿が日の目を見るにいたるまでの道をしっかり固めてくれたことに、感謝を捧げます。もう十年も親友でいてくれているジェイミ・ヨウにも、たくさんのありがとうを。自分の博士論文を仕上げなければならないのに、わたしがこの小説を書き直すたびに、何度も辛抱強く読み返してくれました。エヴァ・タルマッジには、注意深く検討を加えた明察や、仕事上の絶えざる励ましや、この二年にわたる友情など、いろいろとお世話になりました。また、ジュリー・フォフにも、感謝を。女性ひとりで運営されているその支援ネットワークのすばらしさといったら！　さらには、ライス大学と、そこの同僚たちすべてに、お礼を申しあげます。詩人であり、師であり、愛すべき友人である、スーザン・ウッドにもお世話になりました。大学院におけるわたしの興味をモダニズムへと向けてくれたコリーン・ラモス、そして、作家としても学者としてもよい仕事をどう成し遂げるかの立派な手本を示してくれたジョー・カンパーナ、どうもありがとう。出版をめざす女性グループのハナ・ランデス、ジュリア・マスニク、ローラ・ヴァン・デル・ヴィールの親交と支持も、うれしく思っています（〈リーディング・レインボーズ〉、団結せよ！）。また、この小説の原稿を手直しするたびに読み、有用な意見をくれた次の方々に、心から感謝を表したいと思います――ブレンダン・ジョーンズ、マーク・ローリー、メリッサ・リンデル、スーザン・シン、ニン・ジョウ、オルガ・ジルバーバーグ。それから、ウェルドン家の方々は、わたしがこの本を執筆するあいだ、イースト・ハーレムにある手ごろなアパートメントをわたしのために賃借してくれました。ニューヨークのルームメイトたち、クレア・ブロワーとマット・ベセットは、わたしの努力を支えてくれました。何年ものあいだ、無条件の愛と助力を与えてくれたブライアン・シンには、本当に大変お世話になりました。あなたのような最良の友にふさわしいどんなことをわたしがしたのか、わからないけれど、それが何にせよ、わたしがそうできたのならとてもうれしいです。同じように、わたしの家族であるシャロン、アーサー、ローリー、メリッサに、たくさんのありがとうを。

最後に、わたしの十代のころの初恋に自分なりのささやかな形で敬意を払いたくて、この本に一、二か所、意図して作った場面があるとお伝えしておきます。その初恋とは、フィッツジェラルドの『グレート・ギャツビー』です。わたしのあこがれは永遠に。

訳者あとがき

これは妄執にとりつかれた女性と、可憐さのなかに狡猾《こうかつ》さを備えた女性とが織りなすサスペンスであり、二転三転する友情と裏切りの物語です。

アメリカが禁酒法の時代に入っていた一九二四年。孤児院で育ったローズ・ベイカーは、ニューヨークの警察署でタイピストとして働いていました。規律を守ることで地味ながら安定した生活を保っていたローズなのですが、新しくやってきたタイピストの華やかな魅力のとりこになり、それが執着へと発展していったことから、堅実な生活に少しずつひびが入っていき、人生が狂いはじめます。

当時のアメリカでは、第一次世界大戦を経て、女性は参政権を手にし、煙草を吸ったりお酒を飲んだりすることが増え、断髪《ボブ》が人気を呼んでいました。また、無声映画の流行や自動車の使用の増加でデートの形が変わり、テクノロジーの発展によって社会へ出て働く機会が多くなるなど、若い女性が古い枠《わく》にとらわれず自由に生きやすくなっていました。さらには、皮肉にも禁酒法のおかげで、もぐり酒場が栄え、のちに起こることになる大恐慌《だいきょうこう》の前の景気のよさもあいまって、経済的な豊かさにあふれてもいました。

そういう時代を代表するモダンな女性が、ローズの前に突如として現われたオダリーだったのです。他人の口から、そして本人の口からさまざまに語られるオダリーの人生は、聞くたびにまったく異なるもので、真実なのか作り話なのか、さっぱりわかりません。読み進めるうちに謎はいっそう深まっていき、語り手であるローズの言葉さえも信用できなくなってきます。読み終わったときには、何がどうだったのか、自分はどう思うのか、きっと読書仲間と話したくなっているにちがいありません。

本書は二〇一三年五月にアメリカで出版されるや、アマゾンの五月トップテン、〈マリ・クレール〉や〈パブリッシャーズ・ウィークリー〉や〈ナショナル・パブリック・ラジオ〉などの夏のお勧め本トップテンに入り、アップル・iブックスの五月のベスト本になりました。ロサンゼルス公立図書館が選ぶ最優秀フィクションにもなっています。

雑誌などでも紹介され、〈カーカス・レビュー〉は本書を星印付きで、〝『グレート・ギャツビー』の華麗な世界に、ヒッチコックを一滴、『太陽がいっぱい』のパトリシア・ハイスミスを一滴加えた結果が、このスーザン・リンデルのデビュー作である。読みだしたら止まらない心奪われる作品。刺激に満ち、挑発的だ〟と評しています。

何人もの有名作家からの賛辞ももらっており、〈ニューヨーク・タイムズ〉のベストセラーリストにのった作家であるアリス・ラプラントは、〝美容のために睡眠をたっぷりとりたくても、ついこの小説にのめりこんで夜ふかししてしまうでしょう〟と書いています。同じくベストセラー作家のリタ・メイ・ブラウンは、〝このすばらしい処女作を読み進むうちに、部屋の温度が下がり、読み終わるころには寒気を感じるにちがいありません〟と述べています。ほかにも、〝これはからみあった糸のような小説で、何が真実で何がそうでないのか知りたくて、読者を熱狂させる〟（B・A・シャピロ）とか、〝一気読みしたあと、興奮の渦にとらわれた〟（ヴィクター・ラヴァリー）などという感想が寄せられました。

多くの言語に翻訳もされており、スペイン、フランス、ドイツ、オランダ、イタリア、デンマーク、ポーランド、ロシア、チェコ、リトアニア、中国、台湾などで出版され、世界中の読者を魅了しています。

そして、最新のご報告があります。もともと映画化の予定だったこの小説はドラマ化され、Ｈｕｌｕで配信されることになりました。オダリー役は、〈プライドと偏見〉や〈つぐない〉でゴールデングローブ賞の主演女優賞にノミネートされた、キーラ・ナイトレイとのこと。ローズはだれが演じるのでしょう？　制作に入る時期はまだ決まっていないようですが、わくわくしますね。

著者のスーザン・リンデルは、カリフォルニア州で生まれ育ち、二〇〇六年にテキサスの大学院に入学しました。その後、二〇一〇年にスーツケースひとつでニューヨークへ行き、インターンシップを利用して著作権を扱うエージェンシーで働き、葬儀場の上にある（そのため、部屋代が割り引きの）安アパートに住んでいました。やがて、インターンシップに行っていた会社に就職し、働きながら、早朝と深夜にデビュー作を書き続けました。持ちこみ原稿の山のなかから見出されることを願いながら。それが、この『危険な友情』です。

彼女はF・スコット・フィッツジェラルドが多くの短編で描いているような、女同士の競争意識のある友情に興味があり、『グレート・ギャツビー』が大好きでした。一九二〇年代の文学と文化専攻の大学院生だったころ、禁酒法時代の警察署でタイピストとして働いていた女性の死亡記事を見つけ、その人生はどんなだったか、署で何を見たか、どんな報告書をタイプしたのかと想像するうち、彼女が仕事をするなかで事実をゆがめたらどうなるかと考えたことから、自然とローズが語りだし、本書が生まれたそうです。

謝辞に書かれているように、この本には、著者が『グレート・ギャツビー』への敬意を表し、意図して作った場面が一、二か所あるとのことです。ほかにも、小さな類似点があるそうですので、読み比べてみるのも面白いかもしれません（訳者が試みたところ、確かにいくつか見つかりました）。

本書を上梓したころ、スーザン・リンデルはライス大学の英文学博士課程で学びつつ、二冊めの小説の執筆にかかっていました。そして二〇一六年には、戦後のニューヨーク出版界を舞台にした野望と成功と秘密をめぐる作品、*Three-Martini Lunch* が出版され、その二年後には無事に博士号を取得しています。

執筆活動は順調で、二〇一八年には、第二次世界大戦を背景に、墜落した飛行機のなかで発見された黒焦げの死体をめぐる謎を解くミステリ、*Eagle & Crane* が出版されました。また、二〇二〇年には、やはり歴史ミステリの *The Two Mrs. Carlyles* が出版されたばかりです。

この最新作は、過去を偽って裕福な男性の二番めの妻になり、幸せと愛を手に入れたはずの女性が、最初の妻の影に怯え、自分の過去の秘密に脅《おびや》かされるという、サスペンスたっぷりの小説とのこと。背景は一九〇六年のサンフランシスコ地震です。地震は恐ろしい災害ですが、暗い秘密をその瓦礫《がれき》の下に都合よく隠せた人もいるかもしれない……という視点から、この小説ができたとか。『レベッカ』や『ジェーン・エア』にヒッチコックを足したようなこの最新作、レビューでも好評です。

ニューヨークが大好きで、ハーレムとウエストヴィレッジに八年間住んだ彼女は、ちょうどこの最新作を書くころ、風に吹かれるようにして生まれ故郷のカリフォルニア州へ戻ったそうです。サンフランシスコが舞台の小説を書いているときに、サンフランシスコへ戻るとは、幸福な偶然の一致だったと述べています。そのほかに大好きなのは、読書、旅行、すてきな入浴剤、濃いコーヒー、太ってしまうチーズ、おいしいワイン。とりわけ愛犬に夢中で、その様子はインスタグラムで見られますので、どうぞご覧ください ね。

解説

大矢博子

本書は二〇一五年に刊行された『もうひとりのタイピスト』の改題・文庫化である。

タイピストと言えば思い出すのは、二〇二〇年四月に邦訳刊行されて大きな話題を呼んだラーラ・プレスコット『あの本は読まれているか』（東京創元社）だ。冷戦下のアメリカで、CIAのタイピストとして働くイリーナが、新しく受付嬢として採用された場違いなほど派手な美人のサリーと出会う。サリーは地味なイリーナをランチに誘い、パーティに誘い、イリーナは公私両面でサリーの影響を受けていく。――おやおや？

この後イリーナとサリーはともにCIAの女性スパイとして作戦のために協力し合い、同時に友情を育《はぐく》んでいくわけで、もちろん本書のローズとオダリーとは関係も展開も結末もまったく異なる。だが、かたや一九五〇年代のCIA、かたや一九二〇年代の警察署という違いこそあるものの、『あの本は読まれているか』も『危険な友情』も、なぜヒロインはタイピストなのだろう？

吉澤康子さんの訳者あとがき（吉澤さんは『あの本は読まれているか』の訳者でもある）と

重なる部分もあるが、ここであらためて本書のアウトラインを紹介しておこう。

舞台は一九二四年のニューヨーク。二度の世界大戦の間にあたる、戦間期と呼ばれる時代である。孤児院で育ったローズ・ベイカーは警察署でタイピストとして働き、地味ながら規律正しい生活を送っていた。そんなある日、新人タイピストとしてオダリー・ラザールが採用される。流行の最先端を行く断髪《ボブ》（日本でもこの時代、断髪洋装のモガが流行した）、相手を魅了せずにはおかない表情や享楽的な立ち居振る舞い、裕福そうな持ち物。およそタイピストらしからぬオダリーに、ローズはどんどん惹かれていく。

オダリーは自分が住んでいる豪奢《ごうしゃ》なホテルにローズを連れて行き、一緒に暮らそうと持ちかける。贅沢《ぜいたく》な食事や衣服、退廃的なもぐりの酒場、親しげな男性たち。きらびやかな暮らしをともに送るうちにローズはオダリーの嘘や怪しげな振る舞いに気づくようになるが、その頃にはすっかりオダリーに傾倒していて……。

物語の構成だけ見れば、「なぜ裕福なオダリーがタイピストになったのか」という謎に始まり、その理由になんとなく見当がついた時点で「オダリーはどんな過去を隠しているのか」というふたつめの謎が提示される。そしてこのふたつめの謎が物語を大きく動かし、最終的に予想もしなかった結末へとなだれ込むのだが、読み終わってみれば、オダリーが実に緻密《ちみつ》に計画を重ねていたことがわかって読者は驚くことになる。

さらに本書をサスペンスフルにしているのは、ローズの回想という形をとったことだ。今となってみればおかしいとわかるがこの時は気づけなかった――というような文言が随所に鏤《ちりば》められ、読者の疑惑と期待をいやがうえにも誘う構造になっている。しかもそう語るローズはどういうわけか医師のカウンセリング下にあるらしい。「これから何かとんでもないことが起きる」という予想を読む者に植え付けるわけで、何が起きるのかを知りたくて読者はぐいぐいページをめくることになる。

急転直下の結末にもしかしたら戸惑う読者もいるかもしれない。だがすべての過程は作中に描かれている。たとえばラストシーン、オダリーの生い立ちについて驚くような「事実」が出てくる。それは読者にもローズにも嘘だとわかるのだが、なぜそれがまかり通っているのか？　だがよくよく思い返せば、物語中盤でオダリーにはその仕掛けを可能にするだけの情報をたっぷり得る機会があったことに気づくはずだ。あのときのあの情報がこう使われるのか、あの場面であんな行動をとったのはこのためだったのかと、欠けたピースが次々と埋まっていくように計画の全貌が明らかになる様子は、ただただ圧巻である。

だが、そのような謎解きやクライムサスペンスの面白さとは別に、本書にはもうひとつ、忘れてはならない重要な幹《みき》がある。ローズを見舞った運命だ。オダリーの計画には、ローズの存在は必須だった。けれど、最初からいろいろと怪しいところのあるオダリーに、普通はそれほど簡単に乗せられはしないはずだ。読者は読みながら「そこで気づくだろう」とか「なぜそれを受け入れるんだ！」とか、ローズにヤキモキする場面が多々あったのではないだろうか。

なぜローズはここまでオダリーに傾倒したのか。それが本書の鍵だ。

本書はローズの一人称単視点で語られる。序盤の五十ページほどを読めば、規律を重んじ、ハメをはずすのが苦手で、仕事はきっちり行うひとりの若い女性の姿が浮かび上がる。と同時に、多少思い込みが激しく、言葉とは裏腹に内心は自己評価が高く、出来事や自分の行動を無意識に都合よく正当化する——時として捻《ね》じ曲げるクセがあるという一面も自然と読者に伝わるようになっている。孤児院時代の牛乳配達人のくだりなど、典型的だ。ローズ自身の語りなので文字通りに読めば極めて真面目な女性に思えるが、実はかなりの危うさを孕《はら》んだ人物であることが、かなりのページを費やして描かれるのである。

案の定、ローズはオダリーに誘導されて不正に手を染める。やがてオダリーの嘘に気づき始める。けれどローズは「思い込みが激しく」、「都合のよい自己正当化」で、それらを是《ぜ》とするのだ。序盤でオダリーに対し「女性だという単純な事実を別とすれば、あたしたちには共通なものなどあまりなさそうだし」と考えていた（これも多分に負け惜しみと自己正当化によるものなのだが）ローズが、いつのまにか行動の基準がオダリーになり、オダリーの歓心を買うことが何より大事になっていく。贅沢な暮らしに慄《おのの》き、享楽的な生活にどうしても馴染めないという根っこの性分は変わらないのに、懸命にオダリーに合わせようとしていく。

愚《おろ》かではある。だが、とても悲しい。

オダリーと出会う前のローズの暮らしがどのようなものだったかを思い出されたい。孤児院で修道女たちに褒められて育ち（けれど仲間や牛乳配達人からの実際の評判はそれほどでもなく）、優秀だったからこそタイピストの学校に入ることができ（けれどタイピストは周囲から尊敬されるような職業ではなく）、身の丈《たけ》に合った下宿屋に暮らし（けれど数々の不満には気づかないふりをして）、職場には尊敬する巡査部長がいて（けれどローズ自身には恋愛の経験もなく）……。

読みながら浮かび上がるのは、「こうありたい自分」と「現実の自分」の乖離《かいり》だ。乖離しているからこそ、ローズは武装する。現実の自分こそが、自分で選んだ「こうありたい自分」なのだと自分に言い聞かせる。今の自分が認められないのは、好かれないのは、評価されないのは、自分でそれを選んだからであり、それこそが美徳なのだと。

そんなローズの武装をオダリーは見抜き、そして易々《やすやす》と突き崩した。贅沢な暮らしを与えることで？　否、そこではない。オダリーと暮らすようになってからも、ローズは贅沢に馴染めなかった。それは彼女の「こうありたい自分」が「裕福な自分」ではなかったからだ。孤児院時代のアデルへの執着を思い出されたい。巡査部長に仮託した理想像を思い出されたい。ローズが求めていたのは、自分を認めてくれて、愛してくれる人なのである。腹心の友であり、姉妹なのである。

だからこそ、そこを突かれた。腹心の友がいる自分、誰かとつながっていられる自分。オダリーの手を離してしまっては、オダリーを裏切ってしまえば、「こうありたい自分」が崩れてしまう。だから彼女はぎりぎりまでオダリーを信じ続けた。オダリーはローズにとってファム・ファタルだったのだ。

愚かではあるが悲しいと言ったのはここだ。理想を他者との関係の中にしか見出せなかったが故《ゆえ》の悲劇。けれど他者の評価の中でしか自分を確立できないのは、決してローズだけではないはずだ。ＳＮＳでの「いいね」の数に一喜一憂し、反対意見には耳を塞ぎ、自分に都合のい話しか知ろうとしない現代の私たちもまた、ローズと同じ罠に陥《おちい》っているとは言えないだろうか。

第一次大戦で男性たちが兵隊に取られ、その代わりに女性たちが社会に出て働くようになった。それは女性たちの目を開かせ社会参加を促《うなが》したが、男たちが戦地から帰ってくると、また女性の職場は限定されるようになる。訳者あとがきにあるように、戦間期は女性が活動的になり、ファッションや化粧、新しいライフスタイルなどが出てきたが、それは戦時中に「社会を知った」ことによる影響が大きい。

そんな中、タイピストと電話交換手は第一次大戦前から女性の仕事とされていた。事実がどうかはわからないが、「指が細いほうが機械を使いやすいから」とも言われている。とまれ、当時の女性がお金を稼ぐにあたって数少ない「安全な」仕事であり、同時に速記の知識などある程度の教養が求められる仕事であり、女性の社会進出の一翼であったことは間違いない。

だがそれは決して褒めそやされる仕事というわけでもなかった。本書の中には、男性の多い職場に通勤することで「女らしい柔らかな心が四角四面になってしまう」などと評される場面がある。女性の社会参加に対する揶揄《やゆ》だ。

余談だが、これより十年ほど前の時代を舞台にした文学作品にウェブスターの『あしながおじさん』がある。孤児院で育ったヒロインが篤志家《とくしか》の援助を受けて大学に進むというこの物語が世に出たのは、「女性に高等教育は要らない」という世論が強かった時代だ。女性が教育を受けると女らしさを失い、結婚も出産もしなくなると言われていた。そんなときに「教育と女性らしさは別問題」としてウェブスターが世に出したのが『あしながおじさん』なのだ。

ところが本書から三十年後、一九五〇年代が舞台の『あの本は読まれているか』では、一流大学を出た女性も、第二次大戦で功績を挙げた女性兵士も、飛行機を操縦できる女性パイロットも、タイピストとして働いている。名前すら覚えてもらえず、女の子たちと一括《ひとくく》りにされ、タイプすることで機密に接しているにもかかわらず員数外の扱いを受ける。

本書と『あの本は読まれているか』のヒロインがタイピストだった理由はここにある。女性を、あるいは「女性の仕事」とされたものを百年前の、七十年前の世間や男性たちはどう見ていたか。必要な仕事であるのに評価されないという状態に、どれだけ女性が甘んじてきたか。タイピストの評価や扱いを描くことは、その時代の女性の置かれた環境を描くことに通じるのである。

なお、日本の女性推理作家のパイオニア、仁木悦子《にきえつこ》が一九六〇年代に書いた作品を読むと、時代の先端を行く女性の知的な職業としてタイピストが登場する。これもまた実に興味深い。

謎めいたファム・ファタルと彼女に運命を狂わされた女のサスペンスの陰に、人の愚かさと悲しさを湛《たた》えた『危険な友情』は、現代に続く「働く女性」の物語でもあるのだ。初読でサスペンスに翻弄《ほんろう》されたあとは、ぜひ再読してローズの悲しみをすくいとってみていただきたい。

検印
廃止

訳者紹介　津田塾大学学芸学部国際関係学科卒業。英米文学翻訳家。ウェイン「コードネーム・ヴェリティ」「ローズ・アンダーファイア」、プレスコット「あの本は読まれているか」など訳書多数。

危険な友情

2020年12月11日　初版

著　者　スーザン・リンデル

訳　者　吉《よし》澤《ざわ》康《やす》子《こ》

発行所　（株）東京創元社
代表者　渋谷健太郎

162-0814/東京都新宿区新小川町1-5
電　話　03・3268・8231-営業部
03・3268・8204-編集部
URL　http://www.tsogen.co.jp
DTP　キャップス
晩印刷・本間製本

乱丁・落丁本は、ご面倒ですが小社までご送付ください。送料小社負担にてお取替えいたします。

ISBN978-4-488-15012-9　C0197